血战

川军出征

田闻一 ◎著

中国文史出版社

图书在版编目（CIP）数据

血战：川军出征 / 田闻一著. —北京：中国文史出版社，2019.1

ISBN 978-7-5205-0618-2

Ⅰ. ①血… Ⅱ. ①田… Ⅲ. ①长篇历史小说－中国－当代 Ⅳ. ①I247.5

中国版本图书馆CIP数据核字（2018）第233997号

责任编辑：牛梦岳

出版发行：中国文史出版社
社　　址：北京市海淀区西八里庄69号院　邮编：100142
电　　话：010-81136606　81136602　81136603（发行部）
传　　真：010-81136655
印　　装：北京温林源印刷有限公司
经　　销：全国新华书店
开　　本：787mm × 1092mm　1/16
印　　张：18.25
字　　数：260千字
版　　次：2019年3月北京第1版
印　　次：2023年1月北京第2次印刷
定　　价：58.80元

目录
CONTENTS

- 引 子 -

从生活的偏旁走进抗日战争

事情发生时，我还是一个少年，刚上中学，那是20世纪60年代初。

那是一个初夏的日子，太阳明亮而又温柔。周末，夕阳西下时分，放学了。读住校的我回家去，确切地说，我没有家，是回母亲当校长的那所位于川西平原腹地的乡村中心小学校去。

出了中学所在地的那座清幽古镇，就上了川藏公路，展现在眼前的是川西平原上绮丽的景致。星罗棋布的田原，绿色为底，五彩斑斓，小桥流水，烟村如画，铺展开去，无边无际。已经在一些少年报刊上发表了不少作品，成了一个文学少年的我，心地柔软而敏感。在我眼中，傍川藏公路款款西行的小河，水平如镜，它似乎有情有意，知道川藏公路一过了邛崃、雅安，富庶的川西平原就算走完了；就此一个筋斗跃上世界屋脊雪域高原，开始了艰难的行程而有意要送它一程。

到了隆隆作响的刘家碾粮站，我下了川藏公路，上了一条路面相当狭窄的乡间公路。顺着这条乡间公路，可以到当时名扬海内外的大邑县安仁镇刘文彩的地主庄园陈列馆。走了一程，到一座大石桥时，为抄近道，我又下了乡间公路，上了一条田塍小道。这就直接走进了川西平原的深处，走进了川西平原的精髓。呈现在眼前的那份美，不能不令我惊叹，令我铭记在了记忆深处，终生难以忘怀。

多姿多彩的夕阳，沉进了小路两边波光潋滟的水田，波动变幻；像一串串色彩各异的珍宝，在水田中跳跃、晃动，美不胜收。田原上已经没有了劳作的农人，远处是浓荫中掩映着的茅庐农舍。一切都是静止的，但也有在静中流动的韵致。一只只体态修长的高脚鹭鸶，在明镜般的水田中寻寻觅觅。它们分明是在觅食捕鱼，却又高昂着头，漫不经心地迈着伶仃的方步，表现出一份自得自足的幽静、闲适；像是大大咧咧的绅士，又像泽畔苦吟的诗人。一只只归巢的白鹤，扇动修长的双翅，从黄昏的田野上缓缓飞过，姿态潇洒地向着被晚霞燃烧成胭脂色的远方飞去。置身在这样的颜色和画面里，连呼吸都轻了。

跨一道架在小河上的石板桥，转过一片小树林，我熟悉的那所乡村小学就遥遥在望了。它由一座轩敞广宏的庙宇改建而成，坐落在一片突然隆起的高地上，四周古木参天，背靠一座显得有些零落阒寂的小镇。在这日暮时分，在烟云流动的天幕背景映衬下，古色古香，红柱绿瓦，飞檐斗拱的乡村小学，很像一艘军舰，在暮云四合，圆天盖着的大海上无声地前行。

咿呀一声，我推开学校后面那道虚掩着的月亮小门，一下就觉出了异样。往日这个时候，老师们都离校回家了，他们都是本地本县人。学校里只有母亲和一个家在小镇上的女工，而这个时候，女工也要回一会儿家的。这时候，学校里显得特别幽静闲适。母亲总是坐在一把藤椅上，趁着最后一线天光不是读书就是看报，等着我的归来。而这天，母亲却不在。在最初的夜幕中，几只黑色的蝙蝠，在束束从房檐垂到阶沿下浓密的牵牛藤间，晃动着不祥的阴影。

我推开虚掩着的寝室门，屋里没有开灯。暮色荡漾中，母亲躺在床上拥被抽泣，这是从来没有过的！

“妈，妈，你这是怎么了？”我大吃一惊。

母亲强忍饮泣，被子一掀，坐起身来，随手拉亮电灯。寒霜一般的灯光下，只见母亲端正的脸上纸一样惨白，眼角噙着泪水。母亲将一封信递给我，说："这是你爸爸学校来的，你爸爸被打成漏网右派了！"

"什么？漏网右派！"我下意识地往后一退，手一缩，像怕被红炭圆烧着了似的，睁大眼睛，骇然不解地问："反右运动不是早在1957年就结束了吗？怎么到了这个时候，父亲他们那里还在打漏网……右派？"

"你父亲他们那里是老解放区，又当别论。"母亲说："你父亲学校来信说，不说其他，只看你父亲读的那所教会大学，就知道，他身上的每个毛孔都浸透了崇洋媚美的毒素，相当反动！"父亲中华人民共和国成立前夕毕业于成都华西协合大学，这所大学是领袖在一篇著作中点过名的。被点名的还有北京的燕京、辅仁，南京的金陵，上海的圣约翰，山东的齐鲁等几所名牌大学。这几所名牌大学，是当年腐朽没落的清政府，给打进北京八国联军之一的美国赔款，而美国又反过来，用这笔赔款在中国办起的大学。用句乡下人的话说，美国人这种做法就是，借你的骨头熬你的油；带有美国对中国搞文化侵略的嫌疑和印记。

"你父亲学校的来信中还说，你父亲不时在报刊上发表一些作品。表面上看来，这些作品大都是些写山水的美文，其实问题也不少，1957年反右就是被他滑过去的。

"与你父亲同时被挖出来的还有两个青年教师，他们都是北师大毕业的。这两个青年人想不通，在一个夜里从炼钢厂的高烟囱上投下去自杀了……"

"父亲，他……他该不会吧？！"想象着那两个青年教师从冒着滚滚浓烟的炼钢厂的高烟囱上投身而下，投进上千摄氏度的钢水中，吱的一声化而为无的那份惨烈，我简直吓着了、惊呆了。

"那倒不会。"母亲说："你父亲目前是被学校'开除留用'，在学校里接受劳动改造。从现在起，你父亲没有工资寄回家来了……"向来追求进步的母亲，接着教导我，不要因为父亲的问题受到影响，党的政策历来是重成分而不唯成分论，重在表现。然而，母亲接下来的话，我却没有听进去，只是下意识地从她手上接过信来看。多年后，父亲学校那封来信说了些啥，我已经记不清了，只记得信中最后一句对母亲说的话，极富时代性："我们知道，你向来进步，表现很好，让我们集中社会主义的火力来改造他吧！"

有悠扬的歌声随风飘来——

"劳动的歌声，随着春风荡漾，蜜蜂儿自由地飞舞，百灵鸟愉快的歌唱……"

这是两个家住小镇上，在县中读书，周末回来度假的漂亮姑娘在歌唱。她们，一个声音厚重的唱男声，一个声音幽婉的唱女声，是二重唱，歌声很美。我知道，她们在学校外面绿草如茵，月光皎洁的操场上蹀躞，在用歌声向我发出邀请。可这晚，我哪有这样的心绪，我觉得天都塌了！

抬起头来，透过小小的窗棂望出去。一轮皎洁的月亮在暗蓝色的天幕上缓缓巡行，时而被浮云所遮蔽，时而又顽强地穿出来，将它的银辉洒向静谧的大地和这所幽静的乡村小学。多年以后，当我回忆起这个浮月穿云的景象时，我才悟出，这景象实在就是对我个人、对我的家庭，甚至是对整个国家命运的前瞻、概括和暗示。

后来，父亲负气回到了成都。本来，揭去"右派帽子"的父亲，是可以留学校的，学校也留他，可他坚决不肯。宁肯回成都又苦又累，拉架架车为生。

在寒暑假、节假日，我时常上省看父亲。父亲本来朋友是很多的，但倒霉了，朋友都离他远去。只有一个叫李少昆的，对父亲很好，叫父亲一口一个田老师。这是一个小个子男人，有川北口音，比父亲大几岁，一看就是劳动人民出身。对父亲很有些侠肝义胆。

父亲告诉我，这是一个参加过抗战的老兵，我却在心中嘲笑，国民党哪打过日本人。因为，我背得：抗战八年，蒋介石躲在峨眉山上……真是物以类聚，人以群分啊！父亲是摘帽右派，李少昆是国民党的兵痞，难怪他们能搞到一起。而后来，有几件事给我印象很深。

因为饥饿，父亲脚肿了。民间一句话叫："男怕穿靴，女怕戴帽。"意思是，男的最怕脚肿，女的最怕脸肿。是李少昆同我陪着父亲去医院的。李少昆总是在父亲最需要他的时候出现。有一次父亲得了急性肺炎，一个人倒在小黑屋里，高烧不退。如果不是李少昆适时出现，将他送去医院，命也就没有了。而同院子住的大表哥、大表嫂夫妇在门口过来过去的，却是置若罔闻。

医生看后说，这其实不是什么病，而是营养不良所致。只要吃饱，肚子里再有些油水，病自然就好了，肿也就消了。看着我们发愁的样子，医生启发我们，没有白米干饭吃，红苕这些东西能将就吃饱也行。记住，千万不要再吃厚皮菜，那东西清汤寡水的，吃多了，足还要肿上去。

看我们还是一副无可奈何的样子。医生知道，要从根本上解决吃的问题，谈何容易。这就给了我们一个土方子，医生本身也饿，说话有气无力的。他说：设法去找到一把酒（糯）米，再找一条没有半斤，也得有四两的泡子黄鳝来煮稀饭。说着详细介绍了黄鳝稀饭的做法。并再三对我们强调：要快，不然这水肿继续肿上去就麻烦了、危险了！

可是，哪里去找一条黄鳝、一把酒米呢，要命的一把酒米一条泡子黄鳝呢！市面上一片萧瑟，到处都在割资本主义尾巴。无论城乡，谁养一只鸡，编一只竹筐，或在田坎上点一棵豆，都被视为搞资本主义，都要被斗争、打击。原先富庶的川西农村，晚上到秧田里捉黄鳝的人牵群打浪，简直就是一道独特的风景，现在哪里还有这样的景致，黄鳝已经成了稀罕品。

"毛弟！"李少昆亲切地叫着我的小名，他说，那一把救命的酒米和那条救命的泡子黄鳝都由他负责，要我负责给大表哥借厨房用用，并约定了来我家煮黄鳝稀饭的时间。

我大起胆子给大表哥开了口，他家的事都是大表嫂说了算的，他也勇敢了一次，大起胆子答应了。

午后，李少昆带着那一把救命的酒米和那一条救命的泡子黄鳝如期而至，我负责烧火，李少昆开始泡制黄鳝稀饭。他先在那口四板子铁锅里掺上小半锅水，将那条活蹦乱跳，呈土黄色，没有半斤也有四两的泡子黄鳝放在锅里。要我先烧微火。随着锅里的水温逐渐上升，经受着痛苦熬煎的泡子黄鳝开始在锅里游动乱绊起来，李少昆这就盖上了锅盖。时候差不多时，李少昆揭开锅盖一看，泡子黄鳝一身肉已经炖烂。他用筷子挟起黄鳝，将肉一点不剩地刮进沸腾的水里，骨刺扔了。再将那一把酒米，也不用水淘洗，直接放进锅里，再扣上锅盖煮。

当厨房里弥漫起一股混有土腥气的稀饭香时，黄鳝稀饭熬成了，揭开锅盖一看，那是半锅什么样的稀饭啊？可能是因为稀饭中磷质太为丰富，闪着一层绿莹莹的光，遵医嘱，没有在稀饭里放半点调味品，甚至连盐也不放。父亲心疼我还是少年，急需补充营养，要我吃。我尝了一点，差点吐了，无论如何不肯吃。李少昆当然更是半点不吃。

父亲捏着鼻子，将那半锅黄鳝稀饭硬灌下肚去。此后父亲一双肿起多高的足，很快就烟消云散了。

那是一个清明节。清明节成都的天气，一派细雨纷纷。父亲、李少昆带着我去逛了一回武侯祠。大名垂宇宙的诸葛武侯祠里一派幽静而深沉，几乎没有游人，供奉在正殿偏殿上的无论是羽扇纶巾的诸葛亮，大耳垂肩的刘备，还是威名震一时的关羽、张飞、赵云等五虎上将，幸而没有被革命造反派打碎。他们躲在历史的烟云里看着我，我看着他们，有一分现实的惆怅。

从后门，我们转进了隔壁的南郊公园。先前清幽宁静的南郊公园一片狼藉，游人寥寥，细雨纷纷中，给人一种惨淡的意味。不知不觉来到了后园刘湘的陵墓前，我第一次知道原来还有这样一座陵墓，规模很大，有种国家级陵寝意味，但当时却被造反派糟蹋得不成样子。整体看去，烟雨迷蒙中的刘湘陵墓，像一艘樯倾楫摧的破船，无奈地躺在岸边。

我不解父亲和李少昆为什么会久久地伫立在刘湘陵墓前，一副沉痛哀思的样子。

“毛弟！”李少昆问我：“你知道刘湘吗？”

“不就是一个旧军阀吗？”我不以为然地说：“当过国民党二十一军的军长，还当过旧社会四川省的省长。打过红军。他的家我都去过，是学校组织我们去大邑县安仁镇参观刘文彩的地主庄园陈列馆时去的，房子孬。”

“是。”李少昆默了默：“可是，你知道他是抗日英雄吗？你知道他对国家民族的贡献吗！”

“是吗！”我很不以为然，背了“抗战八年，蒋介石躲在峨眉山上……”一段反驳他，意思很明显，国民党、蒋介石都不抗日，他刘湘抗什么日？我知道李少昆有这样一段历史，也是有意说给他听的。

“你呀，知识贫乏得可怜！”向来不发火的父亲，对我皱起了眉头：“刘湘抗没有抗过日？历史终会证明。就如浮云遮日于一时，却不能永远遮日一样。历史总不至于如胡适所说的那样，如一个听话的小女孩，想怎么给她打扮，就怎么打扮；想她以什么样子在世人面前出现就怎样出现吧！”父亲在这里现出了他的知识分子本相，而连连的诘问，表现出他内心的不平和气愤。

我万万没有想到，接下来，没有什么文化的李少昆，竟说出一段铿铿锵锵的话。这一段话在我心中震起惊天波澜。

“毛弟，你还年轻，没有经过那些事！”李少昆很诚恳地看着我说：“我是一个幸存的抗日老兵，我只要一想起当年同我一起出川抗日，牺牲在祖国各地的那么多兄弟，就心如刀绞。我想，那些长眠在地下的兄弟们，一定和我一样，并不奢望当什么国家功臣，但有一个希望，也只有一个希望，这就是，将我们川军抗日的本来面貌昭告后人。”说到这里，李少昆竟眼泪汪汪的了，这是我第一次见到这个黑黑瘦瘦、乐于助人的中年男人流泪。“毛弟！”李少昆镇定了一下情绪后，对我笑了笑，满怀希冀：“弟兄们的希望，我是做不到了。因为我没有文化，我能力有限，时机也不对。我不会看错的，你以后一定会成为一个作家。事情清楚后，我希望你能将这段真实的历史写上一笔，昭告后人啊！”李少昆就站在我面前，那神情完全就是要我答应下来。

突然而至的期望，让我猝不及防，我完全没有思想准备。那段历史对我完全是个空白，我对我自己的未来，完全没有信心。我是谁，我从哪里来，我又要到哪里去？这些，我都还全然不知。而李少昆突然交付给我的这么一段沉重的历史，这么一份沉重的期冀，我怎么承受得起！我一时陷于惶惑。出于礼貌，也出于我对他对我父亲长期以来照顾的感谢，我不能拒绝，也不敢承诺，只能笑笑，“唔唔”应对。

似乎冥冥中真有一种命定，在20世纪80年代中期，三中全会拨乱反正后，我真成了一个作家。在写作中，出于兴趣，也出于家庭的影响和便利，我尤其着重在近现代巴蜀历史文化积淀丰厚的土地上，着意去挖掘、展示近百年来重大的人物、事件；并以这些重大人物、事件为主要写作题材。自然地，写着写着，我开始接触到了川军出川抗战这个题材。在翻阅有关史料中，李少昆突然出现在我的眼前。在那场决定台儿庄大战命运的滕县保卫战中，原来李少昆竟是川军——第二十二集团军第四十一军代军长兼一二二师师长王铭章将军的贴身少校副官。激战三昼夜后，为保证完成任务，王铭章将军率全体将士全部牺牲，而就在王铭章将军倒下之时，用手一搿，将小个子的李少昆搿在了如山的死尸底下，让他躲过一劫，成了滕县血战中唯一幸存者。而李少昆却不跑，当夜从尸山血海中，在日军的严密监视下，奇迹般地将又高又大的王将军的遗体背了出去。简直就是一个奇迹！

我感到震惊，也感到怀疑，此李少昆是彼李少昆吗？我急如星火地回到父母家中，找到父亲询问此事。早已得到平反、重新回归教育战线并从教育战线上退休的父亲，已到耄耋之年，不过头脑还清醒，也健康，就是耳朵稍有些背。

父亲告诉我，就是。我急如星火地要父亲同我一起赶到李少昆家。

这是少城的一个老院子，马上就要拆去。我们找到了李少昆的儿子李扬名，已经从成都锁厂退休的他告诉我们，他父亲已经死去几年了，不过留了份战地笔记给我。我感到惊诧莫名。李扬名说，他父亲有个本领：识人。在父亲去世前，已经看到过我写的书，因此越发认定，我不仅能成为一个作家，而且肯定要写川军。

“这不是，是我父亲留给你的。”

我怀着激动的心情，庄重地接过来。笔记很厚，用纸长短不一，纸质也已发黄。我想，在那战火纷飞的日子里，李少昆还坚持记笔记，可以看出，这是一个有心人。封面上是五个墨写的大字《抗战亲历记》，是正楷字，显然李少昆小时是练过字的。

我在表示感谢的同时，连说珍贵。

李扬名给我提了一个要求，说是书写出来后，要我签上名，送他一本。这书，他是要留传下去的。

“那是当然的。”我说：“而且，我还要到李老伯的墓前，拿一本书来一页一页翻开，撕下，烧了，以此来祭奠李老伯和在抗战中为国牺牲的千千万万的川军将士！”

回到家，以后一连几天，我怀着巨大的情感激荡，仔细阅读了李少昆写就的这厚厚的一本《抗战亲历记》。词句半文半白，大体通顺。有的地方，字迹很潦草，看得出来，这是他在战场上戎马倥偬中急就的。书写工具也不统一，有钢笔，有铅笔。有的段落是战地速写，有的是他发表的感慨，还有的是他从当时《大公报》名记者范长江发表在报纸上的文章、社论等的摘抄。总体看来，显得有些零碎，但重要的是，李少昆的这本笔记，从川军 1937 年出川抗战写起、记起，一直写到、记到抗战胜利。很有实感，这是最重要的！无疑，李少昆这本《抗战亲历记》，会对我的写作提供很大的帮助。

为了写作，为了得到尽可能多的实感。我特意再次去了南郊公园，在刘湘墓地前瞻仰凭吊。要知道，当年在川军出川抗战中，原四川省政府主席兼川康绥靖公署主任，陆军上将刘湘，起了至关重要的作用。而且不仅如此，他甚至对蒋介石在国难当头，是否坚决抗日，处于首鼠两端时，他的态度，在相当程度上，可以说是在蒋介石的背上猛推一掌，促成了蒋介石的抗日。

南郊公园今非昔比。公园里百花芳菲，曲径通幽处，游人如织，一派欣欣向荣。那些掩映在浓荫翠竹中的宫观式建筑，讲究的牌楼，曲折的回廊……无不传达出一种幽远而深邃的中国传统中国气息，有一种历史的悠远和大气。通往刘湘的墓地的三重门牌楼已经修整一新，极有气派，显示出当初国葬的规格。刘湘陵墓也大体恢复了原貌，它占地广宏，平地矗立，整体呈长方形。让我联想起《三国演义》中，曹操指点江山、挥斥方遒的铜雀台。陵墓在四周苍松翠柏簇拥中。九级产自雨城雅安芦山县晶莹剔透的汉白玉台阶之上，迎面是一座足有人高的石碑。正面镌刻着一排洒金隶书大字："抗日战争时期第七战区司令长官刘湘之墓。"字迹很新，看得出来，是重新镌刻上去的。之后，躺着刘湘的石棺，石棺一头高一头低，足有一两丈长，像只沉稳的大船。在石棺的左右，隔有一定的距离，对称簇拥着两排苍松翠柏，像是站立的两排军容严整的卫兵。而在石棺低处，刘湘脚趾处，如孔雀开屏的一面石壁，由左向右挥洒开去。毫无疑问，这孔雀开屏般的石壁上，原先一定镌刻着刘湘的生平事迹以及当时国共两党领导人，如毛泽东、蒋介石等给他题写的赞颂楹联等。然而，这上面今天却不着一字。毫无疑问，这些在"文革"中被铲除的楹联及刘湘生平等，至今还没有恢复。依稀可见早先被铲除了的痕迹，一片模糊。如同那一段离今并不遥远，而今却被不少人遗忘了的抗日历史。这就让人感到在庄严肃穆的氛围中，有一些残缺的遗憾。

刘湘陵墓之下，有一些中老年人在唱歌跳舞，演绎出和平年景的歌舞升平景象。他们中，大都是女性，好些还化了妆的，舞跳得不错，翩跹宛转。而为她们唱歌助兴的是个上了些年纪的男人，一听就很专业，他很可能是某个专业团体退休的专职歌唱演员，两鬓斑白，嗓音浑厚，富有磁性。他唱的是一首琼瑶的《问斜阳》。歌声中，有种感时伤怀的深沉：

问斜阳，你既已升起，为何沉落？

问斜阳，你为谁发光？为谁隐没？

问斜阳，你灿烂明亮为何短促……

这首琼瑶感时伤怀的歌，在我，却听出了完全不同的意味，有种苍山如海、残阳如血、弹洞前村壁的感觉。这时，我多日酝酿的情感，竟轰的一声被点燃，有了写作的灵感和冲动。为了捕捉这稍纵即逝的激情、灵感，我回到家中，就此开始了没日没夜的写作冲刺。那已逝的枪声炮声，不断在耳畔回响轰鸣；川军浴血奋战的刀光剑影，在眼前不断闪现；血沃中原肥劲草，寒凝大地发春华的一朵朵血花，在眼前渐次开放。特别欣慰的是，年前，中央电视台看到我的有关书籍，特意找到我问询李少昆的下落，费了很多周折，终于找到了。少昆伯伯已经去世。不过，他是在改革开放的好年月中去世的，很值得安慰。他的家人很好，儿女幸福。抚今追昔，他们特别感谢今天这样一个新时代、好时代。

- 第一章 -

怪事一桩，川军援晋反求阎锡山

飞机正在飞越秦岭。

这是公元 1937 年的仲秋时节。这天天气很好。笼罩在巍巍秦岭上空的巨大苍穹，浩瀚深邃，一碧万顷，像块硕大的水洗过的蓝玻璃。在远远的天边，贴有几缕透明得薄羽似的白云，恍然一看，动也不动，细看，却是云舒云卷。横亘在川陕边界上的秦岭，在纯净得近乎透明的金阳朗照下，色彩不断地变幻、跳跃。由四川境内的一派油绿葱翠，向陕西方面逐渐演变：先浅黄、后深黄、橘红……最后一个跳跃，变成了一派如火如荼的红，漫山遍野的红。

如此斑斓的色彩，如此优美的画面，完全掩盖了秦岭的险峻和连结川陕之间的蜀道的万般艰难。唐代大诗人、诗仙李白诗云："蜀道难，难于上青天……尔来四万八千岁，不与秦塞通人烟……黄鹤之飞尚不得过，猿猱欲度愁攀缘……"

这时，如果坐在飞机上出川，往下俯瞰的是一位采风的画家，看到的必然是一幅很美的连轴大画，灵动、潇洒而大气。这样的大画，只有那位在蜀中沱江边甜城内江出生，并吮吸着巴蜀大地上丰沛厚重的历史文化学养成才，并走向全国，走向了世界的超一流大画家，美髯公张大千才能画得出来的。

然而，这个时候坐在这架专机上出川公干的两人，并不是画家，他们是首批率军出川抗日的国民政府第二十二集团军正副司令兼四十五军、四十一军军长的邓锡侯和孙震。他们的心情，与这样美好的景色恰好相反。他们忧思重重，心都要操碎了。他们是这天午后从成都凤凰山机场起飞的，要飞去太原，急着去找第二战区司令长官阎锡山交涉、夯实一些要事。

邓、孙二人，在蜀中可谓如雷贯耳。时年48岁的邓锡侯，字晋康，1924年曾一度任四川省省长。在川内历来的政治、军事斗争中，都是一把好手，游刃有余，他有个绰号叫“水晶猴”，由此可以看出他处事之圆滑。孙震，字德操，成都人，时年44岁，保定军校第一期毕业生，在辛亥革命、讨袁护国以及四川多年的军阀混战中，也是风云际会的人物。他们都是国民政府的陆军上将。

他们性格迥异。孙震高高的个子，隆准剑眉亮目，身姿颀长笔挺，四肢匀称，身着黄呢将军服，领章上佩金光闪闪的将星，显得很威风很有精神，也显得比实际年龄年轻。他将大盖帽揭来放在茶几上，却一直掉过头去，双手伏在舷窗上，注视着从舷窗下急速闪过的景致。有棱有角的长条脸上，剑眉紧锁。一双黑亮的富有穿透力的眼睛，似乎想穿云破雾，看清下面的什么，满脸的焦急、忧虑。坐在他对面的邓锡侯，中等个，宽面大耳，大刀眉，双目有神，身材横厚。上飞机后，他一直在假寐。身着黄呢将军服的他，似乎置身于如此温暖的机舱中还嫌冷，将披在身上的军呢大衣两襟拉在手上，好像是想把自己包裹起来。这会儿，他虽然闭着眼睛，斜靠在沙发上，但一张圆盘大脸上稍微下垮的大刀眉，却在不时抖动，这就暴露出了他内心其实也是波澜起伏，心情同孙震是一样的。

水晶猴之所以保持这个姿势，除了表示镇静之外，还想将内心的不安、焦急，甚至痛苦得到一些压抑、减缓。诸葛亮有句名言：“宁静以致远。”

他希望越是在这个时候，内心宁静一些，对即将到来的软性斗争，思考得更为周详一些。

机舱内很静。前面隐隐传来飞机沉稳的马达声，他们带来的几个人都坐在后舱，有事可按铃。一缕明亮而纯净的金阳，透过小小的椭圆形的舷窗洒进来，跌成无数金色的碎斑，在舷窗内，在两个将军的身上跳荡、闪烁，编织出一个个梦幻般的图案。他们的思维，也像这些跳荡的金斑，忽前忽后地跳跃起来。

算起来，他们的部队，二十二集团军先行出川的四十一军、四十五军两个军，计四万余名身着单衣短裤，身背斗笠和大刀，打绑腿，穿草鞋，持劣质步枪的兵，历时半月，靠脚一步步地丈量，已经走过了成都平原，艰难无比地跋涉过了气候恶劣、道路险峻的巍巍秦岭金牛道……这时应该是出川了。

一切，都来得陡然！

“七七”卢沟桥事变之后，日本人一不做，二不休，悍然发动了全面的侵华战争，想一口吞掉中国。这就一下子把长期坚持“攘外必先安内”，执中华民国最高权柄的蒋介石逼到了十字路口，要他迅速作出抉择：是坚持内战还是抗日？在全国各党各派和全国人民救亡图存，坚决抗日的怒涛冲击下，蒋介石不得不于月前在南京召开最高国是会议，决定国策。会上，抱病出席会议的四川省政府主席兼川康绥靖公署主任，时年 47 岁的陆军上将刘湘，成了众望所归的主战派代表人物之一。他在会上慷慨陈词，提出必须抗日！而战端一开，四川可以立即出兵 30 万，提供壮丁 500 万，提供粮食千万石……数字惊人！总之，他表示，竭天府之源源不绝的人力物力支持抗战；并在战时，将四川打造成一座坚强的抗战堡垒，全国可靠的大后方。他甚而说，当今谁不抗日，谁就是亡党亡国的民族罪人，当全国共诛之，全党共讨之！他的发言，理所当然地受到与会绝大多数主战派的热烈欢迎，一时掌声如雷。让主张曲线救国，亲日派首脑汪精卫的主要政治发言人，时任国民党中常委、中央宣传部部长的周佛海也不敢站出来发表意见了，会议呈现出一边倒。历史上，天府之国四川，在中国的地位向来举足轻重，“四川王”刘湘此举，毫无疑问给尚在犹豫的蒋介石背上猛推一掌，抗战的姿态一下变得坚决起来。他随后发表了抗日宣言，谓：抗战开始！地无分南北，人无分老幼，人人皆有抗战守土之责任……就此，中华民族与日本决一死战的轰轰烈烈又悲壮惨烈的全民抗战开始了。

但是，刘湘此举在川内遇到的阻力是相当大的。最明显的一个例子是他回到成都当天，他立刻召开了一个会，与会的尽是川中要人。会上，甫帅向大家通报了南京最高国是会议上的种种，他的坚决抗日态度，准备采取的举措。然后，刘湘象征性地征求大家意见。

刘湘在四川有很高的威信。人们尊称他为甫帅、甫公。一般而言，甫帅、甫公不管在什么场合，总是言出令行，没有人敢吆言半句，说个不字。然而这次不同了。甫帅话刚落音，就有一个人站起来表示公开反对。这个人不是别人，竟是刘湘向来最为信任，可谓言听计从的张斯可。甫帅和张斯可长期以来关系非常融洽、默契，在公开场合，张斯可只有给甫帅唱赞歌的，从来没有唱过反调。

这就不禁让大家一愕，也让甫帅明显一惊！甫帅当然知道，对他在最高国是会议上的发言、表态，在四川，在他的背后，反对意见不少，有的还相当强烈。但让甫帅万万没有想到的是，张斯可这回竟充当了反对者的代言人。

张斯可，字再，四川资中县人，他是刘湘早年就读四川陆军学堂时的同班同学。当时，刘湘在班上年龄最小，而比他大许多的张斯可慧眼识英才，认准刘湘是个可资造就的人才，因而对刘湘的方方面面都给予了无微不至的照顾、关心和辅导，像是他的大哥哥。他们那时就建立了深厚的友谊。以后，张斯可一直追随刘湘，忠心耿耿，出谋划策，为了刘湘的宏图大业，多年来在省内外多方奔走，不辞辛劳，不遗余力。特别是 1932 年，在甫帅的幺爸，时为四川省政府主席兼国民政府二十四军军长刘文辉，与同居一城的二十九军军长田颂尧进行至关重要的成都巷战前夕，在背后支持田颂尧的甫帅离开重庆经过成都，回老家大邑安仁镇祭祖探亲时，张斯可发挥了至关重要的作用。那次，甫帅轻车简从，身边只带了两个人。一个是模范师师长，大名鼎鼎，据说能呼风唤雨，能掐会算的刘从云刘神仙，一个就是张斯可。带刘神仙，不过是一个障眼法，真正起作用，给甫帅拿主意、出主意的是张斯可。那次的成都巷战，表面上是刘文辉胜了，其实就是那次，也就把后来"二刘"决战中刘文辉必然失败的陷阱埋设好了。长期以来，张斯可都是幕后英雄，刘湘集团中的人，都知道他居功至伟。然而这次不同了！长衫一袭，面目清癯的张斯可站了起来，很不客气，火气很大，很直接地冲刘湘说："'国家有难，匹夫有责！'这话当然是对的。抗日也是对的。但是，抗日也得讲究一个主次！"这就是在明显批评甫帅了，他进而说："看来，这次甫帅是要不管不顾地，不仅把四川整个拿出去，把自己也要拿出去了！"张斯可话不多，意思全到了，一针见血，让甫帅有些坐不住了。

这叫什么话？怎么说是"甫帅要把四川不管不顾地拿出去，把自己也要拿出去"？张斯可这样敢说话，所有人都看着他。

张斯可不依不饶，又说："甫帅此举，是何等的深明大义，以国事为重，感天动地！"这就有些讽刺意味了。刘湘虽然笑着，听他说下去，可脸上的神情很有些尴尬。

张斯可又说："可是，我们甫帅是君子，人家有的人却是小人……"这里，他口中的"人家""小人"指的是谁，大家都心知肚明。张斯可说着举了些过去"小人"如何不择手段想把四川拿过去的例子。进而忧心如焚地指出："如果把四川腾空了，甫帅也出去了，岂不是给小人以可乘之机！况且，甫帅在病中，也不宜出外统军杀敌。总而言之，请甫帅三思而后行……"

会上，张斯可的发言，真可谓字字泪，声声血，情动于衷，很感人。毫无疑问，这番话是真心为川、保主，而且，他的后面有一大批支持他的人，极具代表性，座无虚席的会场上一时鸦雀无声。人们的目光唰地一下掉过去，注意看着坐在台上的甫帅，都以为甫帅很可能要雷霆震怒！因为甫帅毕竟是军人，是“四川王”，你张斯可理再端，总不能弄得甫帅下不来台。甫帅难得发脾气，但发起脾气相当吓人，好些人都担心起来。

刘湘倒也没有给张斯可发作。可是，向来对他言听计从的甫帅这次也很固执，对张斯可的话，坚决不听，三言两语就给打了回去，而且说出的一番话，也是发自肺腑，着实动人。

他说：“张高参的这番话确实有道理。我也知道，斯可的话是为我好，为四川好，他的话代表了好些人的心声。但是，大道理要管小道理。现在是非常时期！不说其他，就说我们自己，我们中好些人，尤其是我刘甫澄，在四川关起门来打了半辈子内战，现在想起来都报不出盘。如果这个时候了，我们还在这里患得患失，不以国家民族利益为重，就不是人生父母养的……”

甫帅把话说到这个份上，哪个还敢说啥子，哪个还能说啥子！事情就这样定了。

会后，甫帅雷厉风行，立刻将首批出川抗日的部队造册，上报中央：

拟立即组建第二路预备军总司令部，刘湘任总司令，邓锡侯任副总司令。下属两个纵队，计五个军，十一个师，约10万人。

一纵为三个军：四十一军、四十五军和四十七军。四十一军和四十五军，就是原来田颂尧的二十九军和邓锡侯的二十八军。田颂尧下去后，副军长孙震接任了这个军的军长。自然，一纵这两个军的军长，分别是孙震和邓锡侯兼任。四十七军军长是四川原边防军司令李家钰。

二纵为两个军，这就是刘湘的基干部队二十一军和在二十一军基础上扩编的二十三军。刘湘最信任、最倚重的两个师长唐式遵、潘文华，分别任这两个军的军长。

很快接到国民党中央军委批复，这样快的办事效率，是过去国民党中央从来没有过的。批件准其所请，只是在命令中又做了些补充修改。全国划分为十个战区，中央任命刘湘为第七战区司令长官，不日出川去南京组建战区司令部。命令中撤销了第二路预备军司令部这个名称。一纵改为二十二集团军，二纵改为二十三集团军。

重新任命如次：

二十二集团军总司令邓锡侯，副总司令孙震，两人同时分别兼任四十五军、四十一军军长。李家钰的四十七军稍后出川。命令第七战区司令长官刘湘兼任二十三集团军总司令，唐、潘二人为该集团军副总司令兼二十一军、二十三军军长。

这道命令很给人刺激，特别是给刘湘的刺激处在于：二十二集团军的四十一军、四十五军出川后，划归二战区司令长官阎锡山指挥，参加山西战事。至于稍后出川的四十七军没有提。这样一来，甫帅就被一纸释兵权了。可是，向来视川军如自己命根子的甫帅、“四川王”刘湘，这回对这个命令竟也认了，没有对中央军委提出任何异议。

这道命令很细。对二十二集团军孙震的四十一军何时从驻地德阳开拔起程，何时到成都会同邓锡侯的四十五军，何时从东大路出川，过秦岭驰援山西，何时在何地集中等，都有明确的时间规定。命令同时说，鉴于甫帅目前身体欠安，可先在川内休养、治疗。二十三集团军的两个军，由唐、潘二人在重庆集结，稍后走水路，经夔门出川开赴淞沪前线作战，至于先到何地，何时到达等，也都有明确规定。可是，唯独两样最不能或缺的大事，军委在命令中连提都不提。这就是：一、出川川军的武器装备如何解决；二、出川川军迫不及待，急需更换的军装问题。

川军的武器装备之差，差得简直没有底。不要说根本不能同一色德式装备的中央军比，就是在全国杂牌军中都是最差的。战士普遍使用的都是老掉了牙的川造步枪，连清末重臣张之洞当年在湖北武昌开办的军工厂造出来的所谓“汉阳造”步枪，在川军中都是宝贝得不行，在川军中的配置还不到百分之二十。而且，这些老掉牙的川造步枪，好些还都没有配备肉搏战必需的刺刀。因为年深月久，这些川造步枪，有些连来复线都没有了，准星也是歪的；有些枪栓在枪槽中是松动的，急行军时为防止枪栓滑落，得找一根细绳子来将枪栓绑上……这样的枪，上山赶赶野兔、轰轰山鸡，或许勉强可以。真的要开枪打死在山上奔跑的野兔，从树丛中飞上天去的山鸡都不行，何况是出川去打“国仗”！是去同武装到牙齿，训练有素，装备之好，武力在世界上数一数二的日本军队作战！而大兵团作战必备的野战医院、通讯联络、重炮等，川军更是一概没有。每个团，轻机枪多的十余挺，少则几挺，重机枪更是少得可怜，只有寥寥几门迫击炮；像山炮、野炮这些正规战必需的重武器，川军更是全然没有。

另外更为迫切的是，已经这个时节了，川军官兵穿的还都是单衣短裤。这样的装束在气候温和的四川盆地，勉强可以将就一段时间，不要说到山西，部队这样的着装，要翻越秦岭都不行。部队这样出川作战，简直就是在开玩笑！然而这两个大问题，从中央军委命令中看，好像根本就不存在似的。

对于军委命令中这两个严重的缺失，邓锡侯和孙震等都反应强烈，他们再三坚持，强调上面非解决不行。不然，二十二集团军不能出川！经再三交涉请示，上面表示已请准蒋委员长，因为时间紧急，形势紧张，首批驰援山西的川军必须立刻开拔。至于川军所需军装、武器弹药等，为节约时间，以免周转，立刻照数点拨给二战区，让二战区军需部门代为保管，待川军一到宝鸡，立刻解决云云。至于首批川军开拔必须要的460万元经费，上面不松口，坚持说四川是天府之国，不在乎这点小钱，他们要四川方面自己解决这笔开拔费。

而这样欺负人的答复，刘甫公竟然也全部答应下来。从来没见过甫帅有这样好的脾气，这样好说话的时候，有人在背后嘀咕：“甫帅简直就是哭着、闹着去求老蒋，我们要出川去打日本！”“用我们乡下一句具有讽刺意味的话来说，这就叫‘手中端着三牲（祭祀的猪头）还怕找不着庙门’！该老蒋来求甫帅的，却是我们的甫帅去求老蒋，事情完全弄反了！”……

但是，甫公既然定了，拟定首批率军出川，火速驰援山西的邓锡侯和孙震也不好反对，况且他们本身也是积极抗战的热血军人。

现在问题在于，上面拨给川军的军服装备是否已经到位，据悉已如数进了宝鸡兵站，但是却始终得不到落实。他们数次忧心如焚地把电话打到太原二战区司令部，对方的回答总是支支吾吾的，说找阎长官，总是推托阎长官不在……本来很简单的事，现在看来很复杂。因此，他们不得不把这悬而未决的事看成第一要务！不得不放下手中要理的千头万绪，要办的多项要事，急如星火地赶去太原，找到阎锡山落实这两桩事。

这时，邓锡侯、孙震都在忧思重重地想象着他们那些身着单衣短裤的几万名官兵，翻越高寒的秦岭时的千难万险，还有无法避免的减员！那场面必是险象环生、惊心动魄的。

“晋公！”孙震似乎终于经受不起这样痛苦的思索和煎熬。他掉过头来，看着对面将身子斜倚在长沙发上假寐的邓锡侯：“你说，上面拨给我们的这批东西，既然已经全部到位，二战区为啥总是支支吾吾的？东西又不是他们的！还有，当初二战区那些人，可是给我们答应得钉钉然的。说是保证上面拨给我们的东西一到，部队只要到了宝鸡就照给照发，现在却是这个样子？真是怪头怪脑的！”孙震说出了他的全部担心：“山西人精得很，我听说，阎锡山更是个出名的啬家子（四川话，吝啬鬼），他们该不会扯拐吧？”好像这一切答案，水晶猴都是可以回答出来似的，这也表明了孙震在这些事上，对水晶猴的倚重。

“这个，我看难说！”不意，邓锡侯只有一句，用语打电报似的简洁。

这话本在意料之中，也在意料之外，孙震听来却是一惊，就像被枪弹打中似的。等邓锡侯说下文时，他却又不往下说了。水晶猴就是这个样子，说话总是说半句留半句，神龙见首不见尾，一点都不耿直。

“怎么个难说法呢？”孙震显得有些生气：“未必我们川军千难万险地去山西帮他们打仗，又没有叫他阎老西拿啥子东西给我们川军，只是让他阎老西到时把上面拨给我们的东西给我们，他都要打来吃起吗？”说着来了一句四川歇后语：“未必他是老鹰吃麻雀——毛都不留一根？”孙震缠着邓锡侯不依不饶，打破砂锅问到底，好像一切的谜底都被这个斜倚在长沙发上假寐的水晶猴藏着掖着似的。

“德操你想哈，这阎老西一直是山西的土皇帝，原来生怕人家进入他的地盘，连铁路都修得与外界不一样，是窄轨。现在形势危急，日本人打来了，他张皇了，这才向中央要求派兵援助。正好，我们甫帅向中央主动请缨，派兵出川抗日，军委转手就把我们二十二集团军批发给了阎老西。按常理，阎锡山是不该把我们这批东西打来吃起。但是，我们打电话去问了若干次，总是找不到他，他就像在同我们藏猫猫似的。其他人回的话，也是活摇活甩的。不然，你我何必这样天远地远的去太原找他！我总觉得这中间有些蹊跷，你说是不是？”

水晶猴绕了半天，核心就是“蹊跷”二字。

孙震见从水晶猴这里问不出个名堂，他想了想，说：“你说，尹昌衡为此，专门替我们给阎锡山写了封信，这封信会不会起点作用？”

邓锡侯笑着摇了摇头。这次，他的神情是肯定的。

他们说的尹昌衡，是辛亥革命前后四川的风云人物，是他杀了清廷在四川的最后一任总督，有“四川屠户”之称的赵尔丰，当四川省军政府都督时才 27 岁。尹昌衡在日本东京士官学校留学时，与阎锡山是同班同学。他个子高高，相貌英武，风流倜傥，加入了孙中山领导的旨在推翻清廷的秘密军事组织“铁血青年丈夫团”，深得孙中山信任。他在留日同学中很有威信，连唐继尧、李根源、孙传芳这些回国后风云一时的人物，当时都整天围着他转。他发现阎锡山是个讷于言而敏于行，乌龟有肉在肚子里的人，不仅介绍阎锡山加入了“铁血青年丈夫团”，而且以后俩人还结拜为兄弟。回国后，尹昌衡又是他们同学中最先大红大紫的人物。后来因为触犯了已经当上中华民国大总统，却还想黄袍加身的袁世凯，被袁世凯诱骗至北京关进深牢大狱达四年之久。最后还是经山西土皇帝阎锡山多方营救，才得以逃出桎梏，回到成都，成了成都五老七贤的领军人物。

孙震知道邓锡侯笑的意思，想想也是，人情张张薄如纸。今天啥都不是，在家赋闲的尹昌衡写封信去，能起什么作用，说不定，阎锡山理都不会理。于是，孙震建议，等一会儿到太原见了阎锡山，如果阎百川真是“不落教”，那就由他出来唱红脸，公开同他理论，邓锡侯出来唱白脸，当笑头和尚。总之，非把这批东西拿到手不行……

“没法，东西现在人家手上。只能等一会儿见水脱鞋，骑驴看唱本，走着瞧了！”邓锡侯说时，手一拍，加强说话的语气，内中没有说明的意思，也蕴含其中了。

看来也只能这样了。

然后他们转移了话题，谈到目前已在上海正打得不可开交的淞沪会战。说到这里，俩人一下就有些振奋。因为先他们从贵州出发，去参加淞沪会战的杨森二十军和实际上只有二十六师一个师的郭汝栋四十三军，在上海打得好极了！参加淞沪会战的部队，大都是中央军。装备简陋至极的这两支川军刚去时，很为中央军看不起。可是两仗打下来，川军的名气就响了。与川军并肩作战的八十八师是中央军各部里的佼佼者，被日军称为“最可恨之敌”。而这个师的师长孙元良，就是孙震的侄儿，成都人。孙元良原是北京大学学生，后来看国势艰危，投笔从戎，去广州考取了黄埔军校，是黄埔一期毕业生。而且，孙元良还是由早期共产党创始人之一，北大教授李大钊介绍去的。谈到这些，孙震脸上第一次露出了笑容。

孙震似乎心有所系，一边同邓锡侯谈着话，一边不时扭头看着窗外，一心希望看到出川的部队。

“晋公，你快看！”忽然，孙震一下神情振奋，站了起来，用手指着舷窗下，脸上露出惊喜，指点着说：“你看，那不是我们出川的队伍是什么？”

“真的吗？”邓锡侯霍地一下站起来，将身子凑上去，头抵在舷窗上，目光循着孙震手指的方向急切地看下去。这会儿，他是再也无法矜持了。

“在哪里，在哪里？德操，你快指给我看！”

这时，他们的专机已经飞越秦岭，飞行在八百里渭河平原上。

“你看——”

邓锡侯随着孙震手指的方位看去。

专机驾驶员似乎心有灵犀，知道他们的心情，这会儿有意降低了飞行高度。从空中看下去，几万名出川将士着装和装备的简陋，现在是一点都看不到了，可以看到的是一派威风，是雄伟的进军。在相对绿色的原野底色上，排成好几路纵队前进的部队整体上看，就像黄河的排排涌浪，不可阻遏地奔向前方。而那些随风飘扬，猎猎招展的军旗，特别是几万名川军将士背在背上的大刀，刀把上飘扬的束束红缨，连结起来，在北地纯净而又明亮的太阳映照下，与军旗交相辉映，像是一簇簇燃烧的火焰，真是壮观极了。

"嗨，我们川军好威风啊！"邓锡侯的话中充满了骄傲和欣喜："我看清楚了，不错，是我们的川军！"

他们俩就这样贴在舷窗前，兴奋地指点着出现在飞机下，行进在八百里渭河平原上的自己的部队，议论着，热血沸腾，先前的沮丧、忧虑，以及邓锡侯的矜持，这会儿都一扫而光了。可就在这时，随着一股气流涌来，飞机忽然升高。气流过去，再要看时，只见舷窗外蓝天高远，机翼下朵朵白云，像是翻滚的银棉，地面上的景物，再也看不到了。

当邓锡侯、孙震乘坐的专机，经过三个多小时的飞行，降落在太原机场时，已是暮色苍茫了。

飞机刚刚停稳，精干瘦小的李少昆出现在邓、孙的前舱。

"两位司令，请下飞机吧！阎长官派来的人，已经在下边等了。"李少昆说一口浓郁的川北话，说时，带一个弁兵进来，为邓、孙两人收捡起茶杯等小零碎东西。

李少昆是孙震的少校贴身副官。他虽是一个副官，但在整个川军中都很有名。他原是孙震手下主力师，一二二师师长王铭章的副官。1932 年在成都发生的那场相当惨烈的省门之战中，双方争夺的要点是皇城背后的煤山，那是成都的制高点。王铭章的一二二师是二十九军的主打部队。王铭章捷足先登，派出一个营，先行将煤山占领。迟了一步的刘文辉急了，为鼓励部下去夺取煤山，不惜悬以重赏，那是一场你死我活的大战。

大战前夕的那天下午，事必躬亲的王铭章上到煤山，检查部队一应战斗准备。检查完后，他端起望远镜，向将煤山团团包围的刘文辉部石少武独立旅瞭望时，不意被石少武发现。两者之间，直线距离不过三四百米，站在一幢西式小洋楼平顶上的石少武，赶紧叫来一个神枪手，准备打王铭章的黑枪。就在那个神枪手不慌不忙举枪瞄准了王铭章，就要勾动扳机之时，幸好被跟在王铭章身边的副官李少昆及时发现。李少昆机智过人，敏捷异常，枪法好极。他抢前一步开枪，当场击毙了那个神枪手，如果不是石少武跑得快，也被李少昆当场打死了。战后，成都大报小报将此作为花边新闻大登特登，小小的少校副官李少昆一下成了名人。孙震于是看中了李少昆，好不容易把李少昆从王铭章手下要了过来，当了他的副官。

在孙震眼中，李少昆是个一兵多用的典型，人又忠诚，能干，能做好多事。这次，他就带了一个李少昆，邓锡侯也只带了一个秘书、一个弁兵。

李少昆和邓锡侯的秘书、弁兵一前两后护卫、簇拥着邓锡侯、孙震，出了专机，上了舷梯。

一轮血红的残阳，正落在地平线上，缓缓下沉。一阵凛冽的寒风扑面而来，很是强劲，风中夹着塞外的沙子，打在脸上手上生疼，寒意直透胸臆，连口腔中都充溢了土腥味。

“嗬！”邓锡侯不禁倒吸了一口寒气，用手拉住被寒风卷起的军呢大衣下摆，说：“才这个时候，山西就这样冷了？北方的风沙，真是劲仗哩！”

两辆漆黑锃亮的小轿车，已经停在舷梯下，虚位以待。一位个子瘦长，身着中式黑缎棉袍，戴副老式铜边眼镜，颔下护一绺山羊胡，年约五十，师爷状的男人，快步迎上。

“欢迎，欢迎！欢迎邓长官，欢迎孙长官！”师爷状的男人抱拳作揖，说一口土得掉渣的山西五台话，不用说，他是阎锡山的老乡。师爷状的男人说话时露出一口焦黄的牙齿，锥子似的目光透过镜片，打量着远道而来的客人。邓、孙两位也同时对他抱拳作揖，算是有礼。

师爷状的男人慢声细语自我介绍，说他姓段，名德宽，阎长官的师爷。果然不差，是师爷。可不要小看这些说不清官品的师爷，他们大都是当权长官身边的要人、红人。段师爷解释了阎长官不能亲自到机场迎候二位将军的原因，然后手一比："请两位长官上车。"

这就有位年轻的晋军军官闪身而出，胸脯一挺，啪的一声，两脚一并，给邓、孙敬了个军礼，替他们拉开了前头一辆轿车的门。

为了便于谈话，邓锡侯、孙震同坐一辆车，段师爷陪坐在侧。

一行人相继上车后，两辆轿车首尾衔接，披着最初的夜幕，向太原市区风驰电掣而去。

孙震用手轻轻撩开雪白的浅网窗帘，透过车窗望出去，好奇地打量着这薄暮初上时的窗外景致。这是他们第一次来太原，轿车正从太原机场绕过，顺着公路一拐，两边的旷野上出现了寥落的村庄。这样的景致，与成都近郊的乡村是完全不同的。

"两位是第一次来太原吧？"陪坐在侧的段师爷不知是怕冷落了客人，还是为了显示口才，这就适时打开了话匣子，顺着溜溜说下去："你们四川是天府之国，灵山秀水，好地方呀，真是好地方。那年我也是这个时节，随一个汽车队去过四川，我坐在一辆大货车的驾驶室内，视线好极了。可路太难走，我们花了三天的时间，才提心吊胆地翻过了秦岭。哎呀，那次让我领教了你们四川为什么叫天府之国，也领教了蜀道之难！"

段师爷最后这句话，正好触动了孙震的心病。

"是吗？"他掉头对段师爷说："请你详细给我们讲讲这个时节翻越秦岭的情景，很险很艰难吧？"

"那是。不过，我们是坐汽车去的，走的是盘山公路，比走金牛道又不知好到哪里去了。"段师爷口才不错，说着详细描绘开来。

"哎呀呀，那简直不是人过的日子，首先是山上那冷！险就不多说了。"段师爷似乎沉浸在那段可怕的记忆中，两手握起，用嘴吹了吹，好像是在呼热气。"山路险峻，路边都是万丈悬崖。落进山谷，摔得稀烂的汽车，随处可见。不要说开车，我就是坐在车上都不敢朝外面看，一看脑袋就发晕。特别是晚上在山上宿营，好遭罪！”

“宿营？是搭帐篷住吗？”孙震又问。

“不是！哪敢住帐篷，那还不冻死人！我们晚上都躲在驾驶室里，蜷在座位上将就一夜。因为晚上气温太低，汽车马达一夜都得发着火。如果不然，人受不了，第二天一早汽车的水箱也肯定结冰。再发动，就得用火烤。

“晚上还时有猛兽出没。我们去时带了几条皮厚毛多、经冻的撵山狗。歇夜时，大家招呼一声，放狗了，只听车门砰砰响，大家赶紧关上车门。

“秦岭山巅上空气稀薄得很，这时节已经早下雪了。就那一趟，我们中硬是有一个人没有过得去……”

“哎！你们坐汽车过秦岭都那么艰难。我们援晋的几万名官兵，这个时节还都穿的是单衣短裤，不知怎样受罪呢！”孙震说时，流露出明显的担忧，还有一丝气愤。

段师爷这才发现自己只图说得痛快，说漏了嘴，好在这时车已进入太原市区。段师爷为了转移孙震的情绪，腰一躬，手往外一指，说：“两位长官请看，这是我们的中央大街。”

邓锡侯、孙震这就注意往外看去。

天，已经完全黑了。第一次来太原的他们，不禁将这时的太原与成都进行比较。这个时分的成都，华灯初上，凉风习习，不冷不热，气候很爽，街上游人如织，满天闪闪的繁星，与街上摇曳的灯光相映相衬。而这时的太原，宽阔的街面上路灯稀疏，寒风嗖嗖刮过，卷起满街的落叶，寥寥的行人，大都身着棉袍，袖着双手，步履匆匆。经过一条十字街口时，只见两边的楼上，一边垂下一幅大标语，红底白字，虽然路灯稀疏晕黄，仍然看得分明。一幅是：“在阎长官领导下，誓死保卫山西！”另一幅是：“在蒋委员长领导下，将抗战进行到底！”这就有些战时意味了。而与之协调的是，沿街望去，一些有钱的大户人家正在趁夜搬家，大门前停着汽车，更多的是大车，有管家类的人站在车前指手画脚，指挥着搬运工……虽然目前在太原很安静，但还是看出了大战逼近前的一些紧张气氛。

车出太原不久，眼前的景象陡地一变，俨然到了塞外江南。孙震、邓锡侯这才发现，原来这晚天上有月，月亮又大又圆，月光洒下来，如银如水，远处山峦起伏，平坦宽阔的公路两边绿树成荫，良田沃野，流水潺潺，地势平坦，阡陌纵横，烟村人家稠密。

“这是晋祠吗？”邓锡侯掉头问段师爷。他知道，晋祠是太原最好的地方，是有名的塞外江南。

“正是。”段师爷这就介绍开来：“这里不仅是太原最富庶的地区，也是著名的风景区，文物古迹名胜很多，有《西厢记》中写过的白马寺，寺内的千手千眼观音菩萨造像最是精美，还藏有宋、元、明经书三万余册……再往前走，就是汾河了。在汾河出口处有龙山石窟和童子寺燃灯塔……两位将军到了太原，一定要去这些地方转转、看看……”

说时，轿车拐了一个弯，前面亮出一座由东向西的清秀雄峻山峦，如跪狮卧虎，有飞瀑白练悬空，鸣声如琴。

段师爷说，前面就是阎长官的公馆了。他们看去，果然气派非凡！山峦之下，阎长官的公馆平地矗立，占地广宏，四周隐隐有高墙环绕，简直就是一座城堡。

轿车甩开公路，驶上通往阎长官公馆的私家路，是柏油公路。两边一株株合抱的虬枝盘杂的银杏、楠木有序排列，这些都是北方少见的珍贵树木，在月光中洒下一地如水的浓荫。首尾衔接的轿车队徐徐驶到门前停下来。是公馆正面的侧门。两扇厚重的红漆大门是正门，平时是不开的，大门上嵌着镏金泡钉，吊着兽环。

侧门上吊着几盏大红宫灯，灯笼下边长长的金色穗子，在夜风中摇曳。

门前岗亭站岗的士兵纹丝不动，从里面走出一个年轻的军官。他来在轿车前，带车的军官摇下车窗，递去派司。军官看了看，手一比，示意放行。

阎公馆豪华气派，很有纵深。车进去又开了好一会儿。移步换景，车轮触地，发出好听的沙沙声。

阎锡山住在公馆后院一个很中式很精巧，具有北地特色的四合小院里。当段师爷领着邓锡侯、孙震走进去时，阎锡山已走出屋来，等在阶下，显得很客气。时年54岁的阎锡山中等个，身材粗壮，留寸头，宽面大耳，眼睛很鼓很亮，灯笼似的。他嘴上护绺仁丹胡，身着青缎长袍，外罩黑马褂，身姿很挺，很有精神，神态沉稳，很有派头，恍然一看，就像当年市面上普遍流通的，很值钱的银圆鹰洋上镌刻的袁世凯袁大头的样子。可不要小看了这位阎锡山，他可是民国以来时局的弄潮儿人物。当年北伐之后，蒋介石为了达到他实行一个国家、一个政党、一支军队、一个领袖的目的而裁军，裁的首先就是阎锡山、冯玉祥、李宗仁的部队。他们当然不干，这就同蒋介石立刻翻脸，刀兵相见，爆发了有名的1930年的中原大战。战争初期，双方半斤对八两，蒋介石还稍处下风。在郑州火车站，蒋介石在一辆废弃的火车皮上指挥部队时，差点被冯玉祥派出的郑大章骑兵部队抓了俘虏。阎锡山、冯玉祥、李宗仁以及在历史上就同蒋介石不和的国民党元老级重量人物汪精卫，在太原成立了另一个“国民党中央”，推定阎锡山为国民政府主席兼海陆空三军总司令。然而好景不长，因为少帅张学良率军入关助蒋，战争的天平一下子倾斜，胜利倒向了蒋介石，阎锡山这个为期很短的小朝廷，史称“九九短命小朝廷”。但不管怎样，阎锡山毕竟是做过“国家元首”的，可见其人的力量和能耐。

“晋康兄，德操兄，委屈你们了，快请进，请请！”阎锡山说时手一比：“因为有事，没有到机场迎接你们，还望恕罪。”邓锡侯、孙震也同阎锡山客气一番，先是抱拳作揖，然后握手，说些“阎长官大名如雷贯耳，今日得见三生有幸”之类虚言，三人谦让着进了屋。

阎锡山的客厅相当阔大，有北地建筑特色，红色的窗棂，绿色的窗帘，门前挂着珠帘，地上铺着厚厚的土耳其地毯，品字形的沙发，靠窗有张大办公桌。在办公桌与接待客人的品字形沙发间，虚隔着一道博古架陈列着富含古韵的陶罐、青铜剑等珍奇。屋里的摆设简单实用，没有一样是多余的。舒适而宽敞。他们与阎锡山分宾主坐定后，自有勤务兵进来，送上香茶糕点。李少昆和邓锡侯带来的秘书、弁兵，另有段师爷在隔壁安排。

一见面，孙震就将尹昌衡写给阎锡山的信，拿出来，捧在手上，站起来很庄重地交给他，特意申明："这信，是我们来时，你的老同学、老朋友尹昌衡托我们带给你的，尹老并特意让我们代他向阎长官问好。"

阎锡山只是躬了一下身子，并不真站起，一只手接过信来，只是"哦"地漫应一声，随手将信放在茶几上，也不拆开看。孙震心里不禁一惊一冷，心想，阎老西的如此表现，水晶猴真是算到了。

"两位司令官赶在部队之前先来太原，是找我有事吗？"阎锡山明知故问。

"是。"邓锡侯接过话头，笑笑："我们是无事不登三宝殿。"

"啊，是吗？"阎锡山装出一些诧异："有事你们打个电话来不就得了，何劳你们两位司令大驾先跑一趟塞外？听说，你们的第一批部队已经出来了？"他说时，好像对一切全然不知。

"我们在成都给阎长官打过多次电话，都是长官部的人接的。我们说要找阎长官，而他们却总是推三阻四！"孙震说时，显得有点气愤。

"是吗？"阎锡山将胖大的身子往前一倾，好像只有这样才能听清楚似的："这太不像话了！我回头查查，看是谁干的，了得！如此军国大事竟然敷衍塞责，查出来，看我不处分他！"说时，用一双灯笼眼瞅了瞅邓、孙二位的反应。

邓锡侯又是浅浅一笑。

"阎长官知道，我们甫帅抗日心切，从南京开完最高国是会议回成都后，立即上书要求派兵出川抗日……"邓锡侯简略地回顾了一下事情由来，然后直奔主题："阎长官是知道的，我们首批出川的二十二集团军两个军四万余名官兵，在这样的天气，还穿的是单衣短裤……"

阎锡山马上接口："这确实是件大事！自古兵马未动，粮草先行。塞外这样冷的天气了，你们出川的川军还身着单衣短裤，这哪能打仗，想想都冷，事情有些滑稽。你们甫帅，你们四川呀，这个，哈哈！”阎锡山笑了起来，笑得有点讽刺，却挑了一下大拇指，表示对川军援晋的赞赏。他的指拇很粗，一根根香肠似的。

“不是早就同你们说好了吗？”阎锡山又装糊涂：“你们川军只要一到宝鸡，马上给换装换武器？东西是已经到了。”

“可问题并没有落实呀！”孙震说了其间有关方面的交涉情况。“因此！”他指了指坐在一边的邓锡侯：“我们至今心中都是悬吊吊的，不得不特意赶来，请阎长官落实。”

邓锡侯点了点头，表示同意。

“这个你们请放心。”阎锡山说时，将宽大的袖子抖抖，伸出一只手来，在头上抠抠：“你们二十二集团军的两个军一到山西，啊，不对，一出川，就是我们二战区的人了。我作为二战区司令长官，肯定关心你们川军，肯定将你们川军与我们山西的晋军，还有前来支援的中央军，一碗水端平。”

“那好！”邓锡侯深怕阎锡山这样说话弯弯绕，把话说远了，绕了开去，马上钉上一句，将上一军：“这就是说，阎长官保证，我们的部队只要一到宝鸡，马上就能换装换武器？！”

“是呀！”这一句把阎锡山逼得没法了，他的手在头上又抠了抠，用灯笼眼看着邓锡侯，好像显得有些诧异。

然后他当即表态：“你们川军穷，我们山西也穷。穷到一起去了。不过，你们是来增援我们山西的，是客人，作为主人，我无论如何要表示表示，尽地主之谊。你们川军到山西后，我还要以个人的名义送你们二十挺晋造机枪，两个军一家十挺，如何？”

“太感谢阎长官了！”邓锡侯、孙震马上如是表示，心里顿觉轻松了许多。

“不过！二战区的事情要复杂些。”阎锡山却又这样说：“贵军到后，可能有好些时候，好些事情，都要请你们包涵，因为副司令长官就有三位。”说时，又伸出手，将五根香肠粗的指拇一一伸开：“他们各有各的立场，各有各的利益。”说时诉起苦来，说是副司令长官中有正在晋北忻口一线组织会战的卫立煌，他代表中央军。有率军在晋东一线作战的十八集团军司令朱德，他代表共产党方面。还有黄绍竑，至于黄绍竑代表哪个方面，他没有说。不过说到这里，阎锡山特别强调：“你们川军准备参加娘子关战役，由黄长官指挥调遣。”

他说，另外还有一个在西安坐镇的西安行营主任蒋鼎文，“虽说他的职位与二战区好像毫不相干，但他是委员长的亲信，是持尚方宝剑的人，四处插手，八方冒烟。你们川军是先到陕西，然后经陕西的潼关从风陵渡过黄河到晋东。其间种种，估计蒋鼎文到时说不定插一杆子……”

阎锡山说这番话，在邓、孙二人听来，有推托的嫌疑，他是在预先给自己留下余地。但他们并没有把这番话很放在心上。在他们看来，像阎百川这样很滑头的人，把丑话说在前头，处处给自己留有余地是必然的。他们在表示理解的同时，要求阎长官多多关照川军。

“我现在忙得焦头烂额，山西形势严峻，你们来得也正是时候！”阎锡山适时转移了话题，将山西目前的状况给他们做了一个大体的交代。邓、孙二人很注意听。他们早就对山西的情况做过一些研究，现在虽然面前没有挂作战地图，摆沙盘，但阎锡山介绍的情况，在他们脑海中完全是具象的，可触可感的。

“七七”事变后，阎锡山初期心怀侥幸，以为日军不会进攻山西。理由一是山西地处黄土高原东部，太行、吕梁、恒山、中条四座山脉周边耸峙，地势险要，从古至今易守难攻，号称“华北之锁匙”“华北屋脊”。其时，蒋介石已经在上海一线开辟了战场，中日双方渐次增兵，打得溢天沸地。阎锡山推定，这时日军不会劳师费力分兵进攻山西。二则是他有许多当年留学日本东京士官学校的日本同学，关系很不错的，战前双方随时都有音问，这些人中有些在日军华北司令部就任高职，想来会帮他。不意，日本人不管这些。日军在拿下华北军事重镇张家口后，立即杀向山西，而且声势很大，集中了三个师团，七万余人，配350多门各类大炮，150多辆战车，300 多架飞机，在寺内寿一大将指挥下，气势汹汹杀了进来。阎锡山这才慌了，赶快向中央要求援军，同时积极组织忻口会战，并拿出了积攒多年的全部家底，将他平时深藏不露的九个炮兵团，计约 300 门大炮全部拉了出来，集中到了忻口一线。据说，蒋介石听后都大吃一惊，万万没有想到平时总是向中央哭穷的阎老西私下富裕如此。国民党中央军委准其所请，除了把首批出川的川军二十二集团军的两个军调去增援外，又向晋北、晋东的天险忻口、娘子关一线调去了大批中央军，总计先后有 94 个步兵师，8 个步兵旅，4 个骑兵师，投入兵力近 80 万人。这样，尽管日军也陆续增兵，在山西，中国军队与日军的比例始终不低于七比一。

忻口会战目前尚未全面展开，但局部战事已经打响，一开始就异常惨烈。检点初期战斗的结果是一喜一忧。喜的是，八路军一一五师在平型关伏击了板垣师团一支辎重部队，惨烈的战斗打了一天。一一五师在付出了相当大的代价之后，取得了平型关大捷，消灭日军一千多人，缴获辎重许多。这是抗战以来中国军队首次取得的大胜，打破了日本军队不可战胜的神话，给全国军民极大的振奋。忧的是，在灵山一线，作为中央兵团总指挥的中央军第九军军长郝梦龄，在带领部队从三面围攻日军时，损失惨重，郝梦龄牺牲，同时牺牲的还有高级军官多名。郝梦龄是中将，他是山西开战以来，当时牺牲的级别最高的军官，年仅 39 岁。

听到这些，邓、孙二人越渐感到肩上担子的沉重，正想着重问问川军将要去参战的晋东险隘娘子关的情况时，副官走了进来，趋步来在阎锡山身前，弯下腰去，说是宴席已经准备好了。

“请吧！”阎锡山站了起来，做了个请的手势。

主客来在隔壁一间极富山西特色的小巧的宴会厅坐定，主人吩咐上菜。推杯换盏间，阎锡山笑道：“总体上，我们山西同你们四川天府之国没法比，但我们山西也有几样好东西，这就是汾酒、老陈醋，还有我们的山西民歌。你们要不要听听我们的山西民歌以助兴？”

邓锡侯、孙震都说好。

这就唤几个歌手轮番上来演唱。红男绿女，都年轻，他们的歌声中，都有一种塞外的气息。细听，女的音声袅袅，悠扬而婉转，传达出一种塞外的辽阔、悠扬和悠远；男的歌喉高亢，有穿云裂帛之妙，让邓、孙似乎感受到了雄浑的黄河涛声。

宴会时间不长，也就一个多小时。

临睡前，孙震不放心，来在邓锡侯的卧室，提出他的担心说："我总感到阎锡山这个人水很深，落不透。这阎老西该不会是嘴上说得蜜蜜甜，心中揣把锯锯镰吧？"

邓锡侯思索着点点头说："没有办法，只能这样走一步看一步了。我们能想到的都想到了，该说的也都说了，人家是滴水不漏，我们现在的命运是掌握在人家手中。我想，明天我们回到成都，除了把情况报告给甫帅外，当务之急是赶快把手上的事办完，到前线去掌握部队。我现在最担心的是，你我两个的副军长马毓智和董长安率领部队到宝鸡后，人家会不会理他们？勾子麻糖的事那样多。你刚才不是听阎锡山说，部队到了陕西后，搞不好，蒋鼎文还会来插一手。如果是那样，事情还不知有多复杂呢！"

孙震想了想说："也是。"然后才去睡了。

他们想到了很多困难，但万万没有想到的是，恰恰是他们最担心的两个问题，待他们的部队千辛万苦到了宝鸡后，不仅根本没有得到解决，而且接下来发生的情况更是糟糕。

- 第二章 -

居心叵测，成都大戏院里的试探

成都春熙路是早在20世纪20年代，四川督理杨森主持川政时留下的一大手笔。当时，这条街与成都任何一条长街幽巷都迥然有别，非常的繁华洋气。街长约一千米，柏油路面宽阔笔直，街道两边一色的西式洋楼，大都一楼一底或两楼一底，店铺装修豪华，出售的大都是洋货。光看商标就知道了，什么“亨得利”钟表行、“梦巴黎”时装、“双枪”自行车……这条街上，风都是香的。

每天一到晚上，这条街上人最多的地方，是春熙路大戏院。这是一个老少咸宜、不拘富穷的好地方。有钱的人买票进去看电影或看戏，没钱的人可以看门外的各式大海报。名说是大戏院，其实也随时都会演电影。戏，自然是川戏，能登上这个戏院的，自然是杨素兰这样的名角。电影呢，放映的不是美国好莱坞大片《人猿泰山》，就是中国的《火烧红莲寺》……总之，是最抢眼的片子。戏院建筑得非常阔气、舒适。随着夜幕的降临，戏院高大的门楼上，一串串红红绿绿的霓虹灯渐次亮了。然后，跳起舞来，它们在黑绒似的夜幕上闪烁、跳跃、汇聚，最后勾勒出“春熙路大戏院”

这样几个艺术字体，燃烧得无声而又灿烂，让好些专门赶来看灯的人，张大嘴，伸长颈子，看着这西洋镜似的景致或高声叫好，或正发呆时，却又没了。一会儿，灯组又重新跳跃起来、汇聚起来、变幻开来，周而复始。因此，戏院门口围得人山人海，一直要持续到深夜戏院散场、熄灯时，天天如此。

然而，在这个秋风轻拂的晚上，春熙路大戏院却是一反以往的安静，门可罗雀。黑绒似的夜幕中，那一串红红绿绿的霓虹灯照样跳跃、闪烁，照样勾勒出那几个艺术字体。戏院里明明在上演川戏，铿锵的锣鼓声，高亢的帮腔声，隐隐传来。门前却静场了。经过这里的人们，在发现了异常的同时，也发现了原因，原来戏院门前有两排军装整洁的兵在站岗警卫。停车场上，以往这个时候停的大都是有钱人家的黄包车，轿车很少，而这晚却停的是一辆辆推屎爬（四川话，屎壳郎）状的小轿车。当时，小轿车在成都还是稀罕物儿，戏院停车场上停了这么多小汽车，门前又有兵站岗警卫，显然这晚春熙路大戏院是被省上哪个政要包场了。

一点不错。

这晚，春熙路大戏院被前中央驻川参谋团主任，现任成都行营主任兼重庆市市长、防空司令等多种要职的贺国光包场了。他特别邀请了刘湘原二十一军的一些高级军官并少量名人、社会贤达，总共不过四五十人来这里，先看戏，后赴宴。

但是这之中，唯缺三人，这就是最不该缺的刘湘和邓锡侯、孙震。邓锡侯、孙震这晚正在太原，情有可原。就要出川，病中的甫帅日前回大邑安仁老家探亲祭祖去了，至今还没有回来。甫帅此举，报上多有报道、渲染，造成了一种甫帅此去抗日就要抗到底，大有马革裹尸还的悲壮。

其实，贺国光正是瞅准了甫帅不在这个空子，有意而为之。之所以如此，自有他想要达到的目的。这目的说复杂也复杂，说简单也简单，他是想借此同这些大员联络联络感情，同时摸摸底。

足可以容纳三四百人的剧场里，座椅都已撤去，代之的是摆得相当松散的十几张小圆桌。每张圆桌上摆有四五杯盖碗茶，还有新津南河大瓜子、耀华点心、天府花生、龙泉驿水蜜桃，都是成都的名优特产。被请的军官，最低的级别也是独立旅旅长一级。似乎每个与会者都知道自己的位置，没有哪个是僭越乱坐的。不过，物以类聚，人以群分，酒逢知己千杯少，话不投机半句多。能坐到一起的，都是朋友、熟人，最少也是能谈得起的。当然，和贺国光坐在一起的几个人又当别论，因为那几个人是贺国光特别招呼在一起的，都是川中重量级人物。

任何时候，任何地点都有一个中心。今天这个时候，这个地点的中心就在距戏台最近的两张拼在一起的方桌。无疑，这两张拼在一起的方桌是今天的首桌。坐在首桌后面正中，面向戏台的是主人贺国光，坐在他旁边的是尹昌衡。明明唐式遵和潘文华都是仁寿老乡，经历差不多，都是甫帅赖以信任，并在麾下多年征战的将军，该有话摆吧！可他们俩就是不坐在一起，而是分别坐在贺国光左右两边，明显地保持着距离。王陵基、王缵绪也是。也许是为了让方桌两边的人一样多吧，长得胖胖的，皮肤粗糙的脸上总是挂着笑，显得有些憨，在民间轶事趣闻很多的“范哈儿”范绍增，和身着青缎长袍，梳大背头，显得非常整洁儒雅的邓汉祥，也是无可无不可地一边坐了一个。

大戏院里的目光，都自觉不自觉地围绕着这几个人转。

贺国光今天身着一袭黑缎长袍，脚穿黑直贡呢白底朝元布鞋，似乎有意给人一种偃武修文感。坐在他身边的尹昌衡，时年不过50多岁，高高的个子，坐姿很直，这是职业军人留下的痕迹，而两手却拄着一根完全不需要的龙头拐杖。身着一袭青布长袍的他，打扮得像个前清遗老似的，头上戴顶瓜皮帽，颔下护把山羊胡。贺国光一边指点着台上的川戏名角杨素兰，一边轻声对尹老英雄说着什么。尹昌衡一边看着台上的表演，一边不时微微侧过头，眯缝着眼去听贺国光说话，频频点头，不时笑笑。

这些人中，唐式遵、潘文华、范绍增马上就要率部出川抗日了。范绍增是单飞。曾为甫帅麾下师长的他，如今已经升任88军军长，为了尽可能地多筹集到一些抗日经费，他把自己在成都的一处公馆都卖了。暂不出川的王陵基、王缵绪，原先也是甫帅麾下二十一军的师长，现在也都升了，分别是七十二军、四十四军的军长。毫无疑问，这几个人，包括甫公一向器重的省政府秘书邓汉祥，甚至早就下野了的尹昌衡，无论现在还是以后，都是川中举足轻重，不可或缺的人物。

这晚，唐式遵、潘文华、范绍增都穿的是军装，是黄呢将军服，腰上束一条宽宽的军皮带，大盖军帽揭来放在桌上，显得比平常威风了不少。这时，他们都没有说话，面向台上，好像都在专心看戏。少顷，一个副官状的年轻军官快步来在贺国光身边，弯下腰去，附耳轻轻说了几句什么，大概是报告要来的人都到齐了之类，而此刻正好戏台上有一个小小的间隙。贺国光这就停止了与尹昌衡的轻轻说笑，站了起来，背向戏台，面向大家。

“诸位！”他说一口带有湖北口音的北平官话：“贺某今天假春熙路大戏院请大家来聚一聚。你们中，有些人马上就要出川抗日了，暂时留在川内的，也要挑起更多的担子。贺某来川有年，与在座各位结下了深厚的友谊。借此机会，我向诸位表示感谢，也为即将出川的将军们送行。好，不多说，意思到了就行，请大家先看戏，后赴宴，随意随意！”说完向大家抱拳拱手揖揖，笑笑，坐了下去。

他这一说，戏场里就有些议论。时年 47 岁的贺国光耳聪目明，一边仍然不时指着台上杨素兰扮演的焦桂英，同尹昌衡说着什么，一边将旁边的议论尽可能地收入耳中。

“贺元靖这事办得巴适，我们要出去抗日了，他请我们先看戏，后赴宴，够意思！”这是师长杨国桢说的话。

“我看不见得！”坐在旁边的师长刘兆黎反驳，话说得很小声：“我看这里头有名堂。他贺元靖为啥早不请晚不请，偏偏趁甫帅不在的时候请我们？”

刘兆黎话还没有说完，马上被杨国桢按住了他的手，示意他不要再说。这两个师长都是刘湘的贴心爱将。

而更多品级低一些的军官，比如第一次出席这样高级别的招待会，第一次听贺国光讲话的旅长们，便要口无遮拦一些，他们发表了许多对贺国光个人的评论、议论。

“我看贺元靖口才不行，文采也不行，说的尽是口水话。”

“我就不明白了，这‘贺甘草’‘贺婆婆’人不咋的，这些年却是官位猛长！”

“人家命好嘛！”

“啥子命好，是跟委员长跟得紧。”

……

“甘草”是中药里不可或缺的一味调和药，味甘性平，“婆婆”的意思更是明确无误的。这两句话的总体意思，无非是说他贺国光才干平庸，会调和，长得也没有男人味。都不是什么好话，不过，贺国光听到就听到，没有任何反应。

好在这样的评论、议论很快归于平静，因为台上的戏又开始了。贺国光很能沉住气，他表面上装得无动于衷，听而不闻，照样一边看戏，一边很有兴趣地同尹昌衡继续指点着台上的杨素兰轻声说着什么。一会儿，贺国光把谈话的范围扩大了，对坐在他左右两边的几个人有了更多的照应。他一边看戏，喝茶，嗑瓜子，逮住谁是谁，逮住什么话题聊什么话题，一副相当随意的样子。

台上演的是川戏《情探》，杨素兰已经演到多情的焦桂英得到确切消息，在京高中状元，休妻再娶的负心郎王魁是铁了心，九头牛都拉不转来了，表现出了浓重的悲哀。她一边在台上走着风摆柳似的快速碎步，甩着水袖，满腔悲怨地唱道：

纸儿、笔儿、砚儿，件件般般都似郎君在

泪洒空斋，只落得望穿秋水，不见一书来……

“真如吴虞所言，‘歌喉宛转，有穿云裂帛之奇；舞袖翩翩，具回风聚雪之妙’。”这话是邓汉祥说的，说时，一边端起茶碗喝茶，一边看了看尹昌衡。其时，尹老先生一边目不转睛地看着台上的杨素兰，一边用长长的手指在桌上轻轻打着拍子。

杨素兰是个艺名，台上的“她”，其实是个男人，真名杨清泉，字纫秋，出生在四川遂宁县梓潼镇一户小卖人家。幼时丧父，家境贫困，后被人贩子拐卖到戏班学戏。他相貌好，天资聪颖，又能吃苦，很快成了名角，并渐渐有了一些资产。在辛亥（1911）年四川风起云涌的保路运动中，为支持国民革命，推翻清王朝，他尽其所能，捐田80亩，受到各界普遍赞扬。其中有一首名士石声赞美杨素兰生平、品行及义举的诗，广为流传，诗云：“登场歌舞市金钱，肖效红装自可怜。闻道破家亡国恨，伤心时局慨捐田。”

“尹公，你看这杨素兰比起当年如何？”贺国光说时看了看坐在周围的唐式遵等人，感叹道：“想尹公当年是何等至性至诚，风流倜傥，竟然在醉眼蒙胧中看上了杨素兰，把他抬回家去差点儿做如夫人，结果挨了老太太的龙头拐杖，还被罚了跪！”

这话让周围的人都乐了，“范哈儿”更是挤了挤泡眼睛，做个怪相，补了一句：“就不晓得尹公当年真要是与这个杨素兰同床共枕，又是啥子味道？”

“哎呀，哎呀！”尹昌衡牙疼似的点点头，又摇摇头，眯起一双羊眼，拄了拄手中的拐杖，摇头道：“往事不堪回首、不堪回首！”一副往事不再的样子，惹得周围的人又都笑了。

尹昌衡当年可是个风流人物，年仅27岁就登上了四川省首任军政府都督高位。他年轻英武，职高权重，是所有女人心目中的白马王子。在尹昌衡那一届大汉四川军政府中，郭沫若的大哥郭开文任交通部部长。抗战中，时任国民政府第三厅厅长，专门负责抗战文化事业的大文豪郭沫若，在一篇文章中写过一则尹昌衡的笑话，说是尹昌衡有个著名的三段论，这就是：

“自古英雄爱美女。美女也爱英雄。昌衡是英雄，所以昌衡爱美女，美女也爱昌衡。”贺国光刚才同尹昌衡轻声说笑的，就是这期间他和杨素兰闹出的一段荒唐事。

那是民国初年。为庆祝孙中山在南京就任临时大总统暨成渝两个军政府合并，四川省军政府成立，一早，成都的贵州会馆张灯结彩，两扇黑漆大门洞开，古色古香的花厅里摆了几十桌高规格的海参席。年轻的尹都督显示出了海量，一口气扯光了他平素最爱饮的绵州大曲酒（更名前的剑南春）两瓶，不知不觉，红日已经西沉。

客人们络绎散去，看尹都督兴犹未尽，热情的主人邀都督移尊雕龙刻凤的小花厅夜饮，又亮出精彩节目，让刚才唱堂会的川戏名角杨素兰出来给都督大人敬酒。当时的川戏名角杨素兰也就是二十来岁，男扮女装，会做作，善解人意。“她”半拢云鬓，十指尖尖春笋，眉似远山含情，袅袅婷婷，莺声燕语，频频劝酒，备极殷勤，让醉眼蒙胧中的尹都督竟一时不知今夕何夕，不禁想起了他在日本时的初恋，那位刻骨铭心的女子，不正是在这里！

旁边的主人看尹都督有些发呆，这就愈发兴起，打趣，怂恿道：都督不如今夜将“她”接回家去？尹都督竟慨然答应，要杨素兰同他一起坐进八人抬大轿里，一起回去。大都督发了话，作为“戏子”的杨素兰不敢不从。结果他们人还在路上，家里老太太就得知了消息，气得不行，带着媳妇和家人，满面秋霜地来在大门外等“逆子”尹昌衡拿话来说！

快到家了，夜风一吹，坐在轿子里的尹昌衡酒醒了些。咦，怎么自家大门前灯火通明？细看，母亲，还有妻子等好大一群人都站在大门外，这是怎么回事？轿停，在摇曳的灯笼光映照下，老母在多人的搀扶簇拥中，轻移莲步而上。尹昌衡是个出了名的孝子，赶紧下轿上前问：“母亲，这样大夜了，你老怎么还不休息，家里出了啥大事吗？”

“还不是你这个逆子气的，跪倒！”老夫人说着举起手中的龙头拐杖就要朝他打去。夫人颜机赶紧上前挡住老母的拐杖，看丈夫一副醉醺醺的样子说："待问清了再打不迟！"这时，杨素兰已跪倒在地，将事情的经过一五一十讲了，满天乌云这才散尽。老太太放走了杨素兰，但第二天尹昌衡酒醒后，治家很严的老太太还是罚了儿子的跪，并让儿子做了保证，以后再不干这种荒唐事。

"仲三！"说过笑过，这时，贺国光暗暗转换了节目，他叫着潘文华的字，做出不经意的样子问："你前天去大邑安仁镇看望甫帅，他的病情怎么样，好些没有？我们大家都担心。"说时显出关切。潘文华戴一副眼镜，他是今天军人中唯一戴眼镜的，头发梳得溜光，向两边分，皮肤黄焦焦的，脸颊瘦削，个子也不高，乍一看像个文人。细细看，他好像身体不太好，喉咙随时都在一梗一梗的。他是想吐风泡子痰，却在竭力忍。他不时上厕所去吐痰。

"也不知是咋的！"潘文华说时一脸的忧虑："啥子名医都找来看了，就是不行，我去时，甫帅还吐了一小品碗血。"

"哎呀！"虽然在座的人听此一说，都一惊，显出关切，担忧，但贺国光一听却讶然失声，显得有些夸张。他对潘文华问得很细，问甫帅究竟吐了多少血等等。

"好大个事嘛，吐点血不算个啥子！"绰号"唐瘟猪"的唐式遵对这样的场合、气氛，明显地表现出不屑和不满，他说："甫帅胃不好，吐点血是正常的，好生将息、调理，很快会好起来的！"不知为什么，听了这话，潘文华看了看"唐瘟猪"，脸唰地一下就晴转阴，一张脸拿来马起。

贺国光把这一切全看在眼里，并在心中盘算开来。这唐、潘二人都是仁寿县人。仁寿离成都不过百多里地，境内半是平坝半是丘陵。那里和大邑差不多，在同一年代也可以说是将星云集。在他们二人之前的熊克武，曾做过蜀军总司令，是风云一时的人物。还有，孙震的副手，现在带部队差不多该到宝鸡了的四十一军副军长董长安，也是仁寿人，虽然董长安是很小时随改嫁的母亲从新津过去的。如果在部队上仔细理，还要理出好些高级军官是仁寿人。

但奇怪的是，唐式遵和潘文华总是弄不到一起，他们面和心不和，互不服气，时有龃龉。这个中的原因，细研起来，可能有他们之间在刘湘面前的争宠，有权势名利之争，更多的是性格上的差异。四十出头的唐式遵，科班出身，他同刘湘、贺国光一样，也是毕业于早年的四川陆军速成学堂，可在他的身上找不到一点学生气、军人气。他显得老相而土气，身材有些臃肿，肤色黑黄，肿眉泡眼，如果他不是穿着这身闪耀着金色将星的笔挺将军服，而是穿一身士兵服，肯定显得邋里邋遢，会被不知底细的认为是一个老伙夫，最多是一个多吃多占的老军需官，就因为如此，被人取了个不雅的绰号"唐瘟猪"。其实他很会打仗，尤其是打防御战，深受刘湘重视、重用，一直是二十一军第一师师长。川内每逢二十一军有战事，他的一师都是刘湘的主力部队，他都是刘湘的主将。

比他小两岁的潘文华，出身不如他，学历不如他，长相却是在座的所有将军中最文气的。而颇有文气的潘文华，出身、经历却又是川军高级军官中最为贫穷坎坷、蛮荒、武勇、传奇的。以致让不少说书艺人，将他那段从印度回来时的传奇经历编成段子，大讲特讲，在蜀中传诸久远，家喻户晓。

潘文华1886年冬历十月出生。在他六岁那年母亲病逝，父亲卖了家产，带着他们举家迁往文宫场，靠做小生意艰难度日。过后，尚年轻的父亲续娶妻子，在继母给他又生了两个弟弟后，父亲也因病撒手人世。家庭生活的艰难，让潘文华不得不很早就离家上省，到成都一家药铺当了学徒。工作之余，少年的他很爱看门前不远处一个清兵军营里的训练，最好看的是翻杠架。没有人时，他就学着上单杠、双杠，很快就无师自通地翻飞得风车车似的。一个清军下级军官发现了他，主动提出介绍他去吃粮投军。当兵可以不受师傅的气，有吃有穿，每月还可以领得一些碎银寄回家去，何乐而不为呢？他兴高采烈地答应了。这就当了兵，是清兵。很快，他就显示出过人的才华，除了杠架翻得好，他还会轻功，逾墙上房如履平地，在驻川清军打擂比赛会上得了个第一，是出了名的"潘鹞子"。

这以后，他被保送进四川陆军速成学堂。辛亥革命前，西藏叛乱，潘文华随军进藏平叛。不久，全国形势乱得如一团麻，到了拉萨的川军，解散的解散，哗变的哗变。1913年，已经当了军官，率领一百多名士兵的潘文华对时局极度失望，又不能原路返川，就将所部的枪支全部变卖，将钱分发给大家，每人得大洋60余元。听说印度好发财，他就闯了去想试试运气。不意发财无望，钱用得精光，只好又同几个同伴经缅甸步行回国。一路之上备尝艰辛，形同乞丐。途中遇到一队云南马帮，便与之结伙翻越蛮荒的野人山。走过中缅边界的一座原始森林时，他们将行军锅靠在一根粗大的原木旁生火做饭。不意，火点燃不久，那原木竟蠕动起来，锅也给掀翻，这才看清，竟是一条水桶般粗大的巨蟒。原来它头尾插在原木堆中，懒得动，时间久了，身上也长满了青苔，很容易被看成是一段原木。看这巨蟒蜿蜒爬走，潘文华等人面面相觑，惊叹莫名。倒是那些马帮见惯不惊，笑说，这蛇还不算大，前面不远处，死过一条比这还大的巨蟒，那才吓人，粗大得起码四五个人才抱得过来，几十丈长，至低是上千年的蟒蛇。死后腐烂，方圆十余里内恶臭难闻，弄得我们这几年根本不敢从那里过。潘文华不信，非要马帮带他去看，果然蟒身已经腐烂，巨蟒的皑皑骨架，七零八落地摆了一两里路长，仅肋刺便有碗口粗细，令人咋舌，毛骨悚然。

第二天上午，潘文华他们到达中国境内一个小县城，就此与马帮分手。这时，他们盘缠已经用尽，仗着他们是打过仗的落难军人，便到县衙要求资助。好在县长是四川人，姓董名奢，听说了他们的经历，大为感动，设宴盛情招待。酒酣耳热之际，董县长再三挽留潘文华等人留下来在当地做事。潘文华笑笑，谢绝县长好意。住了两天离去时，董县长专门把他请到家中，关上门为他摸骨看相后说他有富贵相，而且此次由印度经缅甸回国，异地连见二巨蟒，是非常人之遇，这本身就说明，君将来有惊人之举，惊人造化。于是潘文华如梦方醒，决心寻找明君，因缘际会，早日成才。回到四川，潘文华在宜宾加入了刘湘的部队，约半年后就当了连长，这时，他想起县长董奢给他说的话，回味中越发加深了他要靠着刘湘，附骥尾而凌空的信心。以后他便是这样做的，果然步步高升。

台上杨素兰扮演的焦桂英还在哀怨，缠绵，轻唱，抒情，节奏显得舒缓有致。贺国光又开始暗暗调度、转换节目。这时，一个身着大红旗袍，相貌俊俏的女子水上漂似的轻步走上前来，给他们削水蜜桃。女子一手翘起兰花指，两根纤指轻轻拈定龙泉水蜜桃，一手执起小刀削皮。桃在女子手上轻轻旋转时，桃子皮却反转着一气到底。女子再将这喷着水果清香、果肉青白的大桃削成一片片桃肉，放在果盘里，在其中的一块桃肉上插上一根牙签，将果盘往主人面前轻轻一推，示意请用。然后，再依法炮制。

不要说吃，光是看这女子削桃，就可以作为一种独特的艺术欣赏。

"请请请！"贺国光拈起一根牙签，戳起一块白白嫩嫩的桃肉放进嘴里，吃下去，再很准确地连连戳起几块， 吃进嘴里。一边吃一边做出很松散、很洒脱的样子说："成都龙泉驿真不愧为水果之乡，尤其这水蜜桃可称天下第一，一个足有一斤重。色、香、味那更是没有说的。我看，《西游记》中玉皇大帝办的蟠桃会上的蟠桃，也不过如此。可那齐天大圣孙悟空竟为偷一个桃子弄得兴师动众，到头来把自己弄进太上老君的八卦炉去烟熏火燎。如果那孙猴子早知道有这成都龙泉的水蜜桃，何必去淘那么大的神！

"成都这地方真好。我是湖北人，来川有年，对此有深刻的体会。实话说，成都是一个温柔富贵乡，直白一点说，成都是座来了就不想走的城市。"说到这里，他很巧妙地转了弯："我是没有甫帅那样好的条件，如果我是他，何必非要出去带兵，在川内也一样抗日，何况甫帅重病在身！"

贺国光发现，他说这些话时，王缵绪一边吃着桃子，一边很专注地看着他，两眼放光，似乎在咂摸其中的微言大义。王缵绪是一个官瘾很大的人，墙头草，哪边风大哪边倒。他是西充人，字治易，时年42岁，与同属川北地区的广安人杨森原是中学同学，杨森当政时，他是杨森麾下的师长。后来见刘湘势大，投靠了刘湘，当了刘湘一个师长。年前，蒋介石在峨眉山办军官训练团时，他在暗中又有活动，有明显的投靠之意，被人在背后不屑地称为"三姓家奴"。但其人可谓儒将，中过秀才，有相当的才具，至今还兼着自流井盐务使，手上很有钱。

绰号“王灵官”的王陵基，早就看不惯王缵绪了。

“当然！”他这就给王缵绪掐上了，同时也是对贺国光的旁敲侧击：“如果甫澄是这样想，这样贪图安逸的话，那还有啥子说的！如果甫澄要想出去当官，随便言语一声，到中央当个部长都嫌小了。可是，甫澄不像有些人，光想当官，甫澄是个真正的军人！”别人都尊刘湘甫帅或是甫公，可是王陵基却是一口一个甫澄。他与同座的唐式遵、潘文华、王缵绪、范绍增一样，长期以来都是刘湘的下级，都是师长，但他的口气之所以这样大，是因为刘湘早年读陆军速成学堂时，他当过一段时间刘湘的老师。当然，他也是贺国光的老师。

王陵基爱抠架子，绷老资格是出了名的。

“那是，那是，方舟师说得对，方舟师目光如炬。”贺国光连连点头，赶紧给王陵基戴高帽子，说时话题又是很巧妙地一转：“甫帅深明大义，以国事为重，他把四川的军队都派得差不多了，甫帅自己也要出去。以后就只有方舟师是川内真正掌刀把子的了，最有实力。方舟师手上的保安部队，少说也有二三十万吧？”虽然刘湘还没有正式宣布王陵基就任四川保安司令，但这是早迟的事，是公开的秘密。

“差不多吧！”王陵基随口应了一句。

看王陵基一副得意扬扬的样子，王缵绪忍不住气，对掐了过来：“方舟兄手上掌握的保安部队，我看说不定哪天也会调出去抗日！”

“那又如何呢！”王陵基绰号“王灵官”，火暴脾气，他根本就没有把王缵绪放在眼里，马上对掐过来，话语显得有些粗鲁：“如其这样，我上就是嘛！抗日光荣，我不怕上前线。我不像你，金屋藏娇，屋头弄两只花蝴蝶在那里放起，不要说带兵出川抗日，平素都像是麻糖黏着了胯似的，步子都迈不开！”

一时都笑了起来，“哈哈哈！”范绍增更是仰头大笑。王陵基这里所说的“两只花蝴蝶”，是指王缵绪年前新讨的两房如夫人。她们是孪生姊妹，二十多岁，长得很美。这段轶事，是这一段时间成都人茶余饭后的热门话题。

都以为王缵绪要发作，不谙他也笑了，还了个以柔克刚。他笑扯笑扯地对王陵基说："方舟兄确实说得对，我是不想离开成都，无论给我好大的官也不想离开。我倒不是舍不得'两只花蝴蝶'，女人嘛！我记得有句话，原话我记不清了，大意是，女人不过是一件件衣服，随时都可以换的，旧的不去，新的不来。看杨子惠（杨森）现在带部队在上海打得多欢实！要说女人，哪个有他的女人多，妻妾成群，他连自己有好多个儿女都弄不清楚。所以，女人多少并不影响事业。

"我之所以不想离开成都，就是贺主任说的，成都生活安逸！"王缵绪说这番话时虽有些厚颜无耻，却显得很平静，很理性，显示了他的口才和临机应变的能力，把王陵基说得一时还不了口。他这些话，半真半假，另一半他是绝对不会说出来的。这就是，他希望在座的这些四川大将都走了，甫帅也走了，如张斯可所说，都走光了，四川腾空了，之后他好设法活动，当上四川省政府主席。这顶桂冠，可是他梦寐以求的。

贺国光当然清楚他的心思，只是笑了笑，没有说话。有这样一番波澜，他算是把这些四川实力派人物的底都摸清了。

这时台上的焦桂英已经被负心郎王魁害死，变成了鬼的焦桂英这才看清了王魁的本质。这时，她彻底绝望了，愤怒了，她开始报复。变成了厉鬼的焦桂英开始捉拿王魁。台上一个在逃，一个在追……吐火、变脸……这就发挥了川戏的绝技，精彩至极，川戏锣鼓打得急急火似的。在场的军官们完全被吸引了，掌声阵阵，喝彩频频。贺国光身边的这些人也不斗嘴了，全都全神贯注看着台上的表演。

戏演完了。贺国光带着首席的一班人鱼贯上台，给杨素兰一班人道了辛苦，发了赏金，然后招呼大家过隔壁的味之时酒楼赴宴。

宴罢，贺国光驱车回到他在九思巷的家，这时夜已深了。走进密室，在锃亮硕大的办公桌后一坐，他随手拿起那部黑色载波电话。"是陈主任吗？”他在叫南京的陈布雷。时年48岁的陈布雷是蒋介石的浙江老乡，博学多才，早年办报，同盟会员，极擅写作，有“天下第一笔”之称。跟定蒋介石后，长期任委员长的秘书，深受信任，连他加入国民党都是由蒋介石亲自当的介绍人。他曾任国民党中央党部书记长等职，时任中央政治会议副秘书长兼委员长侍从室第二处主任，几乎蒋介石所有的重要文件、文稿，都出自他手。西安事变后，那篇以蒋介石名义发表的，影响广泛，颇有文采的《西安蒙难记》，就出自他手。

同陈布雷通电话，就等于是同委员长通电话，贺国光同陈布雷是热线联系。

“……没有什么新的情况。”在电话中，贺国光向陈布雷报告：“刘甫澄的病确实很重。”

“刘甫澄不会改变主意，不出川了吧？”

“绝对不会。”

“好！他手下那帮大将有没有什么不正常的？”

“没有。都在我们的掌握中。”

“你估计刘甫澄出川后，川局会是个什么状况？”

“这么说吧！”贺国光在电话中喜滋滋地对陈布雷说：“刘甫澄手下的大将们原本就是矛盾重重，是口袋里装筢子——叽咕、叽咕。刘甫澄在，他把这些人还捏得拢来，刘甫澄不在，这些人就是一盘散沙。”说着，他将今晚上二王和唐式遵、潘文华等人的表现，一一给陈布雷细说了。最后又归纳：“总之，刘甫澄不在，四川就成了一块烂豆腐，用筷子挟都挟不起来。”

“元靖，你说的这番话生动极了！”电话中，向来对词汇特别敏感的陈布雷表扬道：“你在四川住久了，连四川的好些歇后语都用得一套套的，也学会了说趣博（幽默）话。好，你的工作很有成绩。还有没有别的事？”

“没有了，请陈主任代我向委员长问好。”

“那是一定的。”

“再见，陈主任晚安！”

“好，有事随时联系。”

等陈布雷放了电话后，贺国光这才放了电话，踱到窗前。极目望去，已经夜深了的成都，不时有灯火闪烁，在满天的繁星映衬下，很静，就像一个睡美人。贺国光将双手背在身后，如释重负地出了一口长气。

- 第三章 -

淞沪会战，草鞋兵一鸣惊人

同一个秋夜，在有“东方巴黎”之称的国际大都市上海，应该是最好的时分。灯火通明，人声鼎沸，车辆往来如梭，有钱人们正在灯红酒绿，纸醉金迷，醉生梦死，繁喧异常。然而，今夜的上海滩上却是黑灯瞎火，寂如坟场。

这里，中日双方正在进行淞沪会战。

在异国的土地上进行侵略战争的日军不打夜战，夜晚一到，他们就挂起了免战牌。因而，白天激烈的枪炮声、喊杀声，这会儿都听不到了，但是夜幕中到处都潜伏着危机。朦胧的天光映照下，随处可见散碎的瓦砾，打坏的楼房，炮筒依然昂立却炸得东倒西歪，千疮百孔的坦克，地上横陈的尸体。就连街道两边那些高大的法国梧桐树也未能幸免，它们的粗枝大叶大都被白天的枪弹削去了，烧焦烧黑的枝干还散发着呛人的浓烟，向夜空伸去的枝枝桠桠像是伤者伸出的断肢残臂……没有灯光，没有人迹，没有市声，只有那些啃噬尸体的野狗在废墟上游动。这些家伙很警惕，蹲在哪个旮旯，暗夜中闪动着它们绿灯泡似的小眼睛。一有风吹草动，这些游魂似的家伙，嗍地一下，箭一般倏然而逝，平添了战争的恐怖气氛。这就是中日双方目前已经陈兵百万，激烈厮杀，非要争个你输我赢的淞沪战场。这场会战从 8 月开始，已有愈演愈烈的趋势。

全世界的目光都注视在这里。淞沪会战的引起及具体进程是这样的：8 月 9 日，日本驻上海海军陆战队中尉大山勇夫和士兵斋藤要藏驱车闯入虹桥军用机场挑衅，被中国士兵当场击毙。驻沪日军以此为借口，要挟中国政府撤退上海保安部队，撤除所有防御工事。日本的无理要求被中国方面断然拒绝，于是，日本军方立即动员驻上海的海军陆战队 4000 余人及舰艇登陆人员和“日侨义勇团”共万余人紧急备战。11 日，京沪警备司令张治中将军指挥八十八师、八十七师在上海杨树浦及虹口以北布防，中国空军也开始由华北向上海方向集结。13 日，日本海军陆战队先发制人，首先由虹口向天通庵车站至横浜路段向中国军队开枪挑衅，再以一部向宝山路、八字桥、天通庵路进攻，都被八十八师击退。13 日，蒋介石下令将张治中部改编为第九集团军，14 日拂晓，张治中指挥部队对日军发起反击。起初形势一片大好。日军上海陆战队被包围，但因为准备不足，重炮等装备各方面都不够，未能将敌全歼，两军处于相持阶段。这时，中国方面组成了以冯玉祥将军为司令长官，顾祝同为副长官的第三战区司令部，蒋介石并派陈诚到上海视察，决计增兵。而后蒋介石亲自到上海指挥战事。他将三十六师、九十八师投入攻击，同时将进攻重点指向汇山码头，企图由中央突破，将日军截成两段。日军统帅部这时也组建了上海派遣军司令部，松井石根上将为司令官，并从日本国内增派了第三、十一师团到上海参战。这样，仗像滚雪球一样，越滚越大。到杨森的二十军和另一支川军四十三军赶到上海时，中国军队已增至 6 个集团军共 70 余万人，蒋介石自兼第三战区司令长官。自此，淞沪会战全面展开，双方就打得难解难分，而且十分惨烈，对此，前期中国军队名义上的第三战区司令长官冯玉祥，有个形象的比喻：“上海战事就像一架绞肉机，无论填进去多少军队，都填不够。”

杨森的二十军和郭汝栋的四十三军，是从贵州火速赶来参战的。

四十三军其实就只有二十六师一个师，两个旅，不到一万人，军长郭汝栋，师长刘雨卿。郭汝栋不过是挂个名。杨森的二十军和刘雨卿的二十六师，这两支部队是两年多之前奉命由四川到贵州都匀、独山一带围堵中央红军，之后一直驻防黔南。“七七”事变后，杨森、刘雨卿同刘湘一样，积极请缨抗战获准，于是这两支部队立刻日夜兼程赶赴上海作战。这是最先出川作战的川军。杨森的二十军，尤其是刘雨卿的二十六师不到一万人的部队，装备在川军中是最差的，也是最穷的，去参加淞沪会战时长途行军，翻山越岭，每天走100多里。晚上宿营时，好些战士还连夜挑灯打草鞋，赶着第二天行军穿。有记者去采访，官兵们豪迈地说：“这是去打国仗！我们吃苦受累，哪怕就是牺牲生命，也是心甘情愿。如果还是去打内战，老子们早就不干了！”从贵州到上海，原计划无论如何要走59天，结果他们日夜兼程，只用了24天，创造了行军奇迹。

两支部队进入阵地后，在他们的左右并肩作战的是两支中央军的精锐，这就是孙元良的八十八师和宋希濂的八十七师，这是两支王牌部队，在会战中打得日军嗷嗷的。这两支王牌部队的官兵头戴德式钢盔，脚穿皮鞋，一色德式精良武器，训练有素。这样一来，就越发将脚穿草鞋，身背大刀斗笠，着黄土布单薄军服，手持川造步枪的川军比较映衬得简直像是一群讨口子。然而就是这样的军队，两仗打下来，竟打出了威风，打得让敌我双方都对川军刮目相看。杨森的二十军就不说了，连二十六师也成了淞沪会战中，中国军队打得最好的五个师之一。

二十六师最初在师长刘雨卿带领下，奉命到战斗最激烈的大场镇接防时，防守此处的税警总团已经节节败退，处于崩溃前夕，主阵地全部暴露在日军面前。不要小看这个税警总团，其实它的编制配备比一个正规师都强。全团官兵足有一万多人。武器装备也是中国军队中最好的。它原是“财神爷”，国民政府财政部部长宋子文的专属部队，是宋子文一手一脚武装起来的。在一般人看来，让川军二十六师去顶替税警总团，简直就是在开玩笑，拿川军的命不当一回事。

接手阵地的当夜，刘雨卿在前线召集全师营以上的军官开会。会上他重申："我们是四川军人，也是中国军人。我们是背负着家乡父老的期望来打日本的，现在是我们军人救亡图存，报效祖国的时候了！我就不信日本人战无不胜。在山西，八路军一一五师已经给我们做了榜样，他们同样装备不好，可是取得了平型关大捷。大家说，有没有战胜日本人的信心？"

军官们纷纷表态，慷慨激昂：

"我们是人，日本人也是人。未必他们的脑壳子弹就打不进，笑话！啥子事要试才晓得，我们川军就是要同日本人试一试，较量较量！"

"日本人怕打夜仗，我们就专摸这些龟儿的夜螺蛳！"

……

打败税警总团的日军，根本就没有把刚来的这些草鞋兵放在眼里。骄兵必败，哀兵必胜。当夜，二十六师奇迹般地将税警总团丢失的阵地悉数拿回。第二天一早，恼羞成怒的日军拼命向二十六师进行反击。照例是三板斧：先是飞机炸，后是大炮轰，最后一群群马蜂似的日军，躲在坦克后冲锋。二十六师没有大炮还击，连轻重机枪也少得可怜。官兵只能靠勇敢、机智，还有牺牲，以命相搏地去同日军拼。日军的坦克冲上来时，好些川军士兵还是第一次见到这种铁壳怪物。见它横冲直撞，无坚不摧，一时，好些官兵都愣了。这东西咋怪头怪脑的？样子像草鞋虫，肚子上又在冒火？好些官兵都不知该如何办，这就被那些钢铁怪物喷吐的火舌扫倒了一批又一批。

终于有人醒悟过来，想出了以命相搏的办法。川军擅长使用手榴弹，又不怕死，他们在身上缠满手榴弹，见坦克轧轧轧地冲上来时，这就有人从战壕里，或是从打垮了的楼房里冲出来，巧妙地利用地形地物躲开射击，跳上坦克，将坦克车的盖子一揭，将拉了弦的集束手榴弹往里一灌，再狠命将盖子一按；或是干脆朝坦克车下面一钻。随即，只听轰、轰巨响，天崩地裂，血肉横飞。好些川军官兵就这样在炸毁坦克的同时，与敌人同归于尽。而失去了坦克掩护的日军同大批涌上、视死如归的草鞋兵搅在了一起。近战肉搏是川军的拿手好戏。这样一来，二十六师打退了日军的一次次进攻，他们用血肉，用牺牲，始终坚守着阵地。

就是这样，二十六师的阵地得而复失，失而复得，与日军鏖战了七昼夜，阵地仍在手中，损失却相当惨重。全师的团长中的两个阵亡，11 个营长伤亡。两个旅长的指挥部被炸，两个旅长都身负重伤，指挥部里其他人也都有伤亡。到二十六师接到命令要被替换下来时，刘师长一检点，部队只剩下不到 1000 人了。二十六师就是这样成为淞沪战场上中国军队战绩最好的五个师之一，在受到中央军委明令嘉奖的同时，得到三万元大洋奖赏。

杨森的二十军进入阵地后，为了预防日机空袭，阵地上白天不能冒烟，全军官兵吃饭只能一早一晚，每天只吃两餐，生活虽艰苦，部队士气仍然旺盛。陈家行是关键区域，当杨森接手时，情况也是相当严重，好多阵地已经丢失。薛岳显得有些不讲理，命令杨森无论如何把陈家行拿回来！

薛岳，字伯陵，广东乐昌人，原名薛仰岳，因崇敬岳飞，后来干脆将名字直截了当地改为薛岳。他是蒋介石身边不可多得的真正能打的战将。红军长征时，他带 10 万国民党中央军一直跟在红军后面追。蒋介石把红军视为洪水猛兽，一心尽快“剿灭”之，在身边战将如林中单单挑中薛岳，可见此人的分量。薛岳率兵追到贵州时，同杨森打过交道，因此两人之间并不陌生。淞沪会战开始后，时任第十九集团军总司令的薛岳奉令驰赴上海指挥作战，杨森归他指挥。

杨森接受了任务，立刻布置。一三四师师长杨汉忠是他的侄儿，杨森打起仗来六亲不认，他要杨汉忠担任部队先锋。

全军发起冲锋是在午夜。日军火力很猛。在烛天的火光中，进攻的川军一排排倒下去，像是被锋利的镰刀割倒在地的一茬茬稻谷，人死得像垒草垛子似的。天亮前，全军终于拿下了陈家行全部阵地，胜利了。

可是胜利是用血换来的。靠前指挥的一三四师师长杨汉忠是用担架从前线抬下来的。此后的数日里，该师突前的八〇二团官兵在团长林相侯，营长先纠华、彭泽生、魏巨川身先士卒的带领下，在日军发起凶猛的反击时，死战不退。援军到时，全团官兵几乎全部牺牲。八〇四团也是这样，不仅守住了阵地，而且重创日军。打下来，全团营长中，只剩彭焕文一人，连长非伤即死，排长只剩下四人，士兵只剩120余人！团长向文彬因战功突出，在一天之内由中校而上校，而少将，这样的升迁，在淞沪战场上绝无仅有，也是民国以来绝无仅有。

今天的这个晚上，夜，已经深了。在一幢门窗虽然被日军的炮火掀翻打烂，但还稍微像个样子的楼房里，杨森蹲在地上，正在同战区司令长官薛岳通电话。他在向薛长官汇报战前准备，攻击时间等，并要求薛长官届时用炮火支援！

今晚是这两支川军在上海打的最后之战。这一战是他们自己去要求来的。这两支川军在上海已经打了10天，打得相当不错，但伤亡也相当惨重，官兵折损了三分之二还多。本来，蒋介石已经下令，让这两支川军拉下去休整。然而杨森和隶属于杨森指挥的刘雨卿都不愿意就这样下去，主动请战，要求今夜向对面的谷寿夫师团发起最后一战，拿下蕴藻浜，收一个漂亮的豹尾。

蒋介石亲自答应了他们的请战要求。

借着阴沉沉的天幕上不时划过的闪电，可以看清杨森这个人。他个子不高，其貌不扬，甚至可以说是尖嘴猴腮。时年43岁的他很精干，相貌虽不行，可一双眼睛富有穿透力。今夜他腰上束一条宽宽的军用皮带，皮带的一边挎一只可尔提手枪，枪套的盖子打开，随时准备抽枪投入战斗。他的随身副官，也是他的远房侄子杨武，就站在离他不远的地方，保持着高度的警惕。

杨森，字子惠，四川广安人。在四川，他可是个家喻户晓的人物。20年代他当四川督理（相当于四川省政府主席），主持川政时，人还很年轻。他特别喜欢体育运动，对成都的市政建设贡献也很大。过后，他被后起之秀，国民政府二十四军、二十八军、二十九军军长刘文辉、邓锡侯、田颂尧联手，当然背后有刘湘支持，用武力赶出成都，赶回了他的老家广安一带，直到两年前奉命率军去贵州堵截红军，然后率军进入淞沪战场作战。

杨森在成都，为人津津乐道的事很多，这里面有好有坏。好的如上所述。坏的，其实也不一定就是坏的，反正是最为人们所津津乐道的风流逸事。说是当时在成都，他坐汽车上街，只要见到他喜欢的女子，他都要下车来，彬彬有礼地自我介绍他就是杨森，要女子跟他上车。上车干什么是不言而喻的，或是嫁给他，或是同他睡睡，消除他见到女子后引起的强烈亢奋。在他众多的妻妾中，有嫁给他后又继续上大学的，因为红杏出墙，他一怒之下，派人将男女杀害，手段之残暴，令人发指。还有，他脾气暴躁，爱说粗话，爱动手打人，就是对他忠心耿耿，也最为他信任，随侍身边的侄儿副官杨武，两句话不对，他也是拳头脚头打去，擂鼓似的，经常打得杨武鼻血长流。杨武，其实叫杨五，乡下人起名不讲究，杨五在家排行第五，是跟了族叔杨森后，杨森将他的“五”改为了“武”。

这会儿，电话中的薛岳答应了杨森的要求，说是委员长刚把手上为数不多的王牌炮兵部队，驻南京的独立炮兵第一、二、三、四炮兵旅，已经悉数调往上海战场参加会战。他的战区分到了第一旅。在杨森的二十军及隶属的二十六师向日军发起攻击时，他让这个炮兵旅全力支援。完了，薛岳在电话中开了一句玩笑：“别人享受不到这样高的待遇，谁叫你们川军打得呱呱叫呢，连委座都是夸奖的！”

杨森大喜过望。他知道，这是委员长孤注一掷了，这四个炮兵旅的这批山炮，是新近从德国购进的大口径最先进的山炮，是中国陆军中大炮口径最大、最优良的炮种，就是放在世界上，也是先进的。

午夜时分，下起了大雨。攻击开始了。在蕴藻浜一线，突然爆发了猛烈的炮声，上百门福卜斯 75 毫米山炮，对日军进行了长时间的齐射，把天都打红了，地上亮得有根针都看得清。最初的打击，把日军完全打懵了，没有反击。然而，这种沉默最多不过持续了十几分钟，日军马上开始了反击，各种炮，听声音有小钢炮、平射炮，野炮也汇入其中。一时，双方开始了炮战。漆黑的天幕上，双方的炮弹像金色的犁铧，一串赶着一串，往来穿梭，之中又互相撕扯，在空中对撞的炮弹，猛烈地爆裂开来，像过年时放的鞭炮向四处溅射。中国军队的火力一时压倒了日军。杨森就是这时下令全线冲锋的。烟雾腾腾，墙倒树倾楼塌，火海一片中，二十军和二十六师的大部分攻击部队一下就冲过了前线。二十军副军长夏炯竟然亲自端着上了刺刀的步枪，带领两个团冲在最前面。因为经过精心准备，数小时后，川军一举拿下了蕴藻浜。

也许是因为黑夜，日军没有进行拼死反击。战斗结束后，杨森打电话询问刘雨卿二十六师情况怎样？刘师长报告，损失相当惨重，团、营级以下军官大都战死，部队所剩无几。

天亮了，下了一夜的雨也停了。胜利来之不易，杨森心中高兴，无论随侍身边的副官杨武如何劝阻，他都坚持要上前沿阵地去视察一番。不仅如此，因为八十八师师长孙元良马上就要带人来从他们手中接过阵地，为了隆重交接，他特意换上了将军服，并佩上了金光闪闪的将星。

“军长，你这样不行哟……”带两个弁兵跟在他身边的杨武，一路走一边劝，絮絮叨叨的，着实影响杨森的好心情。晨光初露中，沿着泥泞的道路向前走去，出现在他眼前的情景是可怕的。到处都是残垣断壁，地上到处都是敌我双方横陈的尸体。有些一荡一荡的水潭里是红的，洇着血，还有残肢断臂。昨天还在的一些残破的楼房，这会儿几乎是全部倒塌了。有一座被炸塌了的教堂还在燃烧，冒烟的梁柱在不远处形成巨大的火堆，黑色的烟柱从那里升起来，向天边慢慢散开，把本来很好的天空污染成了一片阴惨的丧帷。拐过一个弯，就到侄儿一三四师师长杨汉忠据守的前沿阵地了。出现在左右两边的几幢楼房，昨夜被敌人的大炮打垮后，又被机关枪逐一扫过，扫得像是矗立着的几架骷髅，空气中弥漫着令人作呕的气息。

眼前一亮，前面隔着一条相当宽阔的马路，就是昨夜被赶了出去的日军。枪炮声已经停息，激战了一夜的敌我双方，就像两个拳击巨人，都累得鼻青脸肿地瘫下了。马路过面的敌占区这时清风雅静。这边许多官兵，伏在草草挖成的战壕里，或是堡垒里，持枪向对面监视。而更多疲惫至极的士兵，抱着枪就睡着了。

一路上，见到突然出现的军长，官兵们都赶快立正，给军长敬礼。只有身边的杨武讨厌，一直不依不饶，要军长回去。杨森毛了，随手从路边的柳树上掰下一枝青青的柳条，就要给杨武打去，这时情况发生了！

只听“嗵！”的一响，杨森还不知发生了什么事，随侍在他身边的杨武像个青蛙一样一跃而起，猛地向他扑来。就在杨森被杨武扑倒在地之时，咣的一声爆炸了。原来，马路对面龟缩在一幢破楼上的鬼子，居高临下地发现对面走来的是个将军，小钢炮一炮吊来，吊得相当准，如果不是杨武以身相救，杨森就没命了。路边的官兵一拥而上。立刻，这边的轻重机枪开火，消灭了日军那个火力点。

带伤重返前线的一三四师师长杨汉忠完全不知道军长要来视察。闻讯赶来后，这才发现了被扑倒在地的军长和牺牲在军长身上的杨武。杨武死得很惨，一身血肉模糊，那张娃娃脸上的神情却是欣慰的，而一副有些疏淡的眉毛却皱得紧紧的。杨汉忠赶紧吩咐身边的警卫掩护着军长，并让人将杨武抬到了他的指挥部。

“五娃，幺叔对不起你！”蹲在杨武的尸体前，从来不哭的杨森落泪了。他伸出手去拂了拂杨武紧皱的有些疏淡的眉毛，他说：“放心，五娃，幺叔以后再不任性了，你就放心去吧！”他知道了为他献身的这位远房侄儿的担心。杨汉忠提出将五娃的遗体就近埋葬，可杨森坚决不同意，他要把五娃的遗体派人送回四川，送回广安老家，安葬在杨氏墓园里。

“好！军长！”杨汉忠保证：“这事交给我办，幺叔你就放心吧！”这是杨汉忠第一次在人前称杨森为幺叔。

随后，杨森回到了二十军军部，这是一个安全地带。二十六师师长刘雨卿也来了。检点两支部队，杨森的二十军，团以下官兵共伤亡 7000 余人，余部 5000 余人，最多只能勉强编一个师了。二十六师的官兵几乎全都打光，有的连留存下来的士兵仅八九人……全师只剩下不到 1000 人了。

孙元良率部来接防了。中央军就是不同，孙元良部是乘汽车来换防的。一辆辆敞篷十轮大卡车，就像是一条游动的长龙，满载着八十八师官兵，风啸着鱼贯而来，很快就到达了这两支川军防守的任何一处。车未停稳，八十八师的官兵们就从车上纷纷跳下，然后迅速进入阵地，做好了战斗准备。八十八师装备精良。官兵戴在头上的是德式钢盔，手中的枪有步枪，半自动步枪，枪管上的幽蓝，以及上在半自动步枪上的雪亮刺刀，全都在清亮的晨曦中闪闪发光。

孙元良是坐在一辆敞篷吉普车上来的，他带来接防的一大批官佐，坐在后面的一辆辆吉普车上。杨森、刘雨卿，还有二十军副军长夏炯，以及杨汉忠等一批川军军官已经等在那里。

“敬礼！”还很远，孙元良就从车上站起来，向等在那里的杨森、刘雨卿等人举手敬礼。坐在他后面的一辆辆吉普车上的官佐们，随着师长这一声，也全都站起敬礼。川军军官举手还礼，杨森和刘雨卿不禁注意看去，时年30岁的孙元良，高高的个子，挺直胸脯，身量相貌酷似他叔父孙震。他头上戴顶钢盔，一身合体的将校呢军服穿在身上，佩戴着标志中将军衔的金色将星，腰上束一条整齐的斜皮带，佩一支小巧的左轮手枪，脚上穿一双黑亮的马靴，身材笔直，一张有棱有角的长条脸，脸上浓眉星目。这一切，都显示出一种神武有力的风采。他的脸略微有些清瘦，白白的皮肤，使人想起他是从温柔富贵乡成都走出来的，是一个先去读北京大学，然后又投笔从戎的书生，但他的剑眉和眼睛中闪露出的果敢神情，却是那种只有经历过残酷战争考验的人才有的。加上他那挺直的鼻梁，刚毅的紧闭着的嘴角，让杨森和刘雨卿觉得，把经过多日血战，上万官兵用命换来的阵地交到这样的将军手中，是可以放心的。

从吉普车上跳下来的孙元良上前一步，挨次紧紧握了握杨森、夏炯、刘雨卿和杨汉忠等人的手，他用成都话说：“你们二十军，你们二十六师打得很好，打得呱呱叫。我们八十八师要向你们学习！你们放心下去吧，我们决不会让鬼子占半点便宜！”

分别的时候到了。已经交出了各处阵地的川军官兵们穿在身上的草黄色单薄军衣破烂，不是泥就是血。好些官兵都受了伤，轻伤的兵们，用担架或是用竹竿、木棒做成的临时担架，抬着重伤的官兵离去，一个个就像是从鬼门关中走了一遭回来似的，相当悲壮。而就是这些手持劣质武器，破衣烂衫，黄皮寡瘦，路都走不稳了的川军，竟是淞沪战场上打得最好的中国军队之一。

清亮的晨光中，八十八师的官兵们向胜利走下战场的这两支川军官兵致以长久的注目礼。

之后，孙元良一直率领八十八师，自始至终地参加完三个多月的会战，坚守闸北阵地达 76 日，日军屡攻不下，伤亡惨重。之后，孙元良升任七十二军军长，获颁云麾勋章。他带的部队一直是国民党军队的绝对主力。然而 1948 年，身为兵团司令的孙元良在淮海大战中，被解放军打得大败。1949 年，他和他的叔父孙震一样，都到了台湾。2007 年 5 月 25 日，抗日名将孙元良在台湾辞世，享年 103 岁，是黄埔军校第一期毕业生中活得最久的。这些，都是题外话。

南京总统府，蒋介石这天显得精神振奋。淞沪会战以来，整体上看，日军并没有占到一点便宜，特别他得知杨森的二十军和刘雨卿的二十六师这两支疲弱之师，竟取得了那样的胜利，更让他平添了底气。他已经下令，他今天要接见杨森。上午他有两个国事活动，先后接见德国驻中国大使陶德曼、苏联驻中国大使鲍格莫洛夫，然后接见杨森。

上午 9 时，外交部长王宠惠陪同德国大使陶德曼准时来了。

“我国元首对中国人民一向怀着友好的感情。”陶德曼是个中国通，他担任驻华大使有年，谙熟中国及亚洲各国形势，满口娴熟的外交词汇：“元首让我郑重转告委员长，中日之战是个误会。我国愿意出面劝说日本对贵国停止战争，转而合作，共同对付东方那个我们共同的敌人。”在陶大使准确无误地传达纳粹德国元首希特勒的意思之时，蒋介石用他那双鹰眼冷漠地打量着大使，清癯的脸上闪过一丝不屑。德国与日本是军事盟友，德日两国 1936 年 11 月在德国首都柏林签订了“日德防共协定”，后来又加进一个意大利，三国结成军事轴心国。他想，反共当然是好，问题是现在日本人放着苏俄不打，却来打中国，而且日甚一日。如此，你德国大使说的这番话岂不是空话、废话、假话！

“感谢贵国元首对我国的友好感情，尤其感谢贵国元首对目前中日间关系的关切。”在陶大使致辞后，委员长说话了：“在中日爆发全面战争前，我就通过贵国政府转告日本，当今威胁中国的是苏俄支持下的中国共产党和他们的军队。希望日本克制。因为从长远看，威胁亚洲、欧洲及全世界的是苏俄及苏俄派生出来的红色革命，也就是赤祸！为此，我们甚至可以做出最大的牺牲，将日本占领了的我国东北三省，还有华北暂时搁置，联手对付苏俄。可是，情况是大使看到的。日本朝野一些人目光短浅，对我国得寸进尺！逼不得已，本委员长乃对日宣战，带领全党全军全国人民，对日进行全面抗战！”蒋介石这番话可谓掷地有声，其间的愤懑、委屈溢于言表。

但蒋介石说这番话时，内心十分复杂。年初，陶德曼就带来日本朝野的口信，说是中国只要答应三个条件，就可以停战休兵。这三个条件是：1. 宣布内蒙古自治。2. 划东北到平津为非军事区。3. 停止抗日的一切活动。当时，蒋介石私心以为，这三个条件是可以答应的，而且就连白崇禧、顾祝同、徐永昌、唐生智这些人也认为是可以接受的，白崇禧甚至说：“既然条件就是这样，那么何必还要一定打仗呢！”一来因为国内的抗战呼声强烈，二来日本国内政局多变，让这样的机会失之交臂了。

“可是，据我所知！”陶大使笑微微的反驳：“上海之战之演化为双方陈兵百万的淞沪会战，并非日方本意，而是……”话没有说下去，但意思到了，看蒋介石一愣，陶德曼笑了笑：“不过，纵然已经如此，我国元首还是让我转告委员长，我国愿意在其中居间调停。当然，首先委员长要有这个意思！”

“好的，好的！”蒋介石赶快抓住，随即看了看陪坐在侧的外交部长王宠惠，“这个，这个，王部长你要同陶大使细细议议，嗯！”

“是是是。”王宠惠连连点头答应。他当然明白委员长的意思，谈，当然可以谈的，只要对我有利。又谈到了一些话，意思传达到了，委员长又是一个惜时如金的人，德国大使陶德曼这就站起身来，鞠躬，告辞，由外交部长王宠惠陪着去了。

站在阳台上，目送王宠惠陪着陶大使离去的身影，蒋介石不由想，虚虚实实，实实虚虚，虚中有实，实中有虚，哪头为重，哪头为轻，哪头需抓紧，哪头是雾中看花，画饼充饥，我心中当然是有数的。让王宠惠同陶德曼谈去吧，磨去吧，谈得好，磨得成当然好，不成也不要紧。

不一会儿，张群陪着苏联大使鲍格莫洛夫来了。苏联大使由张群陪同，显然级别要高一些。大使长得又高又胖，一头银发，身着灰西装。双方落座后，大使首先转达了斯大林大元帅对委员长的问候，大使没有用那么多外交辞令，话是开宗明义的，实质性的。苏联大使表达了苏联政府对日本侵略者的强烈谴责，表示要一如既往地从道义上、军事物资上给中国以支持。他代表苏联政府向委员长表示，希望两国尽快签订《中苏互不侵犯条约》。同时明确表示，只有苏中双方签订了这份条约，苏联才能更好地履行条约一方所应有的责任和义务。苏联大使这一番话言简意赅，让陪坐在侧的，如今身兼多项要职的张群不禁点头微笑，对苏联大使的口才表示赞赏。委员长对苏联本身有相当的抵触和警惕，但形势如此，迫不及待要灭亡中国的是日本不是苏联，因此，对于苏联大使传达的斯大林大元帅这个近似最后通牒，委员长当即表示同意，并指示张群立即陪大使去外交部签订条约。

就在这天，外交部长王宠惠同苏联大使鲍格莫洛夫，各自代表本国政府签订了《中苏互不侵犯条约》，苏方当即答应向中方提供一笔 5000 万美元的军事贷款，同时还有向中国派军事代表团，向中国提供军事物资援助的内容等。这样，在美国还没有对日宣战前，苏联是对中国抗日战争当时帮助最大、援助最多的国家。前后赴中国参战的飞机有 880 多架，坦克 100 余辆，各种装备难以计数。抗战八年中，有 200 多名苏联飞行员牺牲在中国各地的抗日战场上。

下午，蒋介石接见了杨森。

杨森的二十军拉下来在南京附近休整，军委下拨五万元大洋以资奖励。杨森接到委员长侍从室电话后，喜不自禁，可刚从战场上下来，军服又破又旧，已经不成个样子，怎么办呢？灵机一动，他想到南京三道高井旧货摊区卖的东西应有尽有，从日本军官的东洋大刀，到中国将军的服装都有。他赶紧去买了一套，佩上陆军中将军衔，按时驱车去了总统府。蒋介石长袍马褂，光头，身姿笔挺，杨森给委员长立正，敬礼后，喊操似的大声说："委员长，我把在上海作战的情况向你报告。"

"唔，坐坐！"蒋介石很和气，把手几招，率先坐下，说："不必了，不必了。这个，这个，情况，我都清楚，你的部队打得不错，还有你们川军，这个，这个二十六师也打得相当好。这个，这个是，我很满意。"杨森这才发现，蒋介石现在说话爱用"这个，这个"过渡，"这个，这个"得他头发昏。

"我部官兵奋勇杀敌，视死如归，斗志昂扬，这都是委座精神的感召。"杨森说时挺了挺胸。

"是的，是的。"蒋介石越发高兴："不过，你的部队减员也不少，你放心。中央从国外采购的一批优等军火马上就要回来了。我马上给你们补充！"显然，委员长说的"你们"包含刘雨卿的二十六师。"这样优秀的部队不补充，还要补充哪支部队！"蒋介石继续说："这个，这个，你的二十军整编以后，是甲种军，三个师，外加一个独立旅，怎么样？"杨森一听，喜不自禁，霍地一下站起，叭地磕响皮鞋，胸脯一挺，头一昂，喊操似的说："感谢委座，我二十军以后更当为抗战尽心尽力杀敌！"

蒋介石笑笑，又把手招招，示意喜不自禁的杨森坐下："我还要给你加担子。我已经告诉军委，马上提升你为二十七集团军总司令兼二十军军长。这个，这个，以后王泽浚（王缵绪之子）的四十四军和欧震的第四军，都这个，这个，划归你的集团军。归你管。这个，这个，你的军衔晋升为陆军上将。”

杨森简直就像《儒林外史》的范进中举，一时没有回过神，眼睛都直了，简直不敢相信有这样天大的好事，然而这却是真的。

“这个，这个，子惠，你还有事吗？”蒋介石亲切地叫着他的字，显然是表示接见已经结束了。

“感谢委座栽培！”杨森这才一下清醒，霍地站起身来，胸脯一挺，脚下一双皮鞋一磕，给蒋介石敬了个军礼，大声说：“以后我杨子惠要更好地报效党国，在所不辞！”

“这个，这个，好的，好的！”蒋介石站起身来，伸出手，同杨森握了握。临别时，又特意嘱咐杨森到军政部去办一应相关手续。

杨森离去后，蒋介石走出屋去，站在阳台上，目视着杨森离去的身影。委员长办公室是在一处单独的清幽小院里，花香鸟语。一条小路，从委员长站的那幢法式小楼下伸出去，一直伸向独院尽处的红漆中式小门。门前有警卫站岗，门内侧有一个小小的传达室。只见个子不高，精力旺盛的杨子惠甩开大步，迈着军人均匀的步伐向前走去。这时委员长的心中是且喜且忧。喜的是像川军，尤其像杨森这样装备简陋的杂牌军，竟可以在战场上打得这样好；喜的是他又得到一个杨森，成了他的亲信；民族战争真是像一座淬火炉，一架鼓风机，平时弱不禁风的队伍，放到这样的战场上去，竟一下就从一堆烂铁淬成了一把锋利无比的剑。二十军如此，二十六师也是如此。那么，已经到了陕西，马上就要到山西参战的二十二集团军，还有正在从水路出川的二十三集团军，难道不也是这样吗？他们都是川军、杂牌军。

但是，让他忧的地方也正在这里。消灭属于各地军阀的杂牌军，尤其是共产党的军队，是他的既定目的。如果不是该死的日本人打来，所有的杂牌军，包括被胡宗南的部队包围在延安的共产党首脑机关及共产党军队，不是早就被他一个个解决了吗？！就在日本人发动“七七”事变之前，他已经在重庆整肃川康方面的军队，刘甫澄已经被他逼到了死角……而这样一来，一拖，要达到他在中国实现一个政党，一支军队，一个领袖的目的，又不知要等到哪天了！还有，最近他看过一份同中国各地军队都交过手的一位日本军官写的日军内部资料，那位日本军官深有感触地说：一般而言，同中国的中央军交手，日本兵可以一打二；同阎锡山的晋军交手，是一打三，同八路军交手，是一打一……这是多么可怕的对比！照此下去，还得了吗？这个，这个，岂不是养虎遗患吗？可是，又有什么办法呢！

杨森已经走到了那株塔松前，马上就要出门了，可这时杨森却突然转过身来，朝他这边望。委员长赶紧下意识地往旁边一闪，生怕杨森发现了自己正在看他。杨森这样，或许是出于感恩的留恋，而蒋介石这样一闪，是不愿失去他堂堂委员长的尊严。

过后，二十六师师长刘雨卿也得到了提升。他是四川省三台人，字献廷，行伍多年，骁勇善战，战前曾经在中央陆军大学受过短期培训。淞沪之战后，他被提升为二十九军军长，一直活跃在抗日战场上。1948 年，当杨森在重庆当市长时，他任重庆警备司令，过后也去了台湾，任了一个闲职“国防部”中将参议，就此了却一生。

- 第四章 -

刘湘，孤独的甫帅

刘湘从大邑县安仁镇老家祭祖省亲返回成都后，无论夫人刘周书怎样劝，他就是不回家，坚持住在将军衙门处理一应公务，说是就要出川了，手上事多。夫人刘周书很着急，因为甫帅最近病情有加重的趋势，脚肿多高，她提出如果甫帅坚持要住到将军衙门，那她也住过来经佑甫帅。可甫帅不同意。结果好说歹说，最后来了个折中，夫妻双方都让一步，刘周书不来了，甫帅答应每天按时服药、休息。这一切细务，由跟了甫帅多年的贴身副官张波经佑。看丈夫答应得钉钉然的，刘周书没法，也只能这样，但下来后，她又将这些细务再三嘱咐了张副官。

这天早晨，副官张波按时给甫帅端来一大品碗中药，然后站在旁边看甫帅喝下去。刘湘端起那一大碗中药，皱着浓眉，很不满地嘟囔："这是啥子药，这么大一品碗，漆黑、焦苦。这哪是人吃的药，简直就是牛药！"他说是说，还是端起碗来，咕嘟咕嘟一口气灌下肚去，然后将空碗还给张副官，再漱口。他现在行走都有些困难，弁兵端着铜盆上来，接了甫帅的漱口水。

早先这病，医生说是胃溃疡。这不奇怪，经年征战，吃饭睡觉都不正常，可这病总不见好。年来定居成都，请了中医，又请了西医来看，而且都是名医，也不见好。问究竟是咋回事，他们也都是语焉不详。甫帅是个聪明人，他觉得自己很可能得的是一种医道无力回天的怪病，医生们知道，只是不肯说出来罢了，他也就不再追问。生死由命，富贵在天，由他去吧。他现在唯一感到的是时间紧迫。三国时期的蜀相诸葛亮是他心中的偶像，尽人事，听天命，他要学习诸葛亮“鞠躬尽瘁，死而后已”！

这些天，他的身体状况和精神完全是分裂的。身体拖后腿，精神却非常亢奋。在淞沪战场上，被人们广泛称为“草鞋兵”的川军，即最先出川作战的杨森二十军和刘雨卿二十六师，都打出了名。还有那支打得最好，被日本人称为“最可恨之敌”的中央军八十八师的师长孙元良，也是成都人，是孙德操的侄儿。这让他感到光彩，感到振奋。

同时，让他特别挂牵的是已经走了半月的二十二集团军的两个军，算来应该到宝鸡了吧？不知军政部拨给川军的这批武器服装，两个军到后能不能得到及时的配发？这是一个大事！从那天晚上，邓晋康和孙德操从太原打电话回来向他报告的情况看，似乎仍然没有很落实，让他感到心中沉甸甸的。虽然这批部队到山西后就不要他管了，但毕竟，作为川军的统帅，凡是川军，与他都有一种割不断的感情和天然的联系，而且他是川军出川的“始作俑者”，他是主动为川军请战的。他准备在适当时候给蒋介石提出来，是不是将所有的川军拢在一起对日作战。这是他的希望，也是广大川军将士的要求。对此，邓锡侯一句话说得最好，有些悲壮，集中代表了所有出川将士的心声：“我们川军被这样割得东一块西一块的，就像是没有娘的孩子！请甫帅给上头反映，把我们川军团在一起，就是死也要死在一起！”

他是一个职业军人，对于战争有种天然的投入，何况这是一场保家卫国的生死之战。这些天，他忙里又忙外，连轴转。他去出席了在人民公园举行的成都人民欢送二十二集团军出川誓师大会，发表了激情的演讲；同时着手对他的战区司令部进行切实的考虑。这些天他一直在想，委员长让他去南京组建战区司令部，这岂不是在暗示，将由他负责京畿重地的防卫！况且，二十三集团军也正在走水路出川，朝那一带集结。到时打起京畿保卫战，他指挥自己的部队得心应手，显然，这是委员长对他的信任！这样一想，他感到宽慰。如果事情真是这样，那么足见蒋委员长同他刘甫澄一样，也是以国事为重，不因历史上的过节而心存芥蒂。老蒋，他应该这样！连自己作为一个地方长官，值此民族生死存亡关头，都可以舍小我就大我，何况他老蒋是一国之君，他应该有这样的度量。

转而想到到任后的具体防御，那座横亘在上海与南京之间的东方马其诺防线，能起到阻止日本人打到南京的作用吗？应该是起作用的。但是，日本人既然叫鬼子，那就不能以常理来度量的。如果日本人过了那座老蒋寄予特大希望的东方马其诺防线，那么，南京防守就只有象征性的意义了。那时，就得放弃南京，以保存有生实力为主。这方面作了粗略的考虑后，他得对他出川后的川事进行安排，于是那天张斯可说的话，再次在他耳边响起。张斯可指责他把“四川腾空了”，不仅如此，连他“刘甫澄把自己也送了出去”！张斯可这些话虽说得有些挖苦，火力也太大了些，当着那么多人，很伤他的面子，猛听，很令他生气。但他不会去计较张斯可的态度，他自信还不是一个小肚鸡肠的人。俗话说得好，“宰相肚里能撑船”，其实作为一方统帅，也应该“肚里能撑船”才行。何况，张斯可的心是好的，张斯可是为他好。想到这里，他在心中对张斯可说，你放心，我走时要埋下一个重重的伏笔，我决不会把四川腾空，让四川平白落入“他人”之手的。

他开始看报，每天这个时间他都要看报。张副官将好几份成都当日出版的主要报纸拿进来，将一份《四川日报》送到他手上，另外几份放在茶几上。他先将这几份报纸都浏览了一下。这天，成都各报同时刊登了他发表的离川后，川事各负责人名单：川康绥靖公署主任一职由总参议钟体乾代行；四川省政府主席一职由省府秘书长邓汉祥代行；四川省保安司令由王陵基代任……

他在“四川省保安司令由王陵基代任”这一行上特别注意看了看，然后给张副官示了一个意，他要看地图了。

张波轻步上前，走到窗前，将遮在几与壁大的作战图边上的一根小绳轻轻一拉，一幅草绿色的，显得有些厚重，从天花板一直垂及地板的细呢帷幕，就像戏台上被拉开的幕布一样，翻波涌浪地向两边快速地卷了起来，亮出了地图。张副官再将一只单人沙发摆好，旁边放一只茶几，几上放一碗茶，一只放大镜。再走上来，将甫帅搀起，搀到正对地图的沙发坐下。因为早晨天气有些凉，细心的副官又给甫帅拿来一件金线绲边的黑缎马褂套上。身材高大的甫帅，这天穿的是一件淡青色杭绸夹棉长袍，脚蹬一双黑直贡呢白底很中式的朝元布鞋。

这是一张硕大的军事地图，从左到右斜半腰插满了蓝、黑两色小旗，蓝旗代表中国军队，黑旗代表日军。

有一句话说得好：外行看热闹，内行看门道。作为多年带兵打仗的刘甫帅，不仅能从这张地图上感到，而且能看到这场战争规模之空前，战况之惨烈。他将目光集中在上海、南京一线，看得非常专注，思考也很深刻。这会儿，甫帅的神态是从容的。他那张五官端正的脸上，皮肤显得有些病态的苍白，唯有那双让人过目不忘的眼睛，还是那么闪灼有神！时年 47 岁的“四川王”刘湘不是一个草莽，他很爱学习，平时手不释卷，对世界各国的政治、经济、军事状况都有相当的了解，也很有思想。正因为如此，在军事人才荟萃的四川，在你方唱罢我登场的军阀连年征战中，他能节节走高。

在他看来，人们常说小日本小日本，其实，这个说法并不准确。明治维新后，日本发展的速度惊人，现在已经成了世界上头等工业、经济、军事强国。1931 年，日本侵占了中国东北三省后，到 1937 年间，各方面都出现了飞跃。工业年均增长速度 9.9%，1937 年，日本工业总产值达到 60 亿美元，占国民经济总值的 80%。这年，日本的武器生产能力达到年产飞机 1580 架、大口径火炮 744 门、坦克 330 辆、汽车 9500 余辆，造船能力 40 余万吨，造舰能力 5 万吨。而中国呢，不要说根本没有生产飞机、大口径火炮、坦克、汽车这些作为现代化国家元素的基本能力，就连生产些步兵的轻武器，包括小口径火炮类，主要部件和原材料也要依赖进口，而且数量也相当有限。

“七七”事变前，中国的现代工业仅占国民经济总产值的 10%，而且，这之中还包括相当数量的外资企业在内，工业总产值不超过 13.6 亿美元，不到日本的 1/4。在重要的战略资源方面，“七七”事变前，中国的年钢铁产量仅有 4 万吨，日本是 580 万吨，中国仅为日本的 1/145；中国石油年产量 1.31 万吨，日本 169 万吨，中国只有日本的 1/129；中国钢年产量 0.07 万吨，日本 8.7 万吨，中国是日本的 1/121。就经济实力和国防工业而言，中国与日本相比，处于绝对劣势，完全没有可比性。

所以，目前淞沪会战中的硬碰硬不好！如果继续这样进行下去，只有中国吃亏的，最高统帅部决策有问题。因为这样的打法，正中日方统帅部下怀。现在，在上海平均一天就有一个步兵师被消灭，以中国军队精锐的九十八师为例，在 18 天的作战中，伤亡就达 62%，营级及以下军官阵亡 200 余人。第八师陶峙岳部作战三个星期，全师作战人员从参战时的 8000 人锐减至 700 人！战争最激烈时，属于精锐部队的七十八师四六七团迎击渡河日军，10 分钟内，一个连全部壮烈牺牲……

这地图让他看得越来越明白，战局的发展摆在这里，让他更加坚信了月前，他在南京最高国是会议上发言的正确性。在那次会议上，他尖锐地指出：“要抗战才能救亡图存，才能深得民心；要攘外才能安内。日本人的军事力量虽然远比我国为优，但必须利用交通线才能展其所长，离开交通线，不但军队调动困难，给养补充更不容易 。我们只要采取正规、游击两种战术，在交通线两侧及其前方后方与敌周旋，即可作持久战。而且就国际形势来看，日、德、意三个法西斯国家企图独霸世界，美、英、法、苏必不会坐视，由中日战争发展到国际战争，是有极大可能的。抗战最后胜利，必属于我国。”

那次会议之后，为人向来傲慢的蒋委员长派张群前来他下榻的金陵大饭店，请他去总统府谈谈，做出一副虚心听取意见的样子。在老蒋面前，他再次重申了以国土面积广大，人口众多这个优势，不在一地一时与日军决战，而应大范围转移，保存实力，逐次打击日军，拖垮日军，以空间换取最后胜利的战略。说到这些，老蒋还不置可否地听听，但当他提出一个建议，说是鉴于云、贵、川，还有广西军队在语言、生活习惯、心理等方面相同的地方多，是不是可以将这几省的军队集中起来在一起作战！这样更能发挥军队的战斗力，比如日本的许多师团就是这样，以地区编组作战部队。他还说，李宗仁、龙云他们也同他谈过这个问题，也有这个意思。殊不知他这样一说，蒋介石那张本来还微微带笑的马脸，一下就拉了下来，“唔、唔！”的语焉不详地搪塞，实际上就是不同意。

蒋介石说一口浙江奉化音很浓的北平官话，说话时，经常“唔、唔”“这个，这个”的。或许在旁人看来，这些都是无用的语助词，其实在委员长那里是有用的，一是可以缓冲时间便于思考，二是搪塞。他想，到了南京，如果有机会，这两点他还是非向蒋委员长建议不可的，一是调整战略决策，这样采取会战的方式，硬打硬拼不行；二是至低限度应该将川军集中在一起作战。或许这样的建议，会让老蒋不高兴，但为了战争的胜利、民族的利益，他是一定要说的。

门帘一掀，丫鬟梅香手托一个髹漆托盘进来。她轻步上前，将托盘在茶几上一放，然后捡出一碗青川银耳羹，两盘精致点心，甫帅这才从深思中清醒过来。原来不知不觉间，是他该吃点心的时候了。侍立在侧的梅香见甫帅很自觉地端起银耳羹，张副官也没有别的吩咐，这就先轻步出去了。刘湘一手端着银耳羹，一手拿起一根银匙，一边慢慢舀银耳羹吃，一边仍然看着地图。装银耳羹的碗是一个果绿色的邛窑中号品碗，邛窑与明永乐年间北京果园厂出的成窑，是差不多同一时间的产品，同属珍品。夏天，邛窑碗装食品可以在几天之内不馊不变味。只不过是邛窑产自成都平原边缘地带的临邛（现邛崃市），量小而地缘又偏远，没有成窑出名。这青川银耳羹也不同凡响，产自川省的青川原始大森林，绝对的纯天然绿色植物。这银耳羹是厨下专门做甜点的大师傅用上等冰糖，微火慢慢煨出来的。甫帅吃了银耳羹，梅香就像掐算好了时间一样，轻步而进，将已经空了的邛窑碗捡进托盘，两盘精致点心，甫帅动都没有动，她这就看看张副官的脸色。张波将头一扬，给她示意，梅香就将这两盘点心也捡回髹漆托盘中，端起托盘，脑后的长毛根一甩，轻步而去。

张副官来在甫帅跟前，弯腰轻声说："甫帅，这是王陵基请你签字的一份文件！"刘湘不解地抬起头看了看张副官，心想，王陵基一会儿就要来见我，当面签不就行了，何必多此一举？不过，他心中一下就清楚了。王陵基在他面前爱抠老师的架子，不想当面请他批条子，认为丢脸。

甫帅接过文件，是王陵基日前遵照他的指示，拟在成、渝两市建立防空体系所需经费打的一份报告。这样的报告，属于军事方面用度，如果他不在，当由川康绥靖公署代主任钟体乾签字。他知道，王方舟如果不是迫不得已，不会下矮桩去找钟体乾的，哪怕走一个过场，他都不愿意。甫帅一笑，这就提笔签了，让张波及时送到外面经费室去，转王陵基。

他想，王陵基这个人就有这些毛病。不过也没有关系，他看人注意的是大节。在他看来，王陵基有几个旁人难以企及的优点，这就是：一、王陵基跟一个人跟定后忠心耿耿，虽然历史上，他在指挥全川部队六路围攻红军时，王陵基作为一个方面的总指挥，因失职被他冷落过一段时间，二人之间产生过裂缝，但这一页很快就翻过去了，现在是他们关系最好的时期。二、王陵基这个人做事办法多，也敢负责任，王陵基有个绰号，"王灵官"，最为贴切。三、这个人意志坚定，铁钉子都咬得断，尤其在对人忠不忠这方面，王陵基同王缵绪对比，越发鲜明。王缵绪跟一个人从不会跟到底，他是一棵墙头草，哪边风大哪边倒。能不能有这点，最为关键！所以，明知道王陵基爱面子，刘湘就不时在众人面前尊他一声方舟师。不过这样一来，王陵基越发在他面前抠架子，就这点讨厌！

这时，邓锡侯、孙震来了，他们是从凤凰山机场一下飞机，就坐汽车直接赶来的。丫鬟梅香进来，为客人送上茶水点心。

两人将他们此行到太原后的种种一切，包括他们对事情的看法、估计、猜测都一一细说了。

"你们说得对。"刘湘略一沉吟："事到如今，也只能是走一步看一步了。阎锡山提到的那些事情，也还不是就不可能。"说时，拿出川军统帅的架子对二人说："山西方面的事态发展，我会密切注意，有问题，会及时向有关方面反映，设法通融，解决。我看，你们说得对，现在最好的办法就是尽快把手上要做的事做完，尽快赶去掌握你们的部队，这最最要紧！凡事不可大意，大意失荆州！"

邓锡侯说他手里还有些急事要办，等个三五天去，孙震说他后天就赶去。然后邓、孙二人又提出甫帅应该想办法，把出川的川军全部拢在一起。

刘湘说："放心，我尽量努力，我会在委员长面前再次提起这事的！"

邓、孙二人就站起告辞了。刘湘站起来，坚持送了他们几步，在门前，互相挥手告别。

邓、孙二人万万想不到，他们与病中的甫帅就此一别，竟然就是永别。

甫帅午睡后，约好的下午三点钟王陵基来，可是他迟了一刻钟才来。天色有些阴，屋内光线稍嫌暗淡，见副官张波要开灯，王陵基把手几挥，很霸道地说："不要开灯，不要开灯，开灯晃眼睛，就这样说话。"很有些喧宾夺主的意味。张副官很不满地悄悄恨了他一眼，退了下去。

丫鬟梅香进来，为王陵基送上茶。

"那个条子签没有？"王陵基坐下很大气地问刘湘。

"签了。"刘湘笑笑："你不是要来，何必多此一举？"

王陵基没有回答刘湘这个问题，只是把胸脯挺挺。如往常一样，如果不是必须穿军服的场合，王陵基都不穿军服，他是嫌军衔小了，中将，在他看来，他无论如何该是上将。这天王陵基西装革履，皮鞋铿亮，不高不矮的个子，戴一副眼镜，瘦削的清水脸上没有什么表情。

“方舟师！”刘湘说：“我走后，四川就交给你了，你肩上的担子重哟！”

“甫澄！”王陵基叫屈似的说：“你这话咋说起的哟？你不是把四川省政府主席的位子交给了邓汉祥，把川康绥靖公署的位子交给了钟体乾嘛，咋说把四川交给我了？”

“未必四川省保安司令这个位子还小了吗？”

“保安司令没有省政府主席、绥署主任大嘛。”

“他们那是空的，你是实的。他们那是文职，你是军职，是掌刀把子的，你的地位举足轻重。另外，我请你来，还有重托。”

王陵基没有说话，只是定定地，用期待的神情看着刘湘。

“我走后，你就是武德学友会的会长了，我把武德学友会长的位子给你坐。”

“又咋个？”这就是明知故问了，他要刘湘给他详说。

“你看哈！”刘湘扳起指头一一给他详说：“邓锡侯出川了，孙震出川了，我幺爸僻居雅安，留在川内的，都是我们二十一军的人。如张斯可那天说的，我把四川都腾空了。我幺爸不可能打回来，现在是抗日时期，任何人都没有打内仗的胆子。再说，我幺爸现在那点力量，他就是想打回来也打不回来。我把武德学友会会长给你当，这是啥子阵仗？在四川，哪个有你的权力大！你打声招呼，哪个不听你的，你说是不是？”

听了这话，王陵基瘦削的清水脸上泛起一丝难得的笑容。武德学友会这个组织是刘湘苦心经营多年的一张网，是刘湘的政治军事核心组织，刘系所有军官都是武德学友会会员。而下级服从上级，全会服从会长，又是章程上规定的。留在川内的人，纵然是王缵绪这样的人，以后在大事上都不得不听他王陵基的，不听不行。抓到了这个会长位置，确实就抓到了四川，镇住了四川。

“甫澄！”一下子高兴起来的王陵基很大气地说：“你有啥子事情尽管交代，你走后，我给你镇堂子，负责镇好、镇稳！有要事，我立即给你通报，你放心。”

“好！”刘湘松了一口长气，他说：“我走后，有些事，有些人我不太放心，你要注意！”说时一一交代：“你要监督、防备你的家门王缵绪，这个人是个墙头草，哪边风大哪边倒，自年前老蒋在峨眉山办军官训练团后，这家伙就倒向了老蒋，往我那个同学，成都行营主任贺国光那里跑得也勤。估计我走后，他很可能要兴风作浪！”看王陵基点头，他又说：“随着战事的扩大，以后四川的事相当多。”说时扳起指头：“防空维护地方治安、募集壮丁，这些大事你都要抓紧抓好！”

“好！”王陵基这会儿也不抠架子了，刘湘交代一个任务，他说一个好，显得非常自信、非常有信心，还有一丝对甫帅的感激。然后，刘湘邀请王陵基同他一起共进晚餐。

晚上临睡前，在贴身副官张波监督下，刘湘又苦不堪言地服下一大品碗焦苦的中药。忙了一天，病中的刘湘感到疲倦，精神却仍然兴奋。他坐到写字台前，拧亮台灯写日记，合上日记本时，又想想，今日事还有没有没办完的，没办好的？他做事讲求效率，每天坚持记日记。他的日记记得很简单，大都是提纲挈领式的，主要是在思想上盘点这一天。

很晚他才睡下，虽然疲倦，却睡不着。他的脑子里出现了他马上就要去的南京。南京，他去过多次，朦胧中南京风光出现眼前。六朝故都金陵，你的风光还是那么美吗？在茫茫一派横贯中国的万里长江畔，重庆居上，武汉居中，南京居下。印象中，南京城很像成都，四四方方一座城，街道宽阔，地势平坦，绿树成荫，花香鸟语。特别是先总理孙中山的水晶棺寝坐落在紫金山上，出了中华门，在去紫金山的柏油马路两边，修剪整齐的苍松翠柏，特别的浓绿葱翠，就像上了油似的。紫金山上，有中国最大最好的天文台。雨花台的雨花石晶莹剔透，五彩斑斓，据说是当年太平军与清军激战经年，流血太多，浸染而成的。南京城里那条流淌了千年的秦淮河以及夜幕降临时，在河上穿梭往来的画舫笙歌，灯光摇曳；两岸鳞次栉比的茶楼酒肆里流泻出来的轻歌曼舞……思绪一转，他想到了他的二十三集团军，这支浸透了他心血的部队，在唐式遵、潘文华的带领下，应该到了指定作战位置吧，那是一番什么样的情景呢？不知为什么，他心中突然有种被挖空了的感觉。二十二集团军到山西去了，不要他管了。二十三集团军现在虽说是他兼总司令，但他却有一种与这支由他一手一脚带出来的部队越走越远的感觉……

下雨了，是淅淅沥沥的秋雨。在落叶敲窗，雨打芭蕉声中，不知为什么，他的脑子里忽然闪现出辛亥革命中那位为推翻清廷，建立民国而英勇献身的鉴湖女侠秋瑾的两句诗："秋风秋雨愁煞人。"

心事重重，始终睡不踏实的甫帅，在天亮前最终滑落进梦乡时，心中涌过一种混合着悲壮的，铁马冰河入梦来的苦涩。

- 第五章 -

藤子缠树，树缠藤

天刚擦黑，李少昆骑着一辆被人们称作“洋马”的英国三枪牌自行车，离开军部，赶回家去。

明天就要随二十二集团军副总司令兼四十一军军长孙震出征了。今天忙了一个整天，晚上，孙震要他快回家去，同家人团聚团聚，明天一早动身。这让李副官心中感激莫名，孙震将军是个很体恤下属的长官。

骑车经过皇城时，一轮明月正从那座备极辉煌，极像北京天安门的皇城的城楼上冉冉升起，明月在蓉城秋夜那片钢蓝色的天幕上缓缓巡行，很美。皎洁的月光洒在红柱绿瓦的巍峨城楼上，洒在皇城后面那片墨染似的楠木林里，像是一幅恬静的水墨画。然而，静中也有动的，那些归巢不久的白鹤，在城楼后林间跳起雪白的舞蹈，这就显出一分别样的韵致。再看极像北京天安门广场的皇城坝两边，那些鳞次栉比的馆子、店铺都是回民开的。这时，这些馆子、店铺渐次亮起了灯，电石灯、煤油灯……林林总总，灯光晕黄。正在上客，幺师站在铺面外，高声延客入内，空气里弥漫着红锅馆子炒回锅肉，炝宫保肉丁的香味，间杂白面馆子打锅盔的梆梆声，甩三大炮的当当声……这一切，构成了这座远离战火纷扰的大后方西南名城特有的、畸形的繁荣。然而，对于李少昆来说，这些司空见惯、熟视无睹的情景，今天却不同了。所有这些，此时在他眼中都有一种别样的色彩，让他感到特别温暖，难分难舍。

到家了，他轻轻推开门，将“洋马”推进去，小院里月华如水，很静。他在将“洋马”轻轻架起时，从那一领青篾细竹精编的熊猫戏竹图案门帘中望进去。屋里点的是电灯，乳白色的灯光下，父亲一个人坐在八仙桌前，埋着头，一边在专心裹烟，一边抽烟，显得有些孤独。父亲那根须臾不离的，一头是玉石烟嘴，一头是铜烟斗的三寸烟杆上，总是栽着一棵叶子烟在吧嗒。这是老父亲留给他的固定形象。屋后厨房里传出轻微的锅铲碰撞声，空气中弥漫出菜香味，不用说，妻子蔡桂花正在厨房里忙着。儿子狗娃不在，显然已经睡了。这是一个多么温馨的四口之家，多么温馨的秋夜。

“爹！”门帘一掀，他进了堂屋。

“才回来？”爹头都不抬。

“有事。这还算是早的了。”他回答爹时，转身将背在身上的那支驳壳枪挂在墙壁上。这种德国造20响，人称手提机关枪，枪把上飘着一绺红缨。他转过身来，坐在爹对面的条凳上，随手将衣领上风纪扣一松。这就看清了，李少昆不到三十岁，个子不高，长得精精瘦瘦的，五官清楚，眼睛有神，肤黑，手关节粗大，一看就是劳动人出身。

父亲嘴上吧嗒着烟，手上继续裹着烟卷。父亲将裹好的一支支烟卷放在一边，摆成排，黄金杠色的，很好看。他见过邓锡侯抽的那种花高价买来的老炮筒似的古巴哈瓦那雪茄，与父亲裹的这种叶子烟卷很像，他曾经找过一支来给父亲抽。父亲抽了几口就扔了，说古巴哈瓦那雪茄比他用家乡叶子烟裹成的烟卷味道差远了，吐了两泡口水，连说孬、孬、孬！父亲上省有年，却始终保持着川北乡下老家劳动人的好些生活习惯、习俗。这之中有好有坏，好的比如说勤俭，爱劳动；不好的，比如随地吐痰，还有好些旧观念。

“狗娃呢？”他坐下第一句话总是问儿子。他们父子都是世代单传，“不孝有三，无后为大”，在重男轻女的时代，他家狗娃的到来，自然金贵。

“睡了。这娃娃乖！”爹说时，一笑，香烟缭绕中，爹那满是皱纹的脸上露出一丝欣慰、幸福、满足。爹的年龄并不很大，也就是六十多岁，可是看起来却显得相当苍老，一脸的皱纹像乡下老家数不清的沟沟壑壑，这是过去艰苦生活留下的痕迹。

李少昆动手帮爹裹起烟来。劳动人家出身的就这样，什么时候都是闲不住，家乡这种烟叶晒干后，裹时，给喷点水，在桌上展开，一匹匹又大又薄，金黄铿亮，像是高明的金匠精心敲打出来的金箔，透着一股绵劲，散发着一股焦辣的芳香。这会儿，父子俩都埋着头裹烟，好像没有话说。好像这些天来，要说的话都已经说完，又好像要说的话还很多，却又不知从何说起，有一种淡淡的离愁别绪。小院里，秋虫鸣唱，此起彼伏，带着刚声。

“明天就走？”父亲终于问了。

“是，明天就走。”

“啥时候走？”

“一早就走。桂花还在忙？”他问到了妻。

“嗯。”爹点点头：“我说去帮帮，她说马上就好，让我坐着等你回来，她让我们父子俩好好摆摆龙门阵。这个桂花，年龄不大，就是懂事，贤惠！”爹的语气赞叹有加。

“何必呢！”李少昆吁叹：“我早说过，如果你们实在要给我饯行，就去隔壁鸿宾楼包一席，又不是没有钱。何必淘这个神，都忙好多天了！”李少昆知道，为了这顿饭，老父亲和妻子从筹备到动手，是如何地忙碌劳累。如果去隔壁鸿宾楼包一席，连碗都不用洗，多省事。可他们省俭惯了，舍不得乱花一分钱。家里原先请过一个女佣，那是桂花生狗娃时请的帮手，过后桂花将女佣辞了，家务事那么多，处处自己动手。他说这话，明显是心疼妻子。

“你说的啥子话？”老父亲当即教训儿子：“老话说得好，攒钱犹如针挑土，花钱犹如水推沙。狗娃还那么小，以后用钱的地方还多得很，你不要大手大脚，有你娃娃喊皇天的时候！”

“我到灶下去看看，桂花有没有啥事要我帮忙的？”回到家，一时不见妻，他就想。况且这会儿心情更是不同，想到明天一早就要走了，真是分分秒秒都珍惜。

“好，去吧！”爹嘴上吧嗒着烟，手上裹着烟。

“桂花！”穿过客厅，李少昆人没有到，声音到了：“我回来了，有没有啥事要我帮忙的？”

他的声音是欢快的，也是急切的。

“你帮得到我啥子忙，你来帮忙，只能越帮越忙！”正在灶上忙着的蔡桂花回头看看丈夫，看得很深，又粲然一笑。就这一笑，让李少昆顿时有了感觉。她正在案板弄一条鲤鱼：“这是爹今天早上专门去青石桥给你买的，不大不小，一斤多重，正好，新鲜。爹说你最爱吃我做的家乡豆瓣鱼。”蔡桂花是个颇有些姿色的少妇，二十来岁，比李少昆小十来岁，高高的个子，比李少昆还要高一些，走路轻盈。这个晚上，为了做事方便，她在细腰上拴了一根家织蓝布围腰，这一来清水出芙蓉，更是勾勒出了她的好身材，真个是细腰丰乳肥臀。进城已经有年的她，勤快贤淑，是个“上得厅堂，下得厨房”，人见人爱的少妇，难怪李少昆一回家就找她、寻她。

“哎呀，不简单呢，弄这么多菜！”在年轻貌美又贤惠的妻面前，李少昆一下就放开了。他伸手在酥肉碗里抓了一砣炸得黄焦焦、香喷喷的酥肉放进嘴里，啧啧有声地吃着道：“好香！”

“你出去陪爹摆一会龙门阵嘛，我马上就把下酒菜给你们摆出来。”

“我就不走，我来帮你烧火！”李少昆说时坐到灶前的矮凳上，拿着火钳，往灶里夹柴。

“你烧不来火，你总是把柴加得太满。”

“哪个说我烧不来火！”李少昆说时，又往灶里加了一根柴，灶房里立刻烟雾腾腾。

“我说你烧不来火你还不信！”桂花咳了两声，嗔怪地朝男人一笑，说时去到灶下，弯腰从他手上拿过火钳，从灶洞里退了两根柴，火立刻就燃旺了。她笑着拉起丈夫，要推他出去。他站了起来，却伸出双手，一下将妻子满满当当地搂在怀里，两人穿得都薄，一切都感觉得到。

桂花触电似的一抖一愣，不过她很快清醒过来，架势推他，像哄小孩似的哄他：“听话！这不是时候，谨防爹撞进来看到，这成啥话！”

“那一会儿，嗯？”

“一会儿就一会儿嘛！”

哄走了丈夫，桂花好一会儿才冷静下来，开始给他们拼下酒菜。

他们这段幸福的姻缘，是偶然，也是必然。两家原本是川北乡下老家的邻居，她家的情况要好得多，至低限度吃饭不成问题。少昆家是个地地道道的农民，母亲死得又早，怕娶个后娘对少昆不好，父亲李大成从此没有再娶，又当妈又当爹地拉扯儿子成人。李大成读过几天私塾，亲近文化，敬惜字纸，有时间爱进茶馆，爱听说书的，见识比一般的种田人高明得多。李大成原是要咬着牙坚持供儿子读书读下去的，因为他知道，读书可以改变命运。可是，就在李大成好不容易将儿子供到初中，准备咬着牙再供下去时，16岁的少昆却再也不肯读书，吃粮投军去了。

少昆之所以要去吃粮投军，一是见父亲背朝黄土面朝天，汗珠八瓣地劳作，供他读书太辛苦，更主要的是现实教育了他。当时四川各地军阀当道，土匪横行，一个乡长、保长都霸道得不行，连走路都像螃蟹，横起走。可是，这些乡长、保长什么的，见到当兵的，哪怕就是一个连长、排长，马上就从老子变成了儿子、孙子。这让少昆对当兵的艳羡不已。恰好那年，踞川北一带的田颂尧二十九军在县里扯起招兵旗，李少昆就顺理成章地吃粮投军去了。在部队，李少昆有文化，人机灵，优点很多，很快就上去了。他先是给王铭章师长当副官，后来被孙震看中，成了孙震将军的副官，军衔少校。这在当地就不得了了，简直就是跳了龙门。李家小子在当地成了名人，由一条原先任人宰割的鲤鱼变成了腾云驾雾的蛟龙。

李少昆有了第一次的探亲假。回到家来，这才发现原先隔壁那个扎翘毛根，用砣子（拳头）揩鼻涕的小黄毛丫头，蔡家幺妹蔡桂花，已经长成了二八佳人。也巧，这时的蔡家苦恼至极，正有一道迈不过的坎。原来，在县中读书的蔡幺妹被乡长发现了，紧追不舍。乡长快五十岁了，家中早已是儿大女成人，但乡长喜欢老牛吃嫩草。一般的女子，乡长在他管辖的范围内，只要能过过手也就行了。可蔡幺妹长得太好，让乡长一看眼都大了，疑为仙女，从此饭吃不香，觉睡不好，下决心要把蔡幺妹搞到手，不是短期的搞，而是长久的搞，讨为自己的二房。蔡家不肯，乡长这就死缠滥打，威胁利诱，纠缠如毒蛇。

蔡家老两口看中回家探亲的少校副官李少昆，正好李少昆还没有结婚。而且这伢子是他们看着长大的，信得过，虽然人长得不咋的，可比起那个乡长来就是天渊之别了，年岁大个十来岁也没有关系。蔡家老两口这就亲自上门提亲，这还有啥说的，李少昆父子都喜欢，当即定了。乡长原来一心以为蔡幺妹是跑不脱他的手板心，却万万没有想到李少昆回来横插了这一杠子，虽然又气又急，但也没有办法，只能打落牙齿和血吞。李少昆李副官，了得！人家是省上大名鼎鼎的孙德操孙将军的贴身副官，身上穿的是二尺五（军装），腰杆上别的是硬火（手枪），李少昆一回来，连他的顶头上司联保主任都屁颠屁颠的出来，请李少昆李副官吃了一台油大（宴席），好话说了一箩筐，他一个小小的山区乡长哪敢吆言！在李少昆同蔡幺妹结婚志喜时，乡长还特意送了礼的。有什么办法呢，乡长再找别的“嫩草”啃啃，当然肯定比蔡幺妹就差了，差就差点了嘛。

在省上安了家后，李少昆将妻子、老父先后接了上来。可是，老农民出身的李大成，刚到成都时闹了好些笑话，怄了好些气。

首先是生活习惯。

上了省的父亲习惯在头上缠一块白帕子，这帕子长及丈余，宽约两尺，在头上一圈圈缠上去，旋得像座山似的。20 世纪 30 年代，四川乡下一般的平头百姓，只要是成年人，无论男女，几乎每个人头上都缠有这样一块白帕子。这是一种习俗，由来已久。据说是当年蜀相诸葛亮死后，蜀中人民在头上都披上这样一块白帕子吊孝，以后沿袭了下来。

李少昆给爹说了多次，爹才改为冬天戴一顶少昆给他买的剪绒帽，不再缠白帕子。又如孩子生下来后，按李少昆的意思，要给孩子取个很威风很亮堂的名字，比如“振”呀“刚”呀什么的。可是爹却要沿袭乡下老家的规矩，孩子不到上学的年龄不取官名，爹给孩子取了个很土的小名“狗娃”，意思是，名字越贱越好养。这倒无关大局，李少昆也依了。可是狗娃得了病，理应赶紧带去看医生，爹却搞些纸飞飞（小纸条）到街上去遍街贴，纸飞飞上写的是：“天皇皇，地皇皇，我家有个小儿郎。请君多念念，病去换健康。”遇到这样的情况，少昆就坚决不肯依了。

另外，爹喜欢坐茶馆。成都的茶馆之多，居全省之冠，全国有名。殊不知，成都茶馆里的茶客是人以群分，哪些茶馆上哪些茶客，有个约定俗成的潜规则。家离少城公园近，爹这就去了少城公园的茶馆。公园里的茶馆有三个：绿荫阁、鹤鸣、可园，一听名字就雅。绿荫阁是文化人打堆的地方，鹤鸣是商贾聚会地，可园里大都是遗老遗少。爹把自己归为老太爷一类，进了可园。爹这一进去，不仅没有人理他，还受到挖苦，被视为异类。那些身着中式马褂的遗老翻着白眼，目光透过鸽蛋似的铜边眼镜瞪着他，神情带着相当的鄙屑。

可是时间一长，可园里的茶客们知道了这个一身土气，手上总是拗一根叶子烟杆的“弯脚杆”，竟是堂堂的孙震将军的少校副官、传奇人物李少昆的爹时，态度马上就变了，口口声声尊他为李老太爷。而且无论早迟，只要他一进可园，马上就有很多舒气人站起来，争为他喊茶、付钱。这些人后来发现，李老太爷还很会摆龙门阵，地位就更高了，大家争着同他坐一张茶桌，周围团转的人将他围满，请他摆龙门阵。李大成是个聪明人，知道这些人想听什么，这就不时讲讲四川上层军界人物真真假假的传闻轶事，大受欢迎，被众星捧月似的，这就让他的虚荣心得到了极大的满足。

因为少昆，老农民出身的李大成，不仅一家人在成都立住了脚，而且好房子住着，丰衣足食，受人尊重，这是多么好的日子啊！本来这样的日子可以顺顺当当过下去的。可是日本人打来了，家里的生活立刻发生了变化，家里的顶梁柱少昆明早就要随孙震将军出川抗日去了，这一去还不知什么时候才能回来？可以想见此时此刻老农民李大成的心情，可以想见蔡桂花的心情，也可以想见李少昆的心情。不过，这时他们都竭力压抑着离别前的愁肠别绪，尽量做得高兴一些，淡漠一些，自然一些，尽可能给对方减压。

李少昆回到堂屋坐下，父子俩刚说了几句闲话，桂花给他们上下酒的凉菜来了。八盘八碟，都是川味。有缠丝兔、椒麻鸡、熏卤猪耳朵……酒，上的也是好酒，不仅是唐时宫廷酒绵州大曲（剑南春），而且是在地下窖了多年的一小坛好酒。这一小坛好酒有些来历。是李少昆出名，当上孙震的副官后，尹老英雄尹昌衡特意送给他的，送时，这坛酒已经窖了多年。少昆平时不喝酒，接到这坛陈年老酒后转送给爹。爹是尹昌衡的崇拜者，更舍不得喝，又弄来窖在地下，爹说，这种好酒，窖的时间越长越好。今夜也起出来了。

老人家指了指旁边的座位，对蔡桂花说："桂花，你也坐，热菜等一会做来得及，你陪你男人喝点酒，说说话吧！"

"爹，你同少昆先慢慢韵，慢慢摆，我去给你们炒两个热菜，马上来。光吃凉菜，容易醉！"知疼知热知冷的桂花说时，顺手提起桌上麻褐色的小酒坛，给摆在他们父子二人面前的两个牛眼睛酒杯里依次斟上酒，并不斟得太满，茶七酒八，这是有讲究的。放下小酒坛时，将桌上的八盘八碟顺顺，把少昆平时最爱吃的一盘缠丝兔顺到他面前。夫妻俩对视了一下，虽然只是电光石火地一闪，但那蕴含其中的深情，只有他们两人才解读得清。

在父子俩吱儿咂的饮酒吃菜声中，桂花又下厨房做热菜去了。因为爹最近回过一趟老家，少昆听说老家一带的抗日热情很高，他要爹讲来听听。

“那天我上街赶场。”爹一边饮酒吃菜，一边用他那口有盐有味的川北话，开始了绘声绘色的叙述：“岚山逢场，联保主任的办公室门前和戏楼台口边上，都贴上了红纸告示：‘上峰通知，有志抗日的青年，请到联保主任办公室登记，参加义勇壮丁队。凡18岁以上青年，身体健康，有一定文化，愿意参加者，都可报名。’围着看的人，人山人海。岚山中学的老师搭个凳子，站上去大声宣讲‘同胞们，青年们，日本鬼子先是占我东北，杀我父老，奸我姊妹，抢我财物，抓我青年去做苦工，现在又大举南下，一心想灭亡我们中国，我们不当亡国奴，出川抗战光荣！’这样一来，好些人连买卖也不做了，都去看，好些青年人当场报名参了军。

“八月二十日，县城锦屏古佛会，特别热闹。何家老二何知晓也在场，他最扎劲，带领学生上街演文明戏，看的人很多。演到日本兵拿着刀劈向中国妇女时，好些妇女都吃惊地叫起来，往后退，这就有人高喊，‘打倒日本帝国主义！’‘我们不当亡国奴！’这样一来，连去拜佛的老婆婆们也围在边上看，街上还挂有好多打日本的漫画。就这场下来，有800名青年报名参了军。省上下来收兵的军官，将这800名青年在县中学的操场上编了八个连，阴历八月二十八日一早，800名青年吃了早饭，步行去省上，公路上站满了送行的人，一直将800青年送到朱涯庵，依依不舍……”

“管中窥豹，可见一斑！”听了父亲这一席述说，李少昆感动得一拍桌子：“由此可见，抗日必胜！我就不信，他小日本能把我们吞得下去！俗话说蛇吞象，小日本这条蛇想把我们中国这头大象吞下肚去？想都不要想！”

蔡桂花这时来上热菜了，陆续上了甜烧白、咸烧白、扣肉……丰盛极了，她这晚替丈夫做了很排场的九斗碗。

菜上了，蔡桂花在丈夫和公公间打横坐下，再给他们斟上酒。她本不喝酒，因为情况特殊，少昆坚持要她喝点。她将酒杯举至眉端，意即举案齐眉，深情地看着丈夫：“少昆！”她说：“你明天就要出征打日本鬼子去了，家里的事，你就放心，自己多注意些，打完日本小鬼子早些回家。到时，我和爹，还有狗娃，我们去东大路上第一站万年场接你，给你披红挂花！那时，狗娃说不定可以喊爸爸了。”蔡桂花是个中学生，是个明理的人。她说这番鼓励丈夫的话时，鼻子发酸，眼泪珠珠在眼里包起了。她同丈夫碰了杯，仰头饮了杯中的酒，“嗬，啥子渣渣吹到我眼睛里去了，还有一道压桌菜，该上豆瓣鱼了。”为了掩饰自己，她揉了揉眼睛，下桌到厨房做鱼去了。

很快，豆瓣鱼端上桌来了。鱼躺在一个鱼形的雪白大瓷盘里，一头一尾翘起，身上覆盖着通红的郫县豆瓣，绿色的葱花，白色的蒜片，色香味俱全俱佳。今晚的菜做得这么多，这么好，一家人却吃得有些沉闷。

“少昆，你少喝酒，多吃菜。”蔡桂花说时，筷子一戳，将一只肥墩墩的鸡腿挟到了丈夫碗里，再把另一只鸡腿挟到爹的碗里。

“只怕这一出去，就再也吃不到这么好的饭菜了。”李少昆说。

“不要乱说！”爹立刻作颜制止，老人家封建，觉得儿子这话说得不吉利。老人家是个晓事的人，看差不多了，喝了点豌豆尖汤，说：“你们两口子慢慢吃，我是上了岁数的人，不比你们年轻人，酒喝多了些，头有点晕。”说时故意用手拍了拍头：“我得先睡去了。”这就起身去了。

一桌子丰盛的菜肴根本还没有好好动。看年轻漂亮的妻子一张脸红玛瑙似的，一双亮晶晶的眼睛不时看着自己，丰腴身子好像在轻轻颤抖。良宵苦短，李少昆哪里还吃得下去，他放下碗，看着妻，目光有些发黏：“我明天起得早，我也得去睡了，你也累了，早点睡吧。”

蔡桂花低了头，知道他的意思，一脸绯红，声音发软：“你先去睡吧，我收拾一下，马上就来。”

桂花进来时，柔和的灯光下，少昆已经坐在床沿上等她。

“狗娃呢？”他问。

“在爹那边。”爹平常也时不时带狗娃跟他睡，他们夫妻俩当然放心。在这个晚上，爹将狗娃带过去跟他睡，意思是很清楚的。

“桂花！”李少昆坐在床沿上，这时却不急了，抬起头望着明灯灿灿下的妻。

“嗯！”桂花应了一声，举起一只手，将别在丰茂的黑发上的几只钢夹子一一取下来，再一一放在桌上。她心很细，深怕一会儿弄痛了丈夫。她偏过头来看着丈夫，含情脉脉，秋波闪闪，很为不舍。

李少昆说：“我就要离开你们了，你猜，我现在想到了啥子？”

妻没有回答，只是脸红红地看着他，她脸上的表情分明替她做了回答，“我还能不晓得你在想啥子吗？”却不意少昆说：“我在想你的歌声，你唱小民歌就唱得好，是我们那一团转出了名的民歌手，到成都来很少唱了。这个时候，我好想听你唱一首我们老家的民歌。”李少昆说得情思、乡情浓郁。

“好嘛，那你想听哪首呢？”灯光下，桂花抿嘴一笑。

“就唱那首‘藤子缠树树缠藤’吧！”

桂花会意地点了点头，检查了一下门关没有关好，窗帘拉没有拉严实，她担心在这静静的夜里唱歌，歌声漏出去，吵了睡在隔壁的爹和儿子。这一切都做好后，她放开那清亮如水的好嗓子轻轻唱起来：

> 太阳出来辣焦焦，晒得情哥背发烧。
> 小妹看见心不忍，树林下面把手招。
> 藤子缠树树缠藤，钥匙缠锁锁缠门。
> 豇豆缠的包谷杆，小妹缠的有情人……

银灯灿灿下，只见桂花越发两颊飞红，双眸晶亮，高耸的胸脯起伏，李少昆再也不能自持。他从床沿站起身来，走上前去，伸手将桂花一搂一抱，抱在了怀中。李少昆的胳膊不粗，却非常有力，这是他起小劳动，而后又练过一段时间的气功、武功练出来的。他将她抱到床上，将旁边的灯噗地一吹，黑绒似的夜幕立刻掩盖了一切。宽大的床上，他将桂花推金山倒玉柱地揽在怀中，她也紧紧地回搂着就要出征的丈夫，声音发颤："少，少昆，你……慢慢来……时间，有的是。"这时，他们恨不得你中有我，我中有你，俩人合而为一。

窗外，小天井上空，一颗金色的流星像怕羞似的，在钢蓝色的夜幕中倏忽一闪，向天边飞去。

- 第六章 -

川内川外，两重天

与成都李少昆家此时的感受完全不同，就在李少昆骑“洋马”离开军部回家前后，二十二集团军两个军的四万余名官兵，在四十一军、四十五军两个副军长董长安、马毓智的带领下，经过半个月千辛万苦的艰难跋涉，在当天傍晚好不容易到达宝鸡西站。都以为这下好了，会有人接，会很快换装换武器，却不意“空城”一座，没有人来接他们。他们被晾起了。

时近黄昏。这宝鸡西站，名说沾了宝鸡二字，其实离市区还有好几十里。车站上没有一个人，就是唯一的一间小屋，也是“铁将军”把门，显然这是车站上的人在躲他们。问过当地老乡，虽说这是一条支线，车少，但车站上往天也还是有人。天色不好，阴霾低垂。从西伯利亚一路翻卷而来的寒流相当霸道，劲风阵阵，一时飞沙走石。在车站周围坐得满满当当的官兵，因为坐不下，就一直顺着两根冷漠的钢轨两边坐下去，简直就是屯起的兵山一座。这个时候了，几万名官兵还身着单衣短裤，穿草鞋，打绑腿，背上背了一顶过秦岭时，被雨打雪飘沤黑了的竹编斗笠，怀里抱一支老掉牙的步枪。为了取暖，好些人背靠着背，不少人将从四川带出来的干红辣椒放在嘴里嚼，借以增加些抵御寒冷的热力。有不少人病倒了，感冒发烧，咳嗽。身边的人临时在他们的身下垫了一块油布什么的，再在战友发烧的额头上敷张冷帕子，或是跪在地上，给发烧的战友刮痧；有的人将不知从哪里扯来的一把草药在喂……总之，能想到的土办法都想尽了，但是感冒发烧、咳嗽的人太多了，寥寥可数的军医忙上忙下，根本就忙不过来。

"龟儿子的，这不是在洗涮人吗！"披件军呢大衣，个子高大，鼻子冻得发红的四十五军副军长马毓智发作了。他看着自己的部队这个样子，心中着急，心疼万分，却又没有办法。他对身边来回踝躞的四十一军副军长董长安说："宋珩（董长安字宋珩），你是智多星，你说说，这是咋回事？"说时不无着急地看了看手表："昨天我们在电话上同宝鸡兵站说得好好的，他们答应届时来接，说得钉钉然的，可是现在人在哪里？"说时手一拍："简直是在涮我们的坛子，该把这些失责的人送上军事法庭！"

"再等等吧。"董长安竭力沉着气，安慰马毓智也安慰自己："我们昨天也没有给人家把时间说死。这是非常时期，车皮肯定紧，说不定他们有啥事还没有搞好，耽搁了。接，他们肯定是要来接我们的。邓长官、孙长官不是为了这事，还专门去了一趟太原找阎长官，阎长官也是答应得钉钉然的，说我们只要到了宝鸡西站，肯定有人来接，一定弄巴适。这个时候，如果哪个人有胆子敢耍我们，除非他不要命！"

"也是。"董长安的话让马副军长安定了些，他从口袋里摸出一包香烟，头一低，嘴上叼了一支烟，身子一背，用军大衣挡住风，身边的弁兵上前，"啪！"的一声用打火机打燃火，给他点上了烟。

"还是不抽烟？"马毓智狠狠吸了一口烟，再缓缓吐出时，看着举在手中的烟卷，随口问了董长安一句。烟是和气草，一吸一吐间，压抑在马毓智胸中的一口怒气，似乎舒缓了些。

"不抽。"

"不抽好，捡净钱。"

“烟不抽，我喝茶却有瘾。”

“能有口茶喝多好，特别是我们四川的盖碗茶。可是现在到哪里去找茶喝，妈的，这样一个鬼都不来的地方！”马毓智又忍不住发起牢骚来。董长安不理他，转过身去，在车站上来回踱步。这样，一方面可以暖和暖和身子，另一方面也可以整理一下思绪，分析一下形势。

他是一个头脑很冷静的职业军人，遇事能忍。忍就是韧。他能忍，这与他的出身有关。他出生于成都附近乡下一户农人家，很小死了父亲，后来母亲改嫁到仁寿。俗话说，穷人的孩子早当家，何况这样家庭长大的孩子。董长安本身也有长处，吃苦耐劳求上进，自十多岁吃粮投军后，作战勇敢，珍惜一切机会，样样努力，因为这些，成就了今天的他。

他在想，半个月前临出发时，山西的形势已经日渐紧张，他对二战区的情况做过充分了解。虽然这半月来都在路上行军，最新情况不太清楚，但估计是日趋严峻。日军要进攻太原，必然要经过忻口，包括属于晋东地区的娘子关，日军也绕不过去。这是两处险隘，尤其是忻口，是通向太原的咽喉之地，也是保卫太原的最后一条防线。日军必然进攻这两处。不知自己的部队进山西后，是被调到忻口，还是娘子关？这会儿，让他没有想到的是，马上他们的部队就会被切割得七零八散，就像以后邓锡侯对刘湘多次诉苦说的那样，“成了一群没有人要，却又弄去卖命、拼命的后娘生的”。

这时，他先前派出去找人的副官唐大明回来了。看来，唐大明很有眼力，找来了一位附近村庄里熟悉情况的教书先生。这是个中年人，精瘦，穿件粗蓝布长衫，眼睛上扣一副镜片厚如瓶底的老式眼镜，一看就是个乡村知识分子，明白人。乡村教师对他们很同情，将情况尽可能告诉了他们，说是对于川军的到来，当地都是知道的，因为地方报纸早就登了，他也不知道为啥今天情况反常，车站上的人溜了……

两位副军长谢过这位乡村教师。马毓智怒火中烧，再不能等，他让弁兵找来铁锤砸了车站门上的锁，和董长安进去一看，屋里原是有电话的，可是临时拆了。董长安让电话兵抱来一架军用电话机接上，电话兵用劲摇起手柄。

“喂、喂！”电话兵不断对着话筒喊。

电话终于通了。

“军座，通了！”电话兵赶紧将电话递给董长安，好像生怕动作一慢，电话又不通了似的。

“是太原阎长官司……令部……吗？”董长安很吃力地大声喊，一边喊一边闭上眼睛，似乎这样可以集中精力，听清对方的话。大块头马毓智赶紧躬下身去，想尽可能地听清电话。

董长安一边大声回答，一边大声问：“我们上午就到了宝鸡西站，可是一直，没有人……来接……我们的军队病倒很多。什么，什么？你说，由黄（绍竑）长官负责安排我们到山西娘子关，蒋（鼎文）主任管我们的服装换发，武器发放？你大声点，你说，他们知道我们到了，马上会派车来接？”

“给我！”一边的马毓智忍不住了，从董长安手上一把夺过电话，瞪大眼睛，放大嗓门，打雷似的一句：“喂！究竟咋回事？”一句话没有说完，对方也许一听他的声音就不顺，“咔嚓！”一声放了电话。

“龟儿子东西可恶！”马毓智骂了一句，掉过头来问董长安：“我咋听得乱七八糟的，咋个说我们的军队由黄绍竑分派，而东西又该蒋鼎文管、发？”

“我也是觉得奇怪！”董长安说。

正在这时，远远传来“呜——”的一声，一列火车出现了，轰隆轰隆地从宝鸡方向而来。抱枪席地而坐的官兵们，顿时来了精神，纷纷站了起来，朝火车来的方向望去。很快看清楚了，来的是一列铁皮闭罐车。火车停下，一个军装穿得很整洁的少校副官，跑步来在月台上，在两位副军长面前胸脯一挺，啪地敬了个军礼，朗声报告：“毛得宝前来接二十二集团军分批去宝鸡。”说时，双手将一份由二战区副司令长官黄绍竑签署的命令递上。

董长安接过看，命令如次：

“二十二集团军第四十一军、四十五军副军长董长安、马毓智：因战事紧急，你部官兵分批上车，增援山西战局。此令。”可是对于最重要的换棉装换武器一事，这份简洁得过分的命令中，却只字未提。

董长安将这份命令递给马毓智时，细问来人：“你是二战区的？”

“是。”

“职务？”

“二战区司令部少校联络副官。”

“是黄副司令长官派你来接我们的？”

“是。”

“是接我们去宝鸡兵站，先换服装换武器吗？”

这个叫毛得宝的副官，问他一句，他答一个字，生怕多说一句一字。而且他还有些不耐烦了，将胸脯一挺，大声说：“请执行黄长官的命令，时间紧急，请分批上车，到了宝鸡再说吧！黄副司令长官的命令，是得到委员长手令的！两位长官，请执行命令！”毛得宝口气很大，已经在催了，那神情，好像他手中拿着一把尚方宝剑似的。

“我们两个军，四万多人，还有不少辎重，就来了这列闷罐车，怎么走？”马毓智火气很大地质问来人。

“分批！先上四十一军，依序列上车。”

“后面的车什么时候来？”

“马上。”来人说完，已经站到一边，招呼部队上车。没有办法，董长安只好让一二二师师长王铭章安排他的三六四旅七二七团先上这趟车。这是一个主力团，2300人，骡马百匹，还有一些辎重。俗话说“穷家三担”，何况一个主力团。闷罐车厢挤得满当当的，人挨人人挤人，根本不能坐，就像装得满满当当的罐头沙丁鱼。火车呜的一声，车头喷出一股浓重的黑烟，吃力地、摇摇晃晃地开走了。

在逐渐黑起来的夜幕中，望着远去的火车，董长安忽然感到一丝不安，一丝心痛，就像他这批部队一去，就再也回不来了似的，心中有一种割裂感。这是他的直感。可是没有办法，这是黄绍竑的命令，据刚才那个姓毛的副官说，黄绍竑之所以如此，又是得到了蒋委员长的手令！邓锡侯、孙震都不在，他和马毓智不敢不执行命令。于是就这样，一场最滑稽、最莫名其妙的调动开始了。

七二七团刚到宝鸡站，就有一个黄绍竑派来的参谋，手持命令等在那里，要火车不停，立即开往潼关。张武团长问时，参谋解释，因为时间紧急，部队到了潼关再换军服换武器，然后经风陵渡过黄河，火速赶赴娘子关作战。张团长不敢不执行命令！就这样，四十一军、四十五军两个军被不知不觉地切割开来，零敲碎打地被送上了前线。而候在宝鸡西站，等着逐批部队离去的董、马两位副军长对这一切，完全蒙在鼓里，全然不知。

又一列闷罐车在装又一批部队了。董长安对秋风黑脸的马副军长说：“老马，看来我们俩只得到这列火车的车头上去挤一挤了。”

“不行！老董，你不能不拿自己当回事！”马毓智恨声莽气地说时，将一只蒲扇似的大手莽摇：“车头稀脏，你我一上去，一会儿不弄成个乌猫皂狗的才怪。你我是什么人？副军长，将军。他宝鸡兵站敢不拿小车来接老子们，老子们就不走！”

看马副军长这会儿还要摆谱，董长安不由得苦笑：“老马咦，你也不看这是啥地方？人家不理你我，你又把他们咋个，快去跟上我们的部队要紧！”

就在这时，一辆挂西安行营牌子的福特牌小轿车上了站台，呼的一声停在他们身边，车门开处，下来一位少校，皮鞋一叩，啪地给他们敬了个军礼，扯起一口陕西话说：“报告，我是西安行营驻宝鸡兵站少校联络参谋麻磡子，奉蒋主任命令，前来接两位长官，请上车吧！”说着，手一比。

董长安和马毓智懵了。心想，我们怎么又同西安行营扯上了关系，这就问是咋回事？麻磡子说：战争期间千变万化，宝鸡兵站拨归了西安行营管。

他们赶紧问：我们的部队是不是如先前所说的，到宝鸡兵站换服装换武器？

麻礅子不置可否，只是请他们上车。没有办法，缓急之间，只好先赶到宝鸡兵站再说。

两个光杆司令心急火燎，然而坐汽车到宝鸡要走弯路，比坐火车多花了近一半的时间。折腾来折腾去，等他们到宝鸡时，夜已经很深了。

街灯稀疏昏暗，车外的景致完全没有看清。而且，上车后不久，因为极度的疲惫，车又这样舒服，他们很快睡着了。当他们昏头昏脑下了车时，这才发现麻礅子将他们甩在了四川省驻宝鸡办事处的外面了。这是一幢门脸很小的一楼一底小洋房。门早就关了，四周清风雅静，只有一盏街对面的路灯，将晕黄的灯光映照在川省驻宝鸡办事处门前那并不醒目的白底黑字牌子上。一阵劲风吹来，带着相当的寒意，沙子打在脸上，生疼。

“咦，龟儿子东西，日怪，把我们甩在川省办事处门外做啥子呢！”马副军长这时都还不够清醒，瞪着眼，看着董长安问。

“不好，中计了。”董长安说：“先到办事处再说吧。”可是，喊死不开门。马副军长来了气，吩咐带在身边的弁兵桂冬生：“桂娃，你上去给我捶门！”

“咚咚咚！”弁兵桂冬生上去用劲捶门，咚咚的捶门声，在下起了寒雾的凄清夜里，响得惊天动地。附近一些人家被惊醒了，这些和平居民抖抖索索地打开半扇门，小心翼翼地探出头来一看，见四川省驻宝鸡办事处外面，有两个头戴大盖军帽，身披军呢大衣的高级军官，带着一个年轻的弁兵在捶门，赶紧回去关上门。这年头，弄不清的事，最好不管不问。

“哪个？”终于，楼上的窗户开了一扇，探出一个头来，很不高兴地向下面问，说的是四川话。

“哪个，你说哪个！”弁兵桂冬生没有好气地抬头望着楼上，大声武气地说：“快叫你们主任下来接人，董长安、马毓智两位副军长大驾光临！”

楼上的人又问了一声，终于明白是咋回事后，办事处主任童得明赶紧带人下来开了门，将两位副军长接了进去。

在客厅里，戴眼镜，人很瘦，显得很精明的童主任大体弄明情况后，非常吃惊，让人赶紧去叫厨子起来，给两位副军长煮点饭。

头脑已经完全清醒，知道上当了的董长安很冷静地说："不用了，我们得赶到宝鸡兵站去问个明白，有冷馒头给我们一人两个，我们边吃边走，另外，你们办事处的汽车，也借我们一用。"

两位副军长赶到兵站时，天快亮了。兵站很大，四面有围墙，这兵站在宝鸡被叫作"兵半城"，门口亮着灯，两座蘑菇似的岗亭里站有哨兵。让董长安、马毓智好生奇怪的是，就像知道他们要来似的，兵站站长派出他的副官等在门外，一见到他们就问："你们咋才来，我们站长一直在等。"

兵站站长章若可是个少将，秃头白脸，矮胖子。他在办公室后面支了一架行军床，给人一种很忙的样子。见到两位副军长，章站长翻身而起，请他们坐，眯起眼睛笑道："简慢得很，战时一切从简，这是没有办法的事。"

"我们的部队呢？"马毓智直截了当地来了这样一句。

"到前线去了！"

"啥子？"马毓智怒不可遏："我们两个，"说时指了指董长安："我们两个都还没有来，你们竟敢调动我们的部队，调到哪里去了？"

"话可不要说得这样难听！"章若可也放大了声音，小眼睛里猛地放射出的光，颇为凌厉："你们的部队不是我调的，而是二战区副司令长官黄绍竑得到委员长命令调的。委员长命令：二十二集团军到后，无须形成建制，无论是一旅一团甚至一营，都立刻原车北上，到潼关下车，在风陵渡过黄河，到山西纳入二战区战斗序列。"

"那我们的部队换军装换武器没有呢？"董长安不同他啰唆，急着问。

"没有。"

"为什么，不是说好了到宝鸡兵站就换吗？"

“改了，改在潼关换。因为情况紧急！”

“哪个叫改的，哪个有这样大的胆子？”马毓智怒气冲天。

“对不起，无可奉告。兄弟是执行命令，哪个改的，你去问哪个。”

“我们两个军部的人在哪里？”董长安忍住气又问。

“什么，他们没有同你们在一起？”家伙装糊涂，明知故问。想想又说：“肯定是随各节车皮一起走了。”

“那咋办？你们就把我两个光杆司令丢在这里？”

“对不起，兄弟只知奉命行事。”章站长说着把手一摊，一副无可奈何的样子。

没有办法，董、马两位副军长只好坐办事处的汽车再回到川省办事处。回去就打电话，他们分别将情况向邓锡侯、孙震做了报告，并请示下一步怎么办。在成都的邓锡侯、孙震听到有这样的事，震惊之余，这才想起在太原时，阎锡山说的那一番留有很大空间的话，一时也理不清这中间究竟是有预谋的，还是什么原因。不过他们在电话上都不约而同地指示两个副军长，想尽千方百计，尽快赶上去掌握部队，万万不能让部队零敲碎打地被分割开来。邓、孙二人同时告诉董、马，他们会立刻同太原阎长官联系，反映，并且立刻启程赶上来。

- 第七章 -

娘子关，川军再露峥嵘

最先被塞进闷罐车，一路轰隆隆北上的七二七团的2000多将士，并不知道这是要去哪里。这支部队不仅是王铭章的一二二师，也是四十一军战斗力最强的部队，而且是行程最为坎坷辛酸，最先同日军遭遇的部队。

“轰隆！”一声，当像沙丁鱼罐头一样塞满了人马的闷罐车，终于在潼关车站停了下来，两扇老虎嘴似的铁门向两边张开时，车上几乎所有的人都不会走路了。他们的脚早就站麻，站不稳了，车门开后，大都囫囵倒在地上，终于透出了一口气。夜漆黑，原野上的风刮来，很冷。

一路走来，已经半个多月了，在潼关，他们这才终于坐在地上吃了一顿也算热乎的饭菜，然后依序去潼关兵站草草地换装换武器。之所以说是草草，是因为他们中好些人发现换发的军服、武器与原先的通知对不上号。好些军服稀脏，而步枪好些是晋造，还有些枪支是中央军淘汰下来的。按规定，川军每个团要补充四挺捷克式轻机枪，一挺苏式重机枪，可是兵站来了个偷梁换栋，七二七团补充的是四挺质量不高的晋造轻机枪，而重机枪根本就连提都没有提。但是仓促之间也没有办法了，部队就像被催命鬼赶着一样，七二七团被山西方面派来的人领着，连夜赶到风陵渡过黄河。

因为船不够，缓急间调来了一些当地老乡支援的羊皮筏。团长张武有意坐羊皮筏体验这种过黄河的感觉。一只充了气的羊皮筏鼓鼓囊囊，靠岸浮在水上，张团长带着他的弁兵在中间刚刚坐好，“老总，好了吗？”坐在后面划桨的老乡问。

“好了。”羊皮筏这就轻飘飘地离了岸，是两个人划，一前一后。很快进入激流，虽不是汛期，还是感到惊险。周围是咆哮的巨浪，小小的羊皮筏一忽儿被巨浪荡起多高，一忽儿又坠入波谷，溅起深深的寒意。张团长本能地用手将臀下的皮筏抓紧，却因为皮筏溜滑，抓而不紧，心中有些发虚。面向着他坐着的弁兵，做出一副保护他的姿势。而皮筏上，齐心合力划桨的两个汉子，却显得相当镇静。在清冷的天光下隐约可见，他们头上包着白毛巾，肌肉发达的胸脯上，穿的是一件无袖开衫，外罩一领翻毛羊皮坎肩。

汉子的镇定让张团长也镇定下来。

“老乡！”张团长问：“你们划一趟，多少钱？”

“俺们不要钱，俺们是自愿带着羊皮筏来载你们过河的。”这样的回答让张团长感到意外，他又问：“你们知道我们是什么军队吗？”

“川军！”

“哎！你们知道！”张团长心中一热，又问：“你们是山西的，还是陕西的？”

“俺俩是山西的，还有好些是陕西的。”

“这样的夜晚，天气又这样冷，你们这样泼命划筏渡我们过黄河，不容易，钱，还是该给的。”张团长心中感到过不去。

“老总，你这样说话就见外了。你们川军这么远来帮我们打日本人，俺们不就是出点力吗，啥钱不钱的！”他们说话的当地口音很重。另一个说：“日本人打来，就啥都没有了，还说这些！”

多么好的老百姓！张团长心中很感动，联想到进入陕西后，川军一路上受到的欢迎，以及在宝鸡西站受到的冷遇，到现在都不明不白的急行军。这样一比，真是万端感慨，不知不觉，原先堵在心中的窝囊气也就化而为无了。

羊皮筏轻轻一碰，靠岸了。张团长同弁兵先后跳下羊皮筏，站在黄河边，向两位老乡致谢。

“不用谢，长官，你们走好！”两个老乡说时，桨一点，羊皮筏倒了个个，又划向对面接兵去了。

过河就是山西境内的赵庄镇。同样有二战区副司令长官黄绍竑派来的人等在那里，命令七二七团立刻上火车，到程家陇站下车，然后听从孙连仲指挥。张团长执行命令，带队上车。山西境内的铁路是窄轨，开的是小火车，车厢更多，一个团的人马分得更碎。在铁轮撞击铁轨的铿锵铿锵声中，部队继续前行。张团长这时做梦也想不到，他的旅长王志远已经得到师长王铭章的紧急命令，正急如星火地在后面追赶他们，而王铭章又在后面追赶他的两个旅，即三六四旅、三六六旅；这时，他们的副军长董长安又在后面追他的三个师，即一二二师、一二三师、一二四师；孙震已从成都赶来，正在追他的这个四十一军和整个集团军。邓锡侯也是这样。这就一级追一级，一层赶一层。而这时，整个集团军已经被黄绍竑划成了若干个小块，分散成团甚至营，正在往前赶，两边好像在展开一场接力赛跑似的。二十二集团军最先出川的这两个军完全乱套了，被分割开来的各部因为相互间没有通讯手段可以联系，在后面追赶的王铭章等虽然心急如焚，可一时哪里能追得上，只能任由各部为战，各自为战了。

车到程家陇，黄绍竑派的人又已经等在那里，命令不停车，原车人马开去移粮站；到了移粮站后，又让改在岩会车站下车……命令一改再改，火车走走停停，终于停了。铁路输送到此为止，前面的路已经不通了。

人困马乏的七二七团刚刚下车，等在车站的人马上送来了黄绍竑的作战命令：“即刻出发抗击西进之敌！”

这道命令，让富有作战经验的团长张武莫名其妙，不知如何才好。他感到茫然，西进之敌从何而来，是日军还是伪军？敌人现在哪里，是何番号，兵力多少？我七二七团周围有无友邻部队配合，我是否还归孙连仲指挥，而孙连仲现在又在哪里？甚至连七二七团所处的具体位置都不清楚，这仗怎么打？他们被抛弃在这完全陌生的地方了。

借着最初一线微蒙的晨光看去，北地辽阔，只见车站周围有几间破破烂烂的小泥屋，瑟缩在寒意里，四周一片寂静，隐约可见一些田野里，庄稼草草收割后的痕迹。前方，丘陵起伏，而身后，在平原的远方，则是重峦叠嶂，那鱼脊似隆起的山峦，好像是在大海中游动的一群巨鲸。这时，最初的一抹胭脂色的曙光从黑绒似的缝隙中透出，端端照在主峰上，给人一种兀立苍穹的感觉。张团长注视着这片山峦，思索着，这是在哪里？手中连地图都没有一张，真是要命！忽然间，有隐隐的炮声从左边方向传来。张团长恍然有些醒悟，传来炮声的地方，不是娘子关就是忻口。那么，自己这会儿应该在娘子关之前。肯定的！就在前面不远处，有两根隐约可见的钢轨在夜幕中闪现。娘子关是石家庄到太原的正太线的必经地，虽然火车早就不通了，但从方位上看，这个判断是不会错的。那我们怎么会被送到娘子关之前来了呢？要去也得去娘子关呀，这不是让我们去送死吗？张团长正想派人去找几个当地的老乡来问询时，已经有当地老乡主动找上门提供情况来了。张团长这才知道，他的判断不错。老乡告诉张团长，日前，东边已经发现有日军游骑。张团长谢过了老乡，将部队编成作战队形，派出尖兵，向前面搜索前进，他要探探前面究竟是怎么回事。这时他仍然相信，既然堂堂的战区副司令长官给他下达了“抗击西进之敌”的命令，总有他的道理，他不能当逃兵。

天亮了，部队到达了一个叫东亭村的小山村，正要埋锅做饭，东边响起了激烈的枪声。前面派人飞奔来报，说是尖兵同日军部队派出的尖兵相遇，打在了一起。这小村前面约二里许，有并峙的二山，山不太高，却像两面屏障，护卫着这个小小的山村。张团长当机立断，命令一营占领村头东山，二营占领西山，他将三营、团部和警卫连居中放在稍后的村子里，相机策应，部队呈掎角之势迎敌。

与川军突然遭遇的是日军精锐部队板垣师团的一个联队。板垣师团自月前突破晋北险隘茹越口，进入山西后，虽然9月初在平型关遭遇了八路军一一五师伏击，折损1000多人，辎重无数，但他们并没有吸取教训，认为那是“八路军狡猾狡猾的”，恼羞成怒，一路烧杀奸淫抢掠，比以往更甚。走在最前面的这支板垣师团的联队，编制相当于中国军队的一个团，相当精锐，官兵几乎全是由日本伊豆地区的产业工人组成，联队长是个大佐，名叫龙本太郎。他也并没有敢率部一下深入到娘子关里去，不过是耀武扬威，带有侦探的性质。突然遇到这支好像是从地下钻出的中国军队，龙本太郎也大吃一惊。目前在晋东，据他所知，所有的中国正规军都在娘子关之后，怎么突然遭遇了这支中国军队呢？

在北地清亮而带有深重寒意的晨光中，龙本太郎下达了准备给迎面这支中国军队以打击的命令。这里，龙本太郎下达的命令是准备打击，而不是准备战斗。在他看来，在大日本皇军面前，中国军队只有挨打的份，说准备战斗，着实抬举了中国军队。

骑在一匹雪白如银，雄赳赳东洋大马上的龙本太郎，端起手中的望远镜看去，这一看却让他感到不解。这是支什么样的军队呀？服装不整，武器差极，两座小山上，在中国军队仓促构筑的阵地上，完全看不到有重武器。伏在仓促挖成的战壕里的这些中国军人，一个个面黄肌瘦，背上背一顶竹编斗笠，一把大刀，身边放着几颗手榴弹，端在手中的步枪长长短短的，很不统一。更让他哑然失笑的是，这样冷的天气，这些中国军人好些脚上竟然穿的是草鞋，衣着也不统一。龙本太郎唤来随军记者松本森木，将望远镜递到他手上，让他辨认一下，这是不是在淞沪战场上出现过的“草鞋兵”？因为松本森木曾经在上海战场做过采访报道，见过草鞋兵。

随军记者松本森木看了，说：“就是。”他提示大佐慎战，与川军作战要高度重视。

“哟西，我今天就要专门打打这些草鞋兵！”大佐不以为然，在他看来，草鞋兵之所以在上海打得好，是因为他们可以依托那些残垣破壁似的高楼。而现在，四周一片空旷，可以最好地发挥火力，挡在前面的两座小山头，根本不值一提。

“哟西，你就好好记下我们是怎样打击这批草鞋兵的吧！”大佐在给随军记者说了这话后，随即下达了对草鞋兵实施打击的命令。

很快有几架日本飞机呼啸而至。因为川军完全没有对空武器，这些日本飞机飞得很低，简直是贴着山头狂轰滥炸。一批接一批的重磅炸弹，下雨似的落在川军的阵地上爆炸开来。一时间，山崩地裂，黑烟四起，被炸死的川军官兵的残肢断臂，搅和着喷溅的血雨，随着硝烟、泥土、岩石、树枝一起升腾，飞上天去。

然后是猛烈的炮轰。之后，有片刻的沉寂，大佐下达了步兵冲锋的命令。

日本军人崇尚武士道精神，喜欢肉搏，喜欢用冷兵器，大佐以为正是自己的部队在这方面大显身手的时候。殊不知，正中火力不行，却擅长拼刺、近战肉搏的川军的下怀。日军端着上了雪亮刺刀的三八大盖枪，分成两队，像炸了营的黄蜂，嗡嗡地向东、西山头冲去，占着两座山头的川军并没有利用地形，给仰攻的日军以打击，反而像是在有意后退，给冲上来的日军让出站脚的余地。按照严格的陆军操典，日军与敌人拼刺刀时，决不开枪。因此，嗷嗷冲了上去的一队队日军，咔嚓、咔嚓地将枪里的子弹退出来，撒得满地都是。让那些从硝烟泥土中挣出身来，准备迎战的草鞋兵，看着这一地黄澄澄的子弹，羡慕不已。

近战、肉搏战开始了。骑在东洋大马上的大佐端起望远镜看去，准备好好欣赏他的勇士们如何将这些黄皮寡瘦的川军杀得个滚瓜切菜，屁滚尿流的。而让他感到迷惑不解的是，这些草鞋兵并不挺起上了刺刀的步枪迎敌，而是个个嗖的一声，抽出背在他们背上的大刀上前迎战。

在他的望远镜中出现了这样一个镜头：一个川军下级军官挺胸一站，被迎面日军嗨的一声，一刺刀捅去，而那川军下级军官动作敏捷惊人，一闪身，将挺枪猛刺而上的日军闪过时，顺手一抹，手中的大刀就将冲过去的日军的头抹飞了去。

而更让他不解的是，所有迎战的川军执刀在手，刀锋向着自己，而刀把向上。这是多么奇怪的刀法。就在一批批日军挺起刺刀，猛地向这些川军一冲一刺之时，草鞋兵们纷纷扬刀起势，在用刀背将日军刺上去的刺刀向上猛地一磕之时，身子一闪，挥刀猛劈。雪亮的大刀片挥动间，日军的头一个个被砍下来，滴溜溜滚到了一边。

更让大佐惊骇不已的是，一个川军连长勇猛无比，身手好生了得！他被四个愤怒至极的日军团团包围，这个川军军官个子不高，只见他不惊不诧，扯起把势，目视对面一个日军，握刀在手，转着圈子。

对面的日军攻击了。那是一个黑塔似的日军，对准那个川军军官，挺起刺刀，嗨的一声，用尽平生力气猛刺过去。这时，难以想象的一幕发生了。那个川军军官就像在演杂技，原地起跳，跳起在空中，并在空中停留了足有一两秒钟。这样，用足劲刺杀过去的黑塔，非但没有刺中川军，反而将对面的日军杀了个对穿胸。而这时，跳起在空中的川军军官，手中大刀两挥两劈。唰唰唰，三个搅在一起，仓促间不知所以的日军的头，已经被劈飞了出去。三个没有了头的日军身子都还稳了好一下，才像三只沉重的麻袋，接二连三倒在地上，血溅如雨。这匪夷所思的一幕，简直将大佐惊呆了，还是经那位被他叫上来，骑马跟在身边，端起望远镜观战的记者松本森木的提醒，大佐才清醒过来，赶快下令收兵，重新组织攻击。

当夜，在阵地上坚守了一天的川军七二七团，在当地老百姓的带领下，兵分两路绕了过去，从背后给日军来了个偷袭，让日军又吃了大亏。大佐输不起了，竟然冒天下之大不韪，违反国际公约，下令对前来夜袭的川军施放火焰喷射器，进而施放毒瓦斯。让七二七团大受损失，团长张武不得不率部趁夜撤离，向娘子关方向退去。天亮时检点部队，2000 多人折损了一大半，让张团长好不痛心。

川军其他各部损失更为惨重。王铭章的一二二师三六四旅七二八团，被黄绍竑下令调到另一个孤立无援的地方，同样是仓促间与日军接战，伤亡1000多人，一个团基本上打光……更惨的是川军官兵负伤后得不到救治，一仗下来，部队往后撤时，轻伤者摇摇摆摆随队撤退，落在后面的被日军抓住了也就抓住了，任其宰割。重伤的倒在地上痛苦地呻吟，无人过问。他们在临死前对着塞北清冷的天空，发出愤懑的呼喊：

“天呀，这是打的啥子国仗啊！”

“我们究竟是被日本人打败，还是被自己人打败的？我们究竟是被日本人杀了，还是被自己人杀了！”

……

当心急火燎的二十二集团军正副司令兼四十五军、四十一军军长的邓锡侯、孙震赶到娘子关前线时，他们的集团军已经被完全打烂了、打散了。打烂、打散还在其次，受损失最大的是部队士气。两位将军义愤填膺。

黄绍竑看他们来了。

一看铁青着脸的两位将军，黄绍竑就连连道歉。时年42岁的黄绍竑原是广西省政府主席，桂系集团的支撑人物之一。他个子不高，皮肤焦黄，长相斯文，嘴皮薄，说一口广西音很浓的北平官话，讲话频率很快，就像是生怕被别人抢了话似的。这天，他着一身将校呢将军服，却没有佩军衔，头发梳得溜光，脚上皮鞋锃亮，很爱整洁。坐下，有一绺从房梁落下的灰掉在他的身上，赶快用指头掸掉。

“肯定两位将军要怪我，这全是误会。”黄绍竑坐下就说，直奔主题，中间完全没有一点过渡，因为他理解邓、孙二人的心情：“我这也是没法！”说时两手一拍，一副无可奈何，挺委屈挺可怜的样子：“晋康、德操，你们刚到，可能不了解山西的情况。”果然引起了两位的注意，他说：“你们至低限度要相信，我不会整你们川军。历史上，我们广西同你们四川交好，当年我们之间，还有延安三方签订过一个‘川桂红协定’！

“问题是，阎现在是一门心思全放在忻口那边！”这里，黄绍竑与其说是在对邓、孙二人解释，不如说是在诉苦："那边可谓精兵强将如云，有卫立煌集团军，还有好多个中央军……"他扳起指拇算了算后，说："不仅如此，阎把他的家当也全部压了上去，九个炮团，几万发炮弹，还有他看家的28万晋军，全部拿上去了。

"问题是，你忻口重要，我娘子关也重要呀，如果娘子关一丢，日军照样可以直扑太原。我向他提出请求，向娘子关增兵，希望阎把一碗水端平。可阎说，孙连仲的集团军不是摆在你们那边了吗？我说不够，他说，川军二十二集团军不正在往你那边赶呀！我说，川军长途跋涉，太疲倦，武器也太差。可阎说，先用上，先来先用，后来后上。"

"还有！"黄绍竑用他那双见微知著的小眼睛，注意打量着邓、孙二人对他说这番话的反应："我本身也不是带兵打仗的料，陈辞修就多次公开攻击我，说我是'内战内行，外战外行'。我多次提出，将娘子关一线的指挥权交给孙连仲，可阎不肯，赶鸭子上架，难为人。而且直到现在，指挥系统也乱。"说着举了一个例子，说是参战的第二十七路军司令冯钦哉根本不把他放在眼里，率部到达指定位置后，始终联系不上，他急了，派人去看，原来冯钦哉的电台根本就没有架设。

"你们说，这样的仗怎样打！"说时拍了拍两只手，一种无可奈何的可怜相。黄绍竑这番话好像有些前言不搭后语，转山转水，很随意，其实大有深意。这里边有推托，有解释，也有一丝歉意。看着渐渐消气的邓锡侯、孙震，黄绍竑这才一句话归总："因此，如果有些地方兄弟处理不当，请两位仁兄包涵，都是自己人。总之，非常时期，希望两位将军和我一起，同心同德，打好此仗！"

"这是没有说的。"黄绍竑话刚落音，孙震立即追了一句："我只想知道一件事，明明我川军奉令在娘子关集中迎敌，你怎么把我们的部队调到娘子关前面去了呢？这样，岂不是让日军将我孤立无援、装备又差的川军赶尽杀绝？"

"德操兄言重了！"黄绍竑立即正色反问："我什么时候将你的部队调

到娘子关前面去了？”

“不是吗，我三六四旅的七二七、七二八两个团都是这样，人马折损大半，三六六旅的两个团损失更惨。你如果不信，我叫他们来当面对证！”

邓锡侯看黄绍竑变脸变色，一个劲喃喃自语，“有这样的事吗？”怕黄绍竑下不来台，这就打圆场：“也有可能是下边的人不负责，又是晚上，糊里糊涂带错了队！”

“完全可能。我下来立刻查！”黄绍竑立刻顺杆爬，作古正经地说：“如果有这样的事，我立刻将其人枪毙！”话到这里，黄绍竑看着二位，说：“我来，一是看望二位仁兄，二是想就川军的安排，征求一下你们二位的意见。阎长官的意思是，为了做长期作战准备，将现在凌乱不堪的晋康兄四十五军调到洪洞县一带去休整，如果可能，就把平遥拿下。让德操兄的四十一军留在娘子关作战！”听得出，黄绍竑这里面的实际含义是，孙震的四十一军战斗力强一些，可以一战，四十五军不行了。

孙震当即表示同意。邓锡侯想了想说：“这样也好，不过，我个人倒是想留下来打一仗再走。”已经将娘子关一带地形谙熟于胸的孙震说：“这样吧！日前我七二七团在娘子关之前，与日军龙本太郎联队遭遇后，打得不错，龙本太郎很不服气。这个联队得到补充，恢复元气后，急欲报复，提出‘专打川军’的口号，他们在汽车上、坦克上、装甲车上都刷了这样的大标语。我想，我同邓总司令不如干脆成全他！”

“倒是个办法。我们正需要更多的胜利来鼓舞士气。”黄绍竑搓着手板说：“不过，你们准备怎样成全这个日本狂人呢？”

“我同邓总司令已经先议了议，你看是不是这样？”孙震说时，将一张娘子关一线的作战地图摊在桌上，三个人立刻头碰头地一边看，一边小声议论起来。

从地图上看，晋东要隘娘子关位于平定县城东北45公里，古名苇泽关，历史上因唐高祖李渊之女李世民之妹，平阳公主统领娘子军在此设防而得名。高耸的城门洞上额书“京畿藩屏”四字，显示了娘子关的重要性。

险要的娘子关周围团转，有许多条山谷，如果守得不好，日军只要从任何一条山谷过去，都可以反过来给忻口和娘子关守军背后以打击，也可以直扑太原。所以，日前娘子关中国守军在关沟，雪花沟都同日军进行了拼死相争，并都取得了胜利。

娘子关左边有一条干沟，叫棋盘谷。孙震指着这里说："我和邓公已经商量了，我们就在这里给急欲打回去的，正在到处寻找我川军拼命的龙本太郎摆一个口袋，尽可能将这支气焰嚣张的部队消灭。"

"龙本太郎有那样听话吗？他已经吃了你们川军一回亏，他还会钻进你们布下的口袋吗？"黄绍竑表现了怀疑。

待听了孙、邓二人如此如此细细一说，黄绍竑仰起头，哈哈笑道："借你们四川人一句话，你们硬是板眼多。好，就照你们说的办，我对你们的胜利很有信心。"说着站起来。

邓、孙二人将他送出门，看他上了小汽车，沿着盘山公路往高耸的娘子关而去，转一个弯，就不见了踪影。

– 第八章 –

棋盘谷，谷里谷外的棋局

北方的天亮得早，但是这天的天气很阴，有雾。上午 7 时左右，棋盘谷中。那条灰雾流泻，长约十里的棋盘道，像是两山夹峙间一条枯瘦的巨龙，弯弯曲曲地向前游动，游去。在离山口不远的右边山头上，在一岩石凹凸交错，伪装极好处，隐身其中的二十二集团军副总司令兼四十一军军长孙震，举起手中的高倍望远镜，满有信心地朝来路望去。

昨夜，他派出一支精干的小分队前去偷袭日前吃了川军亏，到处寻找川军决战的龙本太郎联队，将龙本太郎挠痒了。他算定，心高气傲的龙本太郎一定会率军追来！因此，他同邓锡侯布下了这个口袋阵。

那天，他同邓锡侯刚刚将此决定对黄绍竑一说，黄绍竑就架势摇头。

“德操、晋康，龙本太郎是皇族，出身高贵，又毕业于日本陆军大学，军事素养很高，是日本军界的后起之秀，未必他们的板垣师团已经在平型关吃了八路军的亏，他还会上你们的当吗？”黄绍竑说一句椒盐的四川话：“借你们四川一句话说，未必他是瓜娃子，脑壳是方的，脑壳进了水？你们再给他布一个口袋阵，他还会朝里钻？”

“嗨，你别不信，龙本太郎就是会朝里面钻！”孙震很肯定地说：“正因为龙本太郎出身高贵，毕业于日本陆军大学，人又年轻，心高气傲，他才会朝里钻！”邓锡侯也提出了相同的看法，他说：“孙子曰：骄兵必败，哀兵必胜。古今中外的战例，证明这是一条真理。龙本太郎和他的联队，而且不仅是这个联队，就是整个侵华日军都是骄兵，他们不可能从失败中吸取教训，只会钻进一个个骄兵必败的怪圈中去，直至最后被消灭干净。

“我们只要给他稍加布置，使点手段，龙本太郎肯定会朝我们布下的口袋里钻，就是不让他钻都不行！”

看孙震、邓锡侯如此一说，黄绍竑也来了信心，说：“好，与其这样，你们放心地关门打狗。如果届时有日军前来增援，我让孙连仲的部队予以阻击，孙连仲的部队善打阻击战是出了名的。”

这会儿，派出去趁夜痛打了龙本太郎联队的川军小分队已经退了回来。他们沿途故意将斑驳的军用搪瓷碗、草鞋，还有破枪等扔得一地狼藉，做出一副狼狈逃窜的样子……

随着雾霾的消散，可以看见山谷外，挂在一株歪脖子树上的大牌子上面，有几个墨写的大字：“龙本太郎，我们川军在这里等你！”而在山谷入口处，在所有醒目的地方，更是写满了挑逗、侮辱性的一些大字：

“龙本太郎，你娃如果不敢追来，你是虾子！”

“倭寇，我们川军在这一带等你们！”

“这里是你们日军的葬身地！”

等等等等。这些标语，有雅有俗，都出自普通士兵之手。

约莫半个小时后，孙震手一指，情不自禁地说：“果然来了！”随伺在他身边的副官李少昆浑身一震，竭力朝前看去。这时，不用望远镜都可以看清。地平线上烟尘滚滚，足有一千多人的龙本太郎联队出现了，排场很大。走在最前面的是排成四列的骑兵，后面步兵，然后是炮车和一些辎重。孙震有棱有角的脸上，露出一丝轻蔑的笑，不禁头朝后看去，他要对自己临战的部队做最后一次检视。

恍然看去，完全看不到人，能看到的只是败兵散落在棋盘谷中的零碎。如同塞北所有的山地一样，棋盘谷两边的山上光秃秃的，几乎没有树，没有草，峭拔的山石呈现出黑褐色，经亿万年的风雨吹打，有一种孤寂的苍劲。他的两个师加上邓锡侯留下来的精锐，足有上万人，这时都埋伏在左右对峙的山头上，隐藏得很好，官兵们几乎与大山融为了一体。

按照预先的约定，日军一旦进沟，他负责带队收口，邓锡侯负责带队堵头，孙震让他的骁将一二二师师长王铭章率部打中间。这就叫两头小中间大。只要龙本太郎部进入了口袋，准叫这支日军精锐有来无回。

目前的山西战事是：日军全面进攻，从晋北忻口到晋东娘子关一线，已经全面打响。负责进攻娘子关的日军，由华北方面军第一军司令官香月清司中将指挥，共三个师团10万人。迎战的中国军队共6个集团军，计52个师（旅），28万余人。而从两边攻打的日军，就像在比赛似的。因此，他更相信急功近利的龙本太郎，今天非钻进给他布下的口袋不行。

孙震注意到，龙本太郎率部陆续到了沟口。骑在一匹东洋大马上的龙本太郎驻马沟前，正在和两个骑马围绕在他身边的军官，指点着树上、地上的标语和一地的狼藉，议论着什么。这时，两架日本侦察机出现了，飞临棋盘谷上空反复低空盘旋侦察。而这时，娘子关一线的山山谷谷打得正紧。

两架侦察机先后飞走了。孙震判定，龙本太郎一定得到空中报告，没有发现谷中有什么可疑目标。而骑马跟在龙本太郎身边的两个军官，显然是他的左右手，在激烈地争论着什么。一个很可能是他的参谋长，一看就是个诡计多端的家伙，寡骨脸，戴副眼镜。他好像在规劝联队长不要进沟，连他座下的那匹马，也被他勒转了马头，用马屁股对准沟口，似乎想立即离去。而另一个个子壮实，骑在一匹毛色斑驳的黄骠东洋大马上的军官，显然是龙本太郎的副手，他雄赳赳地将马头对准谷口，态度激昂地指东说西，显然他是主张进沟的。龙本太郎经过一阵短暂的徘徊，不再犹豫，终于将戴着白手套的手一挥。孙震的心不禁怦怦跳动起来。

紧接着，敌人大队开始进沟了。这里，联队长龙本太郎忽略了一个最简单、最基本的战术要求，他连派出部队沿两侧搜索前进这一项都免了。大佐就这样率领他的联队，大模大样地进沟了，这让孙德操在感到庆幸的同时，又感到愤怒。他觉得他和他的军队，太被这支日军小瞧了，他觉得受到了羞辱。事实上，他的四十一军两个师，尤其是王铭章的一二二师素称能战，在1932年的成都巷战中，他的两个师打刘文辉几个军一点不吃亏，尤其在争夺煤山的战斗中，王铭章部创造了以少胜多的战例。想来，这样的心情，在负责堵头的邓锡侯那里，在全军都是有的，他们早就忍无可忍了！

他想，我们有这样好的部队，又设伏在两边的山上，有这样好的地形，遇到这样骄横的日军，如果这样都打不赢，这个仗就不要打了，我孙德操这个名字以后任天下人倒起写。

“少昆，你把那个走在队伍中间骑白马的军官给我盯好了！”孙震对伏在自己身边的副官李少昆小声吩咐：“他肯定是联队长龙本太郎，打蛇打七寸，擒贼先擒王。这龙本太郎，一会儿你负责打死他！”

“是，算我的。”李少昆很有信心地说：“司令放心！”

出现在孙震镜头中的联队长龙本太郎从外形上看，与中国人没有任何差别，如果他不是一个敌人，孙震承认，他甚至可以说是长得俊朗标致。他身材匀称，长身玉立，漆眉亮目，人很年轻，嘴唇上的一层绒毛才刚刚变黑，骑在东洋大马上，右手紧按着长长的刀鞘，刀鞘上镌刻着金色的菊花图案。显然，那战刀是天皇的赐物，菊花图案是天皇才能使用的图案。不用说，这个年轻气盛的联队长龙本太郎打过不少胜仗，接受过天皇的赏赐，所以更是一副气宇轩昂，天下舍我其谁的样子！

就在这同一时刻，忻口会战正打得难解难分。在南方的上海，打了两个多月的淞沪会战，出现了一个令人们疑惑的双方胶着状态。而在这中国北方多山的娘子关一线的棋盘谷内，在这样一个云低雾薄的上午，惊心动魄的棋盘谷之战也是马上就要开打了！

大队日军进了山谷，走了一段路，平安无事。骑马走在队伍中间的联队长龙本太郎此时深信，即使有埋伏，他也不怕。眼前的山沟蛇一样蜿蜒而去，越朝里走，路越宽。两边高高的山崖上，多是发黑枯焦的石头和被秋风刮净了水分的稀疏灌木丛在风中颤抖。山谷中，一丝淡淡的薄雾正渐渐散去，红日从天边露出脸来，湛蓝清冷的天上，霞光四射，四周洪荒般的死寂。他的部队从这条谷底走出去，最多也就是半个小时一个小时，只要走出去，他就是攻破娘子关的第一功臣。他当然也想到了月前令日军吃了大亏的平型关伏击战，但他不相信“草鞋兵”会沿袭那个方式，再摆下口袋阵。事情不可能一而再，再而三。总而言之，自高自大的联队长龙本太郎相信草鞋兵是在故弄玄虚。于是，他命令部队保持战斗队形加速前进。很快，这支日军精锐联队完全钻进了口袋。

时候到了，孙震将手用力一挥。

三颗红色的信号弹，从沟口冉冉升起。与此同时，哒哒哒，轰轰轰！平静的长沟两边，枪声炮声骤然响起！弹如雨下，被打翻一地的鬼子显示出了相当高的战术素养，他们明知中了伏击，却不惊不诧。枪声一响，只见这些身穿黄军服的鬼子，在各级指挥官的指挥下，就像山间的爬壁虎一样，藏身于打烂的汽车后、汽车下，或是隐藏于岩石后、林木间，利用地形地物，沉着地向两边山上还击，枪也打得相当准。而这时，走在中间的22辆大卡车陆续被打着了，燃烧起来，这就一下切断了日军的前后联系，让日军首尾不能相顾。

在雷霆万钧般的打击下，死伤狼藉的日军，开始人自为战。这里那里，歪把子机枪嘎嘎地响个不停，就像怪鸟在不停地枭叫。小钢炮吊出的炮弹像是一只只怪模怪样的青蛙，突然窜出来，拼命向两边山上还击……硝烟弥漫，黑烟翻腾，枪林弹雨。被两边山上猛烈的火力不断地、镰刀割似一拨拨放倒在地的日军，竟然不管不顾地向两边的山上发起了反击，山上川军也是伤亡惨重。

“狗日的日本鬼子，看老子咋个收拾你们这些龟孙！”孙震两腮咬紧，不禁骂出声来，这是他第一次这样近距离地指挥部队同日军作战，也让他领教了什么是日军的精锐部队！

孙震下达了冲锋的命令，让埋伏在两边山上的川军朝山下压。

激越昂扬的军号在两边山上吹响。嘀嗒、嘀嗒、嘀嘀嗒嗒！彻底收拾这批日军的时候到了。循声望去，孙震的望远镜中出现了一个小号兵。他挺立在山崖上，背着一支小马枪，一手叉腰，一手执着军号，腮帮子鼓多高，金色的阳光在他那把黄澄澄的军号上跳荡，发出黄金般的闪光，军号上的一绺红缨在北国的寒风里飘扬，军号在山沟里回荡，此起彼伏，激昂悲壮。

"杀呀！"

"杀！"上万名川军官兵从两边山上跳了出来，像高山上一泓开闸的湖水，俯冲而下，气势不可阻挡。上万个粗喉咙发出的川音浓郁的喊杀声，像打雷一样，在山谷间久久回荡。光是这喊杀声，就足可以让日军胆寒。惨烈的肉搏战在山坡上、山沟里展开了，刺刀和刺刀的劈打、对刺，发出阵阵可怕的吭吭嚓嚓声。更多的川军使用的是大刀，使大刀是川军的拿手好戏、绝活。被杀得人仰马翻的日军虽然个个勇敢善战顽强，但人少，处境不利，往往一个日军被两个或三个川军包围。

这时，日军的增援部队来了，却根本过不来。他们在中途就被孙连仲的部队拦死，前来助战的日本飞机也根本帮不上忙，因为长沟里两军搅杀在一起，飞机只能在空中发出阵阵悲鸣。其中一架擦着山梁飞过时，被川军的重机枪打中，燃烧成一团金色的火球，像流星一闪，在远方坠落下去，咚的一声，山谷间抖动了一下，随即一团火球腾空而起。

孙震发现，日军相当顽强，死不投降。他从望远镜中看到这样的场景，明明川军出于人道主义精神，有的看倒在地上濒死的日军可怜，低下身去一看或是一拉，这些倒在地上濒死的日军却一跃而起，抱着去救他们的川军，用手指去掐、挖，这样的结果往往是同归于尽，场面极其血腥惨烈。他看到王铭章部有个名叫王号炮的排长，在一连用大刀劈死几个日军后，身上受了好几处伤，血迹斑斑，他不得不背靠在一块大石头上喘气。可是，一个受了重伤，倒在大石后面气息奄奄的日军军官，竟悄悄地坚持着，偏偏倒倒，无声无息地站了起来，他狼一样充血的眼睛闪着仇恨的绿幽幽的光。

“不好！”孙震讶然一声，欲叫随侍在身边的副官李少昆开枪救助时，已经晚了。那个马上就要死去的日军军官两手举起刀来，朝王号炮猛地戳了过去。

王号炮被那个日军军官一刀当胸戳了个对穿角。但他猛地转过身来，用一双仇恨而又惊愕的眼睛，怒视着出现在身后的敌人，也在倒下去之时，用剩下的力气，坚持着将手中大刀一挥，将那个日军军官的头削飞了去。

一直持枪严密监视着混在队伍中间的联队长龙本太郎的副官李少昆，听到身边的总司令这讶然一声，掉头一看，事情已经完结了。他那鹰隼般闪亮的眼睛中，流露出一丝惋惜，一丝遗憾，更多的是愤怒，迅即掉过头，继续将龙本太郎盯紧。孙震注意看去，李少昆手中那支步枪的枪口，随着龙本太郎在不停地转动。

部分进沟尚不很深的日军开始后退，拼命突围。邓锡侯和王铭章都在指挥部队，想方设法将进了口袋的日军分割包围消灭。而负责收紧进口的部队千方百计收紧口子。两边都在拼命。山谷中，一团团的厮杀，像一阵阵的潮水，搅过来涌过去。到处都是鲜血。到处都是扭打在一起的两国士兵，尸横遍野……而沟里在风中抖颤的枯树荆棘，也全都被刀砍得伤痕累累。

龙本太郎的寡骨脸参谋长已经在枪林弹雨中被打死，龙本太郎和那个壮实个子的军官，却是身手敏捷。这会儿，他们在一帮警卫的拼死掩护下，躲进了一块崖壁下天然凹进去的浅石洞中。龙本太郎竭力沉着气，希望掌握部队，指挥部队，可是作用不大。场面混乱极了！好些侥幸逃脱前面和中段围困、截击的日军，这时像涌浪，返过头来轰轰地往外冲去、涌去。尽管他们不断被董长安指挥两边山上的部队用轻重机枪，用所有的火力，绞杀了一批又一批，但是这些置于死地的日军，就像一只不警觉跌入猎人布置的陷阱，脚踝被铁夹夹着了的苍狼，宁肯咬断自己的一只腿，也要用断腕求生的办法逃离险境，去拼、去冲刺！在日军这样的狠劲冲击下，已经扎上了的口子，还是让有些日军冲出去了。而就在这时，藏在山洞中的龙本太郎打了一声呼哨，他那匹不知窜到哪里去了的东洋大马听到召唤，像一朵不祥的云，从沟的那一边飞快跑来。就在战马经过龙本太郎他们掩藏的那个浅洞时，壮实个子的日军军官在龙本太郎后面顺手将他一推，龙本太郎闪身上马，东洋大马划动碗大的四蹄，泼剌剌朝沟外飞奔而去。壮实个子带着几个日军冲了出来，他们端起手中的歪把子机枪，拼命掩护他们的主官逃去。载着龙本太郎的东洋大马越跑越快，像一道雪白的闪电，就要冲出口袋时，李少昆举在手中，枪口一直追随目标的步枪轻抠下扳机，随口说了声“倒！”也不见特别的响声，却只见伏在雪白如银的东洋大马上奔跑如飞的龙本太郎，身子应声往后一仰。

龙本太郎临死好像都还不服气，他掉过头来，瞪大一双惊讶的眼睛，朝打他的方向望去。

这就完全看清了，孙震发现，李少昆这一枪打得很准，子弹端端地从他后脑勺上进，额头出，龙本太郎的额头上沁出了一片殷红的血花，一双瞪大的眼睛，充满着惊讶，充满着不甘，充满着仇恨。因为马跑得飞快，骑在马上的龙本太郎双手一摊，身子歪了，就像一只被打中的大鸟，气流将他从快速奔跑的马身上剥离了出去，斜斜地顺着马身滑落下来，而穿在他脚上的黑皮靴却还反扣在马镫子里，高声啸叫的东洋战马将龙本太郎拖出了沟，拖得脑浆迸裂。

而掩护龙本太郎的那个壮实个子的军官，还有他身边几个端枪射击的军官，顿时也被密集的子弹打成了筛子。

激烈的战斗结束，不知不觉间天色也暗下来了。检点战果，这支 1000 多人的日军精锐联队，最多逃出去二三百人，而由集团军正副总司令兼两个军军长的邓、孙亲自指挥打的这一仗，参战的上万名川军官兵，伤亡也一半有多。沟谷里一地的死尸，有日军的，也有川军的。

第二天，四十一军防守的一线呈现出短时的不祥沉默。在孙震简陋至极的指挥部里，邓锡侯正在同他告别。

他们对坐在两个木箱上，中间也是一个木箱，拄了两盅搪瓷缸开水，氤氲的醋香，在帐篷里缭绕，显然开水里泡的是山西老陈醋。

“晋康兄，战时没有啥好招待的！”孙震指了指搪瓷缸：“我这里权且以醋代酒，为你送行了。”说时两人端起缸来，碰了碰，喝了一口。

“德操，看来我们可能暂时要分别一段时间了。”邓锡侯放下搪瓷缸，很关切地看着老战友：“你对这一段时间我们二十二集团军到山西后的一切咋个看？”

“一塌糊涂，各自为政。阎锡山如此说，黄绍竑又那样说，真是公说公有理，婆说婆有理，各搞一套，就是不拿我们川军当人。”

“你的意思是说二战区的指挥系统毫无章法？”

“难道你不这样认为吗？”

“是，又不是。”

“此话怎讲？”

“你就不觉得这其中，某些事是有预谋的吗？黄绍竑乱指挥，也是背后有人在支使。这之中，是不是有借刀杀人的嫌疑？”

“啊？你是说！”

“我什么也没有说，只是事实摆在那里。”

孙震似乎醒悟，也有些气愤：“反正有些人不把我们川军整垮，他们一天不得安生。”

两人一时无言。

孙震垂下头，说：“没有办法，现在是国难当头，打日本人要紧！以后的事以后再说，你说呢？”抬起头，注视着水晶猴，一副请教的神情。

“是。”邓锡侯点了点头，大而化之：“你说得对，国难当头，先打日本人要紧，以后的事以后再说。我敢放言一句，日本人不要看他们这些龟儿子现在闹得凶，总归是兔子尾巴——长不了。德操，你是一个军事干才！但离别之时，我要奉劝你一句：你我都要多长一个心眼，以后，该倒拐时就倒拐！”

四川话中的倒拐，表面看来就是普通话中“转弯”的意思，其实，内涵和外延都要丰富得多。

孙震当然理解话中的深意，闻言一惊一震，注意看着邓锡侯。他心想，“倒拐？倒到哪里去？”可邓锡侯没有再说，只是浅浅一笑，站起来告辞了。

孙震一直将邓锡侯送出门，看到他上了车。两人一在车上，一在车下，频频挥手告别。很快，邓锡侯乘坐的吉普车一溜烟就消失了，消失在崎岖山路的尽头。孙震可能没有想到，这就是他和邓晋康的分野。既是道路分野，也是思想上的分野。不久，邓锡侯被蒋介石重新调回四川，接替刘湘的川康绥靖公署主任一职，孙震升任二十二集团军总司令，率军继续在川外转战。

鉴于日军华北司令部不断向忻口、娘子关增兵，摆出一副不拿下忻口、娘子关誓不罢休的势头，10月底，坐镇太原的二战区司令长官阎锡山沉不住气了，向东西两线同时下达撤退命令：部队徐徐撤退，交相掩护，所有主力部队集中到太原一线，保卫太原。

11月4日，阎锡山任命傅作义为太原城防司令，卫立煌为第二战区前敌总司令。以忻口撤退的部队占领太原北郊阵地，以娘子关退下的部队防守太原东郊，以刚增援的第十三军推进榆次待机夹击日军，以第三十五军等残损的7个旅担负城防。然而两线撤退的部队立足未稳，日军已经跟踪而至，部队秩序大乱。5日，东路日军占榆次，6日，北路日军进抵太原城垣，7日，两面日军协力攻城。战至当晚，守城官兵仅存2000余人。8日夜，日军突破城垣，傅作义率部突围，9日太原沦陷。

南京总统府，蒋介石得到太原沦陷的消息时，正处于极度的痛苦中。上海方面，因为日军杭州湾登陆成功，这样一来，在上海作战的70万中国军队腹背受敌，处境非常危险，他不得不下令，放弃上海，70万中国军队交相掩护，向南京方向撤退，准备南京保卫战。而更令他气愤的是，山东方面，山东省政府主席兼第五战区副司令长官韩复榘为保存实力，对沿津浦线而下的日军不抵抗，把部队撤了下来，致使北线口子大开，军事重镇徐州危急。

就在这祸不单行之时，他又分别接到了阎锡山和一战区司令长官程潜的电话，都是关于川军的。阎锡山把仗没有打好、太原沦陷的气，发泄到二十二集团军身上，说川军武器太差，不经打，又难缠。说这样的部队对他来说，不仅没有任何用处，而且是个负担，他不要了，他想拨给一战区。可程潜在电话上也表示不要。阎锡山还专门告了邓锡侯一状，说是邓锡侯到了洪洞以后，虽说挥师从日本人手上拿下了平遥古城，但同八路军过从甚密。请了他的四川老乡，八路军总司令朱德，还有八路军一二九师师长刘伯承，多次去到军中，给川军排以上的军官讲游击战，还听说，水晶猴把国防部补充给他们的武器弹药，私自送给八路军……

蒋介石最听不得这些“通共”的话，眼都大了，专门问阎锡山，送枪支弹药给八路军这事确不确实？阎锡山却又支吾起来，只说水晶猴请朱德、刘伯承多次去到军中是实，至于送武器弹药给八路军还需调查核实。听到这里，蒋介石越发觉得，应该将水晶猴调回四川去框起才是对了，因为没有了军权的川康绥靖公署主任，不过是个空名。

“这里也不要，那里也不要，那就让他们川军回四川去打内战，去作威作福吧！”

看蒋介石暴跳如雷，正在一边对着南京及徐州一线军事地图沉思的中央军事委员会副参谋长，有小诸葛之称的白崇禧问明了原因。他心知肚明是怎么一回事，赶紧对蒋介石建议，说是徐州一线正在吃紧，不如将二十二集团军火速划给五战区，增援鲁南。第五战区司令长官是李宗仁，白崇禧的好友、桂系老搭档。

身着长袍马褂，正在焦急踱步的蒋介石听了这个建议，长袖一甩，说：

“这个，这个，那你就给德邻去个电话，问他要不要？”

白崇禧立刻给徐州的李宗仁打了电话说了这事。李宗仁听后，喜不自禁，连说欢迎、欢迎。

“委座！”似乎怕蒋介石不相信，白崇禧举着电话，对背着手在屋里焦躁踱步的蒋介石说：“德邻非常欢迎川军二十二集团军去，委座你看，你还给德邻讲不讲什么？”

蒋介石烦躁地把手几摇：“这个，这个，我就不讲了。你把二十二集团军给他调去好了！”想了想，又突然立定，转过身来，鹰眼闪霍，补充一句：“你把后来出川的李家钰四十七军留下，拨给一战区程潜，免得他们川军太过集中，嗯！”

于是，就在邓锡侯奉调返回四川的同时，孙震率二十二集团军的两个军，火速赶去了鲁南。

- 第九章 -

被晾起来的甫帅

深秋时节，长江上，铅灰色的云层压得很低。这天，南京下关码头宽阔的江面上舟来楫往，一派繁忙。码头对面那幢高耸云天、面江而立、中西合璧的海关大楼顶上的大钟，当当地撞击出洪大而清脆的音响。钟声敲响八下，尚未落尽，在茫茫的江天之际，一艘极为漂亮的乳白色小轮船从上游穿云破雾而来，船身上标有“民生轮船公司”几个极大气、极开阔的隶书字，两道浅蓝色的弧线，非常流畅地从头至尾绕了个遍，这就标志出了这艘极华丽的轮船吃水线以下的统舱和之上的中等舱、上等舱。尽管南京是中华民国首都，气魄非凡，下关码头上随时都有中国达官贵人华丽的游艇和外轮停靠，但这艘轮船的到来，还是很吸引人注目的。码头上，沿着十八级阶梯络绎不绝上上下下的好些人，都不住看着这艘华丽的小轮船，议论纷纷：

“哟，这么华贵，是哪个人的船？我看要超过国舅宋子文的船了！”

“八成是卢作孚到南京来了吧？我听说他最近在国外买了只新船。”

……

人们的猜测对又不对。这只船确实是卢作孚新近从英国买的，卢作孚也确实是坐这只船到南京来了。不过，他是专为送甫帅上京来的。

大名鼎鼎的民生轮船公司创始人卢作孚，四川省合川县人，早年就是时代弄潮儿。1925 年，他独资创办了民生实业公司，经营长江内河航运，越做越大，几乎包办了全部川江航务。他是中国当时最大的，也是最成功的民营企业家之一。

卢作孚来在轮船二层的特等舱，时年 44 岁的他，个子适中，西装革履，清秀，戴副眼镜，皮鞋锃亮，缓行鸭步。进了房间，只见副官张波，卫官长曾伟澜正在忙着收拾东西。

看到卢作孚，刘湘就要从沙发上站起来。

"甫公，你坐、坐，先不动！"卢作孚趋步上前摇了摇手，脚肿起多高的甫帅就没有站起来。卢作孚问："他们还没有来吗？"这里，卢作孚说的"他们"，包含两方面的意思：一是指甫帅先行指定，并派京公干的第七战区参谋长傅常、副参谋长余中英和参谋处长周从化；另一方面是指中央来人。堂堂的第七战区司令长官刘湘到京，中央有关方面不会不派人来迎接安排吧！

月前，甫帅派出傅、余、周三人打前站，这三人都是甫帅信任并付以重托的。傅常，字真吾，四川省潼南县人，前清秀才，与刘湘是四川陆军学堂的先后同学，有相当的才具，组织能力强，自视也甚高。多年来，膺于甫帅麾下的他，主要从事在外联络工作，如以往刘湘与广西以及延安共产党订立的"川桂红"协议等，就是他在其中穿针引线，多方活动的结果。甫帅这次派傅常来京做好一应安排，余中英被派到上海观战，周从化被派到武汉，作由水路出川的二十三集团军的监军，顺便收集在山西作战的二十二集团军情况。他们三人这时已经回到南京，会马上来接迎的。

"作孚兄，感谢你沿途多方照应，不仅派出你的宝船来接我，还亲自来武汉接我上京，不胜感激。"刘湘说时，抱拳作揖。

"应该的，应该的！"卢作孚赶紧抱拳作揖还礼。看着满脸病容的刘湘，他的目光中流露出真诚的关切和敬意，他说："甫帅是抗日先锋，有目共睹。不仅尽派我川中子弟出川抗日，而且以染病之身离川，赴京组建第七战区司令部，统率大军抗日。如此高风亮节，作孚深为感动。作为川人，作孚只愧为甫帅做得太少，无论怎样都不为多。"卢作孚这几句话完全出自真心。他注意到，甫帅这天特意身着民国大礼服，蓝袍黑马褂，显得很有些隆重。

说话时，傅常、余中英、周从化，还有四川省驻京办事处主任骆云林进来了。卢作孚感到有些惊讶，怎么没有中央派的人呢？这就注意到长衫一袭，黑红脸膛，鼓鼻子亮眼睛，素常神态倨傲的傅常，这会儿显得有些尴尬。

"不像话！"傅常一开口就这样生气地说："甫帅来京的住处，还有好些方面的事，我同他们反复商量！"傅常口中的"他们"，显然是指中央有关部门："可他们却是东推西推的，四季豆——油盐不进。最后我催急了，他们竟然说，'现在是战时，中央的好些部门，好些工作都停了，已不是按常规进行。你说的这些事，只有直接请示委员长，请委员长定，但是委员长上前线视察，处理韩复榘去了。'敷衍塞责，这还像人说的话嘛！"傅常说时，因为生气，脸红筋胀的。"没有办法，我只好同骆主任商量了一下！请甫帅暂时去我们驻京办事处住段时间，看他们回来咋说。骆主任他们已经把后面一幢小楼腾出来，并做了专门的安排，布置，还好。只是委屈甫帅了。"

站在旁边的骆云林，很恭敬地说："欢迎甫帅！"四川驻京办事处在南京铜银街八号，是一幢花园洋房，位置不错，闹中有静。

刘湘完全明白了。他没有多说，只说了一句"好"。这就要站起来，副官张波赶紧上去搀了甫帅一把。刘湘说："我们走吧！"转过身来，对卢作孚说："作孚兄今天不忙着回去吧，请上去坐坐？"

"不打扰甫帅了。"卢作孚走在刘湘身边，边走边说："送帅千里，终须一别。我把甫帅一行平平安安送到南京，我就心安了。我得马上赶回重庆，事还多。甫帅以后如果要用船，或有事要我们办，请随时给我公司驻京办打个招呼，保证随叫随到，事情办好。”

“好好好！”刘湘连连点头：“非常时期，国事要紧，作孚兄，我就不留你了。”

身材高大的刘湘因为脚肿，行走有些困难。他由贴身副官张波搀扶着，在傅常等一行人簇拥着下了船，上了等候在那里的汽车。到了铜银街八号四川省驻京办事处，刘湘住进后面小院中稍显陈阳的法式小楼，办事处的人都挤到临街的几间平房里去了。稍事洗漱，吃了饭后，刘湘不顾疲劳，也没有午休，在楼上客厅里召集了有傅常、余中英、周从化等人参加的一个小型会议。会上，他听取了傅常就组建战区司令部和余中英、周从化就有关方面的情况报告。

组建战区司令部一事，傅常说，最近这段时间，他一直在忙着就编制、经费、地址等问题，同中央有关方面进行了多次接触、商讨，却没有人理。军政部的最后答复还是一句：得等到委员长回来定。刘湘点点头，意思是这个事情就暂时到此，他知道，军政部的答复也还是实情。如今稍微大点的事情，都得由委员长点头才行。然后是余中英报告上海战事。这方面的情况其实是清楚的，只不过听了后增加些实感而已。真正引起甫帅注意，而且让他气愤不已的是周从化报告的二十三集团军经过武汉发生的事。山西方面二十二集团军的遭遇，也让他相当关注。

“甫帅！”周从化报告说：“你沿途而来，我们二十三集团军的情况，甫帅可能大体是知道的，但可能不细。”刘湘说：“是，你细说下去。”

二十三集团军的命运与二十二集团军很相似。二十三集团军前锋部队二十一军陈万仞的一四八师，刚到武汉就接到武昌行营转来的委员长手令：二十三集团军划归一战区序列，由程潜指挥，陈万仞的一四八师火速开往河南卫辉一带作战……

提到这事，刘湘脸色不好，手几摇，说：“为此事，我一到武汉就立刻同南京有关方面联系。他们给我的解释是，因为战事紧急，临时将二十三集团军借调到河南方向应一应急，现在不是全部调回来了吗？”

“是。”周从化继续报告：“可是，集团军过武汉周转时，有些人在里面搞名堂。所有的师长都得到了一个红包，红包里装了一万元大洋的支票。而且，还都被请进武汉大饭店逍遥了一夜，山吃海喝。这是有人在收买人心，别有居心！”

“你知道这事是谁支使干的吗？”这会儿，甫帅的脸黑得揪得出水。

“我摸了底，虽是湖北省政府出面做的东，可事情是顶了天的。”湖北省政府主席是陈诚，周从化所说“事情是顶了天的”，显然是指蒋介石支使干的。刘湘的心不由一沉，暗想，张斯可说的那些话还真是应验了！我刘甫澄是真心出来抗日，老蒋却在背后暗算我，这也太小人了！不过这种种不满，他竭力压抑着，没有丝毫流露。随后，周从化又专门谈了谈山西方面二十二集团军的情况。所有的情况，都是同刘湘的预想拧起的，让他揪心。在他们报告完后，刘湘做了工作指示。

他当即指示：战区的工作先开展起来再说。战区司令部暂时设在赤壁路，牌子先挂出去，傅常主持战区长官司令部日常事务。他要傅常就刚才所谈及的战区司令部的人员编制经费等具体问题，尽量抓紧，让上面尽快批下来。现在各负其责，先将工作抓起来，开展起来。特别是得马上同唐式遵、潘文华联系，看部队是否已经全部进入了指定作战区域，这方面的情况要特别密切注意掌握。不仅要同唐式遵、潘文华联系，而且要通知师以上的军官，近期都分别来京，他要见他们，同他们谈话。这方面，刘湘谈了很多，也很细。总之一句话，刘湘特别强调：二十三集团军，这是我们自己的部队，也是我们目前唯一可掌握的部队，任何人不能从中插手。我们要把我们这支部队抓紧抓好。傅常、余中英、周从化会意，对甫帅的指示做了详细记录，表示要一一落实，落实到底。完了，甫帅又特别给傅常交代：“你有事多找张（群）院长。俗话说得好，老乡见老乡，两眼泪汪汪。何况张院长对他的老家四川还是很关照的，我同他私交也好。”傅常表示，等张群随委员长从前线一回来，就立即去找。

会议开到最后，处于广泛交流的闲谈状况，他们主要谈的是最近张群跟着委员长去抓捕、枪决山东省政府主席兼第五战区副司令长官韩复榘韩大棒子一事。其实，战前韩复榘一直是刘湘反蒋的忠实盟友。这个人同孙连仲一样，原来都是“西北王”冯玉祥的大将，后来归顺了蒋介石。在日军南下的一支部队锋镝直指山东、徐州一线时，韩复榘为了保存实力，一味避战，使京浦线大开，将战略重镇徐州暴露在日军面前。蒋介石十分愤怒，带着张群用计，在前线好不容易才逮住了韩复榘。会场上，当蒋介石当众宣布韩复榘的罪行，并让立即执行枪决时，韩复榘韩大棒子不服，当着与会的众多高级军官质问蒋介石：“我丢掉了山东，我认罪，我该死。但是，你丢掉了东三省，丢了那么多地方，你又该咋说？”

蒋介石向来一言九鼎，而且也不太善于言词，遭到韩复榘韩大棒子这样公开的质问，下不来台，一时回不了神，支吾半天，这才指着韩复榘，强词夺理地说：“这里，我们只讨论山东问题。”韩复榘就这样被枪毙了。

谈到这些，刘湘心中有一种别一样的况味。

正说着，电话响了。卫官长曾伟澜拿起电话，说了两句，眼睛放光，用手扪着话筒，掉过头看着刘湘，不无惊喜地说：“甫帅，这是张（群）院长打来的。”

刘湘接过电话。张群很亲热地说：“甫公呀，听说你到了？我随委员长刚回来。很遗憾，没有去接你。”

“接不接，有什么关系！”刘湘讪讪地说：“看来，我刘甫澄来南京，有些人不欢迎呀！我是不速之客。”

“哪个说的，哪个说的，甫公你不要多心。”张群听出了刘湘的不满情绪，拿出“高级泥水匠”的本领，赶紧调和解释：“委员长一回来就在问，甫帅到没有？是怎么安排的……委员长听后很生气，把底下那帮不负责任的家伙骂了个狗血淋头。现在，我代表委员长对你的到来表示欢迎！同时想征求一下你的意见，你是住到军委招待所还是暂时就住川办？”

军委招待所？刘湘想，那个地方怎么住，就说：“那我就住我们的川办吧。”

“好。”张群说：“我会给方方面面打招呼，甫帅该享受的待遇，一样不能少，这方面是决不能含糊的。委员长也是刚回来，身心有些疲惫，在休息。山东方面韩复榘的事你晓得了吧？”

刘湘“嗯”了一声。

“甫公你一路风尘，想来也疲惫。委员长的意思，如果甫公下午觉得身体还可以的话，想请你来谈谈，就若干要事，委员长想征求你的意见，你看？”

刘湘很高兴地答应了，并约了下午张群来接他的时间。然后，张群在电话中又很关切地问了问刘湘的病况。

下午3点，张群准时带车来接刘湘了。时年48岁的张群中等个子，皮肤白皙，方面大耳，西装革履，大背头梳得溜光，脚上一双黑皮鞋锃亮，步伐均匀而舒缓。他的下巴上有颗醒目的朱砂痣，据说这是颗福痣。

刘湘已经坐在屋中等他了。

“甫公！”见到刘湘，张群脸上微微带笑，抱拳作揖：“多日不见，岳军对甫公常怀云树之思。”

“彼此，彼此！”刘湘站起来客气两句，这就由张波搀扶着下楼，同张群一起上了汽车。车上，张群少不得又问甫帅的身体情况，希望甫帅多注意休息，顺便介绍了些金陵名医。南京的景致从车窗外急速往后掠去，南京的街道建筑，以及城中多树多花；南京有条秦淮河，成都有条穿城而过的锦江，这些都同成都相似。然而今日的南京，一派战时气氛，街上大白天都在调动部队。过中华门时，见城墙上正在架机枪、架大炮……大街上不时出现抗日游行队伍，还随时见到在大街上维持秩序的全副武装的宪兵。

总统府到了，车开进去。总统府很有纵深，只见杂花生树，幢幢中西合璧的楼房在浓密的树荫掩映中，亭台楼阁，鱼池假山，幽静而幽深。小汽车行进在两边树木花草蓊郁繁茂的柏油路上，就像穿行在一条绿色的画廊中。好一会儿，到了委员长住的独院。月亮门，白壁粉墙，很中式，安静舒适。有隐隐的钢琴声传来，不知是不是蒋夫人宋美龄在弹琴，听说蒋夫人是很会弹钢琴的。车停稳，刘湘下车时，如水般清亮的琴音却又没有了。张群陪着刘湘进了小院。这时，刘湘没有让副官张波在旁搀扶。

一进院子，就见蒋介石已经降阶相迎，在花径那头等着了，算是殊礼。这天，素来喜欢长衫一袭的委员长戎装笔挺，没有戴帽子，光着头，领章上佩戴的特级上将金星金光闪闪。随同委员长上来迎接的还有军政部长兼总参谋长何应钦，副总参谋长白崇禧。身后的法式小楼上爬满了青藤。委员长显得非常客气，他同刘湘握手，问了一路上的情况，身体如何等。然后，何应钦、白崇禧也走上来同甫帅一一握手，问安。完了，委员长把手一比，请甫帅先进。“不敢当，不敢当！”刘湘也把手一比：“委员长，请！”

五个人进了小客厅，在沙发上坐定，自有仆人送上茶水点心。

“甫澄，这个，这个，你来了就好了，好了！”蒋介石坐在刘湘对面，中间隔一个硕大的红豆木矮腿茶几，张群、何应钦、白崇禧两边打横。坐姿笔挺的委员长说时，用他那双鹰眼看了看陪坐在侧的张群，显得很关切地问：“刘总司令在京的一切，这个，这个都安排好了吧？”

“好了。”张群没有多说，只是笑着应了一句。

“情况严峻！”蒋介石看着刘湘，立刻把话推上正题：“我现在感到最麻烦的还不是日本人，而是我们自己内部。”他诉苦似的说：“你知道，在对待日本人这个问题上，我们党内上层一直有不同声音。现在，你我在前线同日本人拼命，人家在背后另搞一套。”

刘湘知道，蒋介石指的是汪精卫、周佛海等一帮人。

“另外，韩复榘韩大棒子，我过去对他是何等重视，可他给我出了道大难题。好了，不说他们了！”说着，他把手一挥，一副不胜其烦的样子。

“这个，这个，甫澄，你的二十三集团军到达指定位置没有？”蒋介石看着刘湘，明知故问，他的眼神很亮也很深，隐藏着很多的东西。“这个，这个，你要多关心些。这个，这个，集团军，不管是以后属于哪个战区，还是都得听你的。”

这话是当前刘湘最想听到的，蒋介石一锤定音，让他心下宽敞了不少。

“现在，这个，这个淞沪会战已经结束。日本人下一步肯定进攻南京。目前，在南京的战与守上，有两种意见。一种意见是健生他们的。”蒋介石说时指指陪坐在侧的白崇禧：“他们主张保存实力，主动放弃南京。这个，这个，也是甫澄你先提出来的，以空间换取时间。另一种是唐生智他们的。他们认为，南京不仅是我国首都，而且是国父陵寝之地，不能容忍倭寇玷污。因此，唐孟潇（唐生智的字）提出来，他愿意率军守城，与日军决一死战！不知甫澄在这个问题上有何高见？”说完端起摆在面前的一杯清花亮色的白开水，并做了个请的手势。摆在刘湘面前的是一碗四川盖碗茶，茶碗是白底金线走边，绘有龙凤图案的景德镇精品瓷器，古色古香，很华贵。

刘湘端起碗来，向委员长举了举，左手拈开茶盖，轻推茶汤，喝了一口放下，说：

“我的意见，仍然是坚持我在最高国是会议上提出过的以空间换取时间。因为日本是个强国，又是一个小国，我国是个弱国，但又是个大国。我们不能同日本人硬拼，如果硬拼，正中他意。我们只能过拖、过磨，拖垮它、磨垮它，日本人最怕的就是过拖、过磨！

“现在，我70万大军正从上海向南京方向撤退。这70万大军是我国我军的根本。日本人千方百计想夹击、消灭我从上海退下来的这支大军。但日本人这是妄想。我二十三集团军已经上去对跟进的日军进行阻击。”

蒋介石欣慰地点点头：“川军行，打得很好！”

刘湘说：“我愿意率领二十三集团军，配合友邻部队，在打好阻击，掩护正在从上海撤退下来的70万国军的同时，率军打京畿外围战，尽可能迟滞日军的进攻步伐。

“南京应该放弃！因为，从防守的角度上看，南京的条件远远没有上海好。上海丢失了，南京更没有守的必要。好钢用在刀刃上，我70万大军应该好好保存。我意，我二十三集团军在京畿外围与日军周旋之时，同时在江浙广泛开展敌后游击战。”看蒋介石先是点头，再沉思，而坐在委员长两边稍后的何、白两人向他频频点头示意，刘湘这就接着进一步分析：“南京，守是守不住的。届时日本人如果将城一围，南京背靠长江，我们就是想撤都撤不下来，损失就大了。”刘湘说完了，蒋介石也不表态，只说“这个，这个，甫澄兄分析得不无道理。”然后看了看何、白二人：“你们下来，将刘总司令的意见，会同唐孟潇的意见，综合考虑，再决定取舍。”看来，蒋介石准备结束这个会见了。看来，这不过是走走形式。刘湘赶紧说：“关于第七战区司令部的种种一切，我准备在委员长方便的时间，做个专门的汇报请示。”

“这个，这个！”蒋介石总是在关键时候这个这个，“这个、这个”简直成了他的盾牌、遁词。

蒋介石说：“我将全国划分为十个战区，现在，有几个战区还未正式成立。不过，这个，这个，你的七战区是非成立不可的，其间种种具体问题，”他说时向坐在旁边的张群、何、白瞟了一眼：“你们要多关心些，多同这个、这个刘总司令商量通气。甫澄在这里，正好说一个事。因为甫澄身体不太好，我决定让陈辞修（陈诚）做你的副手，作第七战区副司令长官！”

这一手来得太突然，刘湘一惊！他想，原来蒋介石今天让我来，听意见是假，通知我陈诚到第七战区就任才是他的目的。他在心中平生反感之时，警觉起来。陈诚其时已身兼多项要职，他是地位日趋重要的湖北省政府主席兼武汉卫戍总司令、军政部常务次长，手中还掌握着他的基干部队18军。派陈诚来当战区副司令长官，这岂不是要夺权吗？他马上委婉地推辞：“陈辞修怕忙不过来吧？随着战事的加剧，武汉湖北的地位日益重要，他又要指挥大批军队！”

可这岂是刘湘拒绝得了的！

“这个，这个，陈辞修毕竟年轻，就让他替甫澄挑挑担子吧！当然，他只不过是你的副手而已！”看着明显不高兴的刘湘，委员长清癯的脸上掠过一丝不易察觉的笑。

“另外，”蒋介石又掉过头看着张群交代：“甫帅是国家栋梁，来日方长，国家对甫澄兄多有倚重。甫帅现在最要紧的是治病，休养。南京是六朝古都，名胜多，名医也多。请岳军在这方面替我多考虑一些，多请些名医去给甫帅看看病。而且，你要给甫澄配备一个专门的医生。你多抽时间陪甫澄看看古都名胜，散散心。饭要吃，觉要睡，该玩就玩，天垮不下来。就是天垮下来，也有长汉顶着。”蒋介石称刘湘一会儿“甫澄”，一会儿“甫帅”，一会儿“甫公”，一会儿“刘总司令”，口气相当亲热，但主意却是铁定不变的。

看来，老蒋是想把我晾起来！一道阴影从刘湘心中划过时，倏然间，出川前夕，就在他下定决心之时，跟随他多年，忠心耿耿，足智多谋的高参张斯可那苦口婆心的一番话，在他耳边警钟般地响起。不过，他不后悔。他想：老蒋，你当你的小人，我刘甫澄当我的君子，千秋功罪，历史自有公论！他在心里竭力安慰自己。

刘湘是个很有主见、个性很强的人。他想，你老蒋只要还没有明令撤销我第七战区司令长官兼二十三集团军总司令职，我该管的就是要管，至低限度，我现在要把我的二十三集团军管起来。这支部队可是我一手一脚带出来的，这是我的基干部队，唐式遵、潘文华是我的人。你老蒋要想把这支部队从我手上拿过去，没有那样容易！

刘湘回到住地，潘文华专程赶到南京来看望他了。

一见面，潘文华就告了唐式遵一状：“我觉得子晋（唐式遵）越来越不大对头！”潘文华说：“唐式遵之所以现在还没有到前线，说有事在武汉耽搁，其实是被陈诚找去了。”

“是吗，陈辞修找子晋做啥子？”刘湘忍住不快，这样问，装得若无其事。他知道，潘文华和唐式遵这两个仁寿老乡，都是他长期以来信任、倚重的大将，二人却长期不睦，口和心不和，最近矛盾还有加剧的趋势，这很让他担心。他也知道，年前蒋介石、陈诚在峨眉山办军官训练团时，唐式遵有朝那边靠的意向。而且，刚才周从化下来后也单独向他报告过集团军经过武汉时，唐式遵同陈诚有过单独接触，不能不引起他的注意。但是，他们都没有多的证据证明，唐式遵背叛了组织（武德学友会），背叛了甫帅他，倒向了老蒋。而且转念一想，事到如今，就算唐式遵真是倒了过去，他刘甫澄也拿唐式遵没有任何办法，只有朝好的方面想，尽可能将唐式遵朝这边拉。因此，他压抑着心中的不快，只是规劝潘文华要同唐式遵加强团结，多看对方的优点，把队伍带好，把仗打好，为川人争光，为国家效命，为人宽宏大量一些。其实，这番话刘湘是对潘文华说的，也是对自己说的，他在竭力宽慰自己。

“子晋来时，我更要这样对他说。”他在这样对潘文华说时，又指示了一些机宜。

第三天，唐式遵经过南京赶赴前线时，看甫帅来了。刘湘对唐式遵何以在武汉耽搁这事，问都没有问，假装不知，只是将他前天规劝潘文华那番话，同样对唐式遵说了一遍。为了表示对唐式遵的信任，他还专门将刚打印好的《告第七战区暨第二十三集团军全体官兵书》交给唐式遵一份。在这份打印件中，刘湘专门提到了二十三集团军全军上下，都要坚决服从两位副总司令唐式遵、潘文华的指挥！

唐式遵表面上看起来很“瘟”，其实是个相当敏感的人。他当即向甫帅表示：“子晋追随甫公二十多年，于公于私，我对组织、对甫帅感情不同他人。我对甫帅绝对忠诚。”又说：“虽然仲三（潘文华）不时同我有些小意见、小摩擦，但在对待甫公、对组织的态度上是一致的。相互也是信任的。”

“这就好。”刘湘很欣慰地表示：“我相信你们。”

事后，为了牢牢抓紧二十三集团军的两个军，刘湘采取的办法是：能通电话的就通电话，或者派傅常、余中英、周从化等人带上他的命令，还有对前方将士的关切，上前线去找到某一个军官晓谕；而来京求见的军官，无论官职大小，他也一律亲自接见。他要加强他与部队的向心力。接着，刘湘让傅常在京坐镇，让副参谋长余中英率领一班参谋人员到芜湖，在那里成立了长官部，负责指挥协调两个军，并随时向他报告前线情况。

病中的刘湘，密切关注着战况的发展和他的二十三集团军。

他的这个集团军现在共两个军，五个师又两个独立旅，共计五万余人，部队是11月中旬到达指定作战位置的，一到就紧急构筑广（德）泗（安）防线，负责阻击从杭州湾登陆成功，希图从背后围堵从上海撤下来的70余万国军的日军。这批日军足有三个师团，人数同二十三集团军相等，因此作战任务相当艰巨。

这时的情况是：从上海一路猛追下来的日军，正在猛攻苏州、常熟、无锡，从正面压迫中国大军。而从杭州湾抄上来的日军第10军，动作更快，在接连突破了防守薄弱的乍（浦）嘉（善）、海（盐）嘉（兴）两道防线后，又轻易攻克湖州，进而企图占领广德，直捣芜湖，完成对退下的中国军队的合围，转而威胁南京。

形势急转直下，11月20日，国民政府宣布迁都重庆，军事委员会和统帅部迁至武汉，沪宁前线战事由第三战区副司令长官顾祝同全权指挥。

11月22日下午5时，刘湘接到蒋介石关于他日前上报的二十三集团军作战部署的批复，立即下达作战命令：一四四师郭勋祺部由广德、泗安向长兴方向推进。一四七师杨国祯部、一四八师陈鸣谦部防守泗安。一四六师刘兆黎部及独立第十三旅田冠五部、第十四旅周绍轩部协助饶国华防守广德。在这条防线中，重中之重是广德。担任防守广德的是一四五师，师长饶国华，四川资阳人，有多年的作战经验，且谙熟战史，素以骁勇善战著称。

这段时间，病中的甫帅空前忙碌，日夜操劳，连轴转。除了军事上的布置，在民政上，他指示四川省政府代主席邓汉祥以四川省政府名义，电呈国民政府主席林森，表示欢迎国府迁都重庆。邓汉祥立即遵照办理，电文中谓："顷读我政府宣言，知为适应战况，统筹全局，长期抗战起见，移驻重庆。有此坚决之表示，益昭抗敌之精神，复兴既得根据，胜算终自我操，不特可得国际之同情，抑且愈励川民之忠爱。欣诵之余，谨率七千万人翘首欢迎，伏乞睿鉴。”接着，邓汉祥又遵照刘湘嘱咐，专程去到陪都重庆，以四川省政府代主席名义，觐见国府主席林森，并宴请中央各院、部长，表示：四川一切人力、物力、财力，均可贡献于抗战。

这时，刘湘能做到的，也只能是这些了。

- 第十章 -

以身许国的将军

安徽广德。这些天来，中日两国两军的战略家们，都把目光紧紧地盯在这里。这座地处浙、皖、苏交界处，只有几千人口的山区小县城大军云集。广德位于太湖之西、南京以南，是一个扼皖、浙、苏三省的枢纽，自古以来就是兵家必争之地。史载，太平天国将领黄文金当年曾屯兵于此，拱卫太平天国的首都天京（南京），清廷派猛将鲍超率素称能战的"霆军"进攻，终年不得一逞。这个地区地形复杂，守易攻难，凭险而踞，南京可保无虞；如果失守，不仅南京指日可下，正从上海一线陆续后退的国民党70万大军，也会被杭州湾登陆的日军从后面一堵，同从上海追击而下的日军形成包围，进而聚歼。

饶国华部是1937年9月1日由万县乘轮船浮江东下出川的，一路辗转近三个月未及休整、补给。原先镇守广德的是中央军的一个旅，旅长刘建业在向前来接防的饶国华师长交防时，看到正陆续进入阵地的川军，感到相当的担心。这支杂牌军装备想象不到的差，一个连还配备不了一挺轻机枪，一个师仅几门小炮，根本就没有重武器。步兵手中的步枪，汉阳造就算是好的了，大都是“四川造”。有些杀伤力的，就数这支部队普遍配备的四川造马尾手榴弹了。好些士兵都还没有换装，穿着单薄的土黄色夏季军服，脚蹬草鞋，身背斗笠、大刀。经过数千里的长途跋涉后，许多士兵的脚上都已经有了裂口，往外流血。江南这个时节的天气潮湿阴冷，趴在战壕里的士兵们好些冻得浑身哆嗦，脸青面黑，只得靠嚼食他们从四川带来的干辣椒抵御寒气。而反观自己这支就要退下去保卫南京的中央军呢，同川军实在是有天渊之别。官兵们身上穿的是军政部刚发下来的黄绿色咔叽布冬季军服，脚上穿的是黑色胶底布鞋，手里拿的是一色德式武器，补给也要好得多。刘旅长有些于心不忍，他在向饶国华交接了防务后，叫过军需官，要他尽量多地从自己部队的补给品里面匀出一些，转交给这些可钦可敬的川军弟兄，也算是对川军弟兄们的一点心意。饶师长接受了刘旅长的好意，并表示了感谢。

刘旅长就要率部离去了。这支装备相当好的部队排成几列纵队，往南京方向撤去，走在中间的是多辆汽车拖着的大炮，有平射炮、野炮……看起来相当的壮观，沿途的川军官兵好些心理不平衡，纷纷开骂：

“龟儿子中央军装备这样好，都打不过日本鬼子，尽往后撤，却让我们这些拿破铜烂铁的杂牌军上前打头阵，我们川军是小妈生的吗？”

“事情就这样不公道！拿我们川军上前线当炮灰，世界上还有没有天理？”

……

正往后撤的中央军官兵听到这些话，不禁脸上发烧，低下头来，加快脚步。

饶国华一听这些牢骚话来了气，他上前一站，手一挥，大声喝道：“弟兄们，我们是上前线来打日本鬼子的，是来保家卫国的，不是来发牢骚的。有牢骚，等打败敌人再发不迟。日本人也不是铁打的，我们川军的枪虽然不好，可我们的子弹照样可以打穿日本鬼子的脑壳！我们川军在上海的二十军、二十六师，还有在山西作战的二十二集团军，同样武器不好，不照样打出了威风！”

这时，前来同饶国华商谈协防的一四四师师长，大个子郭勋祺，听到饶师长这话也不禁激动起来。他去找了一支毛笔，一张纸，在纸上写了六个大字：“胜则生，败则死”，高高举在众人面前，大声说：“打日本，我们一四四师要同你们一四五师比一比，一四五师的兄弟们，敢应战吗？”

郭勋祺师长这一激，把饶师那些心中本来气不顺，不过发几句牢骚的弟兄们的情绪激发、调动起来了。官兵们立刻应战，群情激奋，纷纷表示：“谁英雄，谁好汉，谁又是粑蛋，战场上见！”

“火车不是推的，牛皮不是吹的，谁输谁赢，打了这场算！”

……川人本来幽默机趣，这一来，江南寒冷潮湿的天气似乎也变得好了，到处都是热烘烘的。

23日天刚亮，日军牛岛第十八师团的4000余人，加上伪满洲国的部分伪军约一万余人，在飞机大炮掩护下，由太湖分乘汽艇、汽轮百余艘，窜抵宜兴、长兴一带，上岸进攻川军的第一道防线。一时血红迸裂，弹片横飞，日机轰炸，大炮猛轰。早一天抵达长兴，还来不及修筑坚固工事的一四四师在朔风中藏身于浅丘、沟壑里躲避弹雨，十余批敌机轰炸过去后，阵地上的川军已伤亡达三四成。日军分乘的汽艇、汽轮驶抵岸边下饺子似的跳下船来，准备冲锋之时，师长郭勋祺抓住这个机会，下令喊打。暴风骤雨般的子弹过去，立脚未稳的敌人晕头转向，像被猝然而起的秋风扫倒的一地落叶，伤亡惨重，太湖里漾起一片血水。

但是，日军的火力太强大了，攻得也太狠了，在付出惨重的代价之后，敌第十八师团还是占领了长兴。26日，夹浦方向也全面打响。激战中，在太湖东、西洞庭一线指挥作战的一四四师师长郭勋祺腿部受伤，坚持不下火线，包扎后继续指挥。他对官兵们说：“国家养兵千日，用兵一时。你们胸章背面都印有爱国爱百姓字样，军人战死沙场，乃是幸事。我部官兵当奋勇杀敌，如有擅离阵地者，无论官职大小，一律就地枪决。”

一连几天的战斗，由于敌我双方的装备太过悬殊，一四四师伤亡已达上千。战斗惨烈，部队却全无医疗设施，每团只有担架20多副，粮食也快完了，处境极为艰难，看看难以为继，毗邻作战的中央军第十一军司令上官云相看着不忍，请准上级后，于28日派自己的部队前来接防，换下了一四四师。

11月27日拂晓，牛岛师团开始向暴露在日军面前的广德猛攻。空中有飞机掩护，地上有炮火支援，牛岛把广德前沿两方争夺的牛头山炸得硝烟弥漫。牛岛的首要目标是拿下广德机场，饶国华知道机场的重要性，亲自指挥部队在广德城外15公里的界牌以及广德机场四周，同进攻的日军作殊死战。苦战半日，饶国华打退了日军，但他的右手臂也负了伤。

第二天，日军加大了火力冲击。一早就有30余架日机飞临广德上空，反复狂轰滥炸，配以大炮延伸射击。一时，城内房舍建筑尽被摧毁，黑烟裹着烈火冲天而起。与此同时，牛岛抓住机会，再次挥师对孤悬城外的广德飞机场发动猛烈进攻，势在必得。隔日，机场失守。然而出乎牛岛贞雄意料的是，负伤的饶国华师长立即率部出城反击，夺回了机场。如此反复争夺，机场最终失守，但广德仍在饶部手中。饶国华再次受伤，这次伤得很重，腹部中弹。

次日，在松井石根严词斥责下，师团长牛岛贞雄恼羞成怒，集中力量进攻广德。负责这个方向战事的潘文华将郭勋祺的一四四师残部及田冠五独立旅，火速调上去打外围战，阻击日军。他们在距广德几公里处的大松林布下障碍，日军源源而来的坦克车、装甲车、汽车受阻。下了车的日军发现这一带尽是松杂木、石块等障碍物，不得不上前清理路障时，埋伏在侧的川军一拥而上，同日军混搅在一起，杀声震天。不少战士视死如归，他们纷纷跳上坦克、装甲车，揭开盖子，将手榴弹硬塞进去，或是直接钻到坦克、装甲车下面引爆……

一时，爆炸猛烈，血肉横飞。到处都在呐喊，到处都在燃烧，到处都是川军在与日军展开白刃战……日军不支，退至祠山岗。然而，川军的血肉之躯，只能创奇迹一时，终归不能阻挡犹如绞肉机一般前进的飞机大炮编织的强大火力轰击。咬牙切齿的师团长牛岛贞雄亲自赶到祠山岗，重新组织火力，用挖地三尺的密集炮火轰开了前进路上的阻击，逼到广德城下。

29日一早，日军用飞机大炮组成的立体交叉火力，集中轰击突出的东城。在东城的一处城墙被炮火打塌了口子时，负责防守此处的团长牛玉斋不敢组织部队反击，擅自率部后退。于是，日军像一股疯狂的巨浪，由这个口子冲进了城。当饶国华发现时，已经来不及了，口子被迅速拉开、扩大。率部死战的饶师长战至中午时分，身上多处受伤且回天无力，不得不率军撤出。广德陷落。

"军长！"饶国华的一四五师是潘文华二十三军的部队，战时临时划归唐式遵辖制，饶国华那张瘦脸上一双深陷的眼睛冒火，缠着绷带的手吊在颈上，周身溅满血迹裹着硝烟。"牛玉斋贪生怕死，擅自率部撤退，竟致局面不可收拾……"

在唐式遵简易的司令部里，饶国华向唐式遵报告了广德陷落的缘由。不意唐式遵刚一听完，就拍桌而起，眼睛一瞪，相当不讲理地指着饶师长的鼻子大骂："你不要推诿责任。你是防守广德的主将，广德是在你手上丢掉的，你就得给我拿回来，否则军法从事！"

饶国华知道，"唐瘟猪"早就同潘文华有过节，最近因为背后有人支撑，越发同潘文华过不去，而自己是潘文华的爱将，一四五师不仅是二十三军，也是集团军的绝对主力，"唐瘟猪"早就想把这支劲旅拿过去了。部队划给他指挥后，他往部队渗透，牛玉斋成了他的亲信，就是自恃有唐式遵撑腰，牛玉斋才根本不把这个当师长的放在眼里，处处与自己作对。不谙在这节骨眼上，牛玉斋临阵脱逃，竟致造成广德丢失，如此原则问题，作为集团军副总司令兼战区总指挥的"唐瘟猪"不仅不主持公道，反而利用职权嫁祸于人，倒打一耙，黑白颠倒！可是没有办法，此时此刻到哪里说理去？

面对唐式遵的横蛮不讲理，饶国华先是一惊。这会儿，他的顶头上司，平时看去很和善的"唐瘟猪"，在他眼中完全变了形，变得非常阴险狰狞。

忽地，思想上闪现出出征前少城公园誓师会上人山人海的情景，他被推举上台慷慨激昂的表态，千万川人对子弟兵的爱戴、厚望和期待；想起临走前，家乡资阳专门派人到成都，为他披红戴花……于是，他那张长条脸上，剑眉下一双细长明亮的眼睛，忽地一下重新点亮，一种悲凉混合着献身的激情，同时在心中升起。

"没有关系，唐军长，唐总司令！"他甚至笑了一下，不无讽刺地对唐式遵说："我大不了一死！作为军人，为抗日而死，死在战场上，我感到无上光荣！"说着挺胸，给显得惊讶的唐式遵啪地敬了个军礼。

"感谢唐司令，感谢你成全了我！"

他深情地环顾了一番簇拥在周围的集团军同仁们，说："我饶国华对得起国家人民，对不起的是我的家人，还有对我殷殷期望，对我家人百般照顾的乡亲们！抗战胜利后，麻烦哪位兄弟去我的老家说一声，就说我饶国华生前不能报答他们，死后魂灵也要回去报答他们！"

"饶师长，你不要这样！"

……

好些同仁不忍，这样劝时，他已转过身去，将手中那把大张着机头的驳壳枪一举，"兄弟们，本师长决定与城共殉！"义愤填膺的饶师长对簇拥在自己身边的将士们高喊一声："愿意同我一起去死，一起打进城，与日寇决一死战的，跟我走！"饶师长平时对人很好，很有凝聚力。明知是死，愿意与师长一起进城殉难的一四五师将士竟有一营人。这时已是黄昏，一轮如血的残阳正在急速下坠。残阳如血，涂抹在一派阴冷潮湿的江南原野上，涂抹在远方尚在冒烟的广德城墙上，平添了一种悲壮。

饶国华带着这一营勇士，奇迹般地打进了城。这时，饶师长身边剩下的弟兄已是寥寥无几，且都是伤痕累累。饶师长和他所剩无几的官兵们很快被日军团团包围，并且被步步压逼到了八角楼下。

一缕残阳投到八角楼上，就像舞台上投去的一束追光灯。矗立在城墙上的八角楼，本是广德城一处绝佳的风景，楼高三层，红柱绿瓦，飞檐斗拱，风铃鸣响，极为中式，极为生动鲜明。而这时的八角楼，被日本人的炮火整整削去了一层，一角燃烧的火焰虽已扑灭，但黑色的狼烟还在袅袅升腾，破损的八角楼在如血的残阳笼罩中，像一个被缚城上的美女在哭泣。城墙上兀然站起许多端枪的日本兵，虎视眈眈地对站在城墙下的饶师长和他所剩无几、伤痕累累的官兵们瞄准，背后的日军也逼上前来，大有将他们生吞活剥之势。师团长牛岛贞雄在一大群官兵的簇拥下，快步出现在城上八角楼下。

最后的时刻来到了。枪弹几近损绝的饶国华师长不无鄙屑地看了看站在城墙上，穿着黑马靴的双腿微微张开，一双戴着雪白手套的手紧紧扶着长长的指挥刀，装模作样的师团长牛岛贞雄。

其实，指挥日军这一线作战的牛岛贞雄师团长，并不像他的名字一样雄壮。他长得又矮又瘦又小，为了显示威风，身着黄呢军服，脚蹬黑色马靴，戴副眼镜，唇上护一咎仁丹胡，全副武装的他，特意挺了挺相当单薄的胸脯，还轻轻咳了一声。

牛岛贞雄通过身边的翻译对饶国华师长说话，他要饶师长投降。

“饶师长，你辉煌的战绩，特别是将军在生命将要如樱花般飘零时，为国家对生命的视死如归，作为军人，我感到钦佩！”日本人说话总是这样绕来绕去，让饶师长听得费劲。

“请将军带着你的战士，归顺大日本皇军。”牛岛贞雄最后点明主题。

“牛岛，你听着！”为了表示对敌酋的藐视，饶国华盘腿坐到地上。他指点着站在城楼上的牛岛贞雄，像老师教训小学生似的：“历史上，你们日本一直是我堂堂中华的小学生。我们中国有句老话，叫一日为师，终身为父。可是，你们日本却是恩将仇报，近百年来不断欺负给了你们许多东西的老师。年来对我中华的欺负更是日甚一日。

“我饶国华作为一个中国军人，此次能奉命率军出川抗日，实在是我一生中的幸事、快事！你们不要仗着军事力量强大，胡作非为。昔德国威廉二世不是耀武扬威于一时，结果又怎么样呢，还不是照样灰飞烟灭，下场悲惨！何况你小日本，也不过就是如此。将来，你们的下场，比威廉二世还要可耻、悲惨！”

看站在城楼上的牛岛气急败坏，挥手示意要人下来生俘他时，饶国华霍地站起，手一挥：“牛岛，你要想活捉我？你想都不要想！我决不会落到你的手里。胜则生，败则死，我杀身成仁！如果你们日本人还要继续侵略下去，我饶国华死后也要化作厉鬼，在阴间同你们血战到底！

“牛岛，你如果还算个军人，算个男人，你就对着我一个人来，因为我是守城主将，你不要伤及我的弟兄们！”

说时，一个日军军官奉令已经气急败坏地从城上冲下来，带着一批日军如狼似虎地逼了上来。身上多处负伤的饶师长，沉着地举起手中枪，对准自己的太阳穴，果断地扣动了扳机。

“砰！”

随着闷哑的一声枪响，一缕鲜红的血从饶师长左边的额头慢慢沁出，像一朵盛开的玫瑰。饶师长慢慢倒地，饮枪自戕了，年仅43岁。簇拥在他身边的官兵们抱在一起，拉响了手榴弹，轰的一声全部壮烈牺牲。

这时，残阳急速下坠，好像在掩面饮泣。

饶国华杀身成仁的消息传出，让防守吉安的川军义愤填膺，发誓报仇。他们趁敌立脚未稳，连夜穿过浙皖边界，创造了夜行军百里的奇迹，以迅雷不及掩耳之势，在第二天拂晓时分一举拿下了广德，连牛岛贞雄师团长都差点被抓了俘虏。陷于敌手一夜的广德，又为川军收复。

广德的失而复得，不仅为川军争取了时间，更是大长了川军士气，打击了日军士气，让松井石根大丢面子。日军大本营闻讯甚为震惊、震怒。事后，牛岛贞雄师团长受到大本营处分，命其在接下来的战争中戴罪立功改过；就连认为自己总是百战百胜的松井石根上将，也受到了日本大本营的严厉申斥。

此战一波三折。虽然最终广德还是丢失了，但是其间的失而复得，尤其饶师长开枪自戕这事，极大地打击了日军士气，特别给了日军方面军总指挥，向来瞧不起中国军队的松井石根上将以极大的震动和冲击。他在日记里写下了这样的文字，记录下了他的灰暗心情和困兽犹斗的凶狠："广德的得而复失，尤其是川军饶国华师长的举枪自戕，让我的自信心第一次受到沉重打击，深感战局之渺茫维艰，胜利于我眼中似乎正在远去。唯其如此，我更要挥师加快打下南京，尽可能地打击敌军士气，提升我军士气……"

事后，饶国华将军被国民政府追认为陆军上将，灵柩运回后方，运回他的家乡四川省资阳县举行国葬。1938 年 3 月 12 日，在延安各界举行的纪念孙中山先生逝世十三周年暨追悼抗日阵亡将士大会上，中共中央主席毛泽东高度评价饶国华："从赵登禹、饶国华……诸将领到每一个战士，无不给了中国人民以崇高伟大的典范……"

此战之后，蒋介石借机对刘湘动手了。他以军委的名义，命令唐式遵从即日起对二十三集团军负实际责任，将集团军拉到南陵、繁昌、大通、青阳、贵池一线休整。同时下令如次：

一、二十三集团军副司令长官兼二十三军军长潘文华因人事关系，应变迟缓，暂行停职，着即回川重组第二十三军。

二、该集团军一四七师师长杨国桢因作战不力，着即撤职。

三、该集团军之二十一军一四四师师长郭勋祺指挥有方，负伤后犹在前线督战，俟遇军长缺时，径先升迁。

四、独立旅旅长田冠五指挥沉着，督率官兵，血战三日之久，英勇可嘉，记名遇缺即行升任。

……

大大小小的命令共十七条之多，大都是升迁、嘉奖。唯一受到指责甚至处罚的只有集团军副司令长官兼二十三军军长潘文华和属下师长杨国桢两人，而要害也正是在这里。因为这两个人，尤其潘文华，是跟随刘湘多年的大将，也是刘湘最为信任的人，是替刘湘掌控二十三集团军的抓手，而杨国桢又是潘文华极信任的师长。很明显，蒋介石一边将矛头直接对准了刘湘，一边又拉拢、抬举唐式遵，马上就要将整个二十三集团军拿过去了！而且，唐式遵已经被老蒋拉了过去，是二十三集团军的实际掌门人，刘湘已经完全被老蒋架空了。

刘湘得知这个命令是晚上，当即口吐鲜血，昏倒在地。一段时间以来，他委曲求全，他用所有的忍让、包容、矜持建筑起来的篱笆，这会儿顷刻间全部垮塌。甫帅倒在地毯上，处于深度的昏迷中，面色如纸，呼吸也微，很吓人。张波、曾伟澜都不敢动，张医生立刻来了，要大家先不用动，他蹲下身去，用听诊器听甫帅的心脏。张医生是中央医院的大夫，三十来岁，留美生，戴副眼镜，医术不错，也敬业，他是张群日前特别从中央医院要来做甫帅保健医生的。此时，办事处全部人员都已撤离回川，余中英、周从化尚在前线替甫帅督军，留在身边的只有傅常、曾伟澜和贴身副官张波寥寥几人。

张医生让张波和曾伟澜将深度昏迷的甫帅轻轻抬上床，躺好，盖上被子。张医生告知他们说，甫帅本来就病情严重，身体很虚。刚才之所以如此，是受了强刺激，他问甫帅这是怎么了？张波和曾伟澜多了个心眼，都说不清楚。

张医生说，甫帅必须送最好的医院精心治疗、调理才行，他这就给中央有关部门打了电话。

当夜，蒋介石带着张群闻讯赶来看望刘湘。风雨不期而至，一时狂风大作，暴雨倾盆。远处，从紫金山方向隐隐传来的大炮声，也已经是越渐清晰可闻。在昏黄的电灯光映照下，玻窗上那些急速往下滑去的雨水，像是一根根急速往下钻去的黑色蚯蚓，而映在玻窗上的那些在急风暴雨抽打下飘摇不止的树枝，像是披头散发的女鬼。

往日威风八面的甫帅啊！在四川，脚在地上一跺，地都要抖的“四川王”刘湘，这会儿薄得像个纸人，似乎那一床不算厚的绸缎被子盖在身上，他也有些承载不起。刘湘闭着眼睛，鼻息微细。三十年河东，四十年河西，人啊人！

“这个，这个！”昏黄的灯光下，戎装笔挺，身肢显得有些单薄的蒋介石，长久地注视着刘湘，语不成词地念着他的口头禅。蒋介石眼窝很深，目光犀利。这时，看着刘湘的蒋介石，目光中似乎隐藏着好些含义。

良久，蒋介石转过身来，吩咐站在身边的卫士长钱大钧：“现在这个、这个，形势危急，刘司令官病也重。你立刻安排最好的医护人员，用（宋）子文那艘从德国进口的豪华小游轮，嗯？连夜将刘司令官送到武汉去，安排在美国人办的那座万国医院里就医，嗯！”

“是！”胖胖的卫士长钱大钧赶紧答应，胸一挺。

“岳军，你看呢？”蒋介石问张群。

“这样最好。”张群说时，声音很低。

事后，张群又专门做了安排，特意嘱咐那位他从中央医院要来的张医生随船而去，一直要把甫帅交到武汉万国医院才算了事。当夜随同刘湘一起离开南京的，还是当初他从四川带出来的亲信幕僚们，只有他指定的战区参谋长傅常、亲信副官张波、卫士长曾伟澜等寥寥几人。

他们乘坐的这艘宋子文从德国买进的轮船，虽小，马力却强大得惊人。轮船造型优美，通高三层，通体雪白。里面各种设施相当完备，甚至可以说是豪华，可以想见价格的昂贵。两大两小共四间卧室，还有厨房、客厅、健身房。如果是白天，可以看出，它像一只骄傲的白天鹅，有一种斜睨一切的意味。而现在是深夜，只能隐隐约约看到一个它匆匆忙忙而去的优美剪影。

这是午夜时分，南京下着大雨，天上还不时走着惊雷，扯着闪电。这个时节，这样的天气，下这样大的雨很不正常，给马上就要到来的战争平添了一种恐怖气氛。但船舱内光线柔和，船行平稳，完全感觉不出外面的惊天动地，像是坐在一个舒服的摇篮里。难怪人们说，船如果坐舒服了，犹如坐在一个流动的疗养院里。守护在刘湘病榻旁的副官张波抬起头，从窗内望出去。江岸那边，偌大的南京城瑟缩在可怕的天气里，黑黢黢地延伸开去，前不见头，后不见尾，无声无息，像一个寂然的大坟场，正在惊恐不安地向后退去、退去。他想，这时如果能沿着这条江，一直溯水而上，凭这条马力强劲而又身姿轻巧的轮船，过夔门进四川，回成都丝毫不成问题，而只要回到成都就好了！可是，甫帅出得来却回不去了。

一个悲哀的浪头，不禁从甫帅的贴身副官张波心上涌过。他想，一心抗日，力排众议，不顾其他，坚持出川抗日的甫帅，自到南京后过的是什么样的日子啊？受尽了白眼和冷落！不要说甫帅，就是他张波，也有一种独在异乡为异客的凄凉和孤寂。甫帅的病情之所以突然加重，自然与他的心情有直接关系。中医看病讲究“七情六淫”。张波是绵竹县人，他的父亲是个老中医，从小的耳濡目染，让他在医道也略懂一些。七情，就是人的情绪；六淫，就是自然界的风刀霜剑。中医给孩子看病时，只注意六淫，而给大人看病，主要注意七情。可见，人生病，以及是否能够很快好起来，与情绪好坏有直接关系。甫帅今天晚上突然口吐鲜血，一病不起，深度昏迷，就是因为受到了委员长那道命令的强刺激！

不时有探照灯光突然在江上亮起，闪来闪去的。他注意到，在这风狂雨骤的夜里，与他们同时撤到后方的不止一条船。不用说，在这个时候能离开南京的是些什么人？平头百姓休想问津！他想，在日军兵临城下之时，委员长就不消说了，肯定已经走了。说不定，与他们同时乘船撤离南京的，此时就有原先信誓旦旦保卫南京，与首都共存亡的陆军一级上将、南京城防司令唐生智？

张波这个感觉、猜测，一点不错。

- 第十一章 -

满怀悲愤，刘湘溘然去世

“这是什么地方，怎么这样清静？”刘湘醒了，他问。他发现自己躺在病床上，房间里到处都是雪白雪白的。罩在落地大玻窗上的一领带有工艺性的浅网挑花拉帘已经向两边拉开、卷起，清亮的晨曦透进屋来。窗外遍地芳菲，玻窗上有雀鸟在花丛间，在绿得发黑的藤萝间跳跃着的剪影。

“啊，甫帅，你醒了，你感觉好些了吗？”贴身副官张波见甫帅醒了，很高兴。他看了看甫帅的脸色，顺手给甫帅掖了掖被子。刘湘发现，一个身着白大褂，戴着口罩，高鼻子蓝眼睛，身材很高的洋大夫，站在自己身边，俯下身来，向他笑了笑。

“甫帅！我们现在是在武汉万国医院，这位是你的主治医生，美国人克拉克博士。”见刘湘完全醒了，张波作了介绍，说：“甫帅你已经昏迷了四天四夜，从南京到武汉，住进万国医院，这一切，都是委员长亲自安排的。”不能免俗，副官说时，提到委员长，照样一个立正，胸部一挺。

“没关系的，刘将军，你的身体会很快好起来的。”洋医生克拉克博士俯下身来安慰刘湘，他能说一口流利的中国话："你觉得今天好些了吗？"说时，进来一个手上端着雪白瓷盘的年轻女护士，戴着口罩，她将药放在茶几上，掉过头来，露出一对好看的眼睛，看着张波，用一口带着武汉口音的北平官话，细声细气地给张波交代，这些药等一会儿给甫帅服下去，然后去了。脚步很轻，出门后轻轻给他们带上门。

极度虚弱的刘湘顿了顿，似乎明白了这一切，问："他们呢？"

张波知道甫帅是在问傅常等人。

"他们住在楼下，医院专门给提供的几间平房。"说时他解释："没有得到允许，他们是不能随便上楼来的。"

"要得到什么人允许？"刘湘一惊。

"克医生！"贴身副官指了指站在旁边的洋医生："还有委员长侍从室派来的人，甫帅这里能自由进出的只有我和卫官长曾伟澜两人。"

一切都明白了，自己被监视起来了。刘湘不问了，将敏锐的目光转向站在自己面前的这个洋医生。克拉克博士看来对他很友好，也很职业，微笑着，用一双水洗过似的蓝玻璃珠珠似的眼睛看着他，似乎想竭力给他以抚慰。这个美国医生是个中年人，又高又瘦，身上穿的白大褂就像被根竹竿挑起似的。

"克医生！"刘湘竭力平静，他问："你能不能据实告诉我，我是不是得了啥子绝症？我还能活多久？我不怕死。我心中有了数，这样，也好有一个安排。"

"密斯脱刘，甫帅，你不要想那么多。"洋医生并不正面回答他的问题，只是说："人类有许多未知数，包括医学上的。但是，人本身又可以创造许多奇迹，包括生命上的。而要创造奇迹，就得两方面合作！"说着指了指刘湘，然后指了指自己。

"甫帅！"洋医生竟也知道叫刘湘为"甫帅"，克拉克说："让我们好好配合，努力创造生命的奇迹吧！好了，现在该是我尽医生职责的时候了。甫帅，你睡好。"张波服侍刘湘躺好后，洋医生弯下腰，用挂在颈子上的听诊器细细听了刘湘的心脏什么的，听得很细。

完了，克医生直起身来，指着护士放在茶几上的两粒白色药片，特别给张波交代："这是我们美国最新发明的药，疗效很好。你一定要请甫帅按时服药。"洋医生交代完，言犹未了，又特别对张波嘱咐："听说甫帅不吃牛奶，这不好！"说时皱了皱一副焦黄的眉毛："只吃稀饭，这不行。饭是碳水化合物，营养不跟上不行。甫帅现在每天必须吃一斤牛奶，两个鸡蛋，你要想法让甫帅吃。"交代完后，洋医生去了，这是他作为主治医生早晨的例行公事。

万国医院是华中一带最好的一所教会医院，费用很高，条件最好，带有研究性质，一般人不敢问津。战争的情况很快就知道了，他们走后不久，南京就被松井石根挥师攻陷，30万南京军民被日军惨无人道地杀害。日军在南京无恶不作，将一座六朝古都，变成了一座人间地狱。更让病中的甫帅气愤不已的是，那位主动要求防守南京，赌咒发誓要与南京军民共存亡的唐生智，在日军兵临城下之时比哪个都跑得快！

"这下，武汉和徐州就成了日本人进攻的重点！我们四川地位更加重要，四川的工作要加紧！"躺在病床上的甫帅，沉思着对他周围的傅常等人吁叹："亡羊补牢，我虽在病中，也该做点事情！"

为解决好沿海工厂及多家机构内迁四川的诸多问题，他要四川省建设厅厅长何北衡赶到武汉。在向何北衡详细询问了有关方面的若干问题后，做了诸多指示。何北衡回到成都后，立即成立了"迁川工厂用地评价委员会"，对沿海内迁四川的工厂等机构给予征地、用工、税收多方面的优惠。史载："截至民国二十九年（1940）底，迁川民营工厂，共245家，物资达900余吨……"都得到了很好的安置、安排。这就极大地减少了战时损失，为战时工业的运转创造了条件。

国民政府经济部副部长黄季陆专程来看望刘湘。那是一个黄昏，刘湘打了针，刚睡着。门前，贴身副官张波得知黄副部长的意思后，显得很为难。

“好，那我就不打扰甫公了。”黄季陆压低声音，非常关切地询问了甫公的病情后，再三嘱咐张副官要尽心尽力照顾好甫帅。因为甫帅不仅是四川的，也是全国的，甫帅不仅对四川很重要，对全国也很重要。说完，留下一张名片要副官在甫帅醒后代转。而这时，睡觉向来警醒的甫帅醒了，听到了他们的对话。

“黄副部长请留步！”黄季陆已经走了，张副官赶上来，对他说：“甫帅醒了，请黄副部长进去谈谈。”

“甫帅，你躺好。”黄季陆进屋看刘湘挣住身子要坐起来，吃惊不小，抢前两步，握着刘湘伸出来的手，请甫帅躺好。他发现，甫帅很瘦，脸色不好，手冰凉。

坐在甫帅面前，黄季陆代表国民政府经济部对刘湘表示感谢，接着汇报了沿海诸多工厂、机构、机器、物资、人员内迁四川后得到妥善安置的情况，目前这些工厂、机构都在最大可能地发挥作用等等。刘湘听后甚为欣慰，问知黄季陆最近不会离开武汉，他说：“我立刻让人通知胡叔潜出川，让他来武汉与你商谈这方面的事。还有哪些事要办，你尽管给他说。胡叔潜是省内专管这方面工作的总工程师……”刘湘关心得事无巨细。可是说了一会话，已是气喘吁吁，虚汗长淌了。

黄季陆不忍再谈下去，站起来依依不舍告辞。

“慢走！”躺在病床上的甫帅向黄季陆招了招手，努力地笑了笑。这时，一缕残阳透过窗户，洒在刘湘那张很瘦的有棱有角的脸上。黄季陆发现，甫帅虽然努力地表现出平静，还在笑，但甫帅的脸明显有些扭曲、有些变形。他知道，那是巨大的痛苦，带着死亡的威胁，正在向甫帅的生命发起冲击。黄季陆觉得他就要大哭起来，赶紧含泪快步离去。

病情随着心情好转。

第一次武汉会战，日军损兵折将，被打退了。内迁四川的工厂、科研机构等也都得到很好的安置，而且这些工厂都已开工，加速运转。四川给抗战前线提供的兵员、钱粮源源不断。这些，都让他感到高兴，一段时间后，病情大有好转。

国共两党重要人物云集武汉，想见刘湘的人很多。

刘湘在医院里，主动约见了中共要人董必武，还有乡人、社会名流张澜以及沈钧儒等，商谈的都是抗日大计。特别是他读了董必武转送给他的中共中央主席毛泽东著的《论持久战》后，不禁拍案叫好。他说："我当初认识到了这一点，在南京最高国是会议上也提出了这一点，但是没有毛先生辨析得如此深刻、具体。这是中国抗日取胜的唯一法宝。"他请董必武代他向在延安的毛主席致意。

身体好些后，武汉地区的报纸，特别是《中央日报》，刘湘是每天必看，借以了解形势。虽然这张报好些时候用语华而不实，比如明明是败退，却要说成是"转进"。

陈诚以下属的名义来万国医院参见上司了，他给刘湘带来许多礼品。时年 39 岁的陈诚是蒋介石的浙江老乡，委员长的手下红人，身兼数职，大权在握。陈诚个子不高，甚至可以说是稍矮，清瘦。头大脖子长，眼睛却亮，像个文官，却最是军容严整，神态严肃，一年四季哪怕再热的天气，都穿军服，而且连军服上的风纪扣都扣得巴巴实实。陈诚被一些人称为战略家，在蒋介石手下堪称能干，生活上也还清廉，可刘湘对他很反感。他在刘湘面前正襟危坐，问长问短，嘘寒问暖，大盖帽放在旁边的茶几上，佩在领章上的上将金星亮闪闪。

睡在病床上的刘湘态度很冷淡，不时闭上眼睛，变相地逐客。而就在陈诚要走时，刘湘眼睛一睁，浓眉下敏锐的目光一闪。尽管在病中，刘湘那一双令所有见过他的人都过目不忘的眼睛，仍然明亮、有神。刘湘不无讽刺地说："陈长官，我听说你的武昌行营出了个《日日命令》，是吗？"

"是。"

"以后，你每天派人给我送一份《日日命令》来行吗？"

"甫帅，你身体行吗？"陈诚想推脱。

"看看你办的《日日命令》，倒是完全可以看下来的。"

“那好吧。”陈诚掂出了甫帅话中的讥刺，有些尴尬，见推不脱，就答应了下来。以后，武昌行营每天都派人一早将一份《日日命令》送到万国医院，交到刘湘手中。

这天《日日命令》上的第一条，就是直接针对刘湘来的。国民党中央军事委员会命令：“第七战区司令长官兼二十三集团军总司令刘湘，所兼二十三集团军总司令一职，无庸再兼，遗缺由该集团军副总司令唐式遵升充。”

“果然来了！”刘湘看完这条消息，随口一句，表情非常痛苦。他对陪坐在侧的傅常说：“我万万没有想到子晋真是这样的人，真是倒到那边去了！”傅常理解甫帅的心情，赶紧相劝。可他哪里劝得了，只听“哦！”的一声，甫帅一坐一挺，头往后一仰，一口鲜血，像一股血红的弧线，在空中划过，洒得满天满地，再往后一倒。

“快快！”傅常赶紧扶住甫帅，轻轻放在沙发上。张波赶快去叫来洋医生克拉克时，刘湘已经昏了过去，人事不省，病情再次加重了。

克拉克当即采取措施，给甫帅输上了药液。然后一连几天如是：打针、输液、吃药。然而甫帅这次却好像睡了过去，怎么都不醒。好像他对现实已经深恶痛绝，不想再醒来正视这一切，他要用昏迷来逃避。围着刘湘的亲信幕僚傅常、余中英、周从化以及贴身副官张波、卫士长曾伟澜等都知道，甫帅这次病得之所以如此深沉，实在是心病。是老蒋和陈诚在甫帅心中狠狠扎了一刀，扎得很深，他们杀人不见血！为此，他们非常着急、担心，但没有办法，只有再三去洋医生克拉克那里询问病情，再三嘱咐洋医生对甫帅的诊治多用些心。

刘湘终于醒了。主治医生克拉克也是百般努力，精心诊治，两天后，刘湘的病情稳定下来。虽然克拉克再三要甫帅少谈国事，少想国事，安心休养治病，可是刘湘哪里能做得到。

邓汉祥闻讯，从成都赶到武汉来看甫帅，刘湘同邓汉祥单独深谈了一次。邓汉祥首先向甫帅报告了四川在战时对国家方方面面的贡献。比如

1937年，国家改佣兵制为征兵制以来，四川省闻风而动，成立了军管区，分设20个师管区，大量征集壮丁，源源不断补充前线兵员，仅从1937年8月到12月，短短四个月的时间内，就为前线提供了兵员14万，为全国之最。准备以后逐年大幅度递增，事实上也是如此，在以后四年的时间里，四川为前线输送兵员130余万人。然后，邓汉祥向甫帅汇报了四川在应征民工、纳粮、完税、发展生产等多方面的工作。在万般困苦艰难的情况下，四川的老百姓加紧耕种、生产，支援前方。全国军队的军火枪械，穿的军衣等，主要是靠待遇菲薄的四川工人夜以继日、加班加点生产出来的……听到这些，病榻上的刘湘非常欣慰，他好像看到了川江上拉纤的纤夫们。急流汹涌中，高高山崖下，大江两边，走在河滩上，走在羊肠盘山道上的拉纤汉子们，一排排赤裸着古铜色的上身。他们的头低得差不多触到地上，背在他们背上的一根根纤绳，紧紧地系着在江中逆水而上的大船。甫帅好像听到了从他们粗喉咙中吼出来的浪遏飞舟般的川江号子。看到了在险峻无比的秦岭金牛道上，为前线运输军粮、来往穿梭的川中扁担队……

这一切是多么熟悉，又是多么的向往啊！神思悠悠中，刘湘好像回到了生于斯，长于斯的四川，看到了这段时间令他特别想念，昼思夜想的巴山蜀水。于是，这么多天来，刘湘瘦削的脸上，第一次露出了笑意和欣慰的神情。

不知不觉到了1937年岁末。

自知生命快走到尽头的刘湘，在岁末的这一天主动约见了法新社驻武汉记者沙退尔。这是刘湘有生以来第一次主动约见记者，也是他最后一次约见记者。法新社，是世界上有影响的传媒机构，沙退尔是名记者。

病榻前，法新社记者沙退尔摊开拍纸簿，用他一双天蓝色的眼睛，好奇地打量着这个躺在病榻上的，生命似乎正在加速消逝，身经百战，具有人生传奇色彩的大将军，“四川王”刘湘。

刘湘采用的是答记者问。

“我不想过多地耽误将军的时间。”沙退尔是个中国通，说一口流利的中国话，边说边在拍纸簿上走笔沙沙：“我只想向总司令请教三个问题，好吗？”

“请问。”

“第一，据我所知，天府之国四川，历来就是帝王成就霸业之地。四川物殷民丰，加上山川险塞，进出艰难，因此民国以来，四川的诸多军事集团都不外向而着力内争。为什么总司令经百般努力，终于取得了对四川的绝对控制后，却在年前，举动与以往大相径庭。总司令几乎将川军全部调遣出川，而且连总司令本人也抱病出川，对国府入驻重庆，也竭尽欢迎？总司令如此种种，前后相比，判若两人。能不能请总司令讲讲，这个中的原因？”

“原因很简单，为了抗日！”病榻上的刘湘说时一笑，他虽满脸病容，气息虚弱，但思路敏捷而又清晰。说话间，那一双永远炯炯有神的眼睛，尽情地传达着他内心的激情和伤痛。

“你可能不太了解我们中国人的感情。我是四川人民的儿子，是中华民族的儿子，而且是一个四川农民的儿子。我真诚地爱着四川，爱着我的祖国。

“我不否认，在抗战之前，我是不允许外部势力进入四川的。我这里说的外部势力，指国内而言。”

在拍纸簿上走笔沙沙的法新社记者沙退尔含笑会意地点了点头。

“‘七七’事变之后，我们的民族到了生死存亡的关头。‘皮之不存，毛将焉附’‘国难当头，匹夫有责’！这样的古训，这样的道理大义，是深深浸透在我刘甫澄血液中的，指导我自觉的行动，我就是不这样都不行！”

看沙退尔又是连连点头，刘湘继续说下去：“你明白了这个道理，你就不难明白我在‘七七’事变之后所做的一切了。我刘甫澄是个地地道道的中国人，而且是一个非常爱国的中国军人。我要在这里特别强调一下，爱国！爱国不爱国是完全不一样的。因此，在这样的时候，我宁肯舍弃一切，甚至生命。今天，我感到唯一遗憾的是，我的病来得太不是时候了！”话说到这里，戛然而止。

“谢谢！谢谢刘司令长官，你回答得很好，你的回答让我很感动。现在，我想问的第二个问题是，据说在国民党上层，在对日问题上存在着明显分歧。总而言之，蒋介石先生是主张抗日的。而以汪精卫先生为代表的一批国民党上层人士却认为，对中国最大的威胁不在日本，而是在苏俄支持下的中国共产党人。对这个问题，你怎么看？”

刘湘略一沉吟。

“不错，汪精卫先生是看到了问题的一个方面，汪先生不愧为政治家。事实摆在那里，国民党要抗日必然削弱自身的力量。这里我也不隐讳，仅在淞沪大战中，我们的精锐部队就打掉了一半，而原先被包围在延安的共产党中央和他们的军队，人数不过三万，人均不过五颗子弹，情况真是万分危急。因为抗日，共产党被解了套，发展得非常迅速。

“但是，大道理要管小道理。我们中国有一句古话叫‘兄弟阋于墙’，‘兄弟阋于墙’这不是一件好事。国民党、共产党，只不过信仰不同，但都是中国人，是兄弟。而打进我们国门的日本人是强盗。遇到强盗，兄弟间就要团结起来打强盗！我们四川乡下有句老话叫：‘兄弟打架，就是打破头，也是镶得起的’。”

“好。”法新社记者说：“我问刘长官最后一个问题。就是将军的身体。如果将军不出川，在川内好好调养，将军的病，即使退一万步说，不能根治、痊愈，至低限度也不会恶化。而今将军的身体健康状况急转直下，这是有目共睹的。将军出川以来，也没有得到施展抱负的机会，处处事与愿违。将军对于自己当初的决定，是否有些后悔？”

“后悔！后悔什么？后悔我不该出川？”刘湘又是浅浅一笑。

“是。”

“不，我不后悔！”刘湘坦然地说：“我不隐瞒，我承认你说的都是事实。但是，我刘甫澄出川，本身就是一个态度！如果我们这些中国军人，在国难当头的时候，在一边猫起，偷奸耍滑，打自己的小算盘，往后退，哪里还谈得上军人这个神圣的名称！哪里还谈得上什么国家的独立、尊严、民族的生存，更不要说国家民族的昌盛了！我刘甫澄作为一个军人，哪怕就是现在死，也死得干净，死得其时，死得心安理得！我唯一的遗憾是没有能上前线亲手杀敌。”想了想又说：“这里，我想顺便谈谈对抗日前途的展望和对我个人的评价！”

“太好了！”法新社记者喜不自禁。

“小日本尽管可以得逞于一时，但最后的胜利必然是我们的！原因我也不多说了。有天黑就有天亮，而天亮是必然的。我刘甫澄好比是一只报晓的雄鸡。天亮之前，雄鸡三唱，固然是好，但是没有雄鸡三唱，天照样要亮。这就是说，有没有我刘甫澄，抗日都必然胜利。我们四川，我们的祖国只会越来越好。好，我的话说完了。”

法新社记者沙退尔在采访簿上记完了最后一个字，请病榻上的刘湘看了，并签了字。第二天，刘湘这篇答记者问，在上海的英文报纸《字林西报》发表后，立即为多家中外报刊转载，反响强烈。

年底，四川省参事黄罔专程从成都来武汉看望甫帅，带来了家乡人民对甫帅的关心。说是连日来，成、渝两地人民自发上街游行，打起“请求刘司令长官回川养病！”等大标语，同时又派了民意代表来武汉，强烈要求最高当局让甫帅回川养病云云。

刘湘苦笑，指指楼下的岗亭，意思都在里面了。过后，黄罔从傅常口中得知，严密监视着甫帅的委员长侍从室派来的人，对就近的陈诚一日三报。而据可靠人士透露，陈诚是得到了蒋介石的尚方宝剑的，就是老蒋定下的对甫帅的六字方针：“病医，生养，走灭！”

转眼，新的一年到了。而随着新年的到来，刘湘的病情陡然加重。1月7日，甫帅突然精神振奋，他想家了。他伏在桌前，提笔展纸，给夫人刘周书写了一封信。

贤卿妆次：

一病月余，痛苦难喻。除告侍从副官数次书函寄达外，顷头昏已减，试作函奉寄如下：

一、余病景象，完全与上年同，所异者口中未吐血耳。现在仍然贫血，不能操劳，奈何！幸美国医生着手即认为胃失血，故能逐渐起色，或者危险时期已经过去矣。

二、军国情势迫切之际，余思虑失检，致旧疾突发，种种计划未能躬亲达到，不胜忿念。现在前方一切较重事务，虽仍常来电决定。但军事要点已失当断功能，斯亦无可如何耳。

三、世哲、世英两儿明年读书，仍以考入较良中学为善。家中只延请徐老师、唐先生再为照料中文、英语、不必再聘多人可也。至三儿书名为刘蔚文（女儿家，不必有号），即盼照此必定为要。余久病思家念切，尤以三儿、幺妹久不见，殊愀然。但世乱不定，故迭次函阻来也。欲言至多，心神不及，只此后告，并询阖家平安。

1月7日于汉口万国医院。甫澄手启

信写完，甫帅让副官张波去到市区，交给民生轮船公司驻武汉办事处一个姓万的襄理，张副官临走，再三嘱咐万襄理，一定要把甫帅这封信尽快带到成都，交到夫人手中。万襄理连连点头答应，非常慎重地接过信去，说是马上照办。甫帅这是第一次，也是唯一的一次找民生公司办事。

这以后，刘湘的身体似乎又有所好转，不时坚持下床，要副官张波陪他在小院里散散步，唱唱军歌，或者写写字。一天，他在挥毫之时，写下了“思亲泪落吴江冷，望帝魂归蜀道难。”张波看出了甫帅思乡而不得回的悲凉。

1938年1月13日上午，刘湘同冯玉祥将军谈了两个多小时的话，甚融洽。甫帅在谈到他的抗日战略构想及作为抗战大后方四川的建设等问题时，显得很兴奋，完全不像个病人。

下午，卫官长曾伟澜上来报告，说是军政部长何应钦将军前来探望。

刘湘让何应钦上来，又谈，谈了一个多小时。

不意当天晚上，刘湘突然大吐血，从此陷入深度昏迷，病况一天比一天加重。史载，据当时在场的甫帅亲信张波等人事后回忆，这个时候，主治医生克拉克博士表现得有些束手无策，没有采取任何有效措施。延至 17 日，主治医生才说要输血，而此时，甫帅的血管已经萎缩得输不进去血了。

1 月 20 日黎明时分，刘湘的生命走到了尽头，天亮时分溘然而逝，年仅 48 岁。这时，他从南京到武汉万国医院，刚好 50 天。

跟随刘湘多年的贴身副官张波在清点甫帅衣物时，发现甫帅留有两幅亲笔。一是甫帅录自后人对蜀相诸葛亮最后时期高度概括的名句：“出师未捷身先死，长使英雄泪满襟。”一是甫帅留给出川川军的遗嘱：

> 余此次奉命出师抗日，志在躬赴前敌，为民族争生存，为四川争光荣，以尽军人之天职。不意宿病复发，未竟所愿。今后惟希我全国军民，在中央政府暨最高领袖蒋委员长领导之下，继续抗战到底。尤望我川中袍泽，一本此志，始终不渝。即敌军一日不退出国境，川军则一日誓不还乡，以争取抗战最后之胜利，以求达我中华民族独立自由之目的。此嘱。

见物思人。在场的傅常、余中英、周从化、张波、曾伟澜等人无不哭倒在地。

张波收拾刘湘遗体时，发现甫帅去世得很平静、很安详，但似乎又心有委屈，心有不甘，很不放心。一副威严的浓眉紧蹙着；一双素常炯炯有神的眼睛也是睁着的。

张波伸出颤抖的手，轻轻将甫帅紧蹙着的双眉抹来展平，睁着的眼睛抹来合上。

这天，似乎老天也感到悲痛，感到不平。本来好好的天，倏忽间天低云暗，白日转为黑夜，飞沙走石，大雨倾盆，电闪雷鸣。而且这种怪天气，一直持续到午后。这种奇怪的天象，据当地人讲，是武汉历史上从来没有过的。

刘湘死后，自他出川以来很冷漠、很防备，处处欲置他于死地的国民党中枢，却突然表现得备极伤痛，对刘湘备极哀荣。1938年1月22日，国民政府明令褒恤刘湘，将刘湘原来的二级陆军上将衔，追赠为陆军一级上将。国民政府令：

> 川康绥靖主任、四川省政府主席刘湘，才猷练达，器度恢宏。早岁绾领军符，维护地方，勋勤夙著。嗣膺兼圻主任，整军施政，悉洽机宜。尤于国家统一大计，竭诚匡助，卓识渊博，至深嘉赖。近以奉命抗战，统率师旅，亲赴前方，筹策辛劳，宿疾遽增，遽闻溘逝，震悼良深。刘湘着追赠陆军一级上将，发给治丧费一万元，派内政部长何键前往代表致祭。并交行政院转行从优议恤，生平事迹存备宣付国史，用示国家笃念功勋之至焉。

刘湘灵柩运回成都，是1938年春寒料峭的2月的一个早晨。这天，天空中飘着霏霏细雨。成都人民备极哀痛，在所有的大街小巷中，人民自觉自愿地沿街比户摆香帛、点红烛、上供果，家家户户檐下悬挂三角纸旗，上印刘湘遗像。皇城的三个城门洞内，为国求贤的石牌坊和门前的一对石狮子披素戴白花。所有做生意的都关了门，连那些乞丐等往日有碍观瞻的人等，也全都自觉自愿销声匿迹。

成都在等待着甫帅灵柩归来。

上午9时，阵阵摧人心扉的哀乐声从东大街牛市口方向传来。一时，万人空巷，只见军乐队作前导，刘湘的灵柩缓缓而来。一辆被拆去了板壁的大汽车中央，载着一口漆黑锃亮的大棺材，覆盖着一面国旗。车后是一列缓缓送行的方队，方队又分几个层次。走在最前面的是川康绥署主任邓锡侯，稍后是中央驻成都行营主任贺国光和邓汉祥、王陵基、王缵绪、钟体乾、严啸虎等一干川中军政要员，其中还有专门从雅安赶来的刘文辉。他们全都头戴白孝，臂戴雪白的绢花，面容悲戚。再后就是甫帅的遗孀刘周书和孩子们。刘周书因悲痛欲绝，几近昏倒，幸有女眷在旁搀扶，相劝，才能勉强拖着步子走。

刘湘的灵柩先是运到督院街省府内设灵、公祭。翌日上午，转往少城公园，由川康绥靖公署主任邓锡侯主持召开成都各界追悼甫帅大会。会上，由治丧委员会主事、省府代主席邓汉祥宣读悼文，“群力社”“救亡周刊”等40多个民众团体、各机关公务员，大中学师生共三万多人参加。祭悼台正中，悬挂着一幅刘湘的半身戎装像。遗像上的刘湘侧着身子。这样，在面光的一方，他的浓眉，他的亮眼，他的隆准……光线将他素常的风采，展现得淋漓尽致。而在背光的一方，他那紧蹙的眉头，他那抿紧的嘴唇，则稍显模糊，甚至有点悲戚。

遗像之下，在悬挂着国民政府主席林森颁发的白缎黄额“永念忠勋”的祭幛下，左右依次摆放着中央和地方要人，各民众团体送上的挽联、祭幛、花圈。十时整，主持者宣布全市祭悼。立刻，全市喇叭鸣放，所有的寺院、教堂钟鼓齐鸣。所有的大街小巷，停止交通，行者止步，静默志哀。

就在追悼会按照计划进行，将要完结时，出现了一个不和谐的插曲，刘湘夫人刘周书坚决要求上台宣读她的祭夫文。成都行营主任贺国光是知道刘周书脾气的，他坚持要先看刘周书的祭夫文。贺国光看后连连皱眉，吩咐下人告诉刘湘遗孀，声称大会时间有限，不宜宣读。原来刘周书的祭夫文上，有这样一说：“吾夫向来体健而量宽，以常情衡测，宜有以长寿而永世。虽有贫血宿疾，究非必死之症，寿只四十有八，亦非应死之年，胡为乎遽殒其生……”这样的祭文怎能在会上宣读，贺国光当即让会议转入下一仪程。

刘湘的灵柩在武侯祠侧的南郊公园下葬。在青松翠柏的簇拥中，刘湘灵柩对面的那一扇硕大的孔雀开屏般的石壁屏风上，镌刻着许多要人的题词楹联，其中两篇最有代表性。一是蒋介石的，谓：“板荡识坚贞心力竟时期尽瘁；鼓声思将帅封疆危日见才难。”一是四川老乡，时为第三厅厅长，率领一大帮文化人参加抗战的著名文化人郭沫若的，谓：“治蜀是丰皋以后一人，功高德懋细静不蠲，更觉良工独苦；征倭出夔门而东千里，志决身歼，大星忽坠，长使英雄泪满襟。”

如果刘湘地下有知，看到这一切，不知该作何感想呢！而最动人的是，刘湘生前，他并不太注意的警卫营营长高平藩，还有刘湘生前的贴身少校副官张波都不愿再为官，他们自觉自愿地为刘湘看陵守墓，直至数年后陆续病逝。曾经跟随刘湘多年的张斯可、刘亚修、乔毅夫等人，自刘湘去世以后，也是心灰意冷，纷纷辞官回乡，直到中华人民共和国成立后，他们才出任了人民政府的参事类职。

至于刘湘之死，四川坊间有两个版本，并由说书艺人长时间在城乡数不清的茶馆里宣讲，演义，竟至不胫而走，传诸久远。两个版本都说刘湘是被蒋介石害死的，但细节又有不同。

一个说是，刘湘在入住武汉万国医院，身体渐渐好起来后决心回川。因为走不脱，他接受手下谋士们的建议，不惜用重金买通他的主治医生，美国人克拉克给他注射了一种睡过去三天后才醒的安眠药。手下这就大肆张扬甫帅“去”了，并即时报告陈诚，要求将甫帅的灵柩尽快运回川内安葬。殊不知陈诚早就得悉了这一切，将计就计，前来悼唁极表哀痛之时，痛下毒手，让人给装甫帅的棺材打上了若干根长钉子，封死；并尽可能拖延灵柩运走时间，结果把甫帅闷死在了棺材里。

另一个版本是，陈诚出重金买通了克拉克，这个洋大夫在给甫帅注射长效安眠药时，采取偷梁换柱的方式，给甫帅注射的不是安眠药而是毒药，让甫帅直接致死。

但笔者从大量可查、可据的资料来看，这两个版本都不确实，带有相当的想象成分。蒋介石不让刘湘回川是真，然而刘湘之死，还是属于因病医治无效而死。

刘湘死后，他的抗战精神在川中直接影响了一代人，尤其是他的一纸遗嘱。当时，无论是在前方还是后方，川军每天升旗时，官兵都要同声诵读甫帅的“敌军一日不退出国境，川军则一日誓不还乡……”事实证明，几十万出川川军以后果然是效法了甫帅精神，前赴后继，英勇奋斗，抗战到底。

- 第十二章 -

成都被炸和一个出征的少校副官

大批日军飞机前来偷袭，对成都进行狂轰滥炸这天，事前并没有任何一点征兆。同往常一样，黑绒似的夜幕还没有完全退去，喜欢喝早茶的李大成李老太爷，这时已经走进了少城公园。他站在那跨在金河上、玉砌雕栏的拱背桥上看去，这时的少城公园是多么清新宁静美好啊！花径两边葱葱郁郁的树木花草，正从夜幕中渐次浮现出来，露水从伞一般张开的树冠上往下嗒嗒滴落……这个情景，就像老家的乡村景致。

李大成久久地站在桥上，嘴里拗着那根须臾不离的玉石烟嘴的三寸长烟杆，一边吧嗒着叶子烟，一边眯缝起老眼，披着这最后一线夜幕，很惬意地朝四下眺望。猛地，他的目光接触到那座在公园深处平地矗立，剑一般高指向云天的辛亥秋保路死事纪念碑时，不知为什么，思绪一下跳到了辛亥年间，在四川各地兴起的如火如荼的保路运动；思绪再一跳，跳到了抗日前线，跳到了儿子身上。儿子少昆就在前线！虽然儿子在孙震将军身边当副官，没有上杀敌第一线，但他却一下子感受到了远在千里之外的那场战争的惨烈，头脑里涌现出他最近听来的，或是从报上看到的那些对川军作战状况的描绘。

想到这些，他在心中涌起一分自豪的同时，也有了更多的牵挂。为了转移这种牵肠挂肚，他走下了长虹卧波般的拱背石桥，来在可园。茶馆里清风雅静，在最后一线夜幕的荡漾中，那些司空见惯的茶桌、竹椅，如同往常一样，在无声地对着他笑。而在茶馆深处，从老虎灶上的多个灶洞里探出的一束束通红的火焰，从四面八方，舔着那一只只拄在灶上，被烟熏火燎得成了“黑鸡婆”的大茶壶。茶壶里的水，有的开了，散发出一种只有老茶客才感觉得出来的家园气息。

朦胧的曙色中，烧火的驼背张老汉在老虎灶前忙着。

沿袭平时的习惯，李老太爷往茶桌前一坐，咳了两声，表示他来了。

“李老太爷，这么早？”驼背张老汉知道谁来了。

“哎，前三十年睡不醒，后三十年睡不着。”

“王二，快给李老太爷泡茶！”

经驼背张老汉这一声吆喝，穿一件一裹圆长袍的王二不知从哪里钻了出来，顺手从老虎灶上提起一只水已经开了的“黑鸡婆”，一手揉着眼睛，一边过来给李老太爷泡茶，王二似乎还没有睡醒。

“王二，昨晚黑，梦到啥子好事了吗？”看王二一副没有睡醒的样子，李老太爷逗他。

“我们这些人有啥子好事嘛！”茶馆里还没有大批上客，反正觉也睡不成了，王二掺了茶后，将大茶壶往旁边茶桌上一拄，陪李老太爷说话。

“你娃肯定是昨晚黑梦到整酒（结婚）的好事了，而且，还跑马（遗精）了是不是，老实交代！”

“你老人家咋晓得喃？”王二很吃惊，眼睛都瞪大了。这是个刚从农村出来不久的小青年，人很老实，抖了一句瓜话，他被李老太爷诈出来了。

“我会算。”李老太爷很开心，仰起头来呵呵笑，露出一口因为长年烟酒不断，焦黄的牙齿。

这时，又有人进来了，王二提着“黑鸡婆”一溜风过去给新来的茶客泡茶。

李老太爷的叶子烟抽够了，这就将脚一跷，右腿架在左腿上，将手中的那根三寸长的叶子烟杆在鸡婆棉鞋底上磕磕，磕掉了烟锅巴，再将烟杆顺手放在桌上，一手端起茶碗，另一手揭开茶盖，推推茶汤，眼睛一闭，开始韵茶。

“嗨，真资格的河水香茶。”李老太爷很肯定地说。

“是河水香茶。”刚进来的那个茶客立即这样应和：“嘀，是你老人家嗦，我还没有看清楚。你老人家是行家，当然一下就能品尝出真假。”进来的茶客趁机恭维。

四川的盖碗茶，泡茶有个讲究，这就是茶好不如水好。那个时候成都还没有自来水厂，好些人家都有井，而有钱人家井水是拿来用的，不是拿来吃的，他们要买河水吃。最好是买流过成都的锦江水吃，而且最好又是吃江心中的水。这就应运而生有专门的挑水人。而成都几乎所有的茶馆，门外都挂有“河水香茶”牌子，用水讲究的茶馆还备有自己专门去锦江拉水的大车。标榜是一回事，其实这些茶馆用的是不是活水，又是另一回事。少城公园里的这三家茶馆用的锦江水，则是不用怀疑的，自然茶资也相对高。

渐渐的，可园茶馆里的茶客多了起来，也热闹起来。到天光大亮时，可园茶馆里已是座无虚席，各种小贩穿梭其间，这就到了茶馆一天中的鼎盛时期。

“黄糕、黄糕，才出笼的黄糕！”

“花生米，过挑过选的八号花生米！”

“擦皮鞋、擦皮鞋！”

“掏耳屎、掏耳屎！”……

四川茶馆素常的生活就这样开始了。遍及四川城乡的茶馆，某种意义上，就是一个个小社会。在茶馆里，除了吃茶，还可以听戏，聚会，谈生意，相亲等；此外，邻里吵架，家人角口而需要人调解种种，都可以在茶馆内完成。人在茶馆，可以整天足不出户，有吃有喝有看有玩。茶馆还可以帮茶客叫外快，熬药，炖肉……无所不能。

杂声盈耳中，卖报的来了。这段时间成都各报都以大量篇幅报道徐州一带战事，而那一带正是川军二十二集团军参战的地方，因此人们格外关心，报卖得很快。李老太爷当仁不让地买了一张《新新新闻》。可惜忘了带老光眼镜，只能看看大标题。这时，赞翎子黄三伯在众多的茶客中发现了李老太爷，兴致勃勃找上来了。

四川话中的“赞翎子”，就是爱管闲事，没事找事的意思。

“咦，李老太爷不是在这里嘛！”赞翎子黄三伯像发现了新大陆似的，以一副奇货可居的样子对大家说：“大家何必闷起脑壳在这里看报嘛，李老太爷的公子李少昆是二十二集团军总司令孙德操将军的贴身副官，了得！不如请李老太爷给我们随便摆一摆，不都比看报强一万倍？人家李老太爷有内部消息……”

赞翎子黄三伯的这一提议，立刻提醒了看报的茶客们，大家如梦方醒，纷纷响应：

“嗨，看我们这些人的眼睛啊，大英雄的老太爷在这里我们都没有看见！”

“要得，要得！请李老太爷坐到中间来，王二，重新给老太爷泡茶，泡最好的茶！”……

立刻，就像过后多少年出现的追星族一样，可园中这些大都是有身份的人们，立刻纷纷站起，欠身让座。他们让李老太爷坐到中间最引人注目的位置上，又让王二给老太爷重新泡了茶……只听桌子、椅子噼里啪啦一阵乱响，李老太爷已经重新入座，座无虚席的茶客们众星捧月似的将他围了个里三层外三层。

这是李大成李老太爷最受用的时候。他学着说书人的样子，拉开架势，说是：“要得嘛！”这就开始做过场。

先是抽烟，他刚刚把一节黄金杠色的叶子烟栽在铜烟斗上，已经有人

"啪！"的一声用打火机打燃火，弯腰，殷勤将一簇蓝色的火焰送上。他点上火抽了烟，又端起茶碗，眯起老眼韵茶润嗓，抠够了架子，这才说："俗话说，两国交兵，先看主将。"模仿着说书人的口气，他说："我就先给大家讲几则刘湘刘主席，刘甫澄将军生前的故事，要不要得？"这里，他强调了一个先字。"要得。"众人异口同声。

"话说。"乡下讲书的人总是先来个"话说"，李老太爷这也就来个依葫芦画瓢："刘湘小时家穷，他八九岁时，读书很用心，白天读，晚黑也读。他父母一是心痛油，二是怕他经常熬夜身体受不了，因此以后晚黑就不准他点灯读书了。刘湘这就到月亮坝里读。父母怕他整坏了眼睛，也不准，他就睡在床上，将白天读过的书进行背、默。有时默到精彩处不禁大声。人常说，吃鸦片烟要上瘾，殊不知读书也要上瘾。他父母不懂，以为刘湘得了啥子癔病，这就叫安仁镇场口上的算命瞎子给小刘湘算了一命。瞎子东捂西指，说是刘湘犯了夜马星，又说小刘湘得罪了孔圣人，给他画了一道符，叫他妈做个小包将符包起，戴在小刘湘胸前。小刘湘懂事，从此后睡在床上默书再也不出声，大长了学问，不然以后，他咋个成得了大事！

"刘湘读军校时不显山不露水，埋头上课，对老师有礼，对同学谦虚，喜欢唱军歌。他下眼皮有疾且久治不愈，经常都是半睁半闭的，就像瞌睡没有睡醒，有些同学戏称他为刘瞎子。他对老师很好，喜欢给老师跑腿打杂，人很勤快，又热心公务，很受老师喜欢。比如，队官喜欢吃鳝鱼，他去买回鳝鱼剐给队官吃，剐又剐不来，弄得一手都是伤都是血，让队官对他大生好感。

"刘湘块头大，为人罕言寡语，说一口大邑苕（四川话，土的意思）话，有些家里有钱的同学瞧不起他，认为他'瓜眉瓜眼'的。而同学中，有一个人对他特别好，这个人叫刘炳勋（字佛澄）。刘佛澄是成都人，他的父亲当过清朝八旗军驻成都的军官，很有些见识。见到刘湘后，刘佛澄的父亲一眼就看出刘湘不是凡人，要儿子同刘湘深交，平时星期天，让儿子约刘湘去他家吃饭，还不时给予些钱财资助。以后刘湘发了，知恩图报，很对得起刘佛澄，让他在麾下任二十一军的机枪司令……”

事情确实是这样。就在刘湘已经崭露头角之时，好些外国观察家也还没有看出刘湘的过人处，他们在报上撰文评论刘湘，“显得极为平淡无奇，甚至萎靡不振”。有个日本观察家，当时向他的政府报告：“尽管刘湘看起来脾气很好而且通情达理，但是既无性格，又无才气……”当然外国人中也有目光敏锐的，英国人托勒就慧眼识英雄，他发现刘湘是个潜藏不露的人。1921 年，他在向他的政府报告中如此说：“刘湘给人的印象并不才华出众，在交谈中甚至显得反应迟钝……但他那种为了达到目的而不择手段的权谋之术叫人永远难忘。他是一个胸有城府的人。”

讲到茶客们最为津津乐道的刘湘的婚姻了。

“刘湘 19 岁时，家人做主，让他同本县苏场一个普通的周姓农家女子结了婚，岳父大人是农民兼乡村裁缝。这女子初时没有名字，刘周书是嫁过来后，刘湘给她取的名。

“因为刘湘在外带兵打仗，家中上有老，下有小，大事小事都是刘周书一人操持。刘周书非常勤快节俭，做活起早摸黑，风里来雨里去，虽然长得不错，五官端正，高高大大，浓眉大眼，但没有文化，时间一长，变得粗枝大叶。刘周书有自知之明，她自惭形秽。她想，看那些有点权势的男人，哪个不是三妻四妾，而自己的男人当那么大的官，就只有她这么一个黄脸婆。于是，她主动给刘湘提出来，让甫帅在外面找一个漂亮、有文化的女子，说是这样场面上拿得出去，生活上也有人照顾。可是刘湘不同意。

“有次刘周书从大邑安仁老家到重庆探亲，带去一个年方二八，清俊可人的女子，说是她的远房表妹，刘湘也没有在意。当天晚上，刘湘看文件，看得很晚，要睡时才发现妻子不在，一个如花似玉的姑娘羞羞答答坐在床上。刘湘一惊，心中明白了几分，问姑娘怎么一回事？姑娘说，她是夫人找来照顾甫帅生活的……刘湘完全明白了，问了姑娘的身世。姑娘确实是妻子的远房表妹，在成都的四川大学读预科。刘湘不为所动，将姑娘送了出去，刚刚返身，发妻刘周书已经进来，哭成了泪人……”

如果是往常，大家听到这些，会觉得特别够味，如醉如痴，比听扬琴大师贾瞎子来可园弹洋琴还好听，然而今天，他们的心情不一样了，因为月前甫帅在武汉万国医院惨死。大家听到这里，不禁抚今追昔，不胜唏嘘。

大批日本飞机，就在这时突然飞临成都上空，进行偷袭轰炸的。

在清亮的光照中，蔡桂花抱着儿子狗娃，一路逗笑着，进了少城公园，她是来请老人家回去吃饭的。这是上午，站在那座跨在金河上，长虹卧波般的拱背石拱桥上，她听见了远方传来一阵嗡嗡的、从未听过的声音。

嗡嗡嗡！这声音很奇怪，由远及近，低沉而轰鸣，让人瘆得慌。她不由得抬起头来，循声看去，这一看就惊了。这是些什么东西？它们一下子从远方低暗的云层里钻了出来，密密麻麻地贴着云层飞了过来。这时，公园里好些人也闻声跑出来看，边看边指点着议论，平时清幽的公园里不知怎么一下子钻出了那么多人，人们全都站在明处，抬起头来，指点着，议论着，像是一群被捏着颈子的鹅，就像在看西洋镜似的。

"咦，这些是啥东西，咋个怪头怪脑的？黄身身，红翅膀，像个油蚱蜢，飞得飞快！"

"劲仗，把天都遮了一半。"……

有看过飞机的人，当即指出："这是飞机！"却又边看边摇头议论："飞机咋是这个样子喃……"

这些突如其来的飞物，自然更是引起了蔡桂花抱在怀中的儿子狗娃高度的兴趣和注意。

"马马（妈妈）！"蔡桂花抱在怀中的狗娃，才会说话，吐字不清，他用一双儿童的清澈无邪的眼光，看着天上那一群突然而至的怪东西，用一双小手指点着，稚声稚气地自我判断道："马马（妈妈）快看，天上飞来好多好多的黑蚂蚁。"

而这时，黑压压的大批日军飞机已经飞临成都上空。它们分成几个波次，第一波次的大批日机，将机头往下一按，开始了俯冲，投弹，扫射。

"快看，快看，飞机屙屎了！"公园里，有些半大子娃娃更不知厉害，高兴得跳起来，拍着手，很是兴奋。

“轰！”随着第一颗重磅炸弹在远远的城东一带爆炸，墙倾屋倒间，“飞机屙的屎”紧接着一排排落下来。一时间黑烟四起、火光冲天，阵阵浓烟烈火中裹着人们的残肢断臂。断垣残壁，声声惨叫，连脚下的大地都在剧烈颤抖。第二波次的飞机，又一下子过来了，这就看得更清了。投弹的日本轰炸机非常疯狂，它们根本就不需要战斗机保护，飞得很低，以至机身贴着民房呼啸而去，机翼上两团红膏药似的日本旗，就像是两团浓浓的马上要滴下来的血，甚至连坐在机舱里，穿着皮夹克飞行服，戴着飞行帽，一脸残忍骄横的日本飞行员狰狞的面貌都看得清。

“咚、咚、咚！”与此同时，城里的这里那里，这边那边，响起了稀稀疏疏的高射炮声。然而，这些高射炮声太微弱了，高射炮太少了，很快就被日本轰炸机消灭、覆盖了。

就在一批日本轰炸机朝少城公园席卷而来时，正在兴头上中止了讲说的李老太爷，也随着开了闸似的人流涌出了可园茶馆。

日本轰炸机群已经呼啸着轰炸过来了。在轰、轰的爆炸声中，一时，公园里墙倒、树折、人死。李老太爷一下就看到了站在离自己不远处的拱背桥上，怀中抱着狗娃，已经吓傻了的儿媳妇蔡桂花。

“危险！”李老太爷挥着手，大声喊：“桂花，快、快！快躲到桥洞下去……”说时，没命地朝吓傻了的蔡桂花跑去。而就在这时，一颗从天而降的重磅炸弹，像一个高速旋转的陀螺，不偏不倚地落在了李老太爷面前，轰的一声爆炸开来，李老太爷立刻化成了一团血雾，随着一股蘑菇似的黑烟，冲天而去。

蔡桂花毕竟年轻机灵，手脚麻利，就在日本飞机向她俯冲投弹时，她抱着孩子，本能地朝拱背桥下一跳一躲。冬天的金河水很浅，她躲过了一劫。这一波轰炸过去后，差点吓掉了魂的蔡桂花抱着孩子钻出桥洞，上岸举目一看，天呀！她差点昏厥过去。往日清幽可人、移步换景的成都少城公园，简直变成了一座屠宰场，成了人间地狱。公园里到处都是弹坑、废墟，到处都在燃烧，到处都是残垣断壁。更可怕的是，树枝上、墙壁间，不是挂着人的残肢断臂，就是溅到墙壁上去粘起的血肉、头发。有的人受了伤，丢了一只手，或是丢了一条腿，或是炸瞎了一只眼睛……在痛苦地跑、跳，惨叫或是号啕大哭。有的人在泣血地呼喊，四处寻找自己的亲人。有的人吓疯了，披头散发四处乱跑。

手中的孩子怎么没有动静了呢？出于母亲的本能，蔡桂花赶紧将怀中的孩子抱得更紧些，低头一看，一块锋利的犁铧似的弹片，已经深深地嵌进了孩子的后脑。孩子已经死了。一弯蚯蚓似的血，已经在孩子的后脑勺上凝固，好像打了一个重重的问号。孩子很乖，很懂事，似乎生怕吓住了妈妈，死得无声无息。年轻的母亲一时没有反应过来。

"乖乖，你快醒醒，不要吓妈妈！"她失声地惊叫起来。可是，可爱的狗娃不会醒来了。蔡桂花用双手将孩子抱得紧紧的，似乎生怕一松手，孩子就会从她的怀抱里失去。她转回身望过去。刚才，就是刚才，狗娃他爷爷没命地向他们跑来的地方，出现了一个深坑。蔡桂花经受不起这样接踵而至的打击，惨叫一声，头晕眼花，当即昏倒在地。

她是被随后赶来公园的救护队送往医院的。

史载：那天前来轰炸成都的日本飞机，是从山西运城机场和停泊在东海海面上的日本主力航空母舰"龙骧"号上分别起飞的，共 108 架。飞临成都上空后，分三个波次对成都进行大轰炸，重点是少城公园和闹市区盐市口、春熙路一带。炸后初步清查的结果是，炸死 575 人，炸伤 632 人，毁坏房屋 3585 间。此外，这批日军轰炸机群还顺带对成都周边的绵阳、宜宾、乐山、自贡等地进行了大肆轰炸，造成一场史无前例的浩劫。

从 1938 年初到 1941 年 12 月，日本侵略军共出动近千架次飞机轰炸四川。其中，18 次集中轰炸成都，投下炸弹燃烧弹 13000 多枚，造成人员伤亡和财产损失难以计数。对距成都不过千里，作为国民政府战时陪都的重庆轰炸更为猛烈。从 1938 年 2 月至 1943 年 8 月，日军对重庆进行了长达 5 年半的"战略轰炸"，而且是在世界战争史上第一次取消了前线与后方、交战人员与和平居民界线的“无区别轰炸”，炸死市民11889人、伤14100人，炸毁房屋17608幢，具体财产损失简直就是天文数字。

就在成都首次遭到日军野蛮轰炸，损失惨重，李少昆的老父、爱子双双惨死之时，远在千里之外抗日前线的少校副官全然不知。这时，他正随侍二十二集团军总司令孙震，还有孙震麾下四十一军代军长兼一二二师师长王铭章，同在徐州第五战区司令部，接受李宗仁将军下达的作战任务。

见面是颇有戏剧性的。战时一切从简，当李少昆随侍王铭章、孙震走近李宗仁那间宽大、简洁的作战室时，李宗仁、白崇禧正背对着门，站在一幅几与壁大的徐州作战图前指点着，小声议论着。长期以来，李、白二人关系密切，因为事关大局，前天白崇禧随蒋介石来此视察后，被临时留下来，蒋介石要他协助李宗仁指挥即将展开的徐州会战。

徐州会战，是中国最高当局拟定的自抗战以来的又一次至关重要的大会战。

灯光黯淡，一盏马灯挂在当中的屋梁上。沿袭以往在这种场合的习惯，作为副官，李少昆一进来，就隐身在屋子左边那片朦胧中，一点也不引人注目，而他却可以很好地观察一切。

李宗仁、白崇禧闻声转过身来，笑容可掬地走上前来迎接孙震、王铭章，没有一点长官的架子。

李少昆注意到，与孙震、王铭章握手时，李宗仁那双骨节粗大的手很有力，白崇禧的握手则显得文雅。其间他还注意到一个细节。见面之初，就在王铭章上前一步，准备向李宗仁、白崇禧二人举手敬礼时，李、白二人却同时逮住了王铭章的手，显得很亲热很随意。李宗仁还以军人的方式，在王铭章那结实宽厚的胸脯上，轻轻擂了一拳，不知所以地说：“之钟（王铭章字之钟），好样的，好样的。”然后进入了正题，李、白二人将孙震、王铭章带到那幅几与壁大的作战地图前，边指边说……

从作战地图上一眼就可以看出，徐州一线的形势空前严峻。

徐州是江苏省西北部一个重要的城市，位于黄、淮两水之间，地据鲁、豫、皖、苏四省之要冲，是津浦、陇海两条铁路线之枢纽；徐州四周山峦重叠，河川纵横，自古为兵家必争之地。日军的两个少壮派将领，师团长板垣征四郎和矶谷廉介求胜心切，完全不把中国军队放在眼里，这两个师团竟甩开大队，使出黑虎掏心术，不管不顾地直向台儿庄扑来。这两个师团约四万余人，是日军精锐中的精锐，火力很猛，配备了飞机坦克，战斗力很强。从地图上看，台儿庄位于津浦路台（儿庄）枣（庄）支线及台（儿庄）潍（坊）公路的交叉点上，扼运河的咽喉，是徐州的门户，在军事上具有极重要的地位。日军一旦在台儿庄得手，便可策应津浦路南端日军攻势，一举合击拿下徐州。实际上可以这样说，如果台儿庄被日军拿下，徐州会战基本上就失败了。这板垣、矶谷两师团的官兵，大都参加过日本国内的“二二六”政变，非常猖狂，一路破关斩隘，来势相当凶猛。现在最要紧的是，设法尽可能迟缓这两支部队的进攻速度，杀杀他们的凶焰，而且必须这样！因为只有这样，才能为整体作战计划的实现赢得必要的时间。

“因此，我们有针对性地重新制定了作战计划，而且已经委座（蒋介石）批准！”说着，李宗仁态度严肃了，随手操起小竹竿，指点着作战地图，对孙震、王铭章一边交底，一边交代作战任务：“我第五战区的作战计划是：一、以孙连仲的第二集团军的 3 个师沿运河布防，扼守台儿庄正面阵地；二、以汤恩伯第二十军团的两个军让开津浦路正面，诱敌深入；然后拊敌之背，协同孙连仲集团军将敌围歼。三、以德操兄的第二十二集团军沿临城一线布防。这里要打一个硬仗！”说着，竹竿一点：“这是滕县，是重中之重！”为了更直观些，李宗仁转过身来，走到地势逼真的沙盘前，看了看跟着走上来的白崇禧、孙震、王铭章，用手中的小竹竿指着沙盘上的滕县，解说这个点的特殊重要性：滕县位于鲁南，是台儿庄之前的一根楔子，紧紧护卫着台儿庄，是日军进攻台儿庄的必经地，也是日军必须要拔去的一根楔子！

解说完后，李宗仁看着孙震说：“我的意思是，将贵集团军的虎贲之师、主力部队，王铭章兄的一二二师放在这里防守！二十二集团军整个就围绕着滕县进行协防。集团军司令部设在临城。之钟兄率部坚守此城三天。时间能长些，当然更好，但务必不能少于三天！”

李宗仁声音不大，但看得出，这道命令在孙、王二人心上引起的震动。

“德公（李宗仁号德邻）！”孙震皱了皱剑眉，提出了异议：“要我的二十二集团军在临城这一带协防，我没有意见。但恕我直言，要之钟的一二二师守滕县，是不是合适？我就不明白，你手中有那么多中央军，比如汤恩伯军团，一色的德国武器，装备精良，训练有素，为什么不把他们放在滕县，而让我们这些穿草鞋的杂牌军去啃这块最硬的骨头，打最难打的仗呢？”

“哈哈，我就估计你要这样问。”说时，李宗仁看了看站在旁边的白崇禧。白崇禧会意地笑了笑，但没有说话。

“原因是，一、因为我同你们四川有缘。”李宗仁说：“想来你们是知道的，尹昌衡是我和健生（白崇禧字健生）的恩师。如果没有他老人家对我们的识拔，就没有后来的我们。而且，我们同你们刘甫帅还签订过一个‘川桂红’协议，曾经为了对抗谁？这就不用多说了，事情已经过去。总之，我们有缘，有缘千里来相会。”

“二、上面我说的都是笑言。其实，最主要的原因是我对你们川军的实力最了解。借你们一句四川话说，哪个叫你们川军那么打得呢？你们川军现在是抬轿子吹喇叭——名声在外了！这次参加徐州会战的军队中，你们川军占了很大比重。除德操兄的二十二集团军，还有在上海淞沪一战打出了威风，过后被升为第二十七集团军总司令的杨森，也正率部赶往徐州。”说着掉头专注地看了看王铭章：“明人面前不说假话，在二十二集团军中，我又最为看好之钟的一二二师！这支部队早在当年的成都巷战中就打出了名……”看得出来，李宗仁是个记忆力很好的有心人，思维清晰而又缜密。

看孙震和王铭章听了他的解释，没有提出异议，李宗仁放心了，用手上的小竹竿敲了敲自己的手掌：“其实，这个安排，也是借重你们川军，怎么样，德操、之钟，你们的意见？”

这还有什么说的！孙震和王铭章慨然领受了任务。

“健生，你是代表最高统帅部来的，你说说吧！”李宗仁这就掉过头去，对站在旁边，一边看着作战沙盘思索，一边听他们谈话的白崇禧。

“任务已经明确，多的话就不说了。”白崇禧抬起头来，看着孙震、王铭章，话说得字斟句酌，一字一顿，就像在板上钉钉子，交代得非常清楚：“此次会战，我们的整条战线全长100多公里。我军参战部队共20个师、约12万人，台儿庄方面布置约6万人。临城方向布置的二十二集团军约四万人。而从正面向我们扑来的是日军两个师团共7个联队，约四万余人。目前，不可一世、骄横无比的师团长矶谷率部冒进，前锋已直指滕县。

“此次会战是否成功，首先取决于滕县保卫战，取决于之钟能不能坚持阻敌三天！三天！”白崇禧说着举手，伸出三根指拇，强调：“七十二小时！如果能争取时间多一点，当然更好。但至低限度要三天。滕县之后就是孙连仲守的台儿庄。这中间大环套小环，小环连大环，可说是环环相扣，环环相连，决不能出一点差错！否则，就会全部垮下来。而我们的会战能否成功，取决于能否诱敌深入，能否让汤恩伯军团拊敌之背，协同孙连仲集团军将敌围歼，关键之关键还是滕县阻击战！”

强调了这一点，白崇禧手持小竹竿，指点着沙盘，又将台儿庄与滕县进行了比较。

“台儿庄虽是弹丸之地，可在山东也是个大镇，有上千个铺户，筑石为城，并且每户人家的房屋大多是用巨大石块垒砌起来的，可以说1000多户人家就是1000多个碉堡。即使冒进的矶谷师团打进了台儿庄，孙连仲部也能在庄里与敌反复缠斗，消耗敌人有生力量，争取时间，等待援军赶来合歼日军。

“比较起来，最难的还是滕县，防守条件没有台儿庄好，再说防守位置又更靠前一些……”白崇禧从战略的高度，对此战的必要性一一做了说明后，似乎还不放心，看着孙震、王铭章，又问：“德操、之钟，你们看怎么样？这样安排行不行？如果实在不行，再想其他办法！”这就明明是激将法了。

“行。”孙震点了点头。王铭章更是将胸一挺，态度激昂地表示：“之钟在这里代表一二二师全体官兵，向孙长官、李长官、白总长表示，坚决完成任务！就是我一二二师全体官兵战死，变成鬼，也要把矶谷师团挡在滕县三天，甚至更长时间！”

“好！”李宗仁深为感动，上前拍了拍王铭章的肩，安慰道：“不至于的，之钟！到时我会命令汤恩伯军团用火力支援你们，尽量向你们靠近。”

孙震和王铭章在第五战区司令部领受了任务，李少昆护卫着孙震回到集团军司令部驻地临城后，很快得知了当天成都被日军大轰炸和在这场轰炸中，自己的父亲、爱子双双惨死的消息。他当即咬碎了一颗牙齿，强烈要求上前线杀鬼子，不把鬼子碎尸万段，誓不为人！孙震想了想说：“即将展开的滕县之战，至为关键，王师长身边正缺你这样的人。本是我把你从王师长身边挖过来的，如果你要上前线，不如在这个时候，我把你还给王师长，你去侍卫他，如何？”

李少昆想了想，说：“行！”

孙震立即在电话上同王铭章说了，王铭章求之不得。这样，在天亮以前，李少昆策马赶到了滕县。

- 第十三章 -

滕县，日军难以逾越的铁门槛

1938年3月14日的拂晓姗姗来迟，这天注定是一场惨烈的肇始。

旷野上，在寒风中抖索的小草似乎也感受到了浓厚的肃杀之气。在第一线黎明的曙光中，它们将软软的身子尽可能伏在地上。往日天上成群的飞鸟，这天也都不知躲到哪里去了。滕县和周围一线四五十里的范围内，所有的河流山冈旷野，全都凝神屏息地谛听着，揪心地等待着。

攻打滕县的龟尾寿三旅团是矶谷师团的前锋，也是刀尖。矶谷师团号称日军中最为精锐的部队，皇军之花，那么作为前锋的龟尾寿三旅团，更是精锐中之精锐，花中选花。因为军情如火，时间紧急，旅团长龟尾寿三少将决心先来个毕其功于一役，他要牛刀杀鸡，动用了飞机30多架，坦克20多辆，配以大口径的野炮、山炮上百门，步兵、骑兵万余，打一场立体绞杀战。在骄傲的旅团长龟尾寿三看来，这三板斧一挥一砍，或许还用不着三板斧，就可以摧城拔寨，将像根楔子一样挡在皇军路上的滕县一鼓而下！

龟尾寿三首先挥起一板斧，先打滕县外围、扫清外围。这时，太阳还没有出来，春寒料峭的大地上，弥漫着丝丝缕缕的寒雾。30多架日军飞机，从灰蒙蒙的天边飞来。

“轰轰轰！”“哒哒哒！”轮番俯冲、投弹、扫射。一阵密密麻麻，陀螺似旋转着的重磅炸弹相继落地，爆炸开来。一时，天崩地裂，冲天而起的浓烟烈火中，这些贴着地皮飞来，不断投弹扫射，连他们身上穿的橘红色皮夹克飞行服，横肉块块饱绽的脸上带着的狞笑都看得清的飞行员，很快有了惊讶地发现，他们脸上那得意的狞笑凝固了。他们发现，被他们压住打，根本没有任何对空武器还击的川军竟然不惊不诧，除了在阵地上利用地形地物，巧妙地腾挪跳跃，尽可能地躲避空中扫射、轰炸的同时，尽可能地将寥寥无几的轻重机枪，还有手中的步枪集中起来对空射击，织成了道道不可小视的火网，带着浓重的死亡阴影和气息，向空中逼来，想方设法逼近他们，笼罩他们，打掉他们！

一架超低空飞行投弹的飞机被击中了要害，发出一声哀鸣，拖着一股长长的黑烟，流星似的一掠而去，在远方一头栽在地上猛烈爆炸开来，发出一阵地动山摇的巨响。于是，受到惊吓的日军飞行员们不得不赶快将飞得太低的飞机拉起来。拉起来，却降低了轰炸、扫射的准确性，只得又一头栽下去；而栽下去，又有了被击落击伤的可能……就这样，双方咬住、较着劲，你打你的，我打我的！被压着打的川军虽然死伤惨重，却毫不畏惧，不屈不挠，视死如归，一点不乱，与空中抗衡，非常强劲。

日军猛烈的空中轰炸、扫射持续了一个多小时，效果远远没有过去好。之后，龟尾寿三的二板斧来了：炮击开始！多门大口径的野炮、山炮等重炮一阵阵齐射。炮弹在空中划过，带着可怕的啸声，暴风骤雨般咚咚地砸去。从望远镜中看，川军设置在战壕前的鹿砦等障碍物，被炮火纷纷摧毁或被打得支离破碎。然而，川军表现得不同寻常，进退有序，不惊不诧，沉着应战，战术素养很高。

旅团长龟尾寿三少将身经百战，有丰富的作战经验，从来瞧不起中国军队，这才开始引起注意了。这是支什么部队呢？这么有韧劲，这么难打难缠！是川军吗？直到这时，“川军”这个概念，这才第一次涌进他的脑海。原先，他对川军根本不屑一顾。他当然知道，川军是杂牌军，而且是杂牌军中武器和装备最差的，听着都让他发笑，穿双草鞋，拿杆破枪……

自开战以来，他率军一路而下，还未遇到过真正的对手。国民党的中央军装备还是不错的，不过就是缺少飞机坦克助阵。当然，他也听说过川军在上海、山西，以及南京前哨的广德一线，是如何的难打难缠，如何的擅长近战肉搏，打仗很诡之类的话。但都没有引起他真正的注意。在他看来，那不过是川军偶尔捡了日军一个便宜而已，这其中，也有败军的夸大之词。

这时，龟尾寿三旅团长躲在足够安全的距离外，端起手中的高倍望远镜望出去，他开始细细观察对手，在战术上，他并不轻视任何对手。炮击已经停止，他准备用出第三板斧了。这可是致命的！个子瘦瘦，干瘪长条脸上戴一副眼镜的他，脸上肌肉不住地搐动，暴露出他内心情绪的波动、惊讶还有焦躁。

进攻的部队正在一辆辆坦克后面集结，等着他下达冲锋的命令。

龟尾寿三准备挥师冲锋了。他那张寡骨脸上僵硬的肌肉扯了扯，把战刀从长长刀鞘中唰地一抽，再向空中一举。于是，身边的作战参谋下达了全面冲锋的命令。轧、轧、轧！由一辆辆坦克作前导，成群结队的日军跟在坦克后面，铺天盖地向前冲去。前面战壕里，川军开枪阻击……而就在这个关头，背后却出现了一阵可怕的骚动。

这是怎么了？龟尾寿三恼怒不已地掉头一看，瞪大了眼睛。他惊讶地发现，在后面尘埃卷起处，大量的川军不知从什么地方钻了出来，从背后大声呐喊着杀了过来。他们手中端着雪亮的刺刀，更多的是挥着大刀，以狂飙突进之势，勇不可当地卷了上来，与后面的日军混搅在了一起，呼啸声声。这些川军是从哪里钻出来的？真让他这个从日本陆军大学毕业，多年征战的旅团长一时反应不过来，有点发懵。而遭到川军从背后打击的日军官兵，猝不及防间，都有点发呆，发晕，不知应对，场面一时极度混乱。

仓促间，后面的日军被川军杀了个人仰马翻。

“川耗子！？”旅团长头脑里倏忽间闪过这个带有相当贬义的，不知从哪里听来的比喻。啊，他这才想到，川军会打洞，他们是从背后打洞过来的。清醒过来的龟尾寿三返过身来，将战刀一举，命令后队改作前队，向敢于从他们背后偷袭的川军掩杀过去。然而这时，得了便宜的川军却又像大海退潮似的，转眼间不见了踪影。日军细细搜寻过去，这才发现原来在他们身后，在一些很不引人注目的地方有多个地道，真是匪夷所思！龟尾寿三知道上当了，怒不可遏，命令部队暂停进攻，将川军的这些通道完全破坏，捣毁。

进攻滕县的第一天上午，就在这样的极度混乱、沮丧中过去了。

接下来真正展开的战斗残酷而激烈，滕县外围的阵地在双方的反复争夺中失而复得，得而复失，屡屡易手，尸横遍野泛荒原。战至第二日天黑。原滕县电灯厂，现在被王铭章权宜作为战时司令部的一间地下室里，电话响了，响得很急。

“军长！”副官李少昆拿起电话，掉过头来看着黯淡的灯光下，双手按在桌上，盯着作战图思索的王铭章：“一二七师陈离师长的电话！”

王铭章上前接过电话，还未通话，一下就感受到了担任滕县外围防御的一二七师师部所在地龙山的紧张气息：紧急的呼叫，咚咚的跑步声，还有轰隆的大炮声，都从电话那端隐隐传来。

“军长！”电话中响起陈离疲惫嘶哑的声音。

“向你报告：我们已经圆满完成你下达的在滕县外围阻击日寇任务，现在请示下一步作战任务。”

“你手下还有多少官兵？”

“加上受轻伤的，最多还有六七百号人……”

“怎么，你也受伤了吗？”王铭章一惊。他是个很细心的人，从电话中他感觉出陈离受了伤。而且，陈离手上原先有虽不足两个师的官兵，却也是八千多人，现在只剩六七百了，其中还有不少受伤的，可以想见两天来外围战之惨烈。

“轻伤。”陈师长轻描淡写地说：“右腿负了点伤！”

王铭章略一沉吟：“趁夜，你把剩下的兄弟们都带出去。”想想，补充一句：“你更要注意你自己。”

“一个萝卜一个坑。龟尾寿三明天一定要同你拼命，我还是把弟兄们带进城来参战守城吧？你身边也就是四千来号人。”

“算了！”王铭章斩钉截铁地说：“你负责把弟兄们带出去！所剩的兄弟，都是身经百战的精兵，你一定要保护好这些川军的种子！”

电话中，陈离显出担心：“军长！我这边一撤，明天敌人就一点顾忌都没有了，攻击重心就全部压到你身上，行吗？”

“放心，滕县再坚守一天绝无问题。”电话中，王铭章甚至显得有些兴奋：“刚才接孙（震）总司令从临城打来的电话，说是委员长来电赞扬我们二十二集团军整个打得好……总司令同时转达了委员长要我务必坚守滕县三天的命令。你们的外围战打得不错！现在只有明天一天了。总司令说，委座已经命令汤恩伯军团前来支援滕县，汤部王仲廉军明天一早就可以赶到滕县地区。如果这样，我在滕县就可以同汤部王仲廉打日军一个两面夹击，中心开花！”

“那些中央军靠得住吗？！”陈离再次提醒。

“靠不靠得住，都没有关系！”听了陈离这话，电话中的王铭章沉吟：“我已经做好了最坏的准备，如果实在不行，我全军上下与城共存亡就是了。总之，我们保证完成任务，不辱使命，不辱我川军声誉！”

看王铭章坚持，电话中，陈离说：“那好吧，我遵命。军长，请你们保重！”说完挂了电话。

深夜时分，虽然已经做好了明天战斗的精心布置，王铭章仍然骑上他的坐骑雪里红，带着李少昆去巡视四门。两匹马前后相跟。这是一个漆黑的夜，伸手不见五指。城外，日军不断升起来的一颗颗照明弹，挂在漆黑的夜空中，像是骷髅的一双双眼睛，在远方竭力向城里窥视。一路而去，城内一派肃静，老百姓大都已经撤了，人去房空。高而厚实，在夜幕中呈环形矗立的城墙上，处处都是一派紧张备战的气氛。锯齿形的城堞间晃动着部队紧急调动的身影……

最让王铭章感动的是，好些坚持不撤，留下来与川军共同战斗的居民，这时正在给忙碌备战的部队送去吃的、喝的……竭尽所能地帮助、慰劳部队，到处热气腾腾。游动的火把散发出来的晕黄的光，把夜色也烧薄了。

看到这些，滕县县长周以然恍然就在眼前：一个三十来岁的知识分子，模样精干，身材适中，眼睛很亮，穿一身麻灰色中山服，像个大学生。周县长毕业于金陵大学。上任以来，他的政绩，他的清廉，他的爱国，不仅在滕县，就是在整个临城地区都是有口皆碑。

滕县即将关闭之前，他同周县长有过一段对话，令他特别感动。

“周县长！”他说：“你的任务完成了，完成得很好，你应该走了！”

“不，我是一县之长，守土有责，我要与你们川军、与滕县共存亡。”

“守城是我们军人的事，不是你县长的事。”

“不，是你们军人的事，也是我这个滕县县长的事。自七七事变以来，只有战死的将军，还没有战死的县长，请以我始！”

没有办法，只好让周县长留了下来。因为周县长的以身作则，好些和平居民也自觉自愿地留了下来。

不知不觉骑马来在了东门。只见火把游动的夜色中，周以然县长正带着一帮人，在那道厚厚的城门后垒着什么东西，他们把一包包沉甸甸的麻袋抬到两扇厚厚的木门后，再垒上去，垒成了一座小山，垒到顶。王铭章一看就明白了，周县长心细，他是怕明天日军用大炮轰开两扇城门，或者用坦克撞开，带着人趁夜加固。

“周县长！”王铭章翻身下马，走上前去。

游动的火把中，周县长扭过头来。

“周县长，这些垒在门后的麻袋，装的是沙石吗？”

“有的是沙石，有的是盐。”周县长说，他们将城中所库存的2000多麻袋盐全都用上了。

王铭章心中一热。盐在当时是一种极宝贵的生活物资，尤其是战时。平常日子，在一些偏远的山区，商人往往用一小砣盐就可以换回一张很珍贵的兽皮。有的穷人家，每顿吃饭舍不得放盐，将一砣盐巴用细绳拴着，放到锅里去泡一下而已。

“周县长，你们千万不要这样！”

“非常时期，我们没有什么舍不得的！”周县长手指着稀薄的光照中，城墙上那些川军刷上去的“生在四川，战在山东，死在滕县”的大标语说：“抗战军兴，你们川军各部纷纷请缨出川抗日，迄今死了多少官兵！今天，你们为我们守滕县，可以战死在这里，我们作为滕县人，岂能连几包盐都舍不得。我们也可以和你们一起去牺牲！”周县长的一双眼睛亮闪闪的。说时，看东门的两扇城门已经垒好，夯实，这就同王铭章道了别，又带着那20多人，拉着板车，往别的城门加固去了。

王铭章翻身上马，李少昆也赶紧上马，再一路细细巡视而去。巡视的结果让王铭章感到满意。滕县虽说没有台儿庄牢固，城里也没有那样多可以用作依托作战的坚房石垒，但环绕四周的城墙高大结实，基脚足有五六尺厚；一个个棱堡大都是用大石块建造的。随他守城的官兵，虽说只有4000多人，但相当精锐，大都是随他参加过当年成都巷战的百战精兵，士气高涨，弹药也足够。

这样一想一算，王铭章越发充满了信心。

3月16日天刚亮，龟尾寿三指挥部队猛烈攻城。这天，急火攻心的他改变了战术，将三板斧改为一板斧狠劲抡起砍出：飞机炸、大炮轰的同时，大批躲在坦克后的步兵实行集团冲锋，可效果还是不大。龟尾寿三惊讶地发现，滕县守军的战斗力，比起打外围阻击战的川军，又要强出许多，而且无论是单兵作战和整体协防的战术素养都相当高。

“王铭章的，厉害厉害的，死拉死拉的！”骑在那匹漆黑如炭的东洋大马上，带着一群官佐，躲在足够安全的距离外，举起望远镜朝滕县城头看去的龟尾寿三，那刀削似的脸上痛苦地一阵搐动。他总算领教了守城主将，也是川军骁将王铭章的厉害，记住了王铭章这个让他锥心疼痛的名字。

打到中午时分，仍不奏效，龟尾寿三下令停止进攻。他要改变进攻方式了。

城外出现了可怕的沉默。

王铭章是个很细心的将军，他感到奇怪！已经耽误了时间的龟尾寿三不是急如星火，要尽快打下滕县吗？怎么突然停下来不打了？为了弄清原因，他抬起头，看了看电厂那根高高的烟囱。这根高烟囱，鹤立鸡群，龟尾寿三不知是疏忽了，还是没有意识到它的军事作用，没有把它打掉。

“师长！这不行，危险！”李少昆瞪大了眼睛，知道将军的意思，急忙劝阻。可哪里是他可以劝得住的！王铭章两步上前，抓着嵌在烟囱壁上的铁梯扶手，噔、噔往上爬去，身手敏捷。李少昆只好赶紧跟上去。上去才发现，烟囱顶上确实是个最好的观察位置，望下去，一目了然。圆圆的烟筒四周其实很宽，每一边都足可以躺下两个人。

他们并排着躺在烟囱的两边，王铭章端起手中的望远镜朝下望去。视力很好的李少昆用肉眼就可以看清，在空中直线距离将近一千二三百米处的城外安全地方，骑在高头大马上的龟尾寿三显然已经心中有数了。他的瘦脸上挂着一丝得意的狞笑，对簇拥在他身边的日军官佐们，布置着什么，东比西画。有的军官还仰头枭笑起来……

上午激战留下的硝烟尚未散尽，城外几百米处，日军正在重新集结。

“咦！”李少昆见状有些吃惊：“这龟儿子龟尾寿三肯定是打了啥子毒条（四川话，毒计）！”

“你看，这个距离上，你能不能打中龟尾寿三？”王铭章很冷静，他一边举着望远镜继续往下看，一边好像很随意的一句。

“军长！”李少昆领会了将军的意思，他用手指着遥遥远方，在多位军官簇拥中，骑在漆黑如炭东洋大马上的龟尾寿三说：“看样子，骑在黑马上的就是这个龟儿子东西龟尾寿三！”

王铭章一笑："这么远的距离，未必你一枪打得中他？再有，你一枪打出去，日本人一炮还回来，我们不也就完了？"

"军长，这事算我的！"李少昆满有把握地说："军长请下吧！我们下去说！"

"好吧，我今天就要看你李少昆搞出个啥名堂？！"王铭章说时同李少昆先后起身，躬着背，沿着那嵌在烟囱壁上的铁梯，噔、噔下地。

"兄弟，把你手中这支三八大盖枪借我用一下。"跟在王铭章身后的李少昆，离地还有两步便不下了，伸手从迎上前来的弁兵手中提去他那支三八式步枪，右手执枪，左手扶着铁梯，噔、噔、噔，又动作轻快地往上而去。李少昆提在手中的那支三八大盖枪，是从日本人手里缴获的，这种枪有效射程达两千余米，射击精确度很高。

王铭章知道李少昆的用意了，抬头望上去。李少昆站在了铁梯最上一格，来了个金鸡独立。右脚在铁梯的最后一格站定，左腿从铁梯的另一边挽过去，用左、右两只腿固定住身体，略微后仰，就像在演高空杂技。然后出枪、瞄准、觑起眼睛，三点一线，右手食指轻轻勾住了扳机。只听"咔——呯！"一枪，是清脆的二声，前抑后扬。开了枪的李少昆还注意观察了一下，这才左手提枪，右手扶梯，返身快速下来。动作之快，像道闪电。

"军长，快离开！"就在李少昆大声呼喊时，弁兵扑上来，用身体掩护着站在离烟囱有相当距离的王铭章。咚、咚两声，日本人两炮打来，将高高的烟囱打得四分五裂，粉尘、砖块迸裂四溅，幸好没有造成任何损失。

"军长，龟儿子龟尾寿三被我解决了！"李少昆见军长毫发未损，高兴极了。他说："我是亲眼看到龟尾寿三的'沙罐'被我一枪打得对穿对角，从马上栽下去的！"

"少昆，你硬是得行！"王铭章迎上前去，伸出双手，紧紧抱着李少昆，上下检查一遍，见他没有受伤，这才放心。

李少昆击毙了旅团长龟尾寿三，日军虽然临阵折主将，但毕竟这是支相当精锐的部队，而且龟尾寿三事先已经设计好了新的作战方案。

下午，日军改变了进攻方式，变遍地开花为重点攻击。这手厉害，让守城的川军处于被动！东门城墙被轰垮了一个缺口，日军趁势拼命往里冲、突，川军拼命堵。而最麻烦的是，这处堵住了，不知日军下一步又要重点进攻哪里。

日军进攻的重点忽东忽西。西关突出的一段城墙，在两个小时中落下炮弹300余发，城墙被轰开了一个20米宽的缺口。双方势在必得，势在必争。日军集中了轻重机枪数十挺，对准缺口猛射，掩护步兵攻击前进。守在缺口两边的川军避开火力，当日军以为川军已经伤亡殆尽，开始冲锋，被川军打了下去……

天低云暗暮色渐重时，滕县的攻守之战进入了白热化。

东关缺口处，硝烟弥漫中，日军约五六十人持枪猫腰，陆陆续续跳进缺口，摸了过来。守军营长严得平身边只剩下六七十个兄弟，而且好些都负伤了。伏在瓦砾堆两边的他们，缠着绷带，军衣褴褛，已看不清他们的面目，只剩两个眼珠在转，只能看到他们仇恨的眼睛。营长做了个手势，弟兄们会意，隐忍不发。他们将摆在面前的多枚手榴弹一一揭开盖子，拉出了弦。当日军进到眼前时，“给老子打！”营长严得平一声喊，率先将手榴弹扔出去。轰轰轰！顷刻间，几十枚手榴弹同时扔向敌群，爆炸开来。冲进来的日军屁滚尿流鼠窜而回。

夜幕像乌鸦的翅膀，一下就裹紧了滕县。按照日军以往的惯例，夜间是不作战的。但这天日军急了，拼命地攻打，设法让守城川军力量分散，此时的滕县险象环生，几乎所有的城墙，都被日军的炮火打得壑壑牙牙，残缺不全。

北端城墙又被日军重炮轰开一个大缺口，闻讯赶来的周县长带着一群百姓，抱着盐袋冲上去堵缺口。

“周县长，危险！”伏在缺口一边，浑身是血，军衣褴褛的吴端营长见状，急得大声呼喊时，已经迟了。哒哒哒，日军的机枪子弹扫来，在夜幕中，像张牙舞爪的毒蛇扁圆形口中吐出的火焰似的信子，将周县长浑身上下舔了个遍。黑暗中，周县长倏然一闪，倒在了地上。他带在身边，抱着盐袋冲上去堵缺口的二三十人，也悉数倒在了血泊中。

“狗日的日本鬼子，我同你们拼了！”吴营长眼睛都红了，一边将放在身边的手榴弹拉弦，一边大声喊：“兄弟们，扔手榴弹……”

轰轰轰！一阵天女散花般的手榴弹爆炸后，在日军的鬼哭狼嚎中，吴端营长挺着刺刀，带着全营残存的兄弟冲上去，消灭了突进来的敌人……

王铭章指挥有方，临危不乱，守军官兵勇敢善战，敢拼敢打，更有周县长一干人壮烈牺牲的激励，多处被打开的缺口终于在深夜时分扎住了，暂时化险为夷。一天来不间断的血战终于结束了。检点守军，4000余人折损大半。王铭章心中清楚，这时，敌我两方，就像是一对拳击手，攻和守的都累了。攻的一方暂时休息，积累精力，只等天亮后对守的一方发起最后一击。千疮百孔的滕县，经不起明天日军钢铁洪流的倾泻打击了。

深夜。嘀、嘀、嘀！在王铭章权且作为指挥部的地下室里，孤灯一盏如豆。他要收发报员向在临城的总司令孙震发报，表达了他不惜牺牲，明日继续率余部坚守孤城，与城共殉的决心。同时询问战区情况，前来增援滕县的汤恩伯军团王仲廉军明日是否能赶到滕县，如能，王部赶到滕县的具体时间云云。

晕黄的灯光下，李少昆发觉，经过这一天的激战，将军一下就瘦了，素来讲究军容的他，军衣上裹满硝烟，多处弹痕累累。特别让李少昆感到触目惊心的是，一颗敌人的子弹擦着将军的腰部打过去，斜斜地在后背上拉出一个大大的口子，如果敌人的这颗子弹再偏过去两厘米，就直直打进了军长的胸膛，后果不堪设想。将军别在腰上的手枪套是打开的，露出里面那支烤漆锃亮，小巧玲珑，却杀伤力巨大的可尔提手枪，灯光在将军那张五官清楚的宽盘大脸上摇曳，有一种视死如归的表情。将军高大，冷静如山，只有一副大刀眉不住地抖动，暴露了将军内心的不平静。将军一边看着收发报员收发报，一边从军服口袋里摸出一盒皱巴巴的烟，掏出一支烟叼在嘴上，李少昆用打火机打燃火，给将军点上了烟。将军平时是很少吸烟的，这会儿却狠狠地吸上一口，再吐出来，猛烈地咳了起来。

收发报员的手指灵巧地在电键上跳动，孙震将军回电了。

回电中，孙震简略地告诉王铭章，二十二集团军所属部队此时正在沿临城一线浴血奋战，尽可能打击、迟滞日军矶谷师团对台儿庄的进攻步伐。孙震同意他继续率部坚守滕县，还说，汤恩伯军团王仲廉军已到临城，现在他正通过第五战区司令长官李宗仁将军督促王仲廉，在天明以前火速赶到滕县！这里，孙震总司令并没有说明白，究竟王仲廉明天能不能赶到滕县？看得出，对这支装备精良的中央军，纵然作为集团军总司令的孙震也无可奈何，他只能求助李宗仁，而即使如五战区最高长官的李宗仁，能否对这支骄兵悍将的中央军指挥得动，也大成问题！王铭章对这支中央军已经不抱希望了，他决心率部以死殉国，尽量争取推迟滕县陷落的时间。

新的一天又来到了。

17 日清晨 6 时许，进攻滕县的日军 60 余门大口径的野炮、山炮、平射炮集中对城垣轰击，同时 20 多架日机临空反复投弹、扫射。县城里，除北关一座孤零零的美国教堂，日本人怕引起外交纠纷放过了外，全城笼罩在一片火海中，烟雾弥漫，墙倒房塌，爆炸之声不绝于耳。

两个多小时后，日军倾巢出动，在坦克掩护下向几处轰开了缺口的地方进行冲击。与此同时，日军用猛烈的炮火对城内实施遮断性延伸射击，以阻滞守军调动增援。

就在王铭章千方百计调动部队保住了最为危急的东门缺口时，日军一部又冲进了南城，以八辆坦克作前导，掩护步兵百余人冲锋。在该段指挥作战的营长王承裕，这时手下弟兄只有 14 人，他们临危不惧，不退，高喊杀敌，战至午后 3 时许，全部为国捐躯……终于，潮水般的日军从多处缺口冲进了城，所剩不多的川军与日军展开了逐街逐巷逐屋的争夺战，到处是枪声炮声和川军泣血的咒骂、呐喊。

王铭章自知已到最后关头，他在西关一株燃烧的柳树下，向临城总司令部连续发出三电，自知援军无望，他以掷地有声的语言，向孙震表示："……职忆委座成仁之训，及开封面谕嘉慰之词，决心死拼，以报国家，以报知遇，职王铭章叩铣。"

黄昏时分。坚守了近四天的滕县全线失守，沉浸在血海里。在升腾的狼烟中，零零落落的川军官兵还在坚守，他们在残垣断壁间向日军射击，逐街逐巷逐屋地同进城的日军战斗，拼命。这里、那里不时传出骤然响起的枪声，手榴弹的爆炸声和川军官兵同鬼子同归于尽时，乡音浓郁的喝骂声："龟儿子日本鬼子，老子就是变成鬼，也要来找你们这些龟孙子拼命……"

王铭章将军与师参谋长越渭滨、副官长罗辛甲、贴身少校副官李少昆及一班卫士，被敌人压到了东关城楼下。在多名日军军官簇拥中站出来的敌酋，相貌与龟尾迥然有异，长相粗鲁，用戴着雪白手套的双手扶着指挥刀，通过身边的翻译，要王铭章投降！

在如血的残阳映照下，王铭章将军一行像是一群凝固了的英雄雕像。他们虽然衣衫褴褛，但神情安详坚定，身材高大的王铭章指着敌酋："日本鬼子你听着！"在夜幕降临前，在断壁残垣的滕县鼓楼下，响起王铭章川音浓郁的声音："这里，滕县就是埋葬你们矶谷师团的第一道坟墓。台儿庄是你们的第二道坟墓，徐州一线，将把你们彻底埋葬消灭！"

敌酋怒不可遏，嗖的一声抽出寒光闪闪的战刀，一挥。顿时，枪弹如雨泼洒而来，王铭章和簇拥在他周围的师参谋长越渭滨、副官长罗辛甲等人一个个中弹倒了下去。在最后一缕如血的残阳中，王铭章用一只大手扪着从胸口涌出的血花，倒地之时，用另一只手将护卫在侧，跟了他多年的副官李少昆巧妙地往后一擀，身子往后一倒，这就将个子瘦小的李少昆压在了他的身下。

随即，夜幕匆匆裹紧了滕县，这个晚上的夜特别黑特别悲惨，滕县像是穿上了一件丧服。

整个滕县一片尸山血海。被王铭章、越渭滨、罗辛甲及一班卫士尸体掩盖着的李少昆留意到，上半夜，日军对城中拉网似的进行逐处搜索，凡是发现还有一口气的伤员，无论军民，都补上一刀杀死，毫无人性。到了下半夜，日军以为整个县城里的生灵都已被他们斩尽杀绝，放了心，挂在天幕上的照明弹一颗接一颗地熄灭了。漆黑的夜里，除了远处有几个挺着刺刀的哨兵在鬼魂似的游动外，整个滕县都在尸山血海中沉睡了过去。

这是逃出去的最好时机。李少昆慢慢从死人堆里爬了出来，四处看看，凭他的机智，要逃出去没有问题，但他要将王铭章将军的遗体也背出去，他不能让将军的遗体落到敌人手里。李少昆个子瘦小，但从小劳动，身体素来结实，又练过功，很有力气。他将块头很大的王铭章将军的遗体背在背上，弯着腰，在死人堆里小心翼翼地迂回爬进。

他奇迹般地背着王铭章将军的遗体脱险，来到了城外。夜色幽深，这是最黑暗的时分，旷野上不时传来零星的枪炮声。李少昆背着王铭章的遗体，隐进路边一个小小的榆树林。从这里到临城，足有上百里地，方向不明，路途不辨，天又快亮了。李少昆自忖死不足惜，可无论如何不能让一代抗日名将王铭章将军的遗体落入日寇手里呀，该怎么办呢！正在着急时，漆黑的夜幕中流动出一匹奔马优美的剪影，它朝这个方向寻来，走着左左右右探寻、叩问的步伐，一路嗅着、寻找着，那副决绝的姿态，像一个决心赴死的勇士。

李少昆揉揉眼睛注意看去，啊，这不是师长的雪里红吗？是它！李少昆喜不自禁。“雪里红！”李少昆轻声呼唤：“军长在这里。”一路寻来的雪里红，很有灵性，听到李少昆的声音，立刻小跑而来。

李少昆知道，军长生前万分钟爱的这匹雪里红，不是一匹普通的马，这就翻身骑了上去，抱紧横在马上的军长的遗体。雪里红立刻扬起四蹄，朝临城方向疾驰而去，却又几乎完全听不到蹄声。旷野上，所过之处到处都是累累弹坑，尸横遍野，还有鬼子毁弃的大炮、坦克、卡车、武器弹药，散乱地丢弃在阵地上。

陡然出现的景象，让守城的川军将士感到震惊。放眼看去，在晨光初露的东方地平线上，一匹白得耀眼的神骏，正从鲁南旷野上飞奔而来，骑在马上的人似乎在向城上招手，用四川话在喊着什么。这哪里是一匹马？它简直飞了起来，颈上的长鬃随着晨风的拂动向两边飘拂，好似天鹅的两翼在气流中搏击，四蹄拉平，简直就是一位神的使者。

“那不是王师长的坐骑雪里红吗？”有人看出来了，指着正由远而近飞来的神骏说。

“是，那骑在马上，大声喊话的不是王师长的贴身副官李少昆吗？”……

这时，雪里红已经飞驰到了城下，以一个漂亮的战操动作，猛地收住四蹄，昂起头来，对着长天大地发出一声映山映水的、悲壮的长长嘶鸣。

二十二集团军总司令孙震将军闻讯深为震惊，接见了这匹神骏。见到总司令，雪里红上前两步，前腿屈膝跪倒，在孙震将军面前将头深深地埋下去，似乎师长之死是它没有保护好似的。这个动作让二十二集团军总司令、国民政府陆军上将孙震大为感动，情不能抑，他上前一把抱着雪里红的头，抚摸着它长长的颈子。

以后，这匹神骏成了孙震将军的坐骑，在抗战中屡立战功。同时，孙震对李少昆之举大加赞赏、慰藉，重新留在身边做副官，官升一级。

这天中午时分，隆隆的炮声从台儿庄方向传来。因为在滕县耽误了时间，一头撞了进去的日军精锐部队矶谷师团的末日到了。

李宗仁指挥台儿庄守军全线出击，汤恩伯部抄在敌后，用强大的火力对敌实施轰击、堵截。一直防守遭攻的孙连仲部此时群情振奋，人人奋勇，以一当十，杀声震天。而敌军已成强弩之末，弹药汽油用完，机动车多被击毁，在中国军队的前后夹攻中丧魂落魄，狼狈逃窜，遗尸遍野，各种辎重扔得到处都是，师团长矶谷本人率残部拼命突围。

台儿庄会战，击溃日军两个精锐师团的主力，歼灭日军2万余人，缴获大批武器、弹药。

台儿庄大捷是中国军队继平型关大捷之后的又一重大胜利。这场以台儿庄为中心的，在广大鲁南地区进行的大规模的惨烈之战，历经月余，总共歼敌近三万人，创八年抗战之伟绩，扬中华民族之雄威。

战后，第五战区司令长官李宗仁将军向国民政府及蒋委员长的报告中，高度评价了川军，称："此次我二十二集团军，自本月十四日拂晓起于滕县之北、界河东西地区，受优势之敌压迫，该军奋勇抗战，是日于黄山、北山等处予敌以挫伤后，卒被敌炮火摧毁阵地，我警戒部队悉作壮烈牺牲。此一战役我官兵伤亡不下万人……

"十五、十六两日，我坚守濮阳山、龙山、北沙河大小坞阵地，在敌步炮空不断轰炸下作殊死战斗，前赴后继，牺牲惨烈。"

李宗仁将军在报告中，特别提到了滕县之战。

"滕县守御，苦战撑拒。迄十七日下午五时半城垣俱遭摧毁后，被敌突入。巷战结果，我官兵均洒尽最后一滴血以殉城。查该军以劣势之装备与兵力，与绝对优势之顽敌独能奋勇抗战，官兵浴血苦斗三日半以上，挫敌锐进。阵亡师长王铭章、参谋长越渭滨、邹慕陶，团长王麟；负伤师长陈离，旅长吕康、王志远等……使我援军得以适时赶到，战役中心之徐州得以转危为安。此种为国牺牲之精神，实不可泯灭。"

国民政府军事委员会委员长蒋介石致电孙震，对此战给予了高度评价并亲切慰问："贵部捍卫鲁南，浴血奋斗，殊堪嘉尚，仍希转饬所部努力歼敌为盼。"

国民政府对阵亡的王铭章将军给予特别褒恤：

1. 追认为陆军上将。

2. 明令褒扬，举行国葬，拨专款一万二千元治丧。

3. 将平生事迹宣付国史馆。

4. 所有阵亡将士从优议恤（少将参谋长越渭滨八千元，上校参谋长邹慕陶、团长王麟各五千元，以次均从优议恤）。

1938 年 8 月 27 日，二十二集团军总司令孙震亲自扶灵回川致祭安葬王铭章。忠骸经武汉、重庆辗转回归故里时，沿途受到隆重的祭礼，人们洒泪如雨，盛况空前，规格很高，所过之处，无不夹道迎灵，炮声震天，悲壮热烈，人们纷纷脱帽向回归故里的英灵致敬。

是日，王铭章灵柩被运回新都原籍落葬，由孙震主持典礼，新都各界公祭，送殡人员及民众达十余万人，由新都县县长陈开泗主持公祭后，故上将王铭章的忠骸终于落地，安厝于家乡饮马河附近的新茔。到了20世纪60年代“文化大革命”中，王铭章的陵墓同刘湘的陵墓一样难逃厄运，被挖地三尺。中共十一届三中全会后，王铭章被追认为烈士，他的茔墓不仅得到恢复，人民政府还给他塑了一尊像。身穿黄呢军服的王铭章，腰挎战刀，英姿勃勃地骑在他那匹最心爱的宝马雪里红上，手持望远镜，指挥着千军万马，冒着敌人的炮火奋勇前进。让人们在这尊塑像前，不禁想起那段过去的峥嵘岁月，肃然起敬。

- 第十四章 -

计中计，把川中人物尽量扫地出门

不知不觉，又一个春天到了。远离战火纷扰，山明水秀的雨城雅安，显得格外的和平安宁，穿城而过的羌江在静静地流淌。春天是播种的季节，希望的季节，这个季节对于刘文辉，同样如是。

1933年“二刘”决战，刘文辉大败，退到雅安，仓皇狼狈至极。当时，唐式遵率追兵在后紧跟，就在刘文辉无可奈何，万念俱灰，想甩手而去出家时，他的侄子，却又比他大四岁的刘湘，在关键时刻顾念亲情，让了幺爸一手，命令唐式遵停止追击，兵驻金鸡关下，让幺爸在雅安站下脚来。刘幺爸是个何等会搞的人！他在这片四川与西藏衔接，民族众多，疆域广袤，资源丰富，不过因为交通等各方面原因，经济相对落后的川康地区休养生息。五年过去了，他的实力虽然不能同当初相比，但也羽翼逐渐丰满，应当顺理成章成立他的西康省了。

刘湘出川抗战前，曾经多次主动给幺爸刘文辉提起西康建省事，他却抠起，头几摆，说：“甫澄，你是晓得的，我手头这块地盘虽大，却穷。你得把西昌和金鸡关以下，邛崃以西的名山、百丈这两个小地方给我，我才能成立西康省……”真是叫花子还嫌稀饭馊，事情搞来倒起了，倒像刘湘在求他似的。

幺爸还说：“甫澄，我现在权宜是在帮你看守西大门！”刘文辉善于言词，头脑好使，没有理由也能找出理由。这番话明里暗里的意思是，川康地区夹在四川与西藏之间。而历史上，西藏乃是非之地，所以他是在给刘湘看守西大门。

之所以非要把西昌和名山、百丈拿到手，是因为西昌河谷及所辖十万大小凉山，属于亚热带气候。那里面的许多河谷地带盛产罂粟，而罂粟制作出来的鸦片被称为软黄金。拿到了这一片，经济上就有了保证。

而金鸡关之下的名山、百丈是浅丘陵地带，总体上属于成都平原，相当富庶。经济上还在其次，这两个地方有军事上的意义，对雅安能起缓冲作用。不过，他之所以要名山、百丈这两个小地方，就像是一个会割肉的人，在卖肉的那里割了一大块好肉之外，要的一块“带头”。当然，这个譬喻不尽贴切。因为去市场上割肉是要花钱的，而刘文辉做的是无本生意。

刘湘当然不会给，笑笑，不了了之，事情就这样拖起了。不过刘文辉并不急，他在等待机会，他相信机会到了，自会有人将西昌这块又大又好的“肉”，连带名山、百丈这两个“带头”给他送上门来。

机会终于到了，给他送“好肉”并“带头”的人来了。头天晚上，他接到王缵绪从成都打来的电话。王缵绪不无着急地说：“刘幺爸，现在川内局势乱得一塌糊涂，是得请你这个‘多宝道人’出山的时候了！我新近买了一部福特牌轿车，安逸得很，还没有坐过，明天我开来接你上成都……”

他一听就懂了。电话上他没有同王缵绪多说，只是客气地说：“治易，你吩咐的事，我敢不应承吗！”事情就这样说定了。成都到雅安有100多公里，过了名山就是山路，不太好走，还要翻金鸡关，算起来，王缵绪到雅安，还得有一些时候。

这天的天气很好。一早，东边的天很亮，几朵翻滚的银棉似的云团，照例从油绿葱翠的周公山上升起，随即在天边洇散开来，蔓延开去，像一层乳白色的纱缦，如丝如缕地飘移过来，笼罩了苍坪山，笼罩了张家山，笼罩了万瓦鳞鳞的雅安。从内地的角度看，雅安城不大，最多就相当于一个大的县城，但在川藏间却已经是最大、最繁华，也是最重要的城市了。

刘文辉的二十四军军部坐落在苍坪山上，而西康省筹建处的牌子却挂在山下的雅安城里。

苍坪山很奇特，从远处看，它是山，上山看，地势却相当平坦，容得下千军万马。山上，树木葱葱郁郁，遮天蔽日，简直就是绿色的沧海一片。

刘文辉住在军部大院后面一个单独的小院里。这是一幢中西合璧的小洋楼，院子里很清静，鸟语花香，委实一个洞天福地。

如果是往常的日子，这个时候，刘文辉正在召集一帮旅长、师长开会。这些旅长、师长中，好些都是他的子侄，如刘元琮、刘元塘、刘元璜等。开会的场面散淡，可议题却大都庄严。届时，身材矮小，总是喜欢着一身长袍马褂的军长，当中或坐、或偎依在那把具有清朝宫廷特色，漆黑锃亮，相当阔大的檀木椅上。这椅子大得出奇，椅背和两边的扶手上都是雕龙刻凤，镶金嵌玉。军长座下自然垫有软垫。因为那把漆黑锃亮的檀木椅太阔大了，这就把本来很瘦小的军长衬托得像是一个坐在上面的孩子，以至军长不得不在脚下再垫上一块镂花长方形脚凳，不然时间长了，脚非吊肿不行。军长的对面，是一排落地式大玻璃，视线好极了，山下绿树蓊蔽的雅安城，穿城而过的羌江，对面遥遥高耸云天的金鸡关等，无不历历在目。军长常常一边开会，一边喝茶或是二郎腿一跷，随手从茶几上拿起那支白铜水烟袋，“啪！”的一声用大指拇抠开烟盒盖，两根枯瘦的指拇从烟盒中掏出切得蒙细的、黄金杠色的什邡水烟丝，捏按在烟筒上。然后颈子一伸，那张没有胡子的，老太婆似的嘴“噗！”的一声吹燃捏在手上的捻纸，再将捻纸上那束暗蓝色的火苗往烟筒上一拄。

开会时，刘文辉抽水烟，嗑瓜子，喝茶……表现得相当随意，而议题却大都是川局如何，或涉及某一个人某一种事，或西康未来如何，现在要做哪些事等？军长出题，大家各抒己见。这样，表面上摆龙门似的开会，反而因为没有压力，能经常激发大家的思想火花闪耀，集思广益，刘文辉就有这样的本事。有时兴之所至，军长还要出个对联。他出上联，指着谁，让谁对下联，如果谁对得不好，他就用相当诙谐的语言，以老辈子的资格出现，对谁谁谁骂一阵，奚落一阵，联系谁谁谁小时的趣事逸闻笑说一通……这样，会也开了，乐也乐了。俗话说，“打是心痛骂是爱”，被幺爸军长骂了、数落了的谁谁谁绝不会生气，反而高兴。何况，中午还有一顿很不错的宴会等在那里。这样的会开得好极了，刘文辉和他的下属们都乐此不疲，叫它“神仙会”，只要军长在，这样的会每天上午开，雷打不动。

而这天一反以往，“神仙会”被取消了，刘文辉一早就躺在他的吸烟室里抽鸦片烟，也就是大烟。他要抽抽大烟提精神，以应付一会就要来的王缵绪，以及回到成都后的诸般应酬、紧张忙碌。他抽大烟没有瘾，能恰到好处地掌握其间的度，刘文辉是一个做什么事都恰到好处的人。

年来，与他恩怨难以说清的侄子，第七战区司令长官，陆军上将，在四川说一不二，脚在地下一跺，地都要抖三抖的四川省政府主席兼川康绥靖公署主任刘湘，在忧愤交加中病情加重，于 1938 年 1 月 20 日溘然去世，年仅 48 岁。两天后，仅仅是两天后，国民政府即发布张群为四川省政府主席，同时宣布撤销川康绥靖公署。张群当仁不让，在汉口发表谈话，并公诸报端：“中央对于川省主席继任人选，以本人系属川人，熟悉川事，因使承之……此次遽承新命，深感责任重大……兹值国难极形严重时期，兼以桑梓敬恭之义，不敢固辞。”云云。

这个任命立刻在四川引起轩然大波，遭到四川几乎所有实力派人物的联名反对。邓锡侯、邓汉祥，还有掌握着刘湘的核心组织武德学友会，手中握有全省二十来万保安部队的保安司令王陵基，都反对。王缵绪当然也是。这些人空前团结，表示要抗争到底，让蒋介石非收回成命不行。事后，他们策动了刘湘留驻后方的六个师长，五个旅长，以许绍宗领衔，联名上呈蒋介石，对中央派张群回川主事，表示坚决反对！接着，王陵基动员他的武德学友会，在成、渝两地组织人游行，贴标语、散传单、发代电；邓汉祥也出手了，让他领导的全省县训团表示了同样的心声；接着，又是十七个旅长联名致电蒋介石，再次明确拒绝让张群主持川政，四川省抗敌后援会向全国发出通电……可谓闹得沸反盈天。四川的地位何等重要，武汉会战正在紧张进行，蒋介石看形势不好，赶快采取缓兵之计，一方面致电邓汉祥，要求他维持四川秩序，稳定川中局势，一方面对川中将领们竭力安抚，又派重庆行营主任顾祝同和成都行营主任贺国光双双出面做工作。

在这种情况下，看机会到了，王缵绪跳出来多方运动，希图当上四川省政府主席，这可是他多年梦寐以求的。王缵绪其实早就有这个心。年前，蒋介石在峨眉山办军官训练团时，他就私下找过刘文辉，谈过一笔交易。刘文辉答应，条件成熟时，支持王缵绪做川省主席，而王缵绪表示，他一旦当上了四川省政府主席，立刻将西昌地区和属于成都平原的名山、百丈都划给他刘文辉，支持他建立西康省。现在，天遂人意，时机成熟，王缵绪来请他出山了！

王治易之所以非要来求，无非是因为以下几个原因，刘文辉心想：

一、在政治手段和对政治问题的前瞻性上，我刘自乾绝对是川内第一。二、我虽然离开了成都，退出了四川政治舞台，但我在四川当过多年的省政府主席，方方面面的关系很多，人际关系可谓盘根错节，我牵一发，可以动全身。三、目前，我人虽在雅安，但仍然是影响川中局势，举足轻重的重量级人物，川局在我面前绕不开去……

这时，门轻轻开了，三姨太来在他的身边，俯下身来，香气袭人，耳语般地说："自乾，王缵绪来了。"

"好，我就等他来！"刘文辉一听，高兴地一个鲤鱼打挺坐起，吃了一碗丫鬟给他端来的银耳羹，换了衣服，来在客厅。

"哎呀，自乾，多日不见，我常怀云树之思。"

川北西充人，同杨森是当年顺庆（现南充）中学同班同学，在清末考取过秀才的王缵绪，长得五官清楚，身材也匀称，说话爱抛文句。刘文辉一进来，他就抢上一步，双手握着刘文辉的手，做出很关切的样子看着他说："自乾，你脸色好，精神也好，红头花色的。"其实，刘文辉脸色并不好，为了取悦刘幺爸，缓急之间，王缵绪把可以想到的好言好语都说了。

"好好好。不过，没有你好！"刘文辉大有深意地一句，说时手一比，"坐坐坐！"他从宽袍大袖中伸出瘦骨嶙峋的手，在头发剪得很短，橄榄形的头上抠了抠。

"怎么样，成都难得有这样的清静吧？"刘文辉让了座，也坐了下来，看着显得很着急的王缵绪说："治易有没有兴趣在雅安住两天？我们雅安的雅雨、雅鱼、雅女可是世之三绝啊！你在成都可是享受不到这些的！"说时哈哈笑了两声。

"这次就不叨扰了。"王缵绪看了看表说："自乾，如果你准备好了，现在就请起驾吧！"

"恭敬不如遵命，那我们就走吧！"

为了便于谈话，刘文辉与王缵绪并坐在那辆新买的福特牌轿车上。车队首尾衔接。路上，刘文辉从王缵绪那里得到一个重要消息：被蒋介石撤了职的潘文华，从前线回川时，路经武汉，得知四十三军军长郭汝栋也在那里，就去走郭汝栋的路子，二人的关系不错。因为他知道，郭汝栋能够走通蒋介石的心腹大将，时为重庆行营主任顾祝同的路子……郭汝栋听了潘文华的述说，做出很同情的样子，当即表示这事由他去办，让蒋介石收回成命，封潘文华为一个集团军总司令，他当潘的副手。其实，郭汝栋这里使了一个奸心，他是想掌军权。正走下坡路的潘文华岂有不同意的，立即满口答应。最终结果在老蒋那里来了一个折中，潘文华的集团军总司令没有当成，郭汝栋的副总司令当然也没有当成。不过，老蒋还真买顾祝同的面子，撤销了对潘文华的处分，这个命令很快就会正式对外宣布。

"你看这军令政令，岂不是形同儿戏！"历史上同蒋介石没有一天关系好过的刘文辉，听后骂了起来："搞他妈的啥子名堂？一会儿公开下文撤销潘仲三（潘文华的字）的二十三集团军副总司令职，云开日出……"骂过后，他问："如此说来，这潘仲三现在已经回到了成都？"

王缵绪说是。于是闪烁间，刘文辉心中已经有了将王缵绪拱上去的办法。他特意问王缵绪，他们俩之间私下曾经有过的约定，告没告诉过其他人。

“没有，我又不是瓜娃子！”王缵绪很肯定地说。

“那就好办。”刘文辉说：“我到成都这段时间你也不用来找我，有事，我会找你。你就稳起，该做啥子做啥子。我给你办。你就等着好消息吧！”

王缵绪会意地点点头，说：“我只要当上四川省主席，立马把你想要的地方划给你。”

到了成都，他们是在红牌楼分手的。刘文辉携三姨太还有李金安等人，驱车去了文庙后街，住进了他在这条街上的公馆，王缵绪自然带人驱车回了他在西马棚街的公馆。

下午，刘文辉分别给邓锡侯、潘文华、邓汉祥、王陵基打了电话，说是最近他在雅安住腻了，觉得还是成都好耍，又想念在成都的老朋友，这就回来了，约他们去他家聚聚，晚上他请客。

二邓一潘一王正要找他，一听他回来了，喜不自禁，岂有不同意的，但都客气，说：自乾你是客，你回成都来，该我们请你的……

午后4时，邓锡侯、潘文华、邓汉祥、王陵基都按时来了。刘文辉迎出来，大家客厅里坐定，丫鬟送上茶点，先寒暄一番，无非是你胖了、你发了，成都、雅安天气如何如何，心照不宣。几句闲话扯过，就转到了正题。

“自乾！”邓锡侯看着刘文辉：“在座的都晓得，你的办法多，你是个‘多宝道人’。而今你比起我们来，又超脱些。你说这个事情该咋个办？”邓锡侯点了题后，大家都看着刘文辉，等着他发言。

“既然在座的都不是外人，那我就建个议。对呢，就采纳，不对，就当我没有说过。”刘文辉拿眼光分头从这些人脸上过了过。

大家都表示赞成。

“四川省政府主席，王治易早就想当，跃跃欲试，这是我们大家都晓得的。我们不如干脆成全他！反正，我们在座的都当不上。”刘文辉一反以往的迂回曲折，直接端了出来：“不过，事前我们要同他约法三章，要让大家都得点好处……”接着，他对这事进行了详细分析，主要意思是王缵绪这个人，大家知根知底，也没有臂膀，可以驾驭，而如果让张群来当省主席，可就麻烦了，他是蒋介石的心腹。

刘文辉说完了，一时大家都没有说话，你看看我，我看看你。客厅里很静，只有邓汉祥捏在手中的大折扇不时唰的一声打开、折起。刘文辉这番话好像是说得太直撇，他其实是经过精心考虑的。如果老蒋那道命令实行，在座的都是最大的受损者：川康绥靖公署撤了，身为主任的邓锡侯和马上就要发布为副主任的潘文华摆到哪里去？王陵基是省保安司令，刘湘出川时，又将武德学友会交给了他，他现在实际上是川内最有实力的人，如果张群一来，会马上把他拎翻。邓汉祥就不用说了，张群一来，马上就没有了他的位置。而他们中，确实是任何一个人都当不了省政府主席，因为他们都被蒋介石看得紧紧的，根本不被信任。因此，如果把王治易弄来当一个他们可以驾驭的名义上的省政府主席，又何尝不可呢？关键是可以“驾驭”！看来是可行的。他们中，当然没有任何人知道，刘幺爸其实在背后，早就同王缵绪谈成了一笔大交易。

“方舟，你看呢？”看大家不开腔、不表达，刘文辉有意先问王陵基。他知道这个人现在最有实权，又最爱面子。

“我是无可无不可。”王陵基并不表示反对。

“仲三，你看？”邓锡侯问潘文华。

“倒也是可以，但这中间得有一个前提，就是他王治易当了省政府主席，汉祥君仍然要当省政府秘书长才行！”潘文华是刘湘的忠实追随者，甫公虽然已去，但在他看来，在人事上还是应该按甫帅的既定主针办。何况，秘书长是省府的真正当家人，邓汉祥又足智多谋，能够代表他们这个集团的利益。

“那是当然的。”

大家你看看我，我看看你，都不说话了，默认了，掉头看着智多星邓汉祥。

“如果能这样，当然，也不是不可以！”邓汉祥说时将手中的大折扇唰地一收，手板上一点：“这样，我也可以给大家办点事情！”他现在最关注的，是他的四川省政府秘书长这个职位。

这事就这样定了。接着，大家一致推举邓汉祥写一份致蒋委员长的信，大家签名。信中要表达这样的意思：他们一致同意推举王缵绪当新一届四川省政府主席，邓汉祥任省府秘书长。邓汉祥很愉快地把这事接了下来。

当晚，讲究美食美器的刘文辉，在他那皇宫似的文庙后街公馆里设盛宴招待邓锡侯、潘文华、邓汉祥、王陵基。接下来的日子里，大家吃转转会，轮流坐庄请客。

不出刘文辉所料。很快，蒋介石收回成命，任命王缵绪为四川省政府代主席，邓汉祥为省政府秘书长。同时任命潘文华为川康绥靖公署副主任，正式任命王陵基为川省保安司令。显然，老蒋之所以如此让步，是川省形势所趋、所逼。另外，老蒋把王缵绪看成了他的人，因为年前老蒋在峨眉山办军官训练团时，王缵绪就倒了过去。

当上了四川省政府代主席的王缵绪也不食言，立即给刘幺爸兑现，他上报中央，拟将整个西昌地区连同名山、百丈，原属川省的 19 个县全部划归刘文辉，让他西康建省。因为西康省实际上是川省的附属，既然川省肯答应，国民政府很快照准。这样，刘文辉理想的西康省，终于在 1939 年元月 1 日正式宣告成立。

随着夜幕的降临，位于府河之畔，成都市内偏北，占地上百亩，被称为“北半城”的中央军校成都分校，笼罩在如烟似雾的暮霭里，显得非常安静。这时，这所有师生 15000 人的军校，就像一艘在茫茫的大海里夜行的超级军舰。上晚自习的军号还没有吹响，白天总是在列队操练的操场上，这会儿只是几个人在打篮球，看上去影影绰绰的。操场四周，远远近近的，排列有序的幢幢教学楼上正在陆续亮灯，灯光从若干个窗户里映出来，洒在纵横交错的林荫道上，显得有些飘逸。

这会儿，是军校最闲适的时分，有些如诗如画的意味。

然而，在偌大的军校西南角上，那座平地矗立，风景很好的人造小山五担山上，及山下那座法式小楼黄埔楼，却又是另一番景致。这一带暗中戒严了。在小山上的八角亭里，还有假山后、树丛中、林荫道边，随时都游动着军校警卫连官兵的身影。他们头戴钢盔，手持步枪，在暗夜中睁大警惕的眼睛。不仅如此，还有一些身材匀称，长相标致，身穿法兰绒的小伙子也不时出现，在五担山上，在黄埔楼前后梭巡。如果是明白底细的人，看到他们肯定会大吃一惊：怎么，蒋介石到成都来了吗？因为他们都是蒋委员长的侍卫官，官职一律是少校，虽然穿的是便服，但看得出来身手异常敏捷，尤其是一双眼睛，都像鹰隼似的。

确实，蒋介石到成都来了。

这时，至关重要的武汉会战正在紧张进行。日军的第二次进攻被打退，委员长在日军开始第三次进攻之前，竟然忙里抽身来在成都，可见不一般！

蒋介石这次来成都非常秘密。他是由武汉乘专机先到重庆，然后由重庆行营主任顾祝同陪同，乘专车径直来在成都中央军校，是下午才到的，住进了黄埔楼。陪同委员长来成都的，除了他的大儿子蒋经国，就是张群。

“啪！”的一声，蒋介石拧亮了桌上的台灯。离开会的时间还有一会，现在，他要先看一些机要。乳白色的灯光，经绿色的灯罩一衬，很柔漫地洒在桌上的一份卷宗上，赫然这样一行标题：《关于四川军政要人的情况》。

借着灯光可以看清，时年52岁的委员长身着戎装，身姿颀长笔挺，军服上背着刀带。他光着头，面目清癯，眼窝很深，眼睛有神而又波动。他翻开卷宗，很注意地看去，首当其冲的第一人是王陵基：

“时任七十二军军长，又任四川省保安司令。他手中并没有多少军队，但因为负四川省治安全责，拥有保安团二十多万人，并因剿匪关系，得指挥手中留川部队和全省保安团。当中央发布张群主川时，王陵基反对最烈。

近因中央对他颇表慰劳，态度渐趋缓和……”

再看下去。

“王缵绪。时任四十四军军长，本无大的力量，刘湘逝世之日，留川部队长官中以王资望较高，而目前川康两省核心人物，从自身考虑，向中央推举他为川省主席。王认为大势所趋，可以不劳而获。曾有他在绥、省两署必占一席之语。在年前的峨眉山军官训练团上，他多次私下表示，效力中央……

“邓汉祥。时为四川省政府代主席，川省中心社主编，握有政治实权。当中央发布张群主持川政时，邓一面密令中心社分子发动民众组织，宣传中央应慎重川省军政首长人选，更策动全省县训团学员开会，通令各学员团结一致拥护其主川政，但刘湘旧部多有不满之，核心社又一再声言，主席须于川籍中选出，邓又觉绝望……

“潘文华。原以刘湘嫡系自居，自汉返川后，竭力拉拢郭昌明等刘湘旧部，私心期望东山再起……”

再往下看，就是张斯可这些等而下之的人物了。蒋介石合上了卷宗，不再看，按了一下桌下的铃。

铃声尚未落尽，蒋经国进来了。

“爹爹，你叫我吗？”

蒋介石点了点头，示意儿子坐在他对面。

蒋经国是1925年15岁时，被送到苏联去留学的，同去的还有冯玉祥的女儿等好些国民党大员的儿女。当时中苏关系很好，蒋经国去苏联后，先后就读于莫斯科中山大学、列宁格勒红军中央军事政治研究院。其间先后加入了中国共产主义青年团、中国共产党。蒋经国就读莫斯科中山大学时，与从法国转来的，后来成了中共要人的邓小平（当时名叫邓希贤）同班。班上，他们两人年龄最小，个子也最小，可是非常活跃。1927年，当蒋介石“清共”时，蒋经国在苏联对他大肆抨击，声言要同蒋介石断绝父子关系。1937年，蒋经过同斯大林反复协商，最后经斯大林同意，儿子经国带着他的苏联妻子和儿女回到了中国。蒋介石让儿子先回老家奉化，跟他指定的老师学习中国传统的孔孟之道，程朱理学。经过好一番洗脑，儿子终于站到了他这一边，并成了他的得力助手。

“经国！”蒋介石用手轻轻拍打着摆在面前的卷宗，问：“这个，这个，你看没有？”

“看了。”

“你对这几个人怎么看？”

“我倒觉得有一个没有点到的人，特别危险，也许这个人才是目前川局动荡的始作俑者。”

“谁？”

“刘文辉。”

听到这一句，蒋介石那铁板似的脸上，护在唇上的一绺胡子神经质地抖动了一下。深眼窝里，似有火花一闪。他为儿子能有这样的见识、眼光高兴。其实，他何尝没有想到这一点，只不过现在刘自乾僻居西康，他一时鞭长莫及，再说那个地方邻近西藏，如果去动刘自乾，把西藏那边的事惹发，那就麻烦了。暂时让刘文辉在那一带坐镇，看好四川的西大门，也还是可以的。

这时，卫士长陈希曾轻步进来，走到委员长身边，俯下身去，轻声说：“他们来了。”

“好！”蒋介石吩咐：“都进来。”

张群在前，然后是贺国光，顾祝同。一一坐下后，蒋介石问贺国光：“这个，这个刘自乾现在的情况怎么样？”

“刘自乾这个人很怪。”贺国光说时，微微拱了拱身子，显得小心翼翼。他看着蒋介石，小声小气地说：“他把他的二十四军军部设在雅安，可是把他的西康省政府的牌子挂到偏僻得不能再偏僻的打箭炉（康定，古称打箭炉），‘多宝道人’办事就是这样奇奇怪怪的！”

“唔，有这样的事？”蒋介石的目光一个闪烁，显出警觉。

“这不奇怪。”蒋经国说话了，只有他说话才能用这样的语气：“这刘自乾之所以把他的省政府设在打箭炉，我看也并不奇怪。根据他长期与中央离心离德的态度，我看他是在对我们来一个躲？躲得更深一些，躲得更远一些才好？或许其中还有更多的深意！”

“那就先让他去躲吧！”看来蒋介石对儿子的分析很满意、很赞同，点了点头：“先不管他，刘自乾的事以后再说。我们现在还是先来说四川的事。”

蒋介石让成都行营主任贺国光先将川局上层的情况做一个简要的汇报，重庆行营主任顾祝同补充。其实，四川的情况，他心中是很清楚的，他之所以要听汇报，是希望增加一些具体的实际感受。

先是贺国光汇报，然后顾祝同补充，两个人加起来的时间，也就是一个多小时。蒋介石在这样的场合开会有个习惯，听部属发言或是汇报时，不发一言，很专注地听，并很专注地打量部属的言谈举止。

贺、顾二人的话完了。

“这个，这个，随着战事的扩大、深入，”蒋介石说话了：“四川的地位日趋重要。刚才，贺主任、顾主任已经把四川的情况讲了，还有补充的吗？”见没有人应，他继续说下去，端出了会议的主题：“目前四川的人事安排，这个、这个，不知各位是否满意？”

“委座说了，目前刘自乾那边，我们可以先不管，暂时把他放在一边。”最了解委员长心思的张群先发言，他以四川人说话特有的方式这样形象地说：“目前川局的人事安排是：排排坐，吃果果，会哭的娃娃多吃糖。闹得最凶的几个人都吃到了糖。”为了加强他说话的抨击力，他伸出一只白皙的手，扳起指拇一一数来：“刘自乾得到的好处就不说了。邓锡侯是川康绥署主任，潘文华是副主任，王缵绪是四川省政府主席，邓汉祥是省府秘书长，王陵基是川省保安司令。但是！”他提高了声音，强调：“这些都不是我们可以信得过的人！

“王缵绪是刘自乾、邓锡侯他们这些人逼不得已拱出来的！其实，这个人也并不可靠。这个人是有名的‘倒戈将军’‘墙头草’，哪边风大哪边倒！四川这么重要，让他暂时当四川省政府主席，过渡一下，也不是不可以，但四川省政府主席一定要换人，要换上我们自己信得过的人。”张群的话说完了，意思是很明确的。

蒋介石点了点头，表示首肯。

“张院长分析得很透彻。”顾祝同说：“但咋个换呢？这时候能走马换将吗？弄不好又是轩然大波，四川现在无论如何不能再乱吧！”

“是有这个问题。”蒋经国很精短的一句，表达了他同样的忧虑。

又是一阵沉默，气氛很有些沉闷。在座的唯有“贺甘草”“贺婆婆”没有表态，而他是最有发言权的，他对四川情况最了解。蒋介石用他那双很犀利的目光，看着大半个身子都沉在沙发中的贺国光，说：“元靖，你看呢？”

不意“贺甘草”“贺婆婆”不说则已，一说，便显出他的深思熟虑，颇具机心。可谓石破天惊，让在场的人都惊了。

“解铃还须系铃人。”贺国光仍然耷着眼睛，话也说得轻言细语，好像气息不足似的：“我同意刚才张院长的见解，川事最要紧的是四川省主席这个职位。这个位置极要紧！王缵绪靠不住，我们得把他拿下来。这个人是刘自乾、邓锡侯这些人出于各自的目的，联手把他拱上去的，我们也不好公开撤他的职。我们还是得让这些人把他拉下马来。四川人有句话叫‘趁浑水好搭虾扒’，水浑了，就好办了！”

“请贺主任讲明白些。”蒋经国年轻性急，听得抓耳挠腮的。

“我们给他来个以毒攻毒！”贺国光说到这里又是浅浅一笑，就像有些不好意思似的，仍然耷拉着眼皮：“张院长刚才一语中的！”说时，讨好地看了看张群：“王缵绪这个人爱浮上水（巴结权势），是棵墙头草，‘倒戈将军’，我们不如给他来个将计就计，借力发力！”

看大家都聚精会神地看着他，包括蒋介石，“贺婆婆”愈加得意：“只要请委座见他一面，稍加抚慰，这样，王缵绪肯定就以为他是中央的人，是委座的人了，就不知道自己姓啥了，就要翘尾巴了。委座在接见他时，再稍稍透露对刘自乾、邓晋康这些人的不满，王缵绪为巴结中央，肯定就要发出声音，要攻击刘自乾、邓晋康这些人，而且肯定还会在川事上采取一些行动。这样一来，他就把刘自乾、邓晋康，还有'王灵官'、邓汉祥这些歪人惹到了，得罪了！他们肯定会联合起来，要求中央撤换王缵绪。这下，川局就真正乱成了一滩浑水。这个时候，我们给他来个'趁浑水好搭虾扒'，把他们一个个收拾，全都扫地出门，打扫庭院。庭院打扫干净了，让委座的人来上任，做这个庭院的主人，这就是水到渠成的事，是再自然不过的事！"

贺国光这番话文不加点，轻言细语，一气呵成，极有见识，让大家口服心服，刮目相看，张群甚至给他鼓起掌来了。看着说完话还是耷着眼皮，脸上浅浅笑着的贺国光，张群心中暗想：想不到这个刘甫澄当年的同窗好友，来川多年，最了解川事，平时看来不显山不露水的贺元靖，打的条（主意）最毒，还真是看不出来哩！真个是：真人不露相，露相不真人。

"这个，这个，贺主任的意见太好了，太好了！很周全，唔，这个，我这趟来成都，不虚此行！"蒋介石掩饰不住心中的高兴，说时手在桌上那个四川要人情况的卷宗上不自禁地敲打，看着"贺婆婆""贺甘草"，那张清癯的脸上浮现出满意的笑。这对蒋介石，是很难得的。

委员长全盘接受了贺国光的建议，看属下们没有别的事，就宣布散会了。

这晚，除了贺国光，其他的人都住在黄埔楼。

夜深了。张群躺在床上，兴奋得怎么也睡不着。

四川省政府主席这一职，是多少人梦寐以求的，也是他张岳军梦寐以求的……

月前，委座发布他为四川省政府主席后，却活活被川中实力派们联合闹事给轰了下去。这下好了，贺国光之计可谓万全，委座必然采纳。待委座将四川的实力派们一个个或扫地出门，或扫到一边晾起后，我张岳军就可以放放心心，稳稳当当就任四川省政府主席，以偿夙愿了。这是一件多么大的大好事，是一件多么值得高兴的事啊……

第二天上午，蒋介石果然在黄埔楼单独秘密接见了王缵绪，多加慰勉，还有一些秘而不宣的指示。中午，委员长又专门宴请，蒋经国、张群在旁作陪，这就让王缵绪感激涕零。

王缵绪在离开中央军校成都分校时，周身都是劲，走路都屁颠屁颠的。

不出贺国光所料，接下来，因为王缵绪对蒋介石步步紧跟，这就伤害了川中实力派们的利益，他们给王缵绪发作了。

"龟儿子王缵绪这个东西，咋个上台了就不认簧了嗦？"

这天，王陵基气得把手中的报纸一扔。抬起头来，往窗外看去，虽然秋天已经来到，但炎热的夏天还耗在蓉城不肯离去。楼下的花园中雀鸟啁鸣，百花芳菲。年初，因为刘自乾的提议，经他和邓锡侯、邓汉祥、潘文华等人的策应，一致上书中央，王缵绪5月被任命为四川省政府代主席，8月转正，现在才是9月，王缵绪就变了一个人，行为乖张到顶。8月5日，张群替代顾祝同任重庆行营主任，顾祝同另有重用，王缵绪往张群那里跑得才叫个勤。最开始，他一味攻讦邓汉祥，攻讦邓借办县训班大敛其财，接着，他借机撤了邓汉祥的职，用中央来人陈筑山为省府秘书长。邓汉祥这个人虽然能干，是甫帅最信任的人，但毕竟是外乡人，甫帅又不在了，没有人真心帮他。他们几个除了在背后骂几声王缵绪不是东西而外，因为没有切肤之痛，也就是睁只眼闭只眼而已。接下来，王缵绪在川事多个重要位置换上中央来人。比如把CC重要人物胡仁威安排为民政厅长，把军统的唐毅安排为成都市警察局局长……

接下来，王缵绪越来越不像话了！日前，王缵绪去重庆之前接见中央社记者，发表谈话称："今后川政实施，一本中央命令及训示办理。中央命令之外，个人别无政见，中央法规纲领之外，个人别无纲领。本人才力短绌，而四川之责任又极重大，四川弄得好否，只看奉行中央命令之程度如何而定……故到渝晋谒最高领袖及有关长官，一则述职，报告川省情况；

一则请示，请示今后治川方针，而请训尤重于述职。因政府设施，千头万绪，而如何使川省担负抗战建国之国策紧密吻合，如何使川省担负抗战时期之重任，均恳切希望领袖详加指示，本人只有遵照指示切实去做，别无可谈。”

看看，这副巴结嘴脸，真是厚颜无耻！

王缵绪从重庆回来，马上招集省内各党军政机关，各团体负责人训话，谓：“今后，中央叫我们做什么，我们就做什么。中国只有一个党，一个主义，一个领袖，我们除此之外，不知其他。本人亦只知服从蒋（介石）先生，国家前途，成败利钝，全由蒋先生去做！”云云。

接下来，王缵绪的手越伸越长，胆子也越来越大，他要兼任四川省保安司令，被他王陵基硬顶了回去！

王陵基拿起《中央日报》接着看下去，王缵绪在报上称：“我要保一省的平安，要整顿风纪，要安定秩序，要捉拿大烟犯（显然指刘文辉），要抓登徒子（指潘文华），要把躺在烟盘子上摇鹅毛扇的诸葛亮（指邓汉祥）揪出来示众，还要摸摸绷老资格（指他王陵基）的老虎屁股。

“还有人去了前线，又回来躲在后方享福（指邓锡侯）……”一竿子扫了许多人后，王缵绪又说：“这些人一个字，偷！这些人在四川偷了几十年，现在天要亮了，还要偷吗？讨口子在皇城坝偷块锅魁，都是要挨砣子（拳头）的，值此抗战紧张之际，希望他们不要再偷了，叫他们出川抗战去吧……”

真是嬉笑怒骂，皆成文章。

“龟儿子东西，骂到老子头上，欺到老子头上了，胆子也太大了，我看你是不想当四川省政府主席了！”王陵基心想：“我们，把你王治易拱得上去，就拉得下来！”之前，他同邓锡侯、潘文华都觉出王缵绪不对，经常交换意见，有时还在电话上同远在雅安的刘文辉通通气，交换意见，都有同感：对当初他们把这个人拱到省府主席职上感到后悔。因此，他们也都在背后放了些话。而今天，王缵绪的矛头更是直直对着他们来了，成都各大报同时刊登了王缵绪日前到保安司令部视察时的讲话，这更伤王陵基的心。他接着看这条消息。

看完，王陵基怒不可遏，抓起电话，给邓锡侯打了过去。

“喂，晋康吗？”

“是。”电话那头传出邓锡侯一口乡音浓郁的川北营山话。

“你看到今天报上王缵绪骂我们的话了吗？”

“看到了，龟儿子可恶！”

“咋个办？”

“咋个办，凉办！”邓锡侯的声音很平静，也很沉稳：“我们把他扶得上去，就把他拉得下来，方舟兄，你说是不是！”

“是是是，当然是！”王陵基当即建议：“我们几个人是不是马上碰个头？”

王陵基的建议，得到了邓锡侯的响应，在电话上他们说定要分别通知的人后，邓锡侯说：“晚上到我的康庄吧，晚上我请客，我又请到了两个好厨子，据说有一个原来是给刘老五（刘文彩）掌大厨的。”王陵基答应下来，又问：“是不是打电话给刘文辉说一下？”

“不要，不要！”虽然在电话中看不到邓锡侯说这话的样子，但王陵基完全想象得出来，他说这话时直摇头，“刘自乾这个凿锅漏（四川话，意思是专门把事情办烂办糟）！我现在才搞清楚，他当初之所以要怂恿我们把王治易扶上去，他们背后是有交易的……刘自乾是捞肥了。这个话，我们一会儿见面慢慢摆吧！”

“好。”王陵基挂了电话，再摇通了潘文华的电话。

一个星期后，四川发生了以彭焕章、陈兰亭、刘树成、周成虎、谢德堪等人联名致中央的“七师长反王（缵绪）电”。这七个师长，或是刘湘的嫡系，或是邓锡侯的部属……通电中，七师长列举了王缵绪十大罪状，如：挑拨中央与四川省的关系；坐收渔利，揽权纳贿，中害他人，任用私人，树立党羽，侮辱抗战军人家属等。而且有威胁性的一句话是：“如果中央不将王缵绪撤职查办，四川军人坚决不答应。”

这个意思是明摆起的！

中央很快发布了若干条有关川事调整的人事任命。

任命王缵绪为第二十九集团军总司令。中央准其在四十四军的基础上，从四川保安部队中招兵、扩大整训，该集团军辖四十四、六十七两个军，约25000人，尽数出川去抗日。任命王陵基为三十集团军总司令。中央准其在七十二军原先的基础上，从四川保安部队中招兵、扩大整训，集团军辖七十二、七十八两个军，计约25000人，尽数出川抗日。调原四川省政府秘书长邓汉祥到张群任主任的重庆行营做二处处长。虽然过后，邓汉祥的职务还有变动，但都是些无关紧要的闲职了。这就把原先刘湘深为倚重和在刘湘之后，在急剧动荡的川局中发挥着重要政治作用的邓汉祥，一个巴掌打进了阴山角落，并尽可能地局限、封冻了起来，了结了他的政治生命。四川省政府主席一职，竟由堂堂中华民国最高领袖蒋中正蒋委员长兼任，省府秘书长由成都行营主任贺国光兼任。陈筑山调任为川省建设厅厅长……

了得！一个四川省政府主席，竟由全国的最高领袖兼任，这真是破天荒的。这么高的规格，川人没有理由反对。但其中缘由，好些有识之士还是看出来了，很快成都市面上有一首顺口溜应运而生，亦庄亦谐，不胫而走，反映了世道人心。这首顺口溜是：“三个臭皮匠，运筹妙计高。赶走小老鼠，迎来大黄猫。”

有报纸就此事采访蒋介石，记者问：“委员长现在兼了行政院长，似不应再兼四川省政府主席，却是何以如此？”蒋介石这次的回答相当干脆：“行政院长我可以不当，四川省政府主席不能不做。”

接着，蒋介石发表《告四川同胞书》，全文两千余字，激昂慷慨，对四川满怀感情，期望甚高。他说：“川省幅员广阔，地利丰饶，人口庶众，习于勤劳，在天时地利人事上，皆为复兴根据地，实不愧为中国之首省。中正数年以来，迭与我川中袍泽及社会贤达，阐明四川对于中国之地位与责任，以为御侮建国，皆当以四川之开发与整理为基础。

“此次抗战，我川省民众输财输力，既尽伟大之贡献，而川籍军人之转战前线，又复忠勇奋发，迭著殊勋……今日之四川，不仅为抗日最后胜利之所资，实为中国兴亡之所系也。

“中正受命中央，兼理川政，虽在事务繁剧之际，亦不敢不承命将事，悉力以赴！”

其实，蒋介石哪里忙得过来，在位期间他不过象征性地、蜻蜓点水般地飞来过成都几次，而一应具体事务，都由贺国光承办。

被川中实力派们抬上去又再拉下来的王缵绪，被任命为二十九集团军总司令，在王陵基率军出川之后，仍在川内几经徘徊，最后看实在没有任何机会了，这才于是年12月12日赶赴前线。临行前，他对中央社记者发表了一篇文过饰非的感言，谓：“抗日发动以来，本人屡思率部出川，歼灭顽敌，为国效忠，终因川政所羁，未克如愿。今秋本人复向中央坚辞主席职务，并请缨抗战，始蒙允准，得偿出川杀敌夙愿。今后惟有凛遵领袖训示，率部誓死御侮，以尽军人卫国之天职，藉报国人。”

之前，11月15日，国民政府已发布命令：“四川省政府兼理主席蒋中正呈辞照准，遗职由张群兼理。”

- 第十五章 -

生当为壮士，不肯过江东

武汉会战之后，第二十九集团军总司令王缵绪奉命率部参加常（德）桃（源）会战。麾下一五〇师师长许国璋久经战阵，智勇兼备，王缵绪点名让他率部镇守洞庭湖畔的战略要地陬市。

虽说抗战以来，在一次接一次的大小会战中，整体而言都以中国军队的失败告终，但败中有胜，还有几次大胜，如抗战开初的平型关大捷和稍后的台儿庄大捷等，这就不仅粉碎了日本在战争之初设想的三个月灭亡中国的美梦，而且让数百万日军在中国大陆泥脚深陷。这是中国方面最大的胜利，同时也是日本最大的失败和悲哀。其实，中国军队在历次会战中大都最终失败，不是中国军队不能战，不是中国军人不勇敢，而根本的原因，日本军队是现代化军队，装备先进，训练有素，战斗力之强悍，举世公认。第二次世界大战全面爆发后，英军在缅甸战场与日军刚一交手，日军一个乙级师团，就差点全歼了英军装备优良的精锐师。而各方面配备、火力强大，堪称世界第一的美军，在太平洋战场上，往往同日军一个乙级师团作战，也是艰难之至。

从1931年“九一八”事变日本占我东三省，到1937年全民抗战之间的六年不算，仅从1937年的“七七”事变算起，到1941年美国参战，太平洋战争全面爆发前的四年时间里，中国对日本基本上是单打独斗，能坚持下来，谈何容易！

到了时下的1943年，国际形势对中国正变得一天天好起来。世界两大阵营已经泾渭分明，以中美苏英四大国为首的世界反法西斯同盟国，对德日意法西斯轴心国已经呈现出明显的压倒优势。支援中国抗日的不再仅仅是背后的苏联，以美国为首的同盟国已经公开地大规模援华。特别是在这次会战中，处境已经明显不妙的侵华日军司令部，企图策应太平洋战场和印缅战场上的日军作战，牵制中国军队的主动进攻，反映出急于改变中国战局的焦灼和无奈。

常（德）桃（源）一线，战略地位极为重要。这一带“控引巴蜀、襟带洞庭”，是鱼米之乡。如果被日军占领，他们就可以一箭三雕，变被动为主动：一、威胁中国军队川黔一线的陆路交通；二、威胁陪都重庆；三、顺手牵羊，趁机夺取洞庭湖区粮食等资源，达到“以战养战”的目的。因此，侵华日军司令部不遗余力，派出了主力第一一军全部和十三军之一部，配备了大量空军和毒瓦斯部队，举兵10万决战。

中国方面以第六战区全部，会同第九战区之一部，约20万大军应战。总指挥是在台儿庄大战中表现不俗的陆军一级上将孙连仲将军，他根据两国军队不同的作战特点，以行之有效的“先以第一线兵团依托纵深据点逐次打击敌军，予敌重大消耗后转移至二线阵地固守，再以第二线兵团，协同第一线兵团对敌实施机动作战，歼灭进攻之敌”的作战方针应战。

这天一早，天气很好。集团军总司令王缵绪带着他的儿子，许国璋的顶头上司，四十四军军长王泽浚乘吉普车到了陬市。当得知消息的许师长迎出门去时，“敬礼！”站在门前的卫兵，已经在给王家父子行持枪礼。

军容严整的中将师长许国璋大步迎上前去，向已经进门的王家父子举手敬礼。

王氏父子停下步来，还礼。

“总司令请，军长请！”

许国璋逊步让两位长官先行，两位长官踏响脚上的马靴，朝里面走去。这是陬市商会贾会长主动提供给一五〇师师部的房子，两进的大院，进门就是一条长长的石板甬道，两边修剪过的冬青树油绿整齐，给人一种清爽和欣喜。大院很幽静，房舍显得年深月久了，那些雕龙刻凤的窗棂，窗台下漫漶的青苔，都抹上了时间的痕迹。天井里，有合抱的虬枝盘杂的古柏，攀缘而上又像瀑布般从墙上、院子中的棚架上，一嘟噜一嘟噜垂下来的青藤，还有在其间婉转鸣唱的鸟儿。从这些，都可以看出来这家主人的根基及幽趣。

“许师长，你不错嘛！”王缵绪是喜欢说风趣话的，在许师长的带领下，朝里院走去时，他一边满有兴致地打量许国璋权且作为师部的这个大院，一边说：“你一来，就有人自愿给你提供这样好的房子，足见当地人民的抗日热情，对我们川军的欢迎。”

“那是。”许国璋欣喜地点点头，顺便介绍了这位自愿为他们提供房子的贾老先生。年前日机轰炸陬市时，老先生最钟爱的一个儿子被日本人炸死了，听说川军来到陬市，老先生恨不得将家中一切可以捐献出来的都献出来……

他们感叹着进了后面一个院子的客厅，自有弁兵上来给总司令、军长送上茶点。明亮的阳光透过玻窗，洒进屋来，王缵绪是文人出身，正面壁上一幅草书吸引了他的注意力。许国璋告诉总司令，这是这家主人贾会长的亲笔，录自屈原的《离骚》：“路漫漫其修远兮，吾将上下而求索。”王缵绪用他那川北西充口音浓郁的四川话，抑扬顿挫地念过后，抬起头来，若有所思。

“好、好！”他说：“吾将上下而求索！”表面上看，年近五旬的王缵绪是个很有修养，儒雅、脾气也好的人。而坐在他身边的儿子，四十四军军长王泽浚还不到30岁，却已扛上了少将军衔。王泽浚相貌、身材都酷似其父，五官端正，身材匀称，却性格外露，一副少年得志、鹰扬四顾的样子。

王缵绪是个很有心计的人。不久，就是这次会战下来，部队损失严重，他也不愿意再上前线，谙熟最高领袖心理的他主动提出：撤销他的六十七军，同时撤销他的二十九集团军，撤销他的集团军总司令职。这就正中一心希望在抗战中削弱杂牌军的蒋介石心意，立刻照准。只是保留了他儿子王泽浚任军长的四十四军，这是王缵绪的看家本钱。有这就够了！之后，王缵绪不降反而节节高升，升为上将；而且，先后做了陪都重庆市卫戍总司令、武汉行营副长官……尽是要职。就在王缵绪暗暗高兴时，他的儿子王泽浚却没有他那样走运，1948年的淮海战役中，王泽浚率部同解放军作战，在碾庄被解放军抓了俘虏，王缵绪为此着急万分，专门写信给毛泽东主席，请求宽恕他的儿子。这些，都是后话了。

这会，王缵绪让他的儿子、四十四军军长王泽浚给属下许师长讲了他们此来的目的。王军长说，就是来看看，巡视巡视，等一会儿还要到别处去……

"许师长，想来最近我们截获并下发的那份冈村宁次发给横山勇的电报，你是看了吧？"王缵绪问，显得极有兴趣。

"看了。"许国璋把胸脯一挺，做出一副洗耳恭听的样子，谙熟总司令脾气、心性喜好的他，知道王缵绪又想借机卖弄学问了。

果然，总司令摇头晃脑地背起冈村宁次发给横山勇的电报原文，边背诵边点评："'横，在中国字中有相当的霸气，当年楚汉战争中，自立为齐王的田横等五百壮士，那才是真正的横！'这里，号称中国通的冈村宁次，在明码电报中引经据典，对一一军军长横山勇这个名字进行了逐字的破析、讽刺。'汉朝建立，齐破，田横誓死不从，率五百壮士流亡海上，最后全部自杀身亡，如樱花飘零般壮烈。田横等人的所作所为，让人平生敬意。山呢，山和勇这两个字连在一起，就更应该让人高山仰止！'冈村宁次如此评点，言外之意却是很明显的，作为日军主力军一一军军长，你横山勇，根本就不配有横山勇这样威武的名字！”

日军第一一军是支恶名昭彰的军队，最近却连续两次败在中国军队手上。而新近上任的侵华日军总司令冈村宁次，曾经当过这个军的军长，自然对这支部队有一份特殊的感情。部队的两次大败，让冈村宁次对横山勇恨得牙痒痒的。其实，这也不能全怪横山勇，横山勇能打仗，以往让中国军队吃了不少亏。如果横山勇没有这两下子，也坐不到一一军军长这个位置上。但是横山勇在长沙会战中，两次败在中国第九战区司令长官薛岳手下。那次，王陵基的三十集团军表现得最为强硬。在日军一一军费了九牛二虎之力，终于拿下长沙，兵镝直指战略要地衡阳，最后集中了十多万大军，大举进攻之时，王陵基的三十集团军同杨森的二十七集团军联手，在衡阳打了一场相当漂亮的保卫战。当然，在这场保卫战中，还有一些中央军部队。

衡阳保卫战有这样一些特点：从时间上看，抗战以来，任何一个城市保卫战都没有这样持久，打了 47 天。而且。是在四面被围，孤军奋战，既没有援军，又没有任何武器、弹药、粮食、药品补给情况下进行的。如新闻界评论：“弹丸之地的衡阳，纵横不过数十里，陆上有强敌四面包围，空中有炮弹毒气烧杀，处此危城，坚守了 47 天，真是不容易！”最终，衡阳虽然被日军拿下，却是损兵折将，伤亡两万余人，连军一级的司令官冢田枚大将也被打死，可谓日军的一次惨败。而衡阳保卫战主要是川军打的，因此，冈村宁次把这笔账大都算在川军身上的同时，对一一军军长横山勇表现了强烈不满。其实，横山勇指挥的一一军，是日本陆军中最优秀的野战部队之一。

缓急之间，冈村宁次一时把横山勇也搬不动。日军同中国军队一样，人际关系复杂。存在的，就是合理的。衡阳之战后，横山勇还是一一军的军长，但从冈村宁次发给横山勇的那封愤懑到了极点的电报来看，他给横山勇的机会已经不多了。知耻而后勇。这也许是冈村宁次的激将法，希望横山勇能在常、桃会战中打得好一些。

提到这事，王泽浚咧嘴笑笑。许国璋说："有意思，有意思。"

"我听说许师长是儒将，早年在家很念过些古书，国学底子不错？"王缵绪不知还想在许师长这里显摆些什么，又有意这样引出话题。

"说不上，说不上。"许国璋谦虚地说："小时家贫，私塾是上过几天，不过《四书》《五经》都没有念完，就吃粮投军去了，比起总司令来，连一根幺指拇都比不上。"

"哈哈哈。"王缵绪把头一仰，手在坐椅的扶手上两拍："许师长毕竟是成都人，成都人会说话，爱用比喻。哈哈，有趣，有趣，'连一根幺指拇都比不上'！"说着掉头对儿子说："我听说许师长还有一个好处，就是爱读报，以后你要教育你的部下都要读报，嗯！"

王泽浚看着许国璋笑笑，有点尴尬，因为他就不爱看书读报。王缵绪这便把话题转移到自己身上，他偏着头问许国璋："不知许师长看过最近成都《国民日报》社社长，易君左先生写的一首关于我们集团军的诗吗？"许国璋心中哑然失笑，他说："看过，不过看了就忘了，只记得那诗对总司令大加赞赏。"

"是首好诗，我军高级军官都应该记住。"王缵绪说时，很有感情地背诵起来："会战凯音传豫鄂，将军大纛自天落。张家集与流水沟，将军负伤不知痛，大呼'杀贼休轻纵'。夺回据点并包围，丑寇直如龟入瓮。空前捷报惊两川，两川热浪火燃烧。川军奋勇士无敌，一角克堡金瓯全。长沙一战定邦国，其中多少川儿血……

"尚忆将军出征日，成都千人万人出。欢呼热烈祝凯旋，知公定有平倭术。我来西川大幕中，独垂青眼礼优隆。书生报国感知遇，一洗冀北凡马空……"

诗很长，也很有文采，全面地概括了二十九集团军出川时在成都受到的热烈欢送，出川后所有的征战地和征战场面，以及王缵绪在一次战斗中的负伤，都一一再现，呼之欲出。王缵绪竟能一口气全文背出，一字不漏。

"总司令记性真好！"许国璋真诚地说。王缵绪显摆完了，端起茶碗喝茶，这就该许国璋的顶头上司，四十四军军长王泽浚给属下交代具体战事了。

“许师长！”王泽浚目光灼灼地看着许国璋说：“我和总司令沿途看来，你们的防御还是做得不错的。可是你要注意！横山勇很可能要在你的鼻子底下搞点啥子名堂！”

许国璋频频点头。

“另外！”王泽浚又说时，态度严肃了！“你部一定要完成任务！”说时伸出手比比：“你这里是重点，横山勇一定要找你拼命。全面接火后，你部最少要顶两天，时间能长些最好。总之，一定要多争取时间，以便让总司令在时间上充裕些，全面展开战事！”

“是！”许国璋应声而起，胸脯一挺。

“那我们就放心了。”王泽浚望着父亲：“总司令！”人前，他总是叫王缵绪的官职：“请问总司令还有没有训示？”

“没有了。”王缵绪轻轻放下茶碗，缓声说道：“许师长是我点的将。许师长镇守战略要地陬市，我没有什么不放心的。走吧！”说时站起来，带着王泽浚去了，许国璋一直将他们送出门，送上车。

许国璋带着副官简明下了洞庭湖时，已经是上午 10 时左右。秋阳下，八百里洞庭湖碧波连天，气象万千。只是，以往在这样鱼肥藕熟的收获季节，必然出现的船只往来如梭，人们捕鱼采藕，渔歌互答的繁忙欢乐景象却是没有了。

直到许师长坐在那只被当地老乡称为双飞燕的小船上，由弁兵划着下了湖，坐在身边的这位还不到 20 岁，身上带有些娃娃气的副官简明，还在劝他不必亲自下湖，说师长身体单薄，这几天又有点感冒发烧。许国璋不听。对他在湖面上的军事布置做了细细检查，结果是满意的，尽管如此，许国璋仍然不放心，他让弁兵将双飞燕划到一处荷花荡里隐藏起来，这就一边观察着远方的湖面，一边含笑听小简副官的唠叨。简副官也是地道的成都人，许师长觉得，听小简副官说话很亲切。成都话是标准四川话，好听。成都人说话又爱展言子，幽默风趣。

“师长！”简副官一口成都话说的嘎巴干脆：“横山勇这个龟儿子，这回肯定不会再从水上来了，你在这等，也是枉然。师长，你还在发烧，你得回去休息！”

“不烧了。昨天军医给我服了美国人的新药，已经不烧了，不信你摸。”说着把头朝前倾了倾。简副官真是伸手摸了摸师长的额头，不烧了。

“不烧了，不过还是不行！离开成都时，我是答应过夫人的，到了前线，我要好好照顾你……”简副官嘟起嘴。小简副官的话，让许师长一下想到了离开成都时的情景，那场面恍然就在眼前，对小简副官亦如是。

许国璋是一个在川军中有口皆碑的将军。也许是因为小时家里贫穷，长大从军当官后，对自己要求也严的关系，他养成了很好的品性：爱兵、清廉、尽职，打仗身先士卒，因而很受官兵爱戴。在川军中，不要说一个师长，就是一个旅长、团长，甚至营长都了不得。像他这样级别的高级军官，在成都好些人都有自己的公馆或独院，动辄讨小老婆、抽大烟、呼奴唤婢，过着神仙般的日子。这些人并不是军饷多高，这样有钱是两个公开的秘密。一是“喝兵血”，克扣下属的军饷，来个大鱼吃小鱼，小鱼吃虾米，一级级吃下去，最倒霉的是士兵；二是“多报多吃”，尽可能地将兵员向上多报、假报、虚报来骗取薪饷，从中多贪多占……

许国璋却没有这些毛病。特别是，许师长同他夫人叶小芬关系很好，他们是成都一个大杂院里长大的，两小无猜，青梅竹马。少时因为家穷，许国璋16岁不到就离家投了刘湘的二十一军。临行前，叶小芬背着家人，一直将许国璋送出城，送到东大路第一站万年场，洒泪而别。

以后，叶小芬把自己看成了许家人，主动替许国璋照顾年老的父母。那时，有钱人家买锦江里的活水吃。住大杂院的人家都穷，当然不可能买活水吃，只能去后院提井水。叶小芬每天都是，将许国璋家的水缸提满，再提自家的。小芬是叶家幺女，长得最好，又勤快。就在许国璋去二十一军当兵后的第二年，年方二八的小芬已经长开了，一双眼睛水汪汪，一条辫子黑又长，身姿窈窕，走起路来如在水上漂。附近街上一家做米生意的人家看上了小芬，托人提亲来了。叶老爹人穷但开明，他知道幺女子心，这就找幺女子来商量，说国璋我们是看着长大的，当然好，但他是个当兵的，当兵的就要打仗。说句不吉利的话，幺女子你跟了他，如果哪天有个三长两短，幺女子你咋办！来提亲的苏家，虽是做小生意的，但吃穿不成问题，那男的我也看过，虽要大你好几岁，但脾气也还好，你好生想想，自己拿个主意……父亲的话虽然说得委婉，但倾向性是很明显的。

叶小妹一听，头摇得货郎鼓似的，坚决不肯嫁姓苏的，说她要等许哥。成都的女娃子长得漂亮，全国出名，但成都的女娃子脾气躁辣，也是出了名的。叶老爹看幺女子态度坚决，苦笑了一下，埋着头，抽了口用桉树叶裹的叶子烟，长叹一口气又说：幺女子，你们四姊妹放的人户，就是你这家最好，我同你妈想把你嫁给姓苏的，这对你好，对家中也是个贴补。我就给你打明叫响说了，你是不是再想一想？过了这个村，就没有这个店了！父亲接着说出了他最大的担心。父亲说，国璋体子弱，又在重庆，同你隔得天远地远的。再有，川内连年战乱，看来刘自乾、刘甫澄两叔侄就要打大仗。究竟最后哪个打得赢，难说。如果刘甫澄打败，成了跑滩匠，国璋还有啥子前途？把你一个人丢在成都，你岂不是守空房？再生个娃娃，日子有多难？幺女子，这些你想过没有？

爸，你不是爱看川戏吗？叶小芬聪明，看着父亲，那双黑白分明，乌光晶亮的眼睛一闪，将细腰上丰满的胸脯一挺。王宝钏寒窑等薛仁贵一出，爸，你肯定是看过的吧？

我嫁给国璋，心甘情愿！如果他真成了跑滩匠，我就等，像在寒窑里等薛仁贵的王宝钏一样！

幺女把话说到这个份上，叶老爹还能说什么呢！只好随她去。以后天遂人愿，刘湘打败了他的幺爸刘文辉，当上了真正的四川王。许国璋也因为战功累累，当上了旅长、师长，回到了成都，同叶小芬结婚、安家、生子，苦尽甘来。夫妻感情很好，只要可能，许国璋总是尽可能早早回到家中陪陪妻子和年幼的儿子，在家中还要做不少家务事。他不嫖不赌，不嗜酒，不打牌，有口皆碑。

在那短暂而幸福的和平生活中，作为副官的简明经常被师长夫妇留在家中吃饭，这让他对师长一家人有种特别的感情。部队出川抗日开拔前夕，是小简副官带车去接师长的，汽车进不去师长家住的那条幽静的背街小巷，夫人带着还只有五六岁的儿子，一直将师长送出家门，送上车。金河边，一排排芙蓉花开得如烟似霞，那是一个上午时分，天很蓝，周围很静。天上有太阳，也有些微的风，最后告别的时候到来了。温润的风，从流水汤汤的金河上起来，将身材很好的师长夫人叶小芬穿在身上的那件素雅的旗袍右边的袍裾吹起，一飘一飘的。这样离别的场面，让生性敏感的儿子感到有些怕，双手抱着母亲的腰，抱得很紧，将身子藏在母亲的身后，只露出一张小脸，一双大眼睛看着就要离别的父亲，那双眼睛又大又黑，不像男孩子的眼睛，像是女孩子的，很有些幽怨和留恋。夫人叶小芬的脸本来就是一张很精致的小脸，显出苍白，她用一只手抚着儿子的头，竭力安慰着儿子。夫人分明充满了愁肠别绪，却努力在笑，说着一些咸咸淡淡的家常话，这让表面上很坚强的师长心里难受，酸酸的，想哭。

许国璋上车了。小车倏然起动朝前开去时，只见叶小芬一手揽紧儿子，一手往前一伸。那是一个本能的动作，就像要把等了多年才等回来，而今却又要出远门去抗日的丈夫抓回来似的。这一别，就像是生离死别似的，显得凄惨。这一幕，他们是怎样也忘不了的，刀切斧砍地留在了许师长和小简副官的脑海里。

“师长！”小简副官故意气呼呼地说：“你是当着夫人的面答应过的。出川后，在安全、生活方面要多听我的！”

“好好好，下不为例。”许师长说时转移了话题：“咦！我看我的小简副官快赶上李少昆了。”

李少昆这个副官当得很有名气，尤其是在滕县保卫战后，更是大名鼎鼎，在川军中人人皆知。

“我哪能同李少昆副官比，差得远！”简明谦虚道，笑了。

日军的进攻展开了。在飞机大炮坦克的猛攻下，12月2日德山沦陷。但这并不意味着中国军队的失败，而是会战的全面开始，战斗进入残酷阶段。陬市一线因为战略地位重要，横山勇派出他的主力部队对陬市展开势在必得的进攻，并不顾国际法，对许国璋部施放毒气。

陬市接战第二天，许师第9团阵地首先被敌攻破，前营官兵全部阵亡。残留的部队由团长组织起来，与敌进行逐城逐地逐屋的反复拼杀、争夺。见情状危急，许师长亲自带警卫连上阵并督队与敌拼杀。进了城的日军仗着炮火优势对许部冲击，战斗打得相当酷烈，许部半步不让，往往是以战友遗体垒成掩体，与敌战斗，死战不退。日军一一军军长横山勇急了，亲自上前线指挥，组织人冲锋。而且他一反以往战术常规，命令部队将多门平射炮推上第一线，逐一轰毁川军许部所剩不多的碉堡阵地……就这样，许国璋率一五〇师所部官兵，凭借城中少数残破房屋建筑及工事，以血肉之躯，发扬川军善于近战肉搏的本事，不断越墙钻隙对敌主动实施反击，战斗惨烈。战至第五天的晚上，许国璋带着所剩不多的官兵，被敌人压到了沅江边上，清点全师，在他身边的官兵仅剩300余人。

横山勇狡猾。他像蟒蛇猎食，将被压到沅江边上的许部寥寥300余人放在一边，先不忙吃，而是稳住阵脚，着力打整、清理、巩固已被攻占的陬市。

这时已是夜晚。身体向来瘦弱的许师长率部没日没夜的战斗多日，又受了伤，精力耗尽，多次昏厥。他坐在江边，目视着漆黑夜幕中的陬市。城内，到处都是熊熊的火焰在燃烧，那些冲天而起的火光，像是毒蛇口中吐出的通红的信子，一下一下地舔噬着漆黑的夜。密集的枪炮声骤然响起，又骤然止息。他知道，这是留在城中的官兵还在同敌人战斗。他们的身后是被夜幕笼罩着的汩汩流淌的、江面宽阔、深不可测的沅江。

他环顾簇拥在他身边，血战多日，军衣褴褛，好些还受了伤的300余名官兵说：“我们一五〇师的任务已经完成了，完成得很好。你们都会水，趁夜游过江去吧！”可是官兵们纷纷表示：“师长走我们才走，师长不走，我们就战死在这里！”许国璋要发报员给二十九集团军总司令王缵绪发出最后一电：“我一五〇师已完成任务……此刻，敌人在做最后攻击准备。职率所部剩余三百余人，决心战斗到最后一人。抗战必然胜利！职许国璋谨叩。”完了又昏厥过去。

时不我待。许师长的副官简明、团副赖百福商量送师长过江。幸好他们手中还掌握有两只小船，他们决定，一人护送师长过江，留一人带愿意留下来的兄弟们掩护。简副官和赖团副都愿留下来掩护师长，争论的结果是用抓阄来决定命运。结果是简明护送师长过江，赖百福留下来，自愿留下来掩护师长过江的官兵有100多人，大都是没有受伤的，另外的官兵一律泅水过江。

这是一场生离死别。这时的沅江，月黑风高水急夜冷，江面宽阔，江心的江水特别湍急。激战多日，身体早就透支了的弟兄们，好些还都受了伤，要游过江去，谈何容易！听当地老乡说，这个时节江中不时有“江猪子”（江豚）出现，不要说徒手过江，就是小船过去，都可能在江中被“江猪子”拱翻，而两只小船最多只能坐寥寥20多个人。准备徒手泅水过江的100多名官兵情知夜泅过江，九死一生，大家推来推去，最后将生的希望留给了那些家中最困难而且又负了伤的兄弟，让他们坐船过去。

“简副官，劳烦你一定要把师长安全送回去！”

“各位兄弟，好走！”

……

在昏暗的江边上，头缠绷带的团副赖百福和主动留下来掩护过江的100多位官兵，向上了船和准备下水的兄弟们挥手告别。

“放心！”简副官将昏迷不醒的师长抱在怀里，向站在岸边送行的兄弟们作别。他想多说几句，却忍不住哭出声来：“赖团副，兄弟们！”他说：“师长在江东等你们啊！”

“没有关系，抗日牺牲光荣，二十年后又是一条好汉！”

“过江的兄弟！”岸边有人喊着就要下水的熟识人的名字：“回去后，请给我家人带个信，就说我张老五抗日牺牲光荣，我下辈子回家，变牛变马报答家人！”

“明年清明时分，如果哪位弟兄想得起，请给我们的孤魂上炷香！”

……

两只小船刚刚离岸，驶入江中，就听得夜幕中传来团副赖百福泣血的一声呼唤：“狗日的日本鬼子上来了，准备！”随即，岸上响起了激烈的枪声、呐喊声、手榴弹的爆炸声；鬼子的掷弹筒、山炮的炮弹，在漆黑的夜空中划出一个个弧形，然后砸下来，在江边猛烈地爆炸开来。简明紧紧地搂着气息虚弱，已经昏厥多时的师长，一双清亮的眸子闪射着仇恨，透过夜幕，看着越去越远打成一气的战场，一双手攥紧都出了汗。

两只小船刚刚过了夜幕笼罩，凶险莫测的沅江的江心，那边，枪炮声逐渐止息。在烛天的火光中，影影绰绰中，只见所剩无几的战友们被鬼子们逼到了江边，战友们临死不屈，在与敌人做最后的拼杀……鬼子从四面包围了上来，军衣褴褛的弟兄们挥舞着大刀，挺着上了刺刀的步枪与日军奋勇拼杀，穷凶极恶的鬼子开始用机枪扫射。在炒豆般的枪声中，在烛天的火光中，弟兄们一排排倒了下去，有的转身跳进了波涛汹涌的大江。看到这个无比悲壮的场面，紧紧将师长搂在怀中的简副官不禁泪如泉涌。

“这是在哪里？”许国璋师长此时醒过来了。好像庆贺他们劫后余生登上江岸，一轮明月恰巧钻出云层，在钢蓝色的夜幕上巡行，月华如水。身边是一株合抱的松树，头上虬枝盘杂的松枝像是凭空撑起的一把大伞，地下是茵茵草地，一直铺向江边。许国璋发现，他的身下垫了一张不知简明他们从哪里弄来的军毯，副官简明和几个官兵围在他身边。

“师长，你醒了！”小简副官和簇拥在他身边的几个官兵，见他醒了，高兴极了。

“这是怎么回事？”许国璋一下撑起身来，看着江对面，一下就明白了。简副官半跪在他的面前，哭着简略地说明了情况。他指着江那边，此时显得非常安静的陬市："团副赖百福为掩护师长，掩护我们过江，带着自愿留下来的100多个兄弟，全部战死了！"

"还有的兄弟们呢？"

"他们全是徒手过江，有的还负了伤，这会儿还不知他们的情况怎么样。"

"小简，你扶我一下。"许师长做了一个要站起来的姿势。

"师长，你挣不得！"副官简明说时，看了看师长缠在头上，血已经浸透了的绷带："你一挣，血还要出来。"

"扶我起来！"许师长有点生气，说时伸手在副官手上一带，挣扎着坐了起来，背靠松树，也不说话，久久地望着江那边已被日军占领了的陬市。这时，夜半时分的陬市显得很平静，月光下，那边一片狼藉的陬市，只有熊熊的火光。陬市，在沅江东去的波涛声中，透出一派凄惨。谙熟师长心理的副官简明，从师长那深情的凝望中，读到了这样一些师长的感情独白：啊，这就是我们川军一五〇师！对面就是我们血战多日，胜利完成任务，然而此刻已经落入敌手的陬市吗！在这里，现在，除了我受伤的师长许国璋和副官简明等寥寥几个兄弟外，其他的兄弟，跟我出川抗日的全师几千官兵大都战死了……

师长抬臂看了看他戴在手腕上的那只夜光表的瓦斯针，两根绿的长短针，已经齐齐地指到了第二天零时。许师长凝神良久，看了看小简副官，缓声说："小简，我有个事求你，你能帮我办到吗？"

"师长！"副官简明惊讶有声，他意识到了什么。

"这些兄弟们！"许师长说时，指了指站在身边的几个军衣褴褛，面黄肌瘦，伤痕累累的官兵："抗战胜利了，你要把他们带回四川去。还有，你们再注意搜索一下夜泅过江的弟兄们！要尽可能地把他们都带回家去，啊！"

看简明瞪大一双惊讶的眼睛要说什么，许国璋挥了一下手："另外，见到我的妻儿，也请告诉他们，我是怎样为国捐躯的！我是师长，我的几千部下已经死在抗日战场，我也应该死在战场上，我已经无颜回去见江东父老了！”

“师长，你不要这样！”小简副官完全明白师长要干什么了，扑上去要制止师长时，“砰！”的一声，许师长已经举枪自戕，时年 43 岁。

“师长啊，你这是何必呢！”与许师长名为上下级，却情同父子的副官简明，还有簇拥在师长身边的十几名官兵，都哭倒在师长身上。

常桃会战结束了，前后历时 50 余天，中国军队虽然付出了惨重的代价，总计伤亡四万余人，师长阵亡 3 人，但彻底粉碎了日本大本营的战略图谋。日军伤亡人数虽比中国军队稍少，也相当惨重，并战死了联队长以上的高级军官三人。还在开罗出席“三巨头”会议的蒋介石闻讯甚为欣慰，回电对此次会战做了高度评价，谓：“此次会战与苏联斯大林格勒之保卫战价值相等；会上，（美国）罗斯福总统向余问及有关守城部队番号和主将姓名。”云云。

- 第十六章 -

陪都重庆发出的杂音

在这个初夏的日子，中国战时陪都重庆，林园沐浴在骄阳下。

这天上午 10 时，天气很好。

委员长处理完了公务，步出后门，沿着林中一条从宁河小三峡运回来的五彩细石镶嵌铺就的小径往前走去，心中如同鹿撞，他要到溪边去找正在钓鱼的陈小姐。

委员长今天气色很好，穿一件玄色长袍，身肢越发显得颀长挺拔，脚蹬一双黑直贡呢朝元布鞋，手中拿着一根象征身份的司的克。司的克是英文词，也就是拐杖。他脚步轻捷，腰肢笔挺，似乎一下子年轻了好多岁。那份少有的洒脱、欣喜，还有一分老夫聊发少年狂的暗暗激动，都是多年以来所没有的。这让跟在他后面的侍卫杨中良心中感慨莫名。

委员长今天可说是人逢喜事精神爽！双喜临门。年前，败局已定的日本人一再拼命发起战略攻击，竟然一鼓作气打到了贵州独山，独山离重庆只有 100 多公里。那时，局势真是异常严峻危急，让委员长提心吊胆，坐卧不宁。如果日本人真拿下了独山，就有可能进入四川，那还得了！那些日子，用四川人的一句话说，委员长硬是连脚趾拇都抓紧了。关键时刻，川军再显神威。贵州省政府主席兼二十七集团军总司令杨森，指挥他的二十军，会同孙元良率领的部队，击退了日军来势汹汹的进攻，解了重庆之危。尤其是孙元良，身先士卒，率先头部队仅900余人，就单独收复了独山的南丹等要地，再创战争奇迹。战后，孙元良被升为兵团司令，并被授予了青天白日勋章，杨森调任陪都重庆特别市市长。这一切，当然都让委员长心生高兴，但是侍卫清楚，真正让委员长私心窃喜的是，最近夫人宋美龄到美国治病去了，委员长可以放放心心地同陈小姐在一起，过一段无忧无虑的日子了。

平心而论，委员长同宋美龄结婚后获益匪浅。抗战最困难的时候，委员长让夫人宋美龄代表他去美国求援，夫人凭她在美国从小长大和受教育的背景、人际关系、本身的才能还有“夫人”的身份而大获成功。1943年的美国权威杂志《时代》，曾以显著版面报道夫人在国会山演说的风采：“这位身着黑色旗袍的苗条文雅的妇人，由副总统华莱士领着步上讲坛。她十分沉着地站在那里，先以那双大而黑的眼睛，继而以动人的微笑，向她面前的听众表示感谢。她讲话缓慢，发音清晰，她绘声绘色地描述种种事件，她的演讲引起全场掌声雷动。

“她的演说不长，但她面面俱到地讲到她那在受苦受难的人民和他们的理想，她的丈夫及其献身精神……”

抗战期间，在重庆的美国作家布克如此描绘夫人宋美龄：“她比我们以前所见到的更美。身穿蓝色软缎中式旗袍，雅致、动人。她唯一的装饰品，是镶有宝石的空军徽章大扣花，这是总司令（蒋介石）为感谢她从事‘航空部长’的工作而送给她的。她那双又大又黑的眼睛，像熠熠生光的玉髓，白白的瓜子脸像木兰花瓣那样白皙。卷曲的黑发，松柔地从前额梳向后颈，在那儿打成一个光滑的发髻。

“在一间陈设简单的屋子里，我们在长桌的一端坐下，服务员用千日红花细瓷杯沏茶时，我觉得蒋夫人焕发着引人的魅力，在那罕见的美貌后面，蕴藏着魄力、才能和力量。”

然而人的天性是喜新厌旧的，特别是作为一个男人。委员长虽是一国元首，新生活运动的倡导者，仍然是个男人，有男人的欲求和希望，何况陈小姐确实是一个年轻美丽，不可多得的可爱的女性。没有办法，就这样在爱情上打打“游击”吧，打打“游击”也自有乐趣和刺激。委员长也许就是抱着这样的心情来到了林中，一眼就看到了正在溪边专心致志钓鱼的陈小姐。

这是林中一条约有丈宽的小溪。溪这边有茂密的垂柳，垂柳依依拂水，溪那边是茵茵绿草地。草地和小溪在这个时分，一边罩在金阳下，一边因为茂密的垂柳遮挡了一些阳光，因此在清澈的溪水中，一边呈现出暗蓝色，一边浮光跃金。

天气已经有些热了。丰满合度的陈小姐穿一身合体的白绸衬衫蓝绸长裤，坐在一棵婆娑的柳树下钓鱼，静静的，呈现出好看的剪影。她的头上戴一顶巴拿马草帽，在她的面前，摆一根进口的美国钓竿，略呈弧形的钓竿顶端，一根莹白如银的细丝线，斜斜地垂入水中。

委员长脚步轻轻地来在陈小姐身后一棵大柳树前驻步，不声不响地、细细打量心上人。陈小姐只有二十三四岁，青春洋气，剪短了的黑发齐耳，头上箍一条鹅黄色软缎带，于是黑光中间流过的一道鹅黄色，就和她那细细长长，皮肤很好，凝脂似的颈子，桃花似的面容以及一点樱桃红似的嘴唇形成了对照，显得格外动人。她的个子有一米六七，高高的，站起来亭亭玉立，非常迷人，虽然这时她是坐着的，穿的又是一身休闲的宽松式服装，但那诱人的身材仍然展现得淋漓尽致。从侧面看，她那一双绒绒的长睫毛和睫毛下的美目，棱棱的鼻子；细细的腰身、丰乳肥臀，无不显示出年轻漂亮女性特有的魅力。或许，这就是西方人所说的性感吧！可以想见，她那全身极为匀称、可人的肌肤线条在宽松衣服的包裹中，是如何畅快地在游动……委员长熟悉陈小姐身体的每一部分，现在一看就能进入状态。

委员长就是这样无声无息地站在陈小姐身后，身心愉悦地想象了一会。

然后，悄悄走到陈小姐身后，突然伸出双手，一下扪住了她的眼睛。正在专心钓鱼的陈小姐吓得尖叫一声，伸出一双莲藕似的玉手去扳委员长的手，就要挣扎。可是，当她的手刚接触到委员长的手时，就立刻知道是谁了。

“呀，吓死我了！”陈小姐将委员长的双手移开，掉过头来看着笑吟吟站在身边的蒋介石，娇嗔地说：“我还以为遇着强盗了呢。”

“委员长住的地方有强盗，还得了吗？”蒋介石笑着说时，唇上护的那绺短髭，像平时那样有些神经质地颤动，但陈小姐感到今天委员长的每一根胡髭，都洋溢着欢悦和笑意。

“这么高兴？”陈小姐看委员长高兴，适时逗趣：“老太婆在美国又给你争取到美援了？”在陈小姐嘴中，一言九鼎，无比尊贵的夫人宋美龄竟成了“老太婆”，说时还瘪了瘪嘴，语气中满含醋意。

委员长也不生气，反倒乐得哈哈的，他说：“唔，不是的。我是因为同你在一起高兴！”委员长说着坐下来，坐在她身边。

知趣地、若隐若现地跟在委员长身后一段距离的侍卫杨中良，这就赶紧趋步上前，将早就准备好了，提在手上的两个尼龙软垫垫在草地上，请委员长和陈小姐坐在尼龙垫上。然后将一根上了饵食的进口美国鱼竿递到委员长手上。

蒋介石接竿在手，笑嘻嘻地看了看坐在身边的陈小姐，说：“我们来比赛，看谁钓的鱼大，鱼多。”说时，将手中的钓竿一甩，将钓线抛进了水中，聚精会神地看着水面上的浮子。

“看我的！”陈小姐高兴地叫了一声，身子往后一仰，握在手中的钓竿用劲一提。阳光闪烁中，一条四五寸长的泥鳅在银线顶端蹦蹦乱跳。

蒋介石见状乐得大笑。

“看你的呀！”陈小姐示意委员长钓竿顶端正在下沉的浮子，笑道：“鱼咬钩了！”委员长这就站起来，用双手将鱼竿往上一提，却提不起来。

“好！”委员长高兴地说：“我钓着大鱼了！”说时用劲往上一提，只听“啪！”的一声，钓上来的竟是一只大乌龟。

“岂有此理，真是岂有此理！”委员长气得满脸通红。

陈小姐笑得弯下腰去，笑着说：“我钓的虽是泥鳅，但还同鱼沾点关系，你钓的乌龟同鱼类没有任何一点关系。”

“谁说的没有关系？”委员长强词夺理：“钓鱼容易，钓乌龟还真不容易。乌龟大补，我在日本留学时，日本人就特别爱吃乌龟，连好些日本人的名字都带龟字。”

“啊，还真是的。”陈小姐不知是被委员长说服了，还是迎合他，在杨中良替她取下泥鳅，重新挂上饵后，将手中鱼竿的线往水中一甩，说：“我今天也争取钓一只乌龟。”

蒋介石毕竟有事，钓了一会，他问伺候在侧的杨中良什么时间了，叹了口气：“委员长也不是好当的！”说时抱歉地对坐在身边的陈小姐解释：“我得去主持召开一个重要的军事会议，张群、陈诚、何应钦、陈布雷他们肯定已经来了，在等我。午饭后，我们一起回城去！”

“好，那我也走吧。”陈小姐说时也收了鱼竿。侍卫杨中良替委员长、陈小姐拿着鱼竿跟在后面，快步上去，把拿在手中的拐杖递给委员长。

“谁叫你递这玩意给我？”

不意蒋介石掉头一声怒喝，接着挽起陈小姐的手，在前面走得雄赳赳的。侍卫愣了一下！委员长无论什么时候手中都爱拿根油光锃亮的拐杖，所有的大人物，手中往往都爱拿根拐杖，并不是真的需要，而往往是在抠一种派头。但往日手中爱拿拐杖的委员长，这会儿怎么忽然发怒了呢？猛然间，侍卫恍然大悟，委员长今天因为是同陈小姐在一起，恨不得自己变年轻，变成一个小伙子，变成一个白马王子。而这个时候，自己给委员长递拐杖，岂不是把委员长显老了吗？真是昏头，拍马屁拍到马蹄子上了！

蒋介石向来遵守时间。

当一身国粹打扮的他轻步走进林园小客厅时，围坐在一张长条桌两边，虚位以待的张群、陈诚、何应钦、陈布雷等要员们赶紧站起来，向委员长致意。

“唔，都坐、坐。”委员长坐下了，手两招，他今天气色很好，格外和气。委员长坐在铺有雪白桌布的长条桌上首位置，面前照例摆一杯清花亮色的白开水，其他人面前摆的是一杯清茶。

委员长正了正身姿，倏然间先前脸上的随和荡然无存，严肃起来，用鹰眼挨个审视了在座的大员们一番，这是他的习惯。

“唔！”蒋介石说话了：“日本人已经快完蛋了，可他们最近还要跟我们搞一个‘洛阳决战’，希望败中求存。日本人，嗯，虽是强弩之末，但也不可小视！唔，辞修，这方面你是怎样布置的？”

刚从何应钦手中接过军政部长一职不久的陈诚，将脯脯一挺，开始报告，他在委员长和同事们面前侃侃而谈。

其实，蒋介石召开这个会议的要点并不在这里，开始显得有些漫不经心，但当他听陈诚报告，在即将展开的洛阳会战中有一支川军时，也许抗战以来川军的突出表现给了他深刻的印象，因而他特别问了一下，这支川军是哪支部队，当他得知是李家钰率领的三十六集团军时，不知出于什么心理，特别关照陈诚：“川军，了得！嗯？”陈诚会意，连连点头，说：“是是是”。蒋介石意犹未尽，竟念了一首关于川军的顺口溜：“不是说嘛，四川兵，个子小，爬山打枪真灵巧？”在座的大员们都惊了，平时不苟言笑，日理万机的委员长竟知道这些，还念起有关川军的顺口溜来了？

不过，这个有趣的小插曲很快就过去了。

新任军政部长陈诚是委员长的心腹大将，浙江老乡，黄埔军校的学生，自然对委员长召开这个会议的主要目的心知肚明，适时将话题一转，谈到了核心问题。他神色俨然地说：“这里需要特别向委座报告的是共党共军问题。抗战之初，共军全部加起来，人不过三万，人均子弹不过五颗。抗战中，他们在下面另搞一套，招兵买马，抢占地盘，游而不击，现在已经发展到一百多万人，力量空前强大。”

“是的。”蒋介石打断了陈诚的汇报，鹰眼闪霍，环视左右：“现在，共产党已今非昔比，要同我们最后争夺天下了。目前，新四军在东南沿海一线十分嚣张，对上海、南京、武汉等大城市虎视眈眈。而且，共产党已经制定了一个秘密计划，这个，这个，”他又挨个看了看与会者们：“就是说，他们要首先同我们争夺东北，而且，他们会派许多军事、政治骨干去东北。抗战时的抗联，本身也就是他们的部队。到时，他们会从苏联人那里接过许多先进武器装备部队，还要接收日本人的武器，这样一来，危险！”说到这里，他喝了一口白开水，表情显出痛苦忧虑，似乎他喝下的不是水，而是苦药。

“报告委座！”蒋介石的话刚落音，又是陈诚“啪！”的一声站了起来，挺胸收腹。他人虽不高，却很精神，说话也冲。“请委座放心！”陈诚提劲：“辞修拟在三条战线上同时出击，彻底消灭共党共军，指日可待。”

“唔，三条战线！哪三条线？”委员长看着自己的爱将，似乎受到了鼓舞，鹰眼闪亮：“你说来让大家听听。”说时挥了挥手，让陈诚坐下细说。

“一、打好与日本人的洛阳会战，收个抗战豹尾。二、一俟战局大变，我将同美国人通力合作，夜以继日地将我们现在滇缅一线的精锐部队向东三省，向沿海一线的战略要点，比如，上海、青岛、葫芦岛，还有南京等大城市空运、海运，这方面会进展顺利。”陈诚振振有词：“三、我最近特意去西安做过一次巡视，检查胡宗南的布置。发现胡宗南按委座训示，一直用他 60 万人的精锐部队将共党巢穴延安围得铁桶一般，枕戈待旦。只等委座一声令下，他就可以一鼓作气端掉共产党的老窝子……”

听到这里，蒋介石点了点头。众所周知，胡宗南部是国民党最大的军事集团之一，部队装备训练也好，是蒋介石着意放在西安一线，包围、钳制延安的一枚棋子。纵然是抗战最紧张的时期，蒋介石也没有将胡宗南部撤去抗日，可见，哪怕就是最紧张的日子里，蒋介石也没有忘记反共。

陈诚报告完他的军事准备后，喊操似的用一句话结尾：“总之，日本人战败之时，也是共产党灭亡之际，他们休想钻我们的空子！”陈诚这番话说得可谓漂亮极了，很对蒋介石的心思。陈诚说完，特别看了看坐在对面的新任陆军总司令何应钦。

何应钦将大盖军帽放在桌上，大背头梳得溜光。他不屑地看了看陈诚，一张有些虚胖而白皙的国字脸上露出一丝笑，是嘲笑。他用一只手，下意识地模娑着放在面前的那顶大盖军帽上的军徽。

“敬之！”蒋介石注意到了何应钦不以为然的表情，点道：“你的看法呢？”

“敬之以为！”何应钦慢条斯理地说：

“饭要一口一口地吃，一口吃不成胖子。共产党的问题，当然要解决，但不是这个时候。对共产党，我们目前还是防，等彻底打败日本人，结束这场抗战之后，再集中力量解决共产党，事情要有个轻重缓急！”何应钦说到这里，特别看了看坐在对面的陈诚，这就有些卖弄老资格的意味，而且显然是在教训陈诚。

陈诚气得一脸通红，就要插嘴。蒋介石却把手一挥，制止了陈诚。蒋介石说：“唔，敬之说得对。”说时连连点头，做出一副很赞赏，鼓励何应钦继续说下去的样子。

“一旦抗战胜利，共产党马上就要同我们大打，争夺天下了，这是毫无疑问的。”何应钦当然知道蒋介石的心思，主动谈到这个问题：“我看，要解决共产党，现在有两张牌必须打，而且还要快打，打好！”何应钦此话一出，全场肃然，都看着他，听他继续说下去。

“当初，中日之所以大打，打成今天这个样子，其中很重要一个原因是共产党在里面捣鬼。”战前出了名的亲日派何应钦，旧话重提：“结果是鹬蚌相争，渔人得利。毛泽东在他的《星星之火可以燎原》一文中就公开承认：共产党是钻了两个空子，一是钻了中原大战（又称蒋冯阎大战）的空子，更主要的是钻了中日大战这个大空子……”

在座的大员们当然都记得，1933 年 7 月在南京召开的最高国是会议上，军政部长何应钦的表现。会上，他将中日两军的力量做了详细对比，用数字代表他的观点，披露出两军在军事实力上的天渊之别，给汪精卫、周佛海这些对日主和派提供了最好的理论根据。但是，何应钦又是坚决反共的。

时过境迁，这会儿他给蒋介石出的反共高招，确实高明，也有可操作性，让委员长听着舒服，频频点头。这就让何应钦越发来劲，深说下去："我认为，对日本人，我们可以采取拿来主义！日本人同我们一样痛恨共产党，而日本军队中有不少有识之士，例如侵华日军总司令冈村宁次大将，日前就通过秘密渠道给我们传递过来这样一个信息，他可以将掌握的有关共军的资料无偿地送给我们，他甚至可以在如何攻打共军方面，给我们提供一些他的心得体会。"

"好好好。"蒋介石马上点头表示首肯。

"另外！"何应钦继续说下去："我们还可以打打南京汪精卫伪中央政权这张牌。据我所知，军统局局长戴笠已经在私下打这张牌了，而且打得很好。汪伪政权中，真正有实力的是周佛海。周佛海就曾放言，'而今，东南半壁，究竟今后是姓共还是姓蒋，就是我周佛海口中一句话。'我们要把周佛海抓紧！"

话说到这里，被蒋介石适时打断了。这是一个公开的秘密，但说起来不好。而且让蒋介石时常感到奇怪的是，陈诚和戴笠这二人都是他的浙江老乡，黄埔军校先后同学，都是他的爱将，却关系不好，而戴笠却同何应钦关系相当好。

"敬之！"蒋介石问："你还有没有什么高招？"显得很有兴趣。

"没有了。"

"好，敬之的发言很好。"蒋介石咳了一声："很有见地！"今天，他对何应钦的发言确实满意，尤其在如何对付共产党的问题上，他发现何应钦确有许多高明之处，给了他许多启发。"敬之！"蒋介石一口一个"敬之"，他看着何应钦，很客气地说："那就请你在会后，对这些设想做一个详细的考虑，拟出一个书面计划给我！"

"是！"何应钦身子往上一挺，朗声答应。

委员长看没有人再发言，高兴地说："那么，今天的会议就到此为止吧。已经是中午了，我请诸位吃顿便饭！有话我们还可以边吃边谈。"说完按了一下桌下的暗铃。

很快，几个身穿白色制服的年轻侍者，手中端着髹漆托盘快步进来，将一个个明晃晃的不锈钢盘子依次放在委员长和与会者们面前，每个盘子中都装着西饼、三明治、蛋炒饭，外加一杯清茶。委员长与大家完全一样，不同的是，他喝的是白开水。

下午 4 时，委员长带着陈小姐进了城，住进了上清寺委员长官邸。

- 第十七章 -

抗战系真情，泣血魂断云梦山

洛阳会战，李家钰的三十六集团军奉命防守云梦山一线。这是个战略地位极为重要的地区，毫无疑问也是此次日军主要进攻的方向。三十六集团军的前身是四十七军，有三个军：十四军、十七军和原来的四十七军，三万余人。在这个集团军的左翼和右翼，分别驻守的是汤恩伯军团和刘戡军团，都是中央军。在汤、刘左右，依次展开去的是王仲廉、孙蔚如、刘茂恩、高树勋等集团军及韩锡侯、谢辅三、马法五等军，总人数40多万。会战总指挥是第十战区司令长官蒋鼎文。

日军是三个侵华师团和一个新近从日本国内调来的虎师团，这个师团原是日军独立的第三坦克师团，机动能力很强，此次参战又附一个摩托化联队、一个战车联队及山东伪军刘贵堂的二万余人。日军参战人数总计约20多万，战略目标很明确，首先攻占洛阳及洛阳一线，然后向周边扩大战果对整个中国战区产生震荡和震慑，变战略被动为主动。洛阳会战是抗战以来的一个大战，也很可能是最后一个大战了。

接受任务，李家钰的部队正在赶修工事，做着战前的一切准备。集团军总司令部设在云梦山的宝峰寺。这天上午，李家钰带着他信任的、被他看成是左膀右臂的中校副官李少昆、少校警卫连长杨俊一出了司令部，站在台地上极目眺望。总司令自幼生长在川西乡下，对自然有种天然的亲近和爱好，何况，他觉得这云梦山同他的家乡，位于川西边缘地带的蒲江县，景色很有些相像，给离川七年的他相当的亲近感。而李少昆是滕县之战后，威名远扬，四十七军原来也是二十二集团军序列，孙震是李家钰的上司，因为有这些关系，会战前夕，他给孙震提出来要李少昆去当他的副官，理由当然是很充分的。原本并不抱什么希望，可孙震把李家钰这个要求，转告给了李少昆后，不意李少昆当即同意，他恨日军恨得伤心，洛阳会战很可能是川军出川后打的最后一次大仗了，他不想失去这个参战机会。

孙震很感动，考虑再三，对李少昆说："也好！你的举动再次给我们的官兵做一个榜样，也是给甫帅的临终遗嘱做一个响应……"不过他要李少昆答应一个条件，就是等这仗打完后，无条件归队，回成都去，在二十二集团军成都办事处挂职领薪，照顾家庭。他知道李少昆家庭的情况。孙震人品正直，很原则，是个对部下恩威并重的将军，常对部属们说：作为抗日军人，下属应该一心抗日报国；而作为上级，则应该多多关心下级。这还有什么说的，李少昆当即答应，内心对孙震将军充满了感激，就这样到三十六集团军，给李家钰将军当了副官。恰好，李家钰身边的警卫连长杨俊一也是他们川北人，两人脾气相投，无话不谈，兄弟相称。和谐的人际关系，让他们感到在这即将打响的大战前有一种令人愉悦的温馨，他们之间总是心领神会，难得!

这会儿，集团军总司令李家钰站在宝峰寺前，背着手，久久朝前眺望，四顾频频。李少昆和杨俊一则一左一右地站在总司令稍后的地方，保持着足够的警惕。

云梦山是个台地，层层叠叠，苍茫叠翠，很亮眼睛。这样的风光，这样的山脉，在中原一带很少。天气很好。可以看到台地之下那片春气浮动的辽阔平原，还可以影影绰绰望见茫茫一线的黄河。这个时候，是多么的平静，多么美好啊！可是，久经沙场的将军清楚，一场血战很快就要打响了。

总司令习惯性地将手往后一伸。李少昆示意，跟在总司令身后的一个年轻弁兵，立刻将一架高倍望远镜递给了总司令。李家钰端起高倍望远镜看出去，出现在他眼前的是正在台地前赶修工事的四十七军三十三团，这是他的第一线部队，也是他的主力。钢筋火溅的大胡子团长吴正亘正带领督促官兵们挖战壕、修碉堡、置鹿砦，两千来名官兵在台地上忙碌得如工蜂似的。这时，虽然听不见团长吴大胡子的声音，但从他的手势身姿来看，就知道大胡子团长在吼些啥子……总司令对他的部下都非常熟悉。大胡子团长吴正亘脾气大，但打仗身先士卒，因此官兵关系不错，整个团很有战斗力。有什么样的官，带什么样的兵。兵熊熊一个，将熊熊一窝……这些由血与火淬炼出来的，极准确、极有概括力的话，在总司令脑子里电光石火似的一闪间，他不禁联想到日前在洛阳参加的，由战区司令长官蒋鼎文召开的那个本来应该是很紧要很重要，却被蒋鼎文开成了一个不伦不类的会议，思想上滑过一丝不祥的阴影。

他对蒋鼎文印象向来不好。二十二集团军，包括他的四十七军出川之初，蒋鼎文是西安行营主任，这个人完全是在当官做老爷，而且对川军好像还有成见，多方刁难……

时年48岁的蒋鼎文，字铭三，是蒋委员长的老乡，浙江诸暨人。早年跟随委员长北伐，当军长时率大军对江西中央红军进行“围剿”，虽然打仗不行，却很得委员长赏识，地位不断飙升。委员长用人讲究老乡关系，黄埔师生关系，这是众所周知的。1936年，蒋鼎文任西北剿匪前敌总司令，抗战期间先后任西安行营主任、陕西省政府主席、第一战区司令长官，第十战区司令长官。

在李家钰看来，除了蒋鼎文不把川军当回事外，其实军事指挥能力也很差劲。这个印象，在日前的军事会议上越发加深。会上，一开始，蒋鼎文就笑扯扯地宣布，由李家钰率领的三十六集团军防守主阵地云梦山一线。

不等李家钰问，蒋鼎文就抬出了蒋委员长，说川军了得，令日本人头痛。说时，还背诵了几句据说委员长在一次高级会议上说的顺口溜：“四川兵，个子小，爬山打枪真灵巧！”会上，李家钰不便推诿，只是提了些加强火力配备、友军支援的问题。能把这样艰巨的任务交给川军，而不是交给中央军，他内心感到骄傲自豪。特别是得知连委员长都夸川军了得，还说了一段有关川军的顺口溜，让人提劲。可是接下来的会议，就让他心中的自豪变为了愤怒和担忧。第四十军军长马法五在会上出示了一份他们侦获到的重要日军机密情报。情报显示，日军决定在4月中旬发动攻势，即全面发动洛阳会战。能得到这样重要的机密情报，作为战区司令长官的蒋鼎文应该是如获至宝，立即采取针对性的措施，打敌人一个出其不意，攻其不备吧？可是，蒋鼎文却对这样极重要的机密情报置若罔闻，还没有打仗就先把退路安排好了，在会上说得最多的是，部队“转进”时，各军如何转移，各军的家属，重要文件及辎重应该如何处置等，很细。好像他面对的不是参战的高级军官们，不是在部署如何应敌，如何去争取胜利！而是面对一群高级军官们争风吃醋的太太，心平气和地同她们谈心，在教她们如何逃避，如何在逃避时既保命又保全自己的财产等。

“蒋长官！”就在蒋鼎文准备收场时，李家钰说话了。他说：“我说几句可不可以？”语气中有种明显的不满。

“可以呀！”蒋鼎文很自然地随口答应，眼镜后的一双小眼睛几眨，不无惊奇地看着坐在他对面的李家钰，似乎这小个子，其貌不扬的四川军人，在这样的场合竟敢站出来打岔，让他感到惊异。

李家钰不睬祸事，对此次会战前期布置的疏漏，战役配备的不当，提出批评：“我觉得，我们参战部队倒是不少，可是配备上不够合理，相互需要配合而又不清楚的地方多，漏洞也多，是不是该提出来议议……”

嗨呀，这个四川人李家钰是辣椒吃多了咋的，脾气这样燥辣，说话这样直，竟敢在这样的高级军事会议上，这样顶撞最高军事长官，难道就不怕蒋鼎文拿双小鞋给你穿吗？与会的高级军官好些都拿眼睛看着李家钰，好像是第一次发现有这个人似的。有的人明显替他担心，要知道，作为战区司令长官的蒋鼎文，虽然打仗不行，但整人是很有一套的！

与会的高级军官们，都以为蒋鼎文要给李家钰发作。俗话说得好，官大一级犹如泰山压顶，尤其军队上更是如此，讲究的是下级服从上级！可是，也许是因为大战在即，也许是因为蒋委员长表扬过川军，也许是蒋鼎文要借重川军？他只是笑了笑，说了一句带有讥讽意味的话："李司令，你只要带好你的部队，守好你的云梦山就行了。别的嘛，借你们一句四川说，就不要'咸吃萝卜淡操心'了！"说时环顾左右："如果各位没有什么说的了，散会！"就这样，一次非常重要，即将决定会战命运的最高军事会议，草草结束了。

这会儿，三十六集团军总司令李家钰站在宝峰寺前，一边用望远镜瞭望着他的阵地，一边在心中闪过这些浓重的阴影，考虑着即将到来的战事。

而站在总司令身后的李少昆，却在很有兴致地观察那个随侍在总司令身边的年轻弁兵。从这个年轻弁兵的装束上就可以看出来，今日川军的装备，不知比刚出川时要好到哪里去了。弁兵军容整洁，背在肩上的是一支小巧精良的美制卡宾枪，腰皮带的上方，胸前插着排列整齐的四匣鼓鼓囊囊的牛皮子弹盒，整体呈赭红色，护着前胸，金灿灿的铜扣反过来扣上，给人一种充实感。管中窥豹，可见一斑。这套行头与川军刚出川时用的那些打兔子都不行的破枪，最好就是汉阳造，简直不能同日而语。

李少昆又把目光转到李家钰，观察起总司令。

总司令李家钰个子不高，但精干，脸瘦，脸上五官清晰，眼睛有些眍，眼珠很黑。因为长年征战，脸部的表情很少外露，而眼神却很丰富。这会儿，他的眼神是温和的，可一旦进入战争，那眼里闪射的就是火、是电、是风暴雷霆。极目眺望的总司令身姿显得昂扬而昂藏，穿一套笔挺的黄呢将军服，佩中将军衔，腰系橙红色军用皮带。皮带左边挎勃朗宁手枪，右边佩中正剑。脚蹬漆黑锃亮的皮靴，裤脚塞在统靴里。浩荡的山风，将总司令披在身上的军呢大衣下摆吹得飘呀飘的……

而李少昆没有想到的是，这会儿，他在观察总司令和护卫总司令的弁兵，在他们身后，又有人在观察他们。当然，主要是观察身姿颀长，相貌英俊的警卫连长杨俊一。他们的站位在总司令稍后，俩人一高一矮，身穿黄哔叽料子的合体军服，打绑腿，脚上穿的是胶鞋，肩挎驳壳枪，山风吹过，将驳壳枪把上的一绺红缨，吹得飘飘的，自有一种军人的英武。他们久久地伫立在宝峰寺前。背景是绿色的，天空是高远的，湛蓝的。在北地纯净的阳光照耀下，像是四尊雄伟的雕像。古代大画家王冕有言："人在画中"，真是一点不假。

躲在他们身后，观察他们，主要是观察警卫连长的，是一位年轻漂亮的当地姑娘孙玉梅。她借着一丛不高不矮的荆棘遮掩，用只有初恋情人才能体会到的目光，在细细打量长得很标致的警卫连长。

不用说，玉梅很快就被附近一个警卫的士兵发现了。警卫士兵是认识玉梅的，立刻上去轻声报告了警卫连长。杨俊一笑笑，走过来，不无得意地小声告诉了李少昆。

这个时候，玉梅已经不好意思地走了。

"你小子有艳福！"李少昆轻轻笑道，想起这个晚上同孙家的约定。因为总司令端着望远镜还在朝下看，他们没有多说，只是会意地笑笑。

孙玉梅的父亲孙福是当地的首富，也是一位有影响的乡绅，还是当地的联保主任，有相当的文化修养，见多识广，为人正直开明，爱国热情很高。当李少昆和警卫连长第一次来宝峰寺勘察司令部地址时，住在离宝峰寺两百米远的孙老先生闻讯，就主动要求把自己的前院献出来，让给集团军做司令部，被李家钰婉言谢绝了。

总司令笑着给老先生解释说，宝峰寺位置适中，寺里已经没有了和尚，把司令部设在寺里最好。老先生的好意，情领了……

孙老先生一心想为这支抗日部队奉献，他素闻这支川军作战骁勇，从不扰民，军纪很好，今日亲自得见。李总司令如此坚持，孙老先生只得作罢，心中对李家钰越发亲近敬佩。司令部安下来后，孙老先生两次请总司令去他家做客，身穿蓝色绸袍黑马褂，年近七旬，颌下一部花白胡子，独自站在大门前迎接。一见总司令，孙庄主先告了得罪，解释说："老夫家，人丁不旺，膝下无子，一妻一妾都见不得客，一女名玉梅，从小惯坏了，率性而为，因此只老夫一人前来迎接总司令，请总司令谅解！"一下就看出了庄主的直率，李家钰喜欢这样的人，忙说："老先生不要这样客气，已经相扰了！"

孙家大院是三进，有一种北地的宽敞大气和舒适。四合院，青砖瓦房，红柱根根，少花草，多整洁，树多是洋槐、白杨类北方树种，大多高大笔直。屋子都是雕花的窗棂，阶下漫着青苔，处处显示着年深久远及大院的阔大。及至进到第二进大院时，眼前一亮，一棵开满白花的洋槐树下，站着一个十八九岁的年轻漂亮姑娘，白衫白裙，剪着齐耳的短发，黛眉亮眼，如此的光彩照人，让总司令也停下步来。

"玉梅！"见女儿站在这里，孙庄主赶紧指着总司令给女儿介绍："这就是我们心仪已久，大名鼎鼎的李家钰将军。"又对总司令介绍自己的女儿："这就是我从小惯坏了的女儿，名叫孙玉梅。战前在洛阳师范毕业，执意回到老家办学，我帮她办起了宝峰寺小学，解决山上孩子们上学难的问题，可是这段时间因为战争逼近，学校宣布无限期放假，她就在家要起。"

"总司令好！"玉梅很大方，向总司令问好，北音婉转，声音很好听。出于礼貌，总司令又将跟在自己后面的李副官和警卫连长给孙家父女做了介绍。当介绍到警卫连长时，玉梅和警卫连长的眼睛都亮了一下。

进到主人那间充满书香的客厅里坐定，同孙庄主隔几坐在靠背黑漆硬木太师椅上的总司令注意看了看。客厅的地面由大方青砖对镶拼接，一排排中式窗棂上，疏枝横斜。两边壁上，一边挂一幅带着苍古气息的八尺见方的写意画《黄河奔流去》，另一边是一幅草书，录自抗金名将岳飞的《满江红》。屋角有架中式大座钟，钟摆甩得滴滴答答轻响。

总司令端起茶杯时，孙庄主说："贵军早就是名声在外了，如雷贯耳，老夫一向深为感佩。"说时眯起眼睛，似乎这样可以将思绪陷得深一些，也记得清一些。老庄主的记忆力好得惊人，他说："贵集团军的前身是四十七军，出川后在山西一带作战时，报上刊登的有关报道，我还记得些。"

说时背诵起来，这是一则当时的四十七军军长李家钰率部在山西长治一线作战时，致二十二集团军总司令邓锡侯电：

"长治一役，职部官兵誓不俱生，坚守长治四门，苦战累日，敌以飞机大炮联合轰击北门一隅，中弹千余。二十日午被敌击破。我军身冒弹丸，奋勇抗阻，卒以火力过猛，敌得冲入。我守城司令李克渊旅长等督促士兵肉搏巷战，杀敌颇多。李克渊负伤。营长杨岳泯、连长夏抚涛、杨显模等血战不屈，负伤自戕。士兵伤亡甚多。"

接着，又背诵起一则国民党中央通讯社有关电讯稿：

"李家钰部前往东阳关、长治一带抗战，其可歌可泣之事甚多。该军器械不如敌军之优越，然官兵牺牲之精神，莫不令人敬仰。在长治城中，全团殉国死节，子弹完后，继以枪头拳脚与敌巷战肉搏，毙敌两千左右。官兵宁愿饿死，不愿掠夺，深为民众所景仰。现潞城至黎城途中，民众自愿为该军修建庙宇及纪念碑甚多。大小庙宇，皆立该军阵亡将士神位，堪为我军之表率。"

然后，他又背诵了一则黎城县县长何公振上报公函："东阳关之役，川军官兵英勇抗敌，经一周血战，日寇伤亡千余，我忠勇官兵作战壮烈牺牲者亦在二千人以上。黎城民众对此可歌可泣之事迹极为崇佩敬仰，久而难忘。除阵亡官兵由地方民众清查埋葬，举行追悼及负伤民兵已由地方政府收容治疗外，并在东阳关建立'川军抗日死难纪念碑'一座，在黄帝陵建川军庙一所，每年二月十七日演戏一日，以志不忘。"

"哎呀！"听孙庄主很完整地背诵完这三则，李家钰很感动，又惊又喜。四川人大都生性幽默，李家钰也是。他援引了《三国演义》中一段，借以夸赞：

"孙先生！"他说："我不谙你老人家记忆力这么好，真是三国中过目不忘的张松再世！"

老先生看总司令将他比作张松，忙说："不敢当，不敢当！我一个山区粗鄙村夫，哪能敢同你们西蜀奇才张松相比啊！总司令折煞我了。"人都是喜欢戴高帽子的，说是说，孙老先生心中却是着实高兴，笑得长寿眉抖抖，用手抚着颔下一把花白的山羊胡："张松当年给刘皇叔献了西川地图，我作为生于斯长于斯的本地人，也有责任向贵总司令献上此地的山川风貌，堂奥洞深，以作军用。"

"敢问庄主，先生原先是在外面任过官的吧？"李家钰看出来了。

"唉！"孙福长长地叹了口气："不瞒总司令，我们孙家在这宝峰寺可算是有根有底的人家，可惜人丁不旺。到我，三代都是世代单传，而在我之下，更无传人。我本洛阳府奉薪，因为家中无人打理，只得回家终老林泉。"

"造福桑梓也是一件好事。"李家钰说时看了看在旁边正襟危坐，一表人才的警卫连长："杨连长，孙先生要给我们提供重要的乡土资料，尤其是这里的地理情况，这对我们实在是太重要了！你脑子灵，笔头子又快又好，你把孙庄主说的好好记一记，不要有所遗漏！"

"是！"杨连长掏出了笔和一个笔记本子。因为警卫连长相貌出众，不禁触发了老先生的一段心思。他拂了拂颔下那把花白的山羊胡，注意看了看警卫连长。四川人个子一般不高，而这个警卫连长却是高个子，年轻英挺拔武，隆准高鼻，特别是一副剑眉，在末梢高高地挑起，眉毛黑得发光发亮，眼睛深邃有神，很受看，一看就是个聪明人。而自己的女儿玉梅，已经到了谈婚论嫁的年龄，年来许多人上门提亲，玉梅却一个都看不上。如果是让这个小伙子配玉梅，那可真是金童玉女，玉梅肯定中意、高兴。不过，这都是虚幻。这小伙是个当兵的，还是个过往客，根本就没有可能！老爷子心中不禁暗暗惋惜。

老爷子竭力收住神思，就像张松献地图一样，将云梦山可资作战的一切，包括所有的地貌堂奥，都原原本本说了出来，献给这个让他早就私心敬仰的集团军总司令。就在老爷子滔滔不绝地介绍情况，警卫连长杨俊一坐在一边走笔沙沙，认真做着记录时，有悠扬的歌声从窗外飘进来：

洋槐树开白花
有个姑娘十七八
年轻的姑娘手儿巧
坐在呀树下学绣花
你绣一条龙
我绣一匹马……

歌声曼妙，让客人全都受到吸引，李家钰抬起头来，循声从窗内望去时，歌声却又悄然隐去了。

“唱得真好！”总司令发出真诚的赞叹，看着老爷子，问：“是令千金玉梅唱的？”

“是，这女子不懂事，总司令在这里，也在一边乱哼哼。”老爷子虽是这样说，却得意地用手抚着颌下一绺花白的胡须。

“嗨，我还真想听下去呢！是民歌吧？”总司令知道，民歌往往也就是情歌。

“是，是我们云梦山一带的民歌。”

“真好听。”

“哪里，哪里。”老爷子谦虚：“你们天府之国历史悠久，文化积淀厚重，真正好的民歌在你们那里。我听说，流传在你们川东川北一带的竹枝词就相当不错……”

竹枝词是一种流传于民间，而格调比较高雅的乐歌，最初是由唐代大诗人，当时在川东夔州任刺史的刘禹锡创造出来的，比如他那首流传千古的“杨柳青青江水平，闻郎江上踏歌声。东边日出西边雨，道是无晴却有晴。”就是代表作之一。竹枝词日后逐渐完善，最后形成了带有歌、乐、舞三位一体，地方色彩浓郁的民间乐歌。而四川各地又根据不同的地域人文特色，形成了具有各地特色的竹枝词，内容无所不包。

“先生真是渊博！”总司令赞叹：“连我们四川的竹枝词都通晓。”

“不瞒总司令，我特别钟爱各地的民歌，尤其是你们四川的竹枝词，我还能背诵一些出来呢，文辞相当精美，在我看来，这就是很好的巴蜀文明。”说着，老人以手抚髯，眯起眼睛，背诵了一首清代吕燮描述山城重庆热闹状况的竹枝词：“城中商贾竞繁华，土著居人俗习奢。深巷夜凉风定夜，红灯相对拨琵琶。”背时显出沉醉，然后又背了民国年间刘师亮作的一首《成都青羊宫》：“通惠门外十二桥，游人如鲫送春潮。与郎走过桥头去，笑指仙都路不遥。”

“好好好。”总司令轻轻击掌，笑着，很可能是看出了其中的名堂，有意要撮合玉梅和自己的警卫连长，李少昆发现，李家钰同孙震一样，都是心细如丝，并且都是很爱惜部属的将军。总司令说着指了指坐在旁边的李少昆、杨俊一：“我这个副官和警卫连长，都是川北人，那是一个出民歌的地方，他二人都是唱民歌的好手。让他们拉抻唱，三天三夜都唱不完。”

“那太好了！”老爷子看来对四川民歌是真喜欢，说：“如果可能，恳请总司令哪天让他们两位过来唱唱？”

“这样吧！”总司令乘机建议：“何必让他们哪天过来，不如我们定个时间，请你们父女过来，也算是我对你们父女的一个回请。青出于蓝而胜于蓝，玉梅肯定能唱很多好听的豫南民歌，让我们也见识见识，交流交流，孙先生看怎么样？”

总司令有此雅兴，发出邀请，孙老先生自然不会拂意，当下就把时间定下来了，就在这个晚上。

总司令转过身来，将望远镜交给了弁兵。李少昆上前给总司令报告了刚才的事，并提醒总司令今晚的约定。李家钰笑道：“我早就看出来了。按说，现在不是说这些的时候，但是，我相信一个缘字。‘千里姻缘一线牵’，抗战就要胜利在望了。我相信玉梅是个好姑娘，以后俊一同玉梅结合，也不是没有可能。”说时很亲切地在警卫连长厚实的胸脯上轻轻擂了一拳，笑道："你小子艳福不浅。今天晚上就看你的表现了。"

李少昆打趣杨俊一："咦，你娃行哩！坦白交代，你是不是过后给人家玉梅说了些啥子，使了些啥子手脚，你们进展到啥子程度了？"

"绝对没有！"警卫连长杨俊一语焉不详的对付李少昆时，脸腾地一下红了。"我敢向蒋委员长保证！"他双脚一磕，做了个举手保证的姿势，让总司令李家钰乐得哈哈大笑。

晚上，按照约定的时间，孙福带着玉梅准时来了。这晚，老天也来凑兴，月亮很大，月色很好。宝峰寺后院一个长方形的院子里，树木很多，月色如水，树梢风动，很静，很有些蒲松龄笔下《聊斋》中所展示的那种缥缈、甜蜜、悠远的气息，让人发思古之幽情。在黄泥巴砌就的矮围墙内外，簇立着排排高大的松树、白杨、洋槐。这些虬枝盘杂的北方树种，浓密的枝叶在晚风中挨挨擦擦，絮絮呢喃低语。特别是那些正处在开花时节的洋槐树，虽然这时看不清树上开得很盛的花，微风将它们特别好闻的花香送来，给人一种非比一般的愉悦熏陶和暗示。

皎洁的月光下，当院随意摆放了几把太师椅，茶几上摆着茶点。这是李少昆的安排，他这是有心创造一种随意的气氛，泡的是四川盖碗茶。

请孙家父女坐下后，李家钰端起茶碗，看了看隔几而坐的孙老先生，示意请茶。见多识广的老先生懂得四川饮茶礼仪，端起茶碗举举，一手轻轻揭开盖子，轻推茶汤，抿了一口，表示感谢。

总司令请老先生开头，他听说老先生年轻时，是一个唱民歌的好手。李少昆和杨俊一心领神会，鼓起掌来。

年轻英俊的警卫连长在给老爷子鼓掌时，看了一眼坐在老爷子身边的玉梅，发现玉梅也在看他。这就是心有灵犀了。

老先生笑得呵呵的，拂着颔下一把花白的胡子，说："老了，老了！总司令真是体察民情，目光如炬。而今，我一副嗓子成了破锣，不行了！唱歌本来应该给人美感、愉悦，可我这副破嗓子唱出来，就败兴了。"

"那么，现在就请玉梅唱豫南民歌吧！"总司令掉头看着玉梅，轻轻击掌。不用说，李少昆和杨俊一更是将巴掌拍得脆响。这晚，玉梅格外漂亮，她穿一件中式白色圆领衫，配黑裙，齐耳短发，身材又好，真像是月宫仙子嫦娥下凡。玉梅显示出北地姑娘的飒爽，也不扭捏，站了起来，亮起她那副无与伦比的金嗓子，唱了首云梦山民歌，也是情歌，其中的喻义是显而易见的。

一更鼓儿咚，一更鼓儿咚！
你用妹妹的彩绣球打在我绣房中呀
小哥哥呀，月亮刚升起，你得在窗外等一等。

二更鼓儿咚，二更鼓儿咚！
你学鸟叫，叫得妹妹心慌呀
小哥哥呀，月亮当头明光光，你还得在树下再等等。

三更鼓儿咚，三更鼓儿咚！
月亮已被云遮了，妹妹这就给你开窗门……

玉梅唱完，李少昆懂事，首先喝彩："唱得好，唱得妙，请玉梅再来一个，要不要？"

"要！"杨俊一应。

玉梅又唱了一个，不唱了，她要李少昆同警卫连长唱。

"来而不往非礼也，李副官、杨连长！"总司令看了看杨俊一和李少昆："你们哪个先唱？"

"俊一先唱。"李少昆要大警卫连长几岁，又是过来人，说时用眼色给警卫连长递点子。

杨连长这就站起来，在如银的月光里唱。这时的杨连长，如玉树临风。他唱了一首川北老家民歌：《公鸡叫鸣冠子红》。

公鸡叫鸣冠子红
小妹比我见识浓
心想和你交朋友
你又富来我又穷……

聪明的李少昆注意到，玉梅听得很忘情。

“真是好听！”玉梅鼓掌时，没有忘记打岔掩饰，她掉头看着李少昆：“李副官，该你了。”

“这样。”李少昆有心玉成他们，站起来，走到月亮坝中，他说：“我同杨连长俩人来个对唱！”

对李副官的提议，孙老先生似乎悟出了什么，无可无不可地以手抚髯，而玉梅叫好。

李少昆这就先唱，他这是抛砖引玉：

小哥说话理不端
哪个交友比富穷
只要两人同心意
千里姻缘一线牵

杨连长紧接着表白：

太阳出来像团火
晒得情妹没处躲
妹把草帽拿去戴
等它太阳来晒我

李少昆应：

荷花圆圆像米筛
郎也乖来妹也乖
自己相好自己爱
多嘴媒人快滚开

杨俊一赶紧深化：

送妹送到悬岩下
只望岩石垮下来
把我二人都砸死
免得一个想一个……

李少昆注意到，他们对唱时，警卫连长和玉梅不时痴痴地对望一眼。时光像泉水在四周汩汩流淌，而俩人浑然不觉；他们的目光中抛出许多给对方的带有磁力的红线，在暗中交织，缠绕着彼此怦怦跳动的心。清爽的夜风将带着清香的洋槐树上的花，吹得一地缤纷。一对年轻男女，显然已经进入妹思郎想的境地。

云梦山阻击战似乎是突然来到的。就在这次对歌之后第三天一早，日本人对主战场云梦山台地实施了大规模进攻。先是飞机炸，后是大炮轰，然后步兵开始大规模进攻。虽然坦克施展不开没有大上，但进攻的日军呈现出少有的疯狂，进攻之猛烈，犹如涨潮的海浪，一波接一波地往上涌。不过，这样激烈的战斗场面，在三十六集团军司令部所在地宝峰寺是看不到的。只能听到，先是天边滚过一阵隆隆的炮声和飞机扔下的炸弹的猛烈爆炸，地动山摇间，前方就打成一锅粥，听不到点了。

集团军摆在第一线的是四十七军。四十七军依序又是一〇七师，该师之主力是大胡子团长吴正亘部。日军依仗优势火力拼命进攻，企图打开一个缺口，再快速撕开，扩大战果，集团军则依托有利地形，层层设防，步步阻击。日军最怕这种消耗战，疲劳战，迟滞战。

进攻的日军一波接一波，一浪接一浪往上涌。而集团军的层层设防，就像层层坚硬的大堤，让这些不断撞击上来的波浪激出满天水花，粉身碎骨，不断涌起，又不断退下去。然而，激战竟日，当一轮血红的残阳挂在远方那座隐约可见，被当地人叫作奶头山的山尖上时，阻击日军的第一线还是失陷了。

打仗总是身先士卒，事必躬亲的三十六集团军总司令李家钰，立即带着李少昆、杨俊一匆匆赶到了激战正酣的前线。在最初的夜幕中，打了一天的吴团正在退下来，一个团牺牲了400多人，轻重伤者近500人，官兵所剩无几。在二线部队的交相掩护下，吴团官兵正往后撤，其状很惨，不少轻伤员用担架抬着他们受了重伤，断肢缺臂的兄弟往下撤。而就是这些抬着战友撤下来的轻伤员，头上或是身上，这里那里也都缠着绷带，或是因为没有绷带，用撕破的军衣缠裹着。军服稀烂，裹满了战争硝烟。可从他们的神情里，流露出来的不是沮丧，而是斗志昂扬。他们胜利完成了任务，他们让进攻的鬼子受了重创，他们赚了！

得知总司令来到前线，吴团长赶来了。大胡子团长看来很不服气，他腰皮带上插着大张机头的驳壳枪。

路边摆有两个大筐，筐里装满了雪白的银圆。这是总司令特意嘱咐让警卫连长杨俊一办的，他要奖励吴团。大胡子团长吴正亘赶到时，只见司令部警卫连的兵们两个一组，站在这些筐前，为从第一线撤下来的官兵们发放银圆。重伤者一人十块，轻伤者一人五块，没有带伤的一人三块，这个数额是总司令李家钰定的。

一个打断了一条腿的连长，手中拄根树棒，艰难地走到总司令面前，一下跪倒，失声痛哭："总司令，我不要钱，我还要上前线打日本人！日本人打不过我们，施放毒气，我气不过啊！我们死了那么多兄弟，我不能离开用鲜血换来的阵地。不要看我腿打断了，我还可以打仗，请总司令给我们团长说说，让我上去吧！"李家钰大受感动，上前一把抱着这个连长：

“好兄弟，你快下去养伤，日本鬼子，我们有办法收拾这些畜生！”随侍在李家钰身边的副官李少昆，招呼警卫连的两个兵，让他们不知从哪里去弄来了一副担架。因为总司令下令，这个打断了一条腿，却坚决不下火线的连长不得已睡上担架，被抬了下去。

李家钰一把拉着大胡子吴团长的手，好生安慰。这时天黑了，日军停止攻击。第一天的战斗结束了。

第二天，当两军黏在一起时，有个炊事兵李发生给前线的弟兄们送饭去。阵地上尸横遍野，一群日军正端着刺刀冲上来，而阵地上所剩不多的弟兄死战不退，正在同日军肉搏。武士道精神十足的小鬼子们，在人数上占了上风。他们两个三个对一个，将死战不退的川军弟兄们团团包围，挺枪嗨嗨地杀着。

送饭上去的李发生毫不畏惧，不声不响放下饭挑，抽出扁担，四下里看了看，他准备参战了。李发生是川北梓潼县人，在那一带，因为历史的原因，人们普遍尚武，而李发生在家时是操过扁卦的。他发现混战的人群中，有四个身穿粗黄呢军装，打着绑腿，脚蹬大皮靴，挺着上了雪亮刺刀的三八大盖枪的日军，将一个只有十七八岁，黄皮寡瘦，身肢单薄，像是还没有发育成熟的川军小兄弟团团围困，狞笑着，转着圈，就像四只围绕着猎物，穷凶极恶，十拿九稳的山中狼。

“好个狗日的日本鬼子，老子让你们尝尝我的厉害！”李发生心中说，拎起扁担，绕到一个日军背后，高高举起手中的黄杨木扁担，风生水起地猛砍下去，呼的一声，犹如砍下一把关公大刀。

“哎哟！”被砍中头的日军惨叫之时，脑浆迸裂开来，倒在了一边。这一声撕心裂胆的喊叫，让周围正在与川军搏杀的日军慌了神。而被日军包围其中的小川军顿发神威，嗨的一声，挺枪往前一冲，正面的日军被他刺中，倒了下去。左右两个日军，一个被李发生放倒，还有一个想跑，被小川军赶上，一刀结果了性命。肉搏战中最怕慌神，而李发生的参战，让弟兄们精神大振，嗨！嗨的喊杀声中，由被动转为了主动。特别是炊事员李发生勇不可当，手中那根黄杨木扁担使得呼呼响，让日军非死即伤，纷纷败下阵去。而这时，增援的部队也赶到了……

然而就在部队士气高涨，战况很好的这天晚上，午夜时分，李家钰的一个作战参谋突然神色惊慌地过来向总司令报告，说是右翼的汤恩伯军团刚来了个电话，他们的部队要撤。因为主帅蒋鼎文已经脚板底下擦清油溜了……

“当真？”陡然间，李家钰简直不敢相信这是事实，问作战参谋：“电话挂断没有？”

“没有！”参谋说：“因为事情太大，我要对方暂时不要挂。”

“好！我来接！”

李家钰先让对方报了姓名职务。汤恩伯军团司令部的这个作战参谋，说一口满带江浙味的北平官话，确信实有其人后，李家钰让对方将情况再说一遍。证实战区司令长官蒋鼎文撒丫子跑了，一口气跑到卢氏了，听说还要跑。

“奇怪！”总司令李家钰压抑着满腔怒火：“情况一片大好，蒋长官怎么丢下大部队跑了？”

“总司令！”对方在电话中纠正：“我可没有说蒋长官是丢下大部队跑了，而是说转进！”

在国民党的报刊上，官员们的口头上，所谓“转进”，其实就是逃跑、败退的代名词，这有多么讽刺！

“总司令！”看来汤军团这个好心的作战参谋，不想再说下去：“我好心好意地通知你们，是于心不忍。因为我们军团今夜要撤，贵军团左翼右翼的所有部队也都要撤，请总司令看着办吧！”说着挂了电话，“嘟、嘟、嘟！”响起了忙音。

“总司令！”孤灯一盏中，看李家钰背着手在光线黯淡的屋里走来走去的身影，副官李少昆理解部队险恶的处境和总司令痛苦、无奈而愤懑的心情，他建议“是不是我们也通知部队撤？”因为局势明显摆在那里，只得连夜撤了，不然，明天孤军突出的三十六集团军会被日军包了饺子。

"撤！"总司令猛地站定，看着李少昆："你现在代表我去孙福家，将情况给孙老先生讲明，请他们赶紧收拾收拾！"说着看了看戴在手上的瓦斯针夜光表，用了一句部队上的通用语："部队三更造饭，五更出发。请他们一家随司令部一起后撤！"

"是。"李少昆接受了命令。

天亮前，自古以来就是福地，战乱少到的云梦山宝峰寺一带，出现了骚乱。不少准备随部队一起后撤的百姓，在放火焚烧自己的家园。他们在火光熊熊中或痛哭失声，或跪倒在地。更有的家中老人故土难离，不肯离去，一家人表现出来的生离死别，相当悲惨。德高望重，上了年纪的联保主任孙福，亲自举火焚烧了自己的庄院和离庄院不远的宝峰寺。漆黑的夜幕中，熊熊的火光惊得怪鸟悲叫，山河呜咽。

这个夜里，四十七军奉命负责断后掩护，另外两个军负责照顾司令部左右，徐徐后退。警卫连长杨俊一更是忙前忙后，他要对总司令和司令部机关的安全负责。因为空前的繁忙，他仅仅同孙玉梅打了个照面。老天也真是帮忙，这晚不仅没有月亮而且很黑。李家钰虽贵为集团军总司令，可他不像那些国民党军队里的大官，走到哪里将家眷带到哪里，他孤身一人在前线作战，家眷都远在四川，远在成都。警卫连长看着总司令骑上一匹虽然矮小但能负重，善走山路的川马，临时将总司令交给了副官李少昆照顾，就又去忙他的了。

这是一天中最黑暗的时分。总司令骑在马上，由李少昆在旁亲自执马坠镫，沿着一条微茫的羊肠小道逶迤而去。

天亮前，在后负责掩护司令部撤退的一四八师，派人前来报告了一个惊人的消息，说是因有汉奸告密，向来夜间不出动的日军出动了，一股日军精锐部队对司令部紧追不舍。

局势异常严峻，骑在马上的总司令李家钰却显得很镇静，说是："咦，龟儿子日本鬼子想趁浑水搭虾扒嗦！"

警卫连长杨俊一当即向总司令请命，说这一带地形复杂，日前孙老先生告诉他后，他又做过实地勘探，既然日军小股精锐专为袭击司令部而来，不如由他率一个排留在这里掩护，将前来夜袭的日军往岔路上引。等会儿他“看菜吃饭”，能将这股日军吃掉最好，吃不掉也没有关系，就朝一边引，总之保证总司令一行安全撤退。他提出，他不在之时，警卫总司令的任务暂由李副官兼任。

缓急之间，也只能这样了。李家钰想了想，答应下来。临去时，李家钰嘱咐警卫连长完成任务后立刻赶来。

警卫连长站在一个高高的山岗上，目送着司令部离去。车辚辚马萧萧，虽说司令部够精干的了，但毕竟是一个集团军司令部，若干的辎重、电台文件等，都由骡马驮着，部队护着，披着夜幕，沿着一条向西的小道渐渐远去。夜色荡漾中，警卫连长默默地注视着随队撤走的心上人离去。他以为只有他才看见了她，他没有想到，心有灵犀一点通，正随着家人离去的玉梅也发现了他，而让他更没有想到的是，玉梅一会儿竟会甩开家人，甩开部队，返回身来找他，同他一起战斗，并同他一起上演了一场同生共死，感天动地的爱情绝唱。

“弟兄们，跟我来！”警卫连长杨俊一手一挥，一个排装备精良的兄弟们，跟着他隐入了黑夜。

就在李家钰一行离开不久，响起了激烈的枪声。随侍在总司令身边的李少昆，凭着丰富的战斗经验，在脑子里演绎着战斗的进程：前来偷袭的日军精锐穿插过来了，约有一个中队。经过一阵激战，警卫连长一见鬼子的人数比自己多，就带着身边所剩不多的兄弟，借着地形熟悉，将这股追击司令部的日军引到了断魂山。待日军发现上了当，恨得咬牙切齿，发誓要将这股为数不多却经打，可恶至极的川军小股部队碎尸万段。任务既已完成，兵置于死地而后生，地形又好，杨连长抱着打死一个够本，多打死一个多赚一个的想法，在断魂山紧紧黏着敌人。

从黎明打到中午时分，只剩下四五个人了。敌人又开始冲锋，显然这是最后一次冲锋了。那些头戴钢盔，身穿粗黄呢军服，手持三八式步枪的日军，巧妙地利用地形朝上拱、拱。他们严格地保持着战斗队形，像是一条条云梦山地区特有的、身呈黄褐色的五步蛇。

“弟兄们！”杨连长对趴在他身边的战士们说：“我们已经胜利地完成了任务！准备好，敌人马上要上来了，准备拼！”

“杨连长，快跟我走！”

突然，北音婉转间，一只绵软的纤纤素手从警卫连长的背后伸来，抓住了杨俊一的手。杨俊一猛地掉头，见是玉梅，不由大惊：“你怎么会在这里？”

他一下愣了，定定地看着意外出现的玉梅。这会儿，似乎一切都消失了。自认识玉梅以来，这些天来他们相互暗中爱着，虽然时间很短，却爱得很深。梦中，他不知有多少回同这个他日思夜想的女子有过羞于对人言说的缠绵，巫山云雨……但真正身体上的接触，这还是第一次，虽然仅仅是手上的接触。他只觉得一阵极敏感的电流，从她的手上传递过来，一下子走遍全身。这是警卫连长有生二十四年以来从未感受到的女性气息，爱的气息，是他渴望的。竟没有想到出现在这个时候。一种强烈的欲望，在他身上升起并急速膨胀，他真想一下将她揽在怀里。

可是，随着玉梅的一声惊叫，他从她的眼睛里看到了惊异。掉头看去，蛇一样蜿蜒而上的敌人，见山上没有开枪，以为山上的川军或是死绝了，或是逃走了，他们开始端起枪，大摇大摆地往上冲。那个打断了一条腿的福娃子，缓缓站了起来，他的身上缠满拉了弦，正在冒烟的手榴弹，他朝正从山下爬来的鬼子群中一滚。

“连长，你们快走！”随着福娃子这一声喊，“轰！”的一声，浑身捆满手榴弹的福娃子滚到鬼子群里，爆炸开来，与鬼子同归于尽了。

“连长，你们快走，迟了一个也活不成！”旁边，不知哪个兄弟将他一推，玉梅再将他一带，倏然间完全失去了思维的警卫连长像是飘了起来。当他被玉梅牵着，沿着崎岖的山路，不知不觉来在一处孤峰上时，他才清醒过来。

“这是什么地方？”他讶然地问玉梅。

玉梅告诉他，这叫飞来峰，是云梦山的最高处。警卫连长这才发现，飞来峰像是从一只神奇的大鹰嘴里不慎掉下的一块奇石，又像是平地矗立而起的一把利剑，直指苍穹，奇峰兀立。峰顶上，一簇葱郁的林木像是骄傲的武士戴在头顶上的盔缨。

鬼子追上来了。

追上来的鬼子有七八个人，他们看见兀立在飞来峰上，手牵着手的一男一女。而且，两人是那样忘情，你看着我，我看着你。姑娘年轻漂亮，而与年轻漂亮的姑娘牵着手的，正是让他们吃够了苦头的警卫连长。

警卫连长打光了手中驳壳枪里的子弹，又打死打伤了两三个鬼子，然后将驳壳枪砸了。

“俊一！”玉梅深情地看着警卫连长：“我们决不受辱，我们一起跳崖，一起去死！”说时伏在警卫连长宽阔厚实的胸脯上。

“玉梅，你是不该回来的！”杨俊一用双手紧紧抱着这个伏在怀里的姑娘，耳语似的责备道：“你这是何必呢！”

“俊一，我爱你，我愿意同你一起战斗，一起去死！为抗日而死，为心爱的人而死，我死得心甘情愿！”姑娘说这番话时，说得很轻，却是字字清晰，并用一根指头，在杨俊一宽阔的胸膛上一笔一画地写、画，像是要把她从心里涌出来的话，刻在他们两个人的心里。杨俊一搂着自己心爱的姑娘，深情地看着她，她抬起头来，用一双清澈的大眼睛看着他，回应着他。他们同时长长地从心灵深处叹口气，然后紧紧地搂抱在一起。

剩下的几个鬼子攀上了飞来峰，他们遮遮掩掩，胆胆怯怯地借着树木、巨石的掩护，向紧紧拥抱在一起的他们靠近，显然是想活捉他们。

“走吧！”玉梅最后亲了亲杨俊一，看了看他，牵着爱人的手，向悬崖的一边走去。那份愉快松活的样子，仿佛这不是去赴死，而是牵着爱人的手去春游似的。

他们手牵着手，站在了高高的悬崖上。眺望四周，耸立的群山，松涛滚滚，脚下，就是多情而多难的祖国大地，就是云梦山。他们互相看着，男的高大英武，就像是拔地而起，峭然傲立的飞来峰；女的青春亮丽，就像天上有一轮明月。他们最后互相看了看，笑了笑，这是他们留在人间的一道最后最美的风景。

“跳！”他们紧紧搂抱着，纵身往下一跳。

“打倒日本帝国主义！”

“抗战必胜！”

“再见了，云梦山！”

“再见了，乡亲们！”

……

声声泣血的呼喊，在山谷间回荡，震天动地。在惨淡的天幕上，他们紧紧搂抱在一起往下飘落的身影，像雄鹰张开的双翅，乘风而去。

- 第十八章 -

最后之战，集团军总司令马革裹尸还

蒋鼎文指挥的洛阳会战虽说是稀里糊涂，兵败如山倒，但中国军队参战人数众多，好些还是中央军精锐部队。这些部队如果真是被逼急了，也还是有相当的独立作战能力。因此，日军缓急之间也一时不能将这些中国军队一口吃掉。

三十六集团军司令部徐徐后退，这天转进到了一个叫三条镇的地方，李家钰与新八军军长胡伯翰相遇。

长得很胖的胡军长是一路坐滑竿来的。为他抬滑竿的是两个从路上抓来的当地老百姓，胡军长躺在闪闪悠悠的滑竿上，后面跟着一群警卫，像是在一路上游山玩水似的。新八军司令部这晚也是宿营三条镇。

暮色苍茫中，见到李家钰，胡军长竟然问："月前在蒋长官召开的洛阳军事会议上，蒋长官不是夸你们川军打得嘛，咋个也兴转进了？"

"听胡军长的口气，似乎这么大个洛阳会战，我们川军就可以单独包下来似的？"李家钰没有好气地反问："蒋长官丢下部队跑了，你们这些装备精良的中央军也哗啦一下全转进了，我不退行吗？独木不成林。如果不是汤恩伯那个有点良心的作战参谋给我打电话来通通气，我三十六集团军怕这会早已经被日本人包了饺子！”

“好，不说了，不说了。”胡伯翰理亏。他下了滑竿，将一只蒲扇似的手架势摇，涎着脸请求李家钰帮助：“朋友面前不说假话，新六师是我军主力，我是放在后面断后的，现在被日本人打来黏起了，我的右翼很空。是不是请你老兄帮个忙，安排你的部队帮帮我的右翼，你的部队打得……”胡军长喋喋不休，好话说尽，乱缠得很。

李家钰注意看去，这就是新八军的司令部吗？一片混乱！暮色中，顺公路两边一溜摆开的那些低矮的茅屋农舍，全都关门闭户，晚风吹得长在山墙上的小草东摇西摆，似乎吓得它们在不住地抖索。新八军司令部的官兵们在挨家挨户捶门，南腔北调声中一阵乱骂：

“老子们在前方打日本人，保卫你们的安全，现在国军来了，你们一个个不理不睬，关门挺尸，开门，开门！”……

驮着大包小包东西的骡马踟蹰在村头，一些兵们正在往下卸东西；还有好些坐滑竿来的高级军官的太太们，正在陆续下来。这些即使在战争中也身着旗袍，烫着卷发，打扮摩登的太太们，已经在逃难了，还在颐指气使，动辄发脾气。空气中弥漫着浓烈的硝烟味，远方股股狼烟升腾。还有些军官不知因为什么事，站在路上吵吵嚷嚷、撕撕掳掳……

李家钰叹了口气。他是个乐于助人的将军，对胡军长再三再四的请求，答应了下来，胡军长这才欢天喜地去了。第二天晚上，三十六集团军司令部夜宿翟涯，这是一个山区较大的小镇，属渑池县。小镇上百十来间偏偏倒倒的泥砌小屋，在夕照中关门抵户，鸡不鸣，狗不咬，呈现出一种饱受创伤后的萧瑟、破败和无奈。

在这一带宿营的还有谢辅三、刘戡、张际鹏、胡伯翰等。这晚，他们全都凑在李家钰的帐篷里，商讨部队下一步的行动。军用帐篷顶上，悬挂着一盏马灯，夜风吹进来，将马灯吹得不断摇晃，晕黄的灯光在这些高级军官们脸上晃荡，似乎一切都充满了不确定性。

会上，新八军军长胡伯翰单刀直入地说："我们这么多队伍挤在了一起，争先恐后朝西走，容易发生混乱，战斗随时都有可能发生，我们得有一个统一的指挥。我提议请李（家钰）总司令担任总指挥殿后！"

胡军长的建议得到了与会高级军官们的一致赞同。

李家钰接受了大家的拥戴。他说他想知道各位下一步转进的目的地。

刘戡说，他要带部队去卢氏找蒋（鼎文）长官归队，明天一早就走。

胡伯翰说，他也是明天一早就走，目的地是官前。他说："我们集团军总司令高树勋在那里，并且已经再三再四地催促我了。我再不去，他会怀疑我在拉他的部队。"……

晨曦撕破夜幕，曙光照进山谷，新的一天开始了。

带着钢铁颤音的军号声在山谷间响起来，此起彼伏，山鸣谷应，各部相继开拔了。为各军 转进负责殿后的李家钰在完成任务后，率部进入了终南山区，当晚，他的司令部在山中西马蹄沟宿营。第二天，李家钰率部朝终南山纵深前进。两边的树木开始茂密起来，景色也单调，路上根本看不到人家。李家钰骑在马上，李少昆在旁边紧紧侍卫，这样的行军最容易让人打盹，放松警觉，可李少昆始终保持着警惕。在这样一条飘带似前不见头，后不见尾的山区小道两边，是越渐茂密起来的草和树，牵线线似的部队被复杂的地形时遮时掩，沿着越渐抬高的赭黄色山路，不快不慢地逶迤西进，显出疲惫。

中午时分，李少昆突然发现在部队右侧的山梁上，有一道黄色的细流，若隐若现，借着茂密的草木掩护，同他们保持着不远不近的距离，如影随形地追随着他们，突然间又失去了踪迹。

李少昆很精细，发觉似有不对，马上将情况报告了总司令。其时，骑在马上的李家钰像是要睡着了似的，身子随着马的走步一摇一摇的，很像是在摇篮里。四周是这样安静，任何一个人处于这样的情况下，肯定要打盹的，头脑也不会清醒。

"少昆，你是不是看错了！也许是我们的哪个部队走到山梁上去了？"

李家钰说时仍然没有睁开眼睛，在他看来，他的前后都走着自己的大部队，他很放心。而不断袭来的倦意更像个催眠的魔鬼，他对李少昆明显的紧张，说话语气也高亢起来这点，全然没有引起重视，回话也带有几分敷衍性质。

“总司令，我觉得硬是有些不对哟，好像敌人在跟着我们！”李少昆提出了一个最切实、最简便的建议：“总司令！”他说：“总司令骑在马上登高望远。是不是请司令拿望远镜朝那边望一望？”说时用手一指：“一看就一目了然，也就放心了！”

骑在马上的李家钰将军，这时如果听从了李少昆的建议，眼睛一睁，顺手将吊在胸前的高倍望远镜一举，朝那边一望一看，那么，总司令肯定马上就会睡意全消。就在右边，离他几百米的地方，有一小股日本特种兵，猫着腰，提着枪，借着旁边台地上茂密的荆棘树木茅草的掩护，紧紧追随在侧。如果是他发现了，将手一挥，这股胆大妄为，尾随在侧，图谋不轨的小股鬼子兵顿时就会被他的部队斩尽杀绝，灰飞烟灭。

可是，三十六集团军总司令李家钰这时却根本没有把李少昆李副官的报告、提醒当回事，他懒洋洋地骑在马上，一摇一摇的，保持着固有的姿势，做他的梦。这时，也许是身经百战的李家钰将军太大意了，万万想不到会有这一小股日本特种兵，竟敢冒着天大的风险一直在追踪他，想杀害他，并且一直追进了终南山！

当然，这也是因为将军的心情不好，洛阳会战本来是可以打好的，这么多的中国军队，而且好些还是装备很不错的中央军，又是在日军江河日下之时。可是，却打成这个样子，他心中憋气！

所谓的洛阳会战，其实根本就没有战，是自己打败了自己，不仅如此，大军溃退还给他带来了相当大的损失，而这一切，责任全在主官，逃跑将军蒋鼎文！这些日子一直让他气愤难抑！他下定决心，一旦安定下来，就立即向中央军委状告逃跑将军，战区司令长官蒋鼎文，管他是不是委员长的亲信！他正在心里断断续续思索着状告主官蒋鼎文的措辞呢！

一部历史或一个人的命运，是由若干细节构成的，环环紧扣。稍一不慎，一个环节处理不好，最终的命运就会改写，就完全是另一回事。就是这样，久经沙场，英雄一生的李家钰将军，因为一个细节的疏忽送了命。

山势渐渐更抬高了些，小路两边的植被更是越渐茂盛。这是午后时分，天上有一轮暖太阳，这个时分，连山上的树木花草都全睡着了，何况骑在马上，一摇一摇的李家钰将军。而走在将军身边，为总司令执马坠镫的副官李少昆，在走马单调的嗒嗒蹄声中，在酱黄色铺泻而下的阳光中，也感到了一丝混沌。他开始怀疑自己是不是看错了，神经是不是太敏感了！因此，他也就不好再去打扰骑在马上打瞌睡的总司令。山道两边出现了起伏的山峦，有的地方呈现出一带缓坡，有稀稀落落的庄稼地。山坡上不时闪现出的泥草小屋寥落破败，像是一朵朵黑色的蘑菇，了无生气。这时，越渐深入的终南山，全在午后的阳光中睡着了。

“报告！”

就在将军骑在川马上打盹，思绪在模糊中沉沦下去时，忽然被一个从前面跑回来，向他报告紧急情况的侦察参谋惊醒。

“啥子事，惊风火扯的？”将军顿时清醒过来，勒住了马，很不高兴地问。在他看来，军人应该有泰山崩于前而不眨眼的沉着镇定。站在他面前的这个侦察参谋，一脸的紧张，站在参谋身边的是他从山上带来的打柴老汉。

参谋指着打柴老汉说：“这位老乡在山上发现了日军……”

将军看了看老汉，老汉的身子瘦而结实，皮肤黝黑，一脸皱纹，看不出多大年龄，说五十可以，说更老一些也行。衣衫褴褛，脚上穿双草鞋，腰别把柴刀，裤管挽起多高，一脸的惊惶。

“啊，老乡，有话慢慢说。”骑在马上的李家钰，确信老汉是个当地砍柴人，生怕吓着了老汉，态度放得很和缓。

“长官，你们是川军吧？”打柴老汉说一口浓郁的陕南话。

“是呀。”总司令审视着老汉，亲热地点了点头，他知道，川军在陕西一带有很高的威信：“老乡，你说你在山上看到了日军？！”

直到这时，他仍然不相信有这样的怪事。

“是呀！”老汉说时，掉过头去，用手指着右边山峦上那片青葱密集，波浪似起伏的台地：“我在山上打柴，看见有几个戴钢盔，身穿黄军服的兵，一下钻了出来，他们的钢盔上网着青草圈、圈上又插着树枝椏。他们看见我理都不理，嘴里说着哇里哇啦的日本话，朝长官这边摸过来了。”

“日本话，你怎么知道他们说的是日本话？”李家钰的目光有些游移。

“我们这里来过鬼子兵，我听到过日本话，虽然听不懂，但我知道他们说的就是日本话……”老汉说得活灵活现，描绘得也很有现场感，让李家钰不敢再掉以轻心了。可是已经迟了，骑在马上的李家钰将军虽然个子不高，但他身上的那套笔挺的黄呢将军服，还有将军服上的勋标，清楚地标明了他的身份。

就在李家钰要李少昆带警卫连的官兵散开，前去搜索那片台地，他也正要翻身下马时，右边，在那片离他不到四五十米远的台地上，一片浓密的荆棘丛里，响起了密集的枪声，飞蝗般的子弹，从几个不同的方向朝三十六集团军总司令李家钰水一般泼来。那不是一般日本军人普遍使用的三八式步枪，而是德式自动步枪、冲锋枪。顷刻间，李家钰被打成了一个筛子，在马上晃了晃，一头栽倒在地。

“狗日的日本鬼子歹毒！”李少昆抽枪在手，大喊一声，一个箭步冲上前去，反身贴在台地上，动作异常敏捷，手枪朝上一指：“给我打！”与此同时，在警卫连的官兵们枪响之时，走在总司令前后的大部队一听枪声，全都反应了过来。他们万万想不到，日本人竟然追到这里来了，竟敢如此虎口拔牙！他们个个怒火万丈，有的卧倒射击，有的包抄上去，咬牙切齿，用四川话愤怒地高声骂道：“不要让这些杂种跑了，给老子打、狠狠打！”瓢泼似的弹雨反复地在那片浓密的荆棘丛里扫射，像一把把锋利的镰刀在那片黑暗里扫过去、割过去。只见那团掩藏着阴谋的、由藤萝与树枝、荆棘紧紧纠缠在一起构成的浓黑，在快速地往下矮去并摊开来。

当李少昆最先带着几个警卫连的兄弟上去，用刺刀将打成一片粉碎的草草桠桠挑开时，发现这批日本特种兵早已被打成了一摊摊肉泥；就像是些被反复宰割过的，屎屎尿尿，陈尸荒坡的野狗。

李家钰将军死了，牺牲了，牺牲在终南山中。其实这本来是可以避免的。至此，八年抗战中，在所有牺牲的几十万川军官兵中，李家钰将军是级别最高的一个了。

三十六集团军所部陆续进入了终南山。不久，奉命暂时管理集团军的四十七军军长李宗昉收到委员长从陪都重庆发来的电令，让他率部在终南山集结、休整、待命。同时，他又很快收到一封通报，在洛阳会战中因“指挥作战不力”的蒋鼎文，被委员长痛斥后“引咎辞职”，事情就这样不了了之。

李少昆在孙震将军的督促下返回成都，在二十二集团军留守处挂职。他主动承担起把李家钰将军遗体一路护送回去的责任，参与了将军遗体安葬的全过程。

李家钰将军的牺牲经多家媒体报道后，在民众中引起巨大反响，特别是重庆《新华日报》发表了“上月中原惨烈战役中，李家钰将军壮烈殉国”的长篇通讯，将李家钰之死详尽道来。将军的灵柩运回成都，受到四川省政府，川康绥靖公署、成都行营及各界群众团体隆重迎接。在成都少城公园举行的有数万人参加的李家钰将军追悼会上，川康绥靖公署主任邓锡侯主持，气氛隆重而悲壮。会上，邓锡侯宣读了行政院第 644 次会议通过的“军事委员会以集团军总司令李家钰于此次豫中会战中，亲冒锋镝，壮烈殉国，忠勇之风，尤足矜式，请转呈国民政府，追赠为陆军上将，以慰忠魂而励来兹案”。

李家钰将军的灵柩被隆重安葬在成都南郊红牌楼广福桥，被称为“李上将墓园”；园内苍松翠柏，雀鸟啁啾，俨然是一处风景优美的公园。1944 年 6 月 19 日《新华日报》报道：“蒲江旅蓉（成都）同乡会，为纪念李其相（李家钰字其相）将军壮烈殉国，拟请政府将蒲江县改名为‘其相’县，但李将军夫人却谦词婉谢，她说，‘其相殉国本是军人天职，何劳更改梓里名称’等语，实堪令人钦佩”云云。

斗转星移。1984年4月25日，四川省人民政府追认李家钰将军为革命烈士，人民政府还拨款重修了李家钰将军陵寝。当时，尚健在的将军夫人王明德率其三子李克林，受领了中华人民共和国民政部颁发的《革命烈士证明书》。这是后话。

李少昆待办完李家钰将军的后事，回到了久违的家中，感到一切既熟悉而又陌生，如在梦中。还是这样一个清幽的小院，父亲一手垒起的假山、修建的鱼池等俱在，一如往日，而物是人非，父亲和儿子却已经不在了。

离家七年的丈夫回到家中，妻子蔡桂花有一种失而复得的高兴，高兴中又有一分梦幻和凄恻。她忙前忙后，给丈夫端茶送水，变着花样做好吃的待承。李少昆这才猛然醒悟，岁月如梭，妻子蔡桂花一晃也快30岁了。仔细看，沉重的打击际遇，并没有给她的容貌上带来多大的蚀损，她反倒比起以前显得更丰润一些，白净一些。结婚这么多年来，李少昆第一次这么有闲，第一次这么从不同的角度细细打量妻子。再看细些，就会看出她的眼梢，其实也已经悄悄爬上了几条细细的鱼尾纹。这个熟悉而陌生的家，已经不完整了。他发现，妻有时一坐下来，就有些发愣，好似沉入了一个噩梦中去了似的。

李少昆回到家中，第一眼注意到的是堂屋上挂的那幅大照片。那是狗娃刚满百日时，父亲抱着狗娃去春熙路“留真”相馆照的。那时照张相片相当金贵，整个成都没有几家照相馆，春熙路上那家相馆是最好的，价钱当然贵，记得照那张相，花了一块白花花的大洋。照片上的父亲是一副庄稼人打扮，头上缠着小山似的、垒成几旋的白帕子，一张皮肤黝黑的脸上皱纹很深，条条又宽又深的皱纹，就像家乡那些被雨水、被山洪、被岁月淘洗，冲刷成的沟沟壑壑。这就与抱在父亲怀中刚满百日，又白又胖，皮肤嫩得像豆花似的狗娃形成鲜明对比。照片上的爷孙俩都在对着他笑，笑得很欢。胖嘟嘟的狗娃张着双手，透出生命的欢欣。他知道，其实那是狗娃当时想要挣脱爷爷的怀抱，扑到母亲的怀里去。而父亲的笑，发自内心。

他们老李家三代单传，不孝有三，无后为大，这是父亲常挂在嘴上的一句话。妻子蔡桂花一开怀，就生了个大胖小子，老父亲怎么能不高兴呢？

香烟袅袅中，在爷孙俩的照片之下，条桌上，是妻供给爷孙俩他们生前最喜欢的一些东西。玻璃纸裹着的糖，是儿子狗娃的最爱，那是成都耀华糖果厂生产的高级糖果，很贵，一家人都舍不得吃。儿子嘴里包着糖，腮帮鼓起，一双胖胖的何首乌似的小手又白又嫩。狗娃最爱将剥下来的花花绿绿的糖纸扪在眼睛上对着太阳看，笑得呵呵的。在孩子的眼中，世界一定是五彩缤纷的，充满了新奇。而供给老爷子的，是他最喜欢吃的川北家乡的花生，还有就是他最喜欢抽的家乡叶子烟。那花生，是妻子一颗一颗剥出来的，装在盘子里，颗粒很大，外面裹着红红的一层花衣。家乡产的叶子烟，一匹匹又大又薄，展开来，像是一张张精工打造的金箔。

挂在墙壁上的爷孙俩的照片，当然是黑白照，放大了的，用精致的木框框上。不用说，这是妻去春熙路上诗婢家定做的。供桌两边，一边一个烛台，白天都点着大红蜡烛。从那两支大红蜡烛上一点一滴往下流的烛滴，好像是照片上看着他的爷孙俩在落泪。久别回家的李少昆，觉得爷孙俩正站在另一个世界看着他，在对他叙说那场日本人犯下的滔天罪行！

“爹，儿子回来了。儿子没有给您老丢脸，没有给咱川军丢脸，儿子是一个真资格的抗日军人！爹，你看着归来的儿子高不高兴？”李少昆哭着跪倒在老父亲的遗像面前。

“狗娃，爹回来了，爹好想抱抱你！”李少昆泣血有声：“如果你还在，爹就可以带你到少城公园去，尽心尽意玩了，爹要抱你去坐梭梭板，打秋千……”

抬起头来，泪眼婆娑的李少昆觉得，照片上的爷孙俩，正在同他进行情感交流。看，爷孙俩笑了，在欢迎他的回归、回家……他们什么都能说，只是距离太远，他们爷孙俩在天国，他们对他说的话，他只是听不到而已。

一只温热润泽的，成熟女性的手伸了过来，握着了他的手。握惯了枪的手，陡然被一只柔妙无比的女人的手握住，他心中不由得一热一惊，李少昆从梦幻中一下回到了现实。

“少昆，你不要这样！”善解人意的妻，将跪在地上的他抱了起来，拿手绢给他揩了脸上潸潸流淌的泪。

“少昆，你回来了就好了，日本人想灭亡我们中国，休想！日本鬼子炸死了我们的爹，我们已经把他们打败了，已经报了仇！日本鬼子炸死了我们的狗娃，我们可以重新来过，我给你多生儿子！”蔡桂花急急地说，她这番朴素无华，寓意深刻，却又是落地生根的话，让李少昆听来陡然一震。他看定身前鼻息可闻的妻子。如果说七年前，他出川抗战时，妻子还是一枝刚刚绽开的樱桃花，那么现在妻子蔡桂花真正是成熟了的、六月间的红透了的红樱桃了。

这就是我的妻子！我的红透了的、等我去采摘的红樱桃！看着面前可人的妻子，李少昆的心狂跳起来，身体也开始不安分地急剧膨胀起来，有种急于攫取攻占的意味。平时他根本顾不到这些，在外作战，要不处在枪林弹雨中，要不就是在戎马倥偬中忙这忙那，连生命什么时候消逝都不知道，整天处于紧张中，哪里还谈得上女人。有几次在稍微闲暇之时，他听到警卫连的小伙子们私下大摆荤龙门阵，津津有味地谈起女人时，却没有一点感觉。他怀疑自己是不是生理上出了什么问题？是不是当兵当久了，当傻了，对于女人的“武功”已然全废？然而这时，丰润的妻在面前一站一说一哭，他发现妻竟是雨打梨花般惹人爱怜，需要他把她搂在怀中爱怜、滋润。女人，是需要男人滋润的！一下子，他想了，很想很想。于是他情不自禁一下握着了妻子的手。他的手虽不大，但从小在家劳动，还跟爹上山打猎，又练过功，所以手很有劲，掐得也准。

妻子浑身颤抖了一下，立刻有了反应，像触电似的。丰满的胸脯开始起伏，望着他，脸色红红，一双黑白分明的大眼睛里又亮又潮湿，声音颤颤抖抖地小声问：“少昆，你这是……”她与其说是在问，不如说是在乞乞求求地含蓄地响应。

“走！”李少昆相当武断地把蔡桂花的手一牵：“我们去睡，我们去做几个儿子！”

“这是大白天啊！”蔡桂花被他牵着手，顺从地往里间卧室里走去时，却又是这样一句。

“我们两口子，哪有那么多讲究的……”进了卧室，急不可耐的李少昆三下两把脱光了自己，又倒金山放玉柱地把妻子放倒在床上，再将蔡桂花风卷残云般地剥得一丝不挂。哇！李少昆眼都大了，从上看到下，再从下看到上，年轻而丰润的蔡桂花身上，该凸的凸，该凹的凹，皮肤雪白，起伏有致，细细的颈子，浑圆的溜肩，肥臀细腰，坦平开阔的腹，两条向他彻底打开的长长丰腴雪白的腿。他不顾不管地扑了上去，伏在蔡桂花曲线丰美的身上，一开始，似乎有些生涩，有些迟钝，不过很快就滋润了、流畅了、和谐了。

很快，李少昆在蔡桂花肥美的田地里播下了种子，十个月后，生下一个大胖小子。

也就是他们的第二个儿子刚刚百日，1945 年 8 月 5 日那个上午，美军在日本广岛上空扔下了一颗原子弹，这是人类战争史上使用的第一颗原子弹，当即炸死 20 万人，伤 4 万，广岛顷刻间化为灰烬。三天后，美国又在长崎扔下另一颗原子弹，炸死 20 万日本人。与此同时，苏联对日宣战。在飞机大炮的掩护下，百万苏军分多路突入中国边境，进入东北，对日本百万精锐关东军进行了毁灭性打击……

8 月 15 日，日本天皇宣布向中美苏英为代表的同盟国无条件投降。于是，中国人民历时八年的抗日战争胜利结束了。据不完全统计，在这场战争中，中国军民歼灭日军 133 万余人（不包括日军在东北地区前 6 年伤亡数和在滇缅作战中被中国军队毙伤数），128 万日军向中国投降，这是中国人民一百多年来，第一次取得的反侵略战争的完全胜利。

八年抗战中，四川贡献巨大。何应钦在《八年抗日之经过》回忆录中如此说：“抗战全面爆发后，川军七个集团军，另有一军一师一旅共 40 余万人，先后开赴抗战前线浴血奋战，人数居全国之冠。此后 8 年中，四川省在抗战中征集壮丁达300万人以上，这个数目加上出川抗战的川军，总计约350万人。也就是说，每十五六个四川人中就有一人上前线；全国抗日军人中，每五六个人中就有一个四川壮丁，占全国同期实征壮丁1405万余人的五分之一还强。据资料统计，抗战8年，川军牺牲巨大，伤亡人数约为全国抗日军队的五分之一，即阵亡26万多人、负伤35万余人、失踪2万多人，总计64万余人，又居全国之冠。八年抗战总计，国家支出14640亿元（法币），四川就负担了约4400亿元。四川出粮也最多，仅1941年至1945年，四川共征收稻谷8228.6万市石，占全国征收稻谷总量的38.75%、稻麦总量的31.63%。抗战最困难时期，估计四川负担了国家财政总支出的30%以上，这些，也是全国之冠。”

抗战期间，何应钦一直担任军政部部长兼总参谋长，此数字，当是准确的，也有权威性。

另外，蒋介石成为东南亚反日同盟国总司令后，为组织远征军出国作战而发起的一次旨在全国大中学校征招生的“十万学生十万军”征兵运动中，四川一省参加远征军的人数比例，就是八年抗战中，川军出川抗战人数的相同比例。

抗战八年，四川出兵之多，川军之威风，名记者范长江在一篇战地通讯中有这样一段话，大体可以概括：“昔诸葛亮六出祁山所到不过渭水，姜维九伐中原，始终未出陇南一隅之地，今川军竟横贯几千里外，勒马泰山边，西望巴蜀，东指扶桑三岛，四川军人之光荣，实亘古以来所未有。故上至将校，下至士兵，皆表现为一致愉快之心情。”

- 尾　声 -

魂兮归来

成都东门外的万年场，这是当年川军从陆路出川抗日，东大路上第一站。一尊形神兼备、栩栩如生的川军抗日阵亡将士纪念碑，从 1945 年起，就在这里巍然矗立。像高二米，连底座高为五米，基座镌刻着纪念碑文。塑像为一名出川抗日的士兵，脚蹬破烂草鞋，穿短裤，身着旧式军服，打绑腿，胸前挂两只木柄手榴弹，背上背一把大刀和一只竹编斗笠，手中端着一支上了刺刀的老旧步枪。他瘦削而坚毅，身子前倾，果敢的面庞向着前方，两眼喷射着仇恨的怒火，似乎正在冲锋，高喊杀敌！这是我国著名雕塑艺术家刘开渠先生，当年背负全川人民的希望，呕心沥血，费时经年完成的杰作。

每年的抗战胜利纪念日，还有清明节前后，都会有不少人，从四面八方络绎而来，在这尊像前祭奠川军抗日阵亡将士。他们将鲜花层层叠叠地置放在纪念碑前，献给那些为国家、为民族的独立抗战牺牲的烈士。三鞠躬后，人们抬起头来，神情肃然地久久地瞻仰这尊塑像。这时，那一段已然逝去的峥嵘岁月，就会在眼前复活并演绎开来，给人们以巨大的心灵震荡。人们在祭奠抗日英雄的同时，也经受了自身灵魂的洗礼。埃及有句哲语：世界上什么都怕时间。但是，无论岁月怎样流逝，岁月的风尘始终隔不断人们对抗日战士，抗日英雄的怀念和敬仰。

毫无疑问，这尊川军抗日将士阵亡纪念碑是万年场，也是成都市一道别样的风景。

当年，数十万川军将士在深秋的时节离开成都，慷慨悲壮，从万年场开始，一步步走下去。从富饶温暖的川西平原，走过李白诗中所描绘过的"猿猱欲度愁攀缘"，险峻无比的秦岭，走到山西、陕西，走到东南一线……用手中简陋至极的武器，去同武装到牙齿的日军拼搏！那是一场何等样悲壮的进军和战斗啊！

当年的万年场，不过是一个只有百十来户人家，骑在东大路上的小镇，而且与成都市区是完全断开的。这样，小镇就显得相对独立，除了赶场的日子，万年场很清静。

1945年，就在日本投降的那个冬天。小镇上，庆祝胜利的欢笑声，随着鞭炮的硝烟刚刚散去，小镇的生活恢复了原样。如同四川几乎所有的城镇一样，万年场茶馆多，其中，又数小镇中段那座门前有棵像把绿色大伞一样高擎云天的大榕树下的茶馆最大，人最多，最为闹热。卖汤圆的王二爸，就是这间茶馆最忠实的茶客，他每天都是早来晚回。特别是最近这段时间，他被说书人吸引了。晚上散场，人都走完了，他才最后一个很不情愿地回家去。口才很好的说书人一反以往，他说的再不是人们耳熟能详的《罗通扫北》《薛仁贵征东》类段子了，而是说的反映川军抗日的《刘湘之死》《王铭章血战滕县》等，这就更能让小镇的人们感同身受。

这是一个寒冷的夜晚。漆黑的天幕上，寥落的几颗金色小星，冷得不住地抖索。散场后，已经很晚了，晕黄的灯光下，茶馆里的人都走光了，两个小二已经在噼噼啪啪上门板，这实际上是在撵王二爸了。王二爸这才从说书人酿成的悲壮意境中清醒过来，站起身，双手抱着烘笼，最后一个从茶馆里踢踢踏踏走了出来，回家。

从严格的意义上讲，成都其实是个没有冬天的城市，一般不下雪，不结冰，田野里也是一片青枝绿叶。但这个晚上，小镇人感到特别冷。这种冷，不像北方那种冷，冷得嘎巴干脆，而是一种无孔不入，又黏又湿，缠缠绵绵的冷，让人感到特别难受。夜已经很深，雾蒙的白头霜最先从田野上升起，然后如烟似雾地渐渐向小镇上涌来，就像要把小镇架起来似的。这情景让王二爸恍然觉得眼前的一切都不够真实，脚步发虚。

他还在想刚才说书人说的书。

“梆、梆、梆！”高坐堂上，穿一袭青布长衫的中年说书艺人，将手中的惊堂木拍得山响，一串优美的言词，像四川乡间春来口角泣血高叫布谷的杜鹃，扇动翅膀，上下飞翔扑腾。

“王铭章将军说：周县长，自古以来，守城就是我们军人的天职，你请出城吧，犯不着同我们军人一起去战死！”一阵急骤的梆、梆、梆声兀突响过，说书艺人吊起嗓子，音韵骤然铿锵：“王将军，周县长说，自‘七七’事变以来，只有战死的将军，还没有一个文官为国而死，今天请从我周以然始……”说书艺人说得如泣如诉，茶馆里座无虚席的人们，听得如醉如痴。而就在这时，说书艺人将手中的惊堂木急骤骤地拍响过后，扬起头来，挑声夭夭地说：“欲知后事如何，请听下回分解。”闸了板。欲知后事如何，这就只有等到明天晚上了。

雾海中，王二爸看见他家门前那盏红灯笼了，一下子感到温馨，那是儿子和媳妇在等他归去。老伴已经去世，王二爸现在已经享福了，汤圆店交给了儿子儿媳打理，小两口都是本分人、勤快人，他很放心。儿子主要负责采购，干些磨粉之类粗活，儿媳负责卖汤圆……而此刻，他家那间门面不大的汤圆店里，媳妇正在熄火打烊，门板铺面已经上了，给他留着门，等他回去。每天晚上，他家门前那盏“王汤圆”的红灯笼是小镇上最后熄灭的一盏灯，他家门前这盏灯一熄，标志着小镇完全沉入了黑夜，小镇人就都睡了。

就是这个时候，一个小川兵突然出现在他面前，也不吭声，让王二爸不禁一惊一怔，停下步来。借着相当朦胧的天光看去，站在面前的这个小川兵也就十六七岁。衣衫单薄褴褛，完全是当年川军出川时的情景。他背上背一个竹编斗笠和一把大刀，肩扛一支老掉牙的步枪。小川兵面黄肌瘦，好像走了很长的路，满面尘土，又冷又饿，一双微微有些窝陷的眼睛里，神情有些凄恻，一副哀苦无告的样子。

王二爸心中一惊一痛，讶然失声："哎呀，这不是我们下场口的眯娃子吗？你妈等你回来，一直等你到死，都没有等到你！你是啥时候回来的，咋还不回家去？这么冷的天，就穿这么点衣服，我看着都冷，饿了吧？走，快到我家去，我先给你煮汤圆吃！"

"大爷，冷我倒不怕。"小兵说的不是下场口眯娃子的成都话，却是一口川北话，说时，神情竟有些羞涩："我就是肚子饿，饿得遭不住了，我现在就想吃一口我们四川的汤圆。"

"好好好！"王二爸用手指着不远处那盏飘荡在雾海中的红灯笼："那是我家，我家就开汤圆铺，咋说吃一口，走！到我家去，随便你吃好多。"说时，很豪气将小川兵的手一牵。

"玉兰！"王二爸带着小川兵进了门，对正在熄火打烊的儿媳妇说："快煮碗汤圆给这个小兄弟吃，他饿坏了。"

玉兰猛抬头，看见站在面前的这个小川兵，不禁愣怔了一下，悲从中来，她想起了她哥。八年前，她哥当兵出川抗日，可是至今未回，让她在乡下的娘哭瞎了眼睛。

"小兄弟，你快请坐，我马上给你煮汤圆。"玉兰赶紧捅开了炉子。王汤圆铺，是一个临街的很小的店面，店中就一根条凳，一个安在炉子上的煮汤圆的荥经双耳砂锅，案板上放着好些已经被帕子盖上了的雪白的汤圆粉子；还有玫瑰，附油、水晶、芝麻等又甜又香的汤圆心子。

玉兰手脚麻利，很快将一碗白生生、热腾腾的汤圆煮好，端到了小川兵手里。可是倏然间冷风嗖地一吹，哪里有人？挂在门前的那盏红灯笼忽闪忽闪的，烛液顺着灯笼中的那支大红蜡烛流下来，在寒风中迅速凝结，像是一颗颗凝固的泪，其状很惨。

王二爸和儿媳妇玉兰不禁面面相觑。他们这才明白，这晚他们是遇到了不远千里，跋山涉水回来的在前线牺牲了的川军的魂灵。在这个寒冷的夜里，在前线牺牲了的几十万川军的魂灵，化作了这个身躯单薄的小兄弟回来，对他们，对后方的所有亲人们，述说他们对家乡的思念和怀念。

玉兰一下想起了她的哥，悲从中来，痛哭失声，王二爸也不禁老泪纵横。

这个亦真亦幻，相当悲惨的故事，第二天就像长上了翅膀，传遍万年场，传遍整个成都市，报上也登了。人们对这个故事，宁可信其有，不可信其无。自此以后，小镇上每一家茶楼酒肆，饭馆旅店汤圆铺等服务业，每晚都留着门，为的是迎候在前线牺牲了的几十万川军亡灵的回归。

斗转星移，沧海桑田。

时序到了20世纪80年代中期。万年场已经大大变样，变成了成都市的一个部分，变成了一条车水马龙，人流如织的大街。两边高楼大厦平地拔起，如雨后春笋。学校、医院、邮局、机关等，一应配套设施完善。如果不是有那尊矗立在万年场头的川军抗日阵亡将士纪念碑，好些熟悉的人来在这里都会昏了头，因为他们已经完全找不到当年川军从东大路上第一站万年场出川时的半点痕迹。

万年场上，那家王二爸的老字号“王汤圆店”还在，不过已是鸟枪换大炮，今非昔比了。“王汤圆店”面街而立，很阔气，是一幢很洋气的一楼一底的小楼。铺面当街一字排开，从莹澈无比的落地式大玻窗看进去，地面上铺的是一色取自雅安芦山高档的大理石，光滑如镜，蚂蚁上去都要拄拐棍。一只只椭圆形的玻晶小圆桌排排布置有序，虚位以待，可是，客人不多。因为这家原先平民化的汤圆店已经产生了质变，价格很贵，一般人不敢问津。显而易见，今日的“王汤圆店”已名不副实，不再是往昔推车抬轿者流可以享用得起的，已经成了一家高档酒楼。

这天中午时分，王汤圆店来了一位白发苍苍的老者，一看穿着打扮就知是有钱人。老者皓发如银，面目清癯，穿西装打领带，戴副高档老花眼镜。服务小姐都是有眼力的。老者一进来，一个身材相貌姣好，身穿大红旗袍的小姐轻步迎上，笑靥如花。请客人坐后，服务小姐微微弯下腰去，用一口好听的成都腔普通话问："请问老先生，你用点什么？"

"这个！"老者抬起头，目光透过厚如瓶底的眼镜，看着满怀希望的服务小姐："请问，小者（姐）！"老者看来不仅不是四川人，而且很可能不是中国人，中国话说得相当吃力："泥（你）们，这里，一尊川军抗日阵亡将士纪念碑的有？"

见多识广的服务小姐，一下就看出来了，老者是个日本人。

"是。"服务小姐对外国人总是友好的，这就用一根纤指，指着窗外不远处一株油绿葱翠的塔松，很热情，很负责任地给这位日本老者详细指示方位："老先生，你看，就在那里。笔端走，不倒拐，走到那棵塔松前，左倒拐就是。"

"洗洗（谢谢）！"日本人的虚礼是很多的，老者听了红旗袍服务小姐的介绍，很满意，这就站起身来，向姑娘一连行了三个九十度鞠躬礼。

老者似乎要报答服务小姐的热情，在要了一碗"王汤圆"之外，要了一碗价格贵得惊人的清蒸鲍鱼。

半小时后，在万年场中段稍背处的那尊川军抗日阵亡将士纪念碑下，人们像看稀奇似的围了个里三层外三层。在那尊栩栩如生的纪念碑下，跪着一个西装革履，戴着眼镜，面目清癯，满头银发的老人，态度显得极为虔诚，一副标准的日本人谢罪姿势，样子沉痛，久久不语，似乎完全沉入了对过去的记忆。

这就是刚才在王汤圆店里出来的那位日本老人。老人面前，依次摆有祭奠亡灵的香帛、供果、青酒。

市里的外事机关很快就知道了，一辆漆黑锃亮的奥迪轿车赶了过来，车门开处，下来一男两女。男的是个中年人，富态，着西装，笑容可掬，一看就是个处长类的官员，跟在他旁边一个十分干练的年约三十的女同志，可能是他带来的助手，也可能是翻译。还有一个手拿数码相机的年轻女子，在场的许多人都认识她，姓杨，是日报专门负责报道外事方面的记者。

“对不起，打扰一下，请问这位老先生有没有什么事需要我们帮助的？”那个长相精干，个子适中，打扮入时的三十来岁的女士轻步上前，来在老先生面前，弯下腰去，用极温柔的态度，表达了她的关切。她在娴熟地用外交辞令表明了她的身份的同时，也是个试探，看看这个日本老者会不会说中文。

日本老者结束了跪拜，站起来，向站在他面前的女士行了一个九十度的标准日式鞠躬礼。

“打扰了，洗洗（谢谢）！”老者说时，双手递上一张名片。女士双手接过，看了看，名片上用中日两种文字写着“日本东京株式会社高级经济顾问盐谷东芳”，以下是住址，电话，传真等。女士还以自己的名片之后，将身边的两人给老者做了介绍。果然不错，中年男人是市外办一个姓朱的处长；这位先与老者接触、年近三十的女士姓张，是市外办的干事，另一个年轻姑娘，就是好些人都认识的日报记者小杨。

朱处长给张女士示了一个意。

“请吧！”张女士手一比，请日本老者上车，邀他去外办谈谈。老者愉快地接受了邀请。

在市外办很快就弄清了，这个叫盐谷东芳的日本老者是一个前侵华老兵。盐谷东芳讲了他在几十年的岁月中，对那场战争如何醒悟、忏悔，到终于经受不起良心的煎熬，在耄耋之年不顾多病之躯，不远万里，专程从日本东京来成都万年场，在这尊川军无名将士纪念碑前跪拜谢罪的前因后果。

这之中，有一个活生生的故事，让在场的朱处长、张干事、日报记者小杨等感到震惊。

屋子里很静。除了前侵华老兵略为低沉缓慢的述说，小杨恰到好处的提问和闻讯赶来的省市电视台记者们手中的摄像机闪闪烁烁外，就是小杨在采访本上飞快走笔的沙沙声。旁边桌上，摆着不止一部袖珍高保真录音机。

1944年底，正在日本早稻田大学上文学系，对中国文化，特别是对中国文学非常喜爱的盐谷东芳被强征入伍，那年他才19岁。在安徽经过短暂的驻防后，参加了被中国方面称为洛阳会战，日本方面称为洛阳决战的战役。他的参战地在云梦山一线，对手是李家钰将军率领的第三十六集团军。那时的日军，除个别的精锐部队外，大都在军事素养、战斗意志等方面已不能同1937年前后的日军相比。

在盐谷东芳服役的那支部队，士兵大都是像他一样，是征抓来凑数的，其中不乏像他这样的知识分子，有些还是没有成人的中学生。上战场，机关枪一响，尿裤子这样的事时有发生，还有当逃兵的，只是（小队长以上的军）官们是打过仗的老兵。

会战之初，部队中普遍充溢着失败情绪。情况是明摆起的，在人数上，参战的中国军队几乎是日军的一倍。在空中，日军也失去了优势。就武器而论，中国军队的武器已经普遍得到大幅度提升……总而言之，中国军队在走上坡路，而日军在走下坡路，洛阳决战，在他们看来无异于自杀。然而奇怪的是，中国军队却不战而败，这样的结果是做梦都没有梦到过的。情况很快就弄清了，原来是洛阳会战的中国军队最高指挥，第十战区司令长官蒋鼎文不战而败、而逃，中国军队顿时群龙无首，纷纷后退。与他们作战的川军三十六集团军是最后撤退的，他们奉命在后面紧追。

在云梦山中的一条山道上，他们发现了一个负伤掉队的川军小兵，小队长带着他们紧追不舍。拐过一道弯，原先在他们前边跑得一瘸一拐的小川兵，突然奇迹般地不见了。能去哪里呢？前面不远处就是万丈悬崖，两边是视线很好的漫坡。小川兵唯一可去之处，就是那间离悬崖边不远，坐落在漫坡上的一户农家。

漫坡上只有这一户人家，那是一间用茅草、荆棘胡乱搭建起来的农舍，像是在营养不良的土地上好不容易长出来的一朵黑黝黝的蘑菇。房前屋后种有玉米和一些蔬菜。玉米已经长得很高了，密密实实的绿油油的玉米叶片，在午后的微风中轻摇慢摆。一只母鸡带着一群小鸡在房前屋后咕咕咕觅食，猛然见到出现的日本军人，母鸡似乎很有灵性，意识到了危险，立刻大叫起来，带着它的一群小鸡落荒而逃。

这时，一只不知厉害的老黄狗出现在茅屋前，龇牙咧嘴地对着他们大叫，却又伸头缩尾地不敢上前。

小队长烦了，要盐谷东芳打死这只老黄狗。他开了枪，很近的距离，却没有打到那只咆哮不已的老黄狗。

八嘎！小队长骂了他一声，砰地开枪打死了那只就要逃跑的老黄狗。

他们进了茅屋搜查，屋里只有一个农村老大娘。大娘一副典型的山里人模样，看不清她的年龄，大概在五十至六十岁之间，穿一身家织的黑布衣服裤子，裤脚裹紧。头发花白，脸很黑很瘦，一双眼睛有些眍，目光沉着有力而坚毅。脸上皱纹又多又深，像是云梦山数不清的沟沟壑壑。

小队长是个有经验的老兵，络腮胡子，鼓筋暴绽，戴副通光眼镜，样子很凶。他先是故作和气地问大娘，受伤的小兵在哪里？

大娘一口咬定，说青天白日的，就她一个人在家，根本就没有看见过什么小兵，简直是撞到鬼了！大娘说，你一双眼睛看不清楚，“四眼子”未必还看不清么！这就是在骂小队长了。

小队长是个脾气暴躁的人，发作了，鼓起一双牛眼睛，用半生不熟的中国话，对大娘大声喝问，小兵，那个四川小兵，你的，藏在了哪里？

大娘把头一昂，干脆不理。

不说！小队长气得围着大娘转圈，一脸的络腮胡乍开来，犹如钢针，根根直立。下令将大娘绑了！两个兵上前，就要将大娘绑在院子中的老梨树上，另外两个兵就要点火烧房。

慢着！屋里传出一声鼻音浓郁的四川话，那小川兵自己走了出来。

老子在这里，日本鬼子，你要杀要剐随便来，不关大娘的事！那四川小兵用手将自己瘦瘦的胸脯一拍。

大家惊了，真不知大娘刚才把这个四川小兵藏在了哪里。几乎所有的人都举起上了雪亮刺刀的三八大盖枪，对着走出来的四川小兵，如临大敌。

小川兵脚上有伤，走路一瘸一拐的，真不知道刚才追他时，他怎么会跑得像飞似的。小川兵黄皮寡瘦，最多不过十七八岁，像个发育不良的孩子，一套草黄色的军服穿在身上嫌大，军衣长齐膝盖。

小队长要人将这个四川小兵绑了，绑在原先准备绑大娘的那株院子中的老梨树上。午后的金阳透过那些张在空间，又绿又浓又密的枝叶，斑斑点点洒在小川兵身上。被绑在老梨树上的四川小兵没有挣扎，他将头仰靠在树上，闭上了眼睛，娃娃脸上竟然还有点笑意，好像他回到了家，一副很舒服很惬意的样子，好像他根本没有把这些日本兵放在眼里。这时，有一群采花的蜜蜂在梨树四周飞舞，嗡嗡地带着倦意。

这个场面让被强征入伍的原早稻田大学文学系学生盐谷东芳感到震惊。他的心中闪过一句他不知在什么时候，在哪本书上看过，不知不觉记住了的名言："侵略者可以毁灭我们的一切，可是毁灭不了春天！"

大家按照小队长的命令，在距离四川小兵有十步远处一字排开，挺着上了雪亮刺刀的三八大盖枪，好像随时要上去将绑在老梨树上的四川小兵挑得破肠开肚。这样可怕的场面，他听说过，但第一次经历。他很紧张很害怕，拿枪的手不停地抖。

小队长鼓起眼睛，问了四川小兵一些问题，比如三十六集团军总司令李家钰身边带了多少人，准备退向何处等。同时声明，你既是敌兵，又打死了我们的人，如果老实交代，我可以饶你一死，不然就死拉死拉的！可四川小兵对这些问题拒不回答，而且临危不惧，睁开眼睛，对小队长一通痛骂。四川人骂人真是别具一格啊！小川兵用的虽大都是俚言俗句，却妙语连珠，中间自然而然地涌出不少成语、谚语，还有修辞学上的暗喻、明喻，真是形象，真是生动极了。这让盐谷东芳欣赏不已，欣羡不已。他虽然没有去过四川，但他对历史悠久，人文荟萃的天府之国四川并不陌生，心向往之。在这个临难的四川小兵身上，管中窥豹，他领略到了什么叫四川人。

小兵骂小队长："你虾子是瞎子点灯——白费蜡""你少在这里阎王爷出告示——鬼话连篇""抱菩萨洗澡——枉自淘神费力"等等等等，真是琳琅满目，五彩缤纷啊！如果不是战争，不是在这样的场合，他真是要为这个小川兵鼓掌喝彩，真想结识这个小川兵，并成为好朋友。

小队长终于失去了耐心，暴露出了兽性，唤他出列，要他挺枪上前，用刺刀去挑杀那个被捆绑在老梨树上的小川兵，要他练练胆子。

他不敢去，不愿去，但又不能不去，日本军队的纪律相当严明，甚至说是严酷，就在他不得不接受命令，挺起枪，战战兢兢走上前去时，忽地闪出一个主意。他收住步，给站在一边，监督他执行任务的小队长提出一个建议：队长，你不是战前读中学时，就是伊豆地区的散打冠军吗？在我们队里你从无对手，听说四川兵都会打，你不如拿他练练？这时盐谷东芳斗胆提出这样的建议，并不是他对这个四川小兵大发善心，而是他胆怯，他浑身打抖，他实在不敢拿枪去挑死一个大活人，况且还是这样一个在他心中很有些意思的小川兵。

面相有点蠢笨的小队长欣然接受了他的建议，让他将小川兵放下来。在小队长看来，这个受了伤的四川小兵肯定不是他的对手，小兵瘦弱得像片风中的树叶。可一交手，小川兵却毫不示弱，一瘸一拐地主动进攻，将双拳扬得风车车似的。

可是小川兵毕竟受了伤，被身躯粗壮，下手狠毒的小队长一次次地打倒在地。

起来呀，接着上呀！小队长挥舞着两只碗钵似的拳头，在小川兵身边跳来跳去，让一边看把戏似的日本兵们乐得哈哈大笑。可是，心细的盐谷东芳看出不对了。不断被打倒，又一次次站起来战斗的四川小兵渐渐向悬崖处靠去，而且将小队长朝那边引，他这是要跳崖自尽吗？就在盐谷东芳想到这里时，只见又一次被小队长打倒在地的小川兵，突然怒喝一声，山豹子似的从地上一跃而起，也不知他哪来的那么大力气，动作异常敏捷。

就在边上看稀奇的日本兵们不知所以，发懵之时，小川兵一阵风似的已经抱着被胜利冲昏了头脑的小队长，跳下了万丈悬崖。

从那以后，那难以忘怀的场面，就一直在他的脑海中回旋，折磨着他的神经，拷问着他的灵魂……

前侵华老兵盐谷东芳的故事说完了，他好像沉入了一个噩梦中。

“后来呢？”走笔沙沙的日报记者小杨发问，“你们最后是怎么处置那个隐藏了四川小兵的山区大娘？”

看来，这个前侵华老兵是个诚实的人，对过去那段历史有着真心的反省和忏悔，他说出了真相。他说，他们点火烧了大娘的家，自然，那个隐藏了小川兵的大娘，也被烈火活活烧死……说到这里，满头白发，面目清癯的前侵华老兵又跪下去请罪，尽管这场惨绝人寰的悲剧，从始至终，都不是他的过，他也是受害者。

日本人很自尊，尤其是男人，日本至今都是一个男权社会。作为一个战后在东京一家株式会社担任高级职务的盐谷东芳是何等自尊，要在人前下跪，谈何容易！何况他还是不远万里而来，来到成都，来在万年场，来在中国专门的外事部门一跪再跪！鲁迅先生说得好：“真的勇士，敢于直面惨淡的人生，敢于正视淋漓的鲜血。”日本是个崇尚勇士的社会，也有崇尚勇士的历史。敢于正视那段不光彩的侵华史，更敢于在中国人面前一跪再跪谢罪的前侵华老兵盐谷东芳，才是日本真正的勇士。

朱处长上前搀扶起前日本侵华老兵盐谷东芳。再次请他坐下后，朱处长用很真诚的态度，对这个前侵华老兵的行动表示理解和支持，希望他以后为中日两国人民世世代代的友好多做工作。盐谷东芳频频点头。陪坐一侧，外语学院日语系毕业的张干事又重新给盐谷东芳泡了一碗四川茉莉花盖碗香茶。

这时，日报记者小杨在采访本上写完了最后一个字，抬起头来，看着前侵华老兵。她那张标准成都姑娘清秀的脸庞上，神情有些凝重，很郑重的语气问：“你刚才所说所讲，包括那个凄恻而悲壮的故事，是否可以无保留地发表，公之于世？”前侵华老兵略一沉吟，点点头。原以为他要说“可以”二字，不意他却以更进一步的方式表达，他再一次站了起来，说“谢谢！”并再次鞠躬谢罪。

临别，双方都给对方送了礼。

朱处长代表有关方面，送给盐谷东芳的是一幅很精致的工艺品：双面蜀绣熊猫戏竹。蜀绣镶在一面镜框里，两面看去都栩栩如生，别有情趣。绿绒似的草地上，两只憨态可掬的熊猫在吃竹戏竹。竹，是四川特产的箭竹，油绿葱翠，与两只妙趣横生的熊猫相映生辉生趣，让盐谷东芳啧啧赞叹，喜不自禁。

这个专程赶来谢罪的前侵华老兵，送给主人的是一幅二尺见方的条幅。雪白绵软的纸上，写有两个毛笔字“谢罪”。盐谷东芳特别声明，这是他亲自写的。是中国的隶书，写得很到位，两个大字沉雄有力，看来是练过的。之下有一排小字注明：“献给川军抗战无名将士纪念碑和当年在云梦谷舍身成仁的川军小战士”。之后，又注明：“专程来蓉谢罪的盐谷东芳”。纸上，在两个大字的背景，是日本的富士山，影影绰绰的各色各式的樱花纷纷而下，颇含深意。樱花是日本的国花，樱花的生长期短，开得轰轰烈烈，凋谢时也是轰轰烈烈。日本人崇尚樱花“生之壮烈，死亦壮烈”的精神。前日本侵华老兵，在背景上这样安排樱花，就加深了意境。

第二天，日报以大的版面，发表了记者小杨采写的长篇通讯，标题是：《樱花，樱花》。副题是《前日本侵华老兵盐谷东芳专程来川军无名将士纪念碑谢罪》。此文一发表，果然引起强烈反响，当天的日报脱销。过后，小杨又以同一题材写就的长篇报告文学《樱花的盛开和凋零》，在国内一家有影响的报告文学刊物发表后，立即为国内外多家报刊转载。

转眼又到了第二年4月。这本应是成都最好的季节，风和日丽，春深似海。可是，由于全球变暖，这个冬天是暖冬，这个时节成都的气候乍暖还寒，连气象台也报不准。如同一张漫画画的，明明是大雨倾盆而下，站在雨中的汉子是个大胡子，胡子都淋湿了，可端在他手上的收音机里播送的天气预报却是：今天是大太阳。因此，这个季节有许多人生病，去医院就诊的人，每天都排起长队。

接着，清明节到了。历史上，成都清明节前后都要下雨，杜甫流寓成都时就写过："好雨知时节，当春乃发生。随风潜入夜，润物细无声。"成都雨纷纷的清明节，最有意韵。可是，成都今年的这个清明节却是万里无云，更不要说下雨了。一早，朱处长和张干事就在办公室里等日报的小杨，他们约好了，一起去人民公园，在那尊川军无名将士纪念碑前，对当年出川抗战的将士和牺牲了的几十万川军将士的英魂进行祭奠。离约定的时间还有半个小时，朱处长坐在自己的办公桌前，看刚送到的，还散发着油墨香的当天的日报，突然张干事从隔壁屋里快步走来，手里拿着一份刚来的日文报纸。

"看，朱处长！"张干事把日文报纸摊在朱处长的办公桌上，指着一块饼干大的文章说："盐谷东芳去世了。"朱处长一惊，忙看去。

盐谷东芳生前组织过一个前侵华老兵反省会。他去世后，这个民间组织在报上刊登了这样一条消息，可能是出钱以讣告形式刊登的，版面很小，只有两句话，消息发得非常简洁。一句话是说盐谷东芳因病医治无效，于某年某月某日在某地去世。后一句说，盐谷东芳将于何时在何处殡仪馆火化，之前举行盐谷东芳遗体告别会，希望他的生前好友周知，届时前去吊唁云云。

小杨来了，朱处长和张干事让她看了这条消息，三人都唏嘘不已。他们要出门上车了。走出办公室，经过百花芳菲的小院时，清亮如水的空中忽然响起一阵久违了的鸽哨声。

他们不由得驻步抬起头来，朝天上望去。

一群白鸽在蓝天上飞翔。多么好啊！白鸽，代表和平、安宁、幸福，看着都让人高兴。这一群精灵，在自由的蓝天上自由飞翔，浮光跃金。它们的翅膀和身上都涂满了金色的朝阳，像一群神雀。